IL ETAIT U

Danielle Steel, jeune femm[...] gance, est née à New York [...] de son enfance en France et reçu une éducation à la française. Puis, elle est retournée à New York achever ses études. Elle a suivi à la fois les cours de l'Université et ceux d'une grande école new-yorkaise de stylisme de mode. Mais c'est finalement vers l'écriture qu'elle se tournera. 19 best-sellers en 12 ans... 50 millions de livres imprimés, dont 30 millions aux Etats-Unis... Trois livres simultanément sur la liste des best-sellers du *New York Times*. Ses livres sont publiés dans 27 pays... A la renommée et au succès de Danielle Steel se sont ajoutés les honneurs et les hommages. En 1981, elle a été élue l'une des « dix femmes les plus influentes du monde » par les étudiants d'une université. Ses romans ont occupé quatre places prestigieuses parmi les dix premières des « meilleures ventes » 1984 du *New York Times*. Danielle Steel a toujours fait passer sa vie de famille avant son œuvre d'écrivain. John Traina, son mari, est l'un des administrateurs les plus en vue de Californie, et les Traina aiment rester chez eux, avec leurs enfants, dans leur domaine de Napa Valley.

Paru dans Le Livre de Poche :

LA FIN DE L'ÉTÉ.
LA MAISON DES JOURS HEUREUX.
SECRETS.
ALBUM DE FAMILLE.
AN NOM DU CŒUR.
UNE AUTRE VIE.
LA RONDE DES SOUVENIRS.
TRAVERSÉES.
AUDREY, LA VAGABONDE.
LOVING.
LA BELLE VIE.
ZOYA.
UN PARFAIT INCONNU.
KALÉIDOSCOPE.
STAR.

DANIELLE STEEL

Il était une fois l'amour

TRADUCTION FRANÇAISE
D'ISABELLE MARRAST

PRESSES DE LA CITÉ

Quand celui qu'on a aimé de toute son âme n'est plus peut-on jamais retrouver le bonheur ?

« Je te désire, Daphné, je t'aime.

— Je ne veux pas y croire, dit-elle doucement.

— Pourquoi ?

— Parce que si je t'aime moi aussi, nous souffrirons un jour, et je ne le veux pas.

— Je ne te ferai pas de mal. Jamais. Je te le jure. »

Elle soupira et posa la tête sur sa poitrine nue. Il la prit dans ses bras.

« Personne ne peut me faire une telle promesse.

— Tu ne souffriras pas, Daff. Aie confiance en moi. »

Elle voulut lui demander pourquoi, mais elle y renonça. Les mots ne sonnaient plus juste. Elle se laissa embrasser et enlacer. Il la souleva et l'emporta jusque dans la chambre. Ils firent l'amour si passionnément que Daphné se demanda pourquoi elle avait lutté si longtemps pour préserver sa solitude.

A John, pour toujours, Olive.

On ne rencontre l'amour qu'une seule fois, jamais deux, et ces instants de bonheur s'évanouissent trop vite, comme la vie même, réservés aux plus forts, aux plus courageux, aux plus sincères. Lorsque ce moment survient, ne le laisse pas s'échapper, car il suffit de l'espace d'un regard pour que l'amour s'envole, pour que l'instant soit déjà révolu. La tête vide, le cœur brisé, tu comprendras trop tard que le destin est venu frapper à ton oreille, mais que tu n'as pas su l'entendre. Pourtant, tendre ami, ne crains rien, car ton tourment sera recompensé si tu perds tout, mais que l'amour est vainqueur. L'amour — le vrai — n'arrive qu'une seule fois.

CHAPITRE PREMIER

LE soir de Noël, dans les rues de New York, l'agitation est à son comble. La neige qui tombe atténue à peine les coups de klaxon stridents des voitures, le vacarme de la circulation et le brouhaha continuel des passants affairés, les bras chargés de cadeaux, croisant sans cesse d'innombrables pères Noël tenant compagnie, malgré le froid mortel, aux enfants ébahis que leur mère entraîne en riant et aux chanteurs de rue, titubant sur le trottoir. Tout le monde semble emporté dans une sorte de tourmente heureuse, où se mêlent la joie et l'exaltation. Pour les enfants, c'est le jour tant attendu depuis de si longs mois, pour les adultes, la fin d'une période toute consacrée aux achats, aux cadeaux, aux réceptions. Époque unique, faite d'espoirs lumineux aussi purs que la neige qui tombe, de sourires nostalgiques, de réminiscences d'enfances lointaines et d'amours depuis longtemps oubliées.

Vers onze heures du soir, la circulation commença enfin à diminuer. De rares passants marchaient dans la neige qui crissait sous leurs pas. Les rues, sous l'effet du froid, s'étaient verglacées, dissimulant une quinzaine de centimètres de neige fraîche, ce qui les rendait dangereusement glissantes. Un silence inhabituel régnait sur New

York ; seul un klaxon isolé résonnait dans le lointain, une voix anonyme hélait un taxi.

Un petit groupe de personnes sortit en chantant et en riant d'une belle demeure située au numéro 12 de la 69ᵉ Rue. Elles venaient de passer une merveilleuse soirée, abondamment arrosée de vermouth et de champagne. En partant, tout le monde avait reçu de petits cadeaux : bouteilles de parfum, écharpes, livres, boîtes de chocolats.

Le maître de maison était un ancien critique littéraire du *New York Times*, sa femme une romancière renommée ; leurs amis formaient une société intéressante, qui comprenait aussi bien des écrivains en herbe que des pianistes réputés, de très jolies femmes et des intelligences supérieures, tous réunis ce soir-là dans l'immense salon de leur demeure citadine où un maître d'hôtel et deux employées de maison faisaient circuler les hors-d'œuvre et servaient des boissons. Comme chaque année, la fête ne se terminerait que vers trois ou quatre heures du matin. Les invités qui partirent juste avant minuit étaient peu nombreux, et parmi eux, se trouvait une jeune femme, blonde et menue, vêtue d'un manteau de vison ; son visage, tandis qu'elle lançait un dernier adieu à ses amis, émergeait à peine, dans le vent, de son col de fourrure. Elle n'avait pas voulu partager un taxi avec eux, préférant rentrer à pied. Elle s'était enfin décidée à rompre sa solitude et à passer cette nuit, si pénible pour elle, entourée d'amis qu'elle n'avait pas vus depuis bien des années. Tout le monde avait été étonné et heureux de la trouver là-bas.

« Content de vous revoir, Daphné. Vous travaillez à un livre ?

— Je le commence à peine. »

Les grands yeux bleus étaient doux et la fraîcheur de son visage la rajeunissait.

14

« Que voulez-vous dire ? Que vous le finirez la semaine prochaine ? »

Tout le monde la savait prolifique, mais elle avait momentanément abandonné l'écriture pour se consacrer au scénario et au tournage d'un film. Elle sourit à nouveau, plus gaiement cette fois. Elle avait l'habitude de leurs taquineries qui dissimulaient toujours une pointe d'envie et surtout de curiosité. Daphné Fields était en effet travailleuse, ambitieuse mais aussi très secrète ; elle fréquentait certains cercles littéraires, mais gardait une attitude réservée, qui augmentait son mystère. Seul son regard frappait par sa profondeur et son acuité. Elle avait beaucoup changé depuis dix ans. A vingt-trois ans, elle était sociable, drôle, excessive même... Maintenant, elle était plus calme, les rires du passé illuminant ses yeux par instants, leur écho enterré quelque part dans son âme.

« Daphné ? »

Elle tournait rapidement le coin de Madison Avenue lorsqu'elle entendit un bruit de pas, étouffés par la neige.

« Oui, Jack ? »

C'était Jack Hawkins, le rédacteur en chef de sa maison d'éditions attitrée, Harbor et Jones, le visage rougi par le froid, ses yeux d'un bleu brillant embués par le vent.

« Je te reconduis ? »

Elle secoua la tête et lui sourit. Il fut frappé à nouveau de la trouver si menue, emmitouflée dans cet énorme manteau de vison, ses mains gantées tenant fermement le col de fourrure.

« Non, je te remercie. J'ai vraiment envie de marcher. J'habite juste en bas de la rue.

— Mais, il est tard, Daphné. »

Comme toujours, quand il la voyait, il avait envie de la prendre dans ses bras. Non qu'il l'eût jamais fait. Mais cela lui aurait plu. Comme à beaucoup d'autres hommes d'ailleurs. A trente-trois ans, elle en paraissait encore vingt-cinq et même quelquefois douze... tant elle semblait vulnérable et délicate par instants. Mais son regard était celui d'une femme blessée, éprouvée par la vie, et condamnée à une solitude qu'elle ne méritait pas.

« Il est minuit, Daff... »

Il hésitait avant de rejoindre les autres, qui s'éloignaient lentement.

« C'est la nuit de Noël, Jack. Il fait un froid de tous les diables... »

Elle s'interrompit, eut un large sourire, et son regard se fit malicieux.

« Et je ne pense pas qu'on m'enlève ce soir ! »

Il sourit.

« Non. Mais tu pourrais glisser et tomber sur le verglas.

— Ah ! Et me casser le bras, peut-être ? Tu as peur que je ne puisse plus écrire, c'est ça ? Ne t'en fais pas. Je n'ai pas d'autre contrat jusqu'en avril.

— Pour l'amour du Ciel, viens donc ! Tu prendras un verre à la maison avec nous. »

Elle se haussa sur la pointe des pieds et l'embrassa sur la joue.

« Allez ! Je me sens très bien. Je te remercie. »

Elle lui fit un petit signe d'adieu et s'éloigna rapidement, regardant droit devant elle, sans même prêter attention aux vitrines des magasins et aux quelques passants qu'elle croisait. Le vent sur son visage lui procurait une sensation merveilleuse, et elle se sentit tout à coup beaucoup mieux. Cette réception avait été épuisante ; elle y avait rencontré beaucoup de monde, sans y prendre un réel plaisir, et l'ennui l'avait gagnée. Mais elle était heureuse de n'être pas restée seule dans son appartement, prisonnière de ses souvenirs qu'elle ne supportait plus d'évoquer sans cesse. Elle se mit à marcher plus vite comme pour s'éloigner d'un passé qui l'obsédait encore chaque jour, et surtout ce soir-là.

En traversant rapidement Madison Avenue, elle faillit glisser, perdit l'équilibre, mais se rattrapa à temps. Arrivée au coin de la rue, elle tourna rapidement à gauche, sans prendre garde, avant de traverser, à une grande familiale rouge, pleine à craquer, qui accélérait pour passer au feu orange. La passagère placée derrière le chauffeur poussa un cri aigu; il y eut un bruit sourd, d'autres hurlements à l'intérieur du véhicule puis le crissement étrange des pneus sur la glace. La familiale s'arrêta enfin. Durant un instant qui parut interminable, le silence fut complet. Puis toutes les portières s'ouvrirent en même temps, et plusieurs personnes se ruèrent au-dehors. Le conducteur se précipita vers Daphné. Il s'arrêta net, observant la femme étendue par terre, semblable à une petite poupée de chiffon désarticulée, le visage enfoui dans la neige.

«Oh! Mon Dieu! Oh! Mon Dieu!...»

Pendant un instant, il resta là, immobile, désespéré, puis se tourna frénétiquement vers la femme qui se tenait près de lui, le regard à la fois terrorisé et furieux, comme si quelqu'un était à blâmer, n'importe qui excepté lui.

«Bon Dieu! Appelez les flics.»

Puis il s'agenouilla près de Daphné, craignant de la toucher, de la remuer, encore plus effrayé, cependant, à l'idée qu'elle fût morte.

«Est-ce qu'elle est... en vie?»

Un autre homme s'était accroupi dans la neige, à côté du chauffeur.

«Je ne sais pas.»

Elle était immobile, muette, sans vie. Et tout à coup, l'homme qui l'avait renversée se mit à pleurer doucement.

«Je l'ai tuée, Harry... Je l'ai tuée...»

Il s'approcha de son ami, et les deux hommes,

toujours à genoux, s'étreignirent dans une angoisse silencieuse. A ce moment, deux taxis et un autobus s'arrêtèrent, et les conducteurs sortirent en courant.

« Qu'est-ce qui est arrivé ? »

Tout à coup, tout le monde s'affairait, parlait, donnait des explications... Elle avait couru devant le véhicule, sans regarder ; il n'avait pas pu s'arrêter à temps à cause du verglas...

« Où diable est fourrée la police quand on a besoin d'elle ? » jurait le conducteur.

Il songeait, sans savoir pourquoi, au chant de Noël qu'ils avaient entonné à peine une heure auparavant... « Douce nuit, Sainte nuit »... et maintenant, cette femme gisait devant lui, sur la neige, morte ou mourante, et ces foutus flics n'arrivaient pas.

« Madame ?... Madame, vous m'entendez ? »

Le chauffeur de bus était agenouillé à côté d'elle, le visage contre le sien, essayant de sentir sa respiration.

« Elle est en vie. »

Il leva les yeux vers l'attroupement.

« Quelqu'un a une couverture ? »

Personne ne bougea. Alors il reprit, presque avec colère :

« Donnez-moi votre manteau. »

Pendant un instant, le chauffeur de la familiale parut atterré.

« Pour l'amour de Dieu, mon vieux, cette femme est peut-être en train de mourir. Enlevez votre manteau. »

Alors il s'exécuta rapidement, ainsi que deux autres personnes.

« Surtout, n'essayez pas de la bouger. »

L'homme recouvrit précautionneusement le corps de Daphné et lui souleva délicatement la tête pour qu'elle ne gèle pas dans la neige. Quelques instants plus tard, le gyrophare rouge apparut. C'était une ambulance de la ville. Ils avaient eu une nuit déjà très chargée, comme toujours à Noël. Une voiture de police les suivait de près, dont la sirène angoissante se faisait de plus en plus stridente, à mesure qu'elle approchait.

Les ambulanciers se précipitèrent aussitôt vers Daphné ; le chauffeur de la familiale accourut à leur rencontre, plus calme maintenant, mais tremblant de froid. Les ambulanciers déposèrent délicatement le corps de Daphné sur la civière. Elle était muette et ne donnait aucun signe de souffrance. Son visage était écorché et coupé en plusieurs endroits.

La police prit le témoignage du chauffeur et expliqua qu'il lui faudrait subir un alcootest avant de pouvoir être relâché. Tout le monde s'écria qu'il était sobre, que c'était lui qui avait bu le moins ce soir-là et que Daphné avait surgi devant le véhicule, sans même regarder devant elle.

« Désolé, c'est la routine. »

Le policier ne semblait pas ému le moins du monde. Il regardait calmement le visage de Daphné. C'était une femme de plus. Une victime de plus. Une affaire de plus. Il voyait pire que ça presque chaque nuit. Vols à main armée, bagarres, meurtres, viols.

« Elle est vivante ?

— Ouais. »

Le chauffeur de l'ambulance fit un bref signe de tête.

« Tout juste. »

Ils finissaient de mettre en place un masque à oxygène et de dégrafer complètement le manteau de vison, pour contrôler le rythme cardiaque.

« Mais elle va nous lâcher, si on ne se dépêche pas.

— Où l'emmenez-vous ? »

Le policier griffonnait sur son rapport « femme de

race blanche, d'âge indéterminé... probablement dans les trente-cinq ans ».

Le chauffeur de l'ambulance ferma la portière et répondit :

« Nous allons l'emmener à Lenox Hill[1], c'est le plus près. Je ne pense pas qu'elle puisse aller plus loin.

— Elle n'a pas de papiers ? »

Un casse-tête de plus. Cette nuit, ils avaient déjà envoyé à la morgue deux cadavres non identifiés.

« Si. Elle a un portefeuille.

— D'accord. On vous suit. Je noterai tout ça là-bas. »

Le soulagement fut général lorsque le chauffeur disparut pour emmener la blessée à Lenox Hill. Pendant ce temps, l'officier de police s'en revenait vers le chauffeur, tout tremblant, qui remettait son manteau à grand-peine.

« Vous allez m'arrêter ?

— Non, à moins que vous ne soyez ivre. Nous ferons l'alcootest à l'hôpital. Dites à l'un de vos amis de nous suivre jusque là-bas. »

L'homme acquiesça, monta dans la familiale et fit signe à l'un de ses amis qui se glissa rapidement au volant. Les éclats de rire et les bavardages avaient fait place à un silence lugubre, que venait rompre le cri plaintif des sirènes filant vers Lenox Hill.

1. Hôpital de New York. (N. d. T.)

CHAPITRE II

Une activité fébrile régnait de toutes parts dans la salle des urgences, où se croisaient des hordes de gens vêtus de blanc qui avaient l'air de se déplacer avec la rigueur d'un ballet parfaitement agencé. Des infirmières et trois médecins de garde vinrent au-devant de l'ambulance. Daphné fut transportée immédiatement dans le Service des soins intensifs. On la déshabilla rapidement pour l'ausculter.

« Bassin fracturé... bras cassé... déchirures aux deux jambes... »

Une profonde blessure à la cuisse s'était mise à saigner abondamment.

« Un peu plus, et l'artère fémorale était sectionnée... »

Le médecin de garde agissait avec rapidité, parant à tout, prenant son pouls, surveillant sa respiration. Elle était en état de choc, le teint pâle, les yeux clos. Elle avait perdu toute conscience, toute identité. Elle était seulement une malade de plus. Un cas de plus. Mais dans un état grave. Et pour pouvoir la sauver, il leur faudrait agir vite et bien. Une épaule avait été luxée, et les radios leur diraient si elle avait aussi une jambe cassée.

« Vous pensez qu'elle a subi un traumatisme

crânien?» s'empressa de demander l'autre médecin, tandis qu'il faisait l'intraveineuse.

Il acquiesça.

«Oui. Et même grave.»

Le médecin en chef fronça les sourcils lorsqu'il braqua le faisceau d'une étroite lampe de poche dans ses yeux.

«Mon Dieu! On dirait qu'on l'a précipitée du haut de l'Empire State Building.»

Maintenant qu'elle n'était plus allongée sur la glace, tout son visage était maculé de sang; il faudrait lui mettre des points au moins à six endroits différents.

«Appelez Garrison. On va avoir besoin de lui.»

Le spécialiste en chirurgie réparatrice arriva aussitôt.

«Qu'est-ce qui s'est passé?

— Elle a été renversée par une voiture.

— Un chauffard?

— Non. Le type s'est arrêté. Les flics disent qu'il a bien failli en faire une attaque.»

Les infirmières observaient en silence les deux médecins qui s'affairaient autour de Daphné; puis on l'amena dans la salle des radios. Elle n'avait toujours pas donné signe de vie. Les radios révélèrent un bras cassé, une fracture du bassin, une fracture ouverte du fémur, et la radio du crâne montra qu'il y avait moins de mal qu'on aurait pu le craindre, mais la commotion cérébrale semblait sérieuse et ils s'attendaient à des convulsions. Une demi-heure plus tard, Daphné fut transportée en salle d'opération, où les chirurgiens firent l'impossible pour la sauver. Il y avait à l'évidence une hémorragie interne, mais si l'on tenait compte de sa taille et de l'impact du choc, elle avait de la chance d'être encore en vie. Beaucoup de chance. Et sa feuille de soins montrait bien qu'elle n'était pas encore tirée d'affaire. A quatre heures et demie du matin, elle quitta la salle d'opération pour le Service des soins intensifs, et c'est là que l'infirmière de nuit examina soigneusement sa fiche médicale. Elle parut soudain étonnée et se mit à observer attentivement Daphné.

« Eh bien, Watkins ? Il me semble que vous avez déjà vu des cas semblables, non ? »

Le médecin de garde la regardait d'un œil cynique ; elle se détourna et se murmura quelque chose à elle-même, l'air contrarié.

« Vous savez qui elle est ?

— Ouais. Une femme qui a été renversée par une voiture dans Madison Avenue, juste avant minuit... fracture du bassin, fracture ouverte du fémur...

— Vous voulez que je vous dise, docteur ? Vous ne vaudrez pas un clou dans ce métier tant que vous n'aurez pas appris à voir autre chose que ce qui est inscrit là. »

Depuis sept mois, elle le regardait exercer son métier avec précision, mais bien peu d'humanité. C'était un technicien, mais il n'avait pas de cœur.

« Bon, très bien. »

Il prit un air las. Vivre en bonne intelligence avec les infirmières n'était pas son fort, mais il avait fini par comprendre que c'était essentiel.

« Bon, alors, qui est-ce ?

— Daphné Fields, dit-elle presque avec respect.

— Terrible ! Mais le fait que je sache son nom ne change en rien son état.

— Vous ne lisez donc jamais !

— Si, si ! Des manuels et des revues médicales. »

Mais, au même instant, la mémoire lui revint.

Sa mère avait lu tous les livres de Daphné Fields. Pendant quelques instants, le jeune médecin, habituellement si impudent, garda le silence.

« Elle est très connue, je crois.

— Elle est certainement la romancière la plus célèbre de tout le pays.

— Ça ne lui a pas porté bonheur cette nuit. »

Il semblait pourtant désolé tout en regardant la petite forme immobile sous les draps blancs, et le masque à oxygène. Tous deux la contemplèrent longuement puis s'éloignèrent ensuite jusqu'à la salle des infirmières, où s'affairait le personnel. Là, le jour et la nuit ne faisaient aucune différence. Tout se déroulait à la même cadence vingt-quatre heures sur vingt-quatre. Certains patients en arrivaient presque à faire des crises d'hystérie à cause des lumières perpétuellement allumées, du vacarme des surveillants et des appareils de réanimation.

« Est-ce qu'on a regardé ses papiers pour voir s'il y a quelqu'un à prévenir ? »

L'infirmière était persuadée que pour une femme d'une telle réputation, il y aurait une foule de gens anxieux d'être à ses côtés, un mari, des enfants, son agent de publicité, son éditeur, des amis importants. Pourtant, elle savait aussi, d'après des articles qu'elle avait lus auparavant, combien Daphné défendait ardemment sa vie privée. Peu de gens savaient quelque chose d'elle.

« Je n'ai trouvé qu'un permis de conduire, de la monnaie, des cartes de crédit, et un rouge à lèvres.

— Je vais regarder de nouveau. »

Elle sortit la grande enveloppe marron, à la fois émue et gênée de manipuler ainsi les affaires personnelles de Daphné qu'elle admirait tant et qu'elle considérait un peu comme une amie. Elle ne pouvait s'empêcher de songer, tout en fouillant dans son sac à main, à tous ces admirateurs qui attendaient des heures entières dans les librairies pour le bonheur d'obtenir un autographe, ou tout au moins un sourire de leur romancière préférée.

« Elle vous impressionne, n'est-ce pas ? »

Le jeune médecin la regardait, intrigué.

« C'est une femme extraordinaire, et si intelligente ! »

Son regard se fit plus intense.

« Elle a donné du bonheur à beaucoup de gens. Il y a eu des moments... »

Elle se sentait stupide de confier ainsi ses pensées, mais elle le devait à cette femme qui luttait maintenant entre la vie et la mort.

« Elle seule a su me redonner le goût de vivre, lorsque j'avais perdu tout espoir. »

C'était lorsque Elizabeth Watkins avait perdu son mari dans un accident d'avion, et qu'elle avait voulu mourir aussi. Elle avait pris un congé d'un an à l'hôpital, et s'était enfermée chez elle, en buvant pour oublier. Mais lorsqu'elle avait découvert les romans de Daphné Fields, elle avait repris courage, captivée par la détermination des personnages qui lui semblaient si proches d'elle. Elle trouva, comme eux, la force de se battre. Grâce à Daphné, elle surmonta son désespoir et reprit son métier à l'hôpital.

« C'est une femme formidable. Et si je peux faire quoi que ce soit pour elle, je le ferai.

— Elle en a bien besoin. »

Il soupira et prit une autre feuille de soins, mais se promit de ne pas oublier de dire à sa mère, la prochaine fois qu'il la verrait, qu'il avait soigné Daphné Fields. Il savait déjà que, tout comme Elizabeth Watkins, sa mère en serait impressionnée.

« Docteur Jacobson ?

— Ouiii ?...

— Est-ce qu'elle s'en sortira ? »

Il hésita un instant, puis haussa les épaules.

« Je ne sais pas. Il est trop tôt pour se pro-noncer. Les lésions internes et la commotion cérébrale n'ont pas fini de nous en faire voir. Elle a reçu un terrible coup à la tête. »

Et il s'en alla. D'autres patients réclamaient ses soins. Pas seulement Daphné Fields. Il se deman-dait, en attendant l'ascenseur, ce qui avait bien pu faire d'elle un mythe. Est-ce parce qu'elle savait ficeler de bonnes histoires, ou bien y avait-il autre chose ? Pourquoi des gens comme l'infir-mière Watkins la considéraient-ils comme une amie ? Était-ce du vent ou un bon coup de publicité ? En attendant, il fallait à tout prix essayer de la sauver.

Après le départ du médecin, Elizabeth examina une nouvelle fois les papiers de Daphné. Aucun document n'indiquait qui prévenir en cas d'ur-gence. Il n'y avait d'ailleurs rien dans son sac qui puisse fournir le moindre renseignement. Pour-tant, elle trouva, enfouie dans une poche, la photographie d'un petit garçon. C'était un très joli petit enfant blond, aux grands yeux bleus. Il était assis sous un arbre, souriant de toutes ses dents, et faisait un drôle de geste avec ses mains. Mais c'était tout et, hormis son permis de conduire et les cartes de crédit, il n'y avait rien d'autre qu'un billet de vingt dollars. Daphné habitait dans la 69e Rue, entre Park Avenue et Lexington Avenue, un immeuble que l'infirmière savait déjà cossu et bien gardé par un portier ; mais qui l'attendait chez elle ? Elle constatait avec étonnement qu'en dépit de la fascination qu'exerçaient sur elle les livres de Daphné, elle ne savait absolument rien d'elle. Liz dut s'interrompre dans ses réflexions pour se rendre auprès d'un malade dont l'état de santé était inquiétant. Elle eut beaucoup à faire et ne put retourner voir Daphné que vers sept heures du matin, une fois son service terminé. Les autres infirmières l'avaient visitée tous les quarts d'heure ; il n'y avait eu aucun changement depuis qu'on l'avait montée au cinquième étage.

« Comment va-t-elle ?

— Toujours pareil.

— Rien de nouveau pour les organes vitaux ?

— Non, rien. »

L'infirmière Watkins regarda de nouveau la feuille de soins et se mit à examiner le visage de Daphné. Malgré les pansements et la pâleur de son teint, quelque chose d'obsédant habitait son visage. Quelque chose qui vous faisait souhaiter qu'elle ouvrît les yeux et qu'elle vous regardât, pour pouvoir enfin en savoir davantage. Elizabeth Watkins se tenait tranquillement près d'elle, touchant très légèrement sa main. Tout à coup, les paupières de Daphné se mirent à battre et l'infirmière sentit son cœur taper à grands coups.

Daphné semblait regarder autour d'elle comme à travers une brume lointaine. Mais elle était encore très ensommeillée, et il était évident qu'elle ne savait pas où elle se trouvait.

« Jeff ? »

C'était presque un soupir.

« Tout va bien, madame Fields. »

L'infirmière Watkins supposait que Daphné Fields était mariée. Elle lui répondit d'une voix douce et apaisante, pour tenter de la réconforter. Mais Daphné paraissait effrayée et inquiète. Elle semblait lutter pour concentrer son regard sur le visage de l'infirmière.

« Mon mari... »

Elle se souvenait du hurlement familier des sirènes de la nuit précédente.

« Il va bien, madame Fields. Tout va très bien.

— Il est parti chercher... le bébé... je ne pouvais pas... je n'ai pas... »

Elle n'avait pas la force de continuer. Elizabeth lui pressa doucement la main.

« Vous allez très bien. Vous allez très bien, madame Fields. »

Mais tout en la rassurant, elle songeait au mari de Daphné. Il devait être affolé maintenant, et se demander ce qui avait bien pu arriver à sa femme. Mais pour quelle raison se trouvait-elle donc toute seule à minuit, dans Madison Avenue, le soir de Noël ? Elle aurait voulu tout savoir d'elle et de son entourage. Était-il semblable aux personnages qu'elle décrivait dans ses livres ?

Daphné retomba ensuite dans un sommeil agité et l'infirmière se retira. Mais elle ne put se retenir de demander à l'infirmière qui la remplaçait :

« Est-ce que tu sais qui est cette femme ?

— Laisse-moi deviner. Le Père Noël. A propos, joyeux Noël, Liz.

— Joyeux Noël. »

Elizabeth Watkins sourit d'un air las. La nuit avait été longue.

« Daphné Fields. »

Elle savait que l'autre infirmière avait elle aussi lu plusieurs de ses livres.

« C'est vrai ? »

Sa collègue parut interloquée.

« Comment est-ce arrivé ?

— Elle a été renversée par une voiture la nuit dernière.

— Oh ! mon Dieu ! »

Elle tressaillit.

« C'est grave ?

— Jette un coup d'œil à la feuille de soins. »

Il y avait une grande étiquette rouge dessus, pour signaler que son état était encore critique.

«On l'a remontée du bloc opératoire vers quatre heures trente. Elle n'est revenue à elle que quelques minutes. J'ai dit à Jane de le noter sur la fiche.

— Comment est-elle ?»

Au même moment, elle sentit combien elle était ridicule. Dans l'état où se trouvait Daphné, qui aurait bien pu le dire ?

«Ne fais pas attention.»

Elle sourit avec embarras.

«C'est simplement qu'elle m'a toujours intriguée.

— Moi aussi, tu le sais bien.

— Est-ce qu'elle est mariée ?

— Oui, apparemment. Elle a réclamé son mari dès qu'elle s'est réveillée.

— Il est là ?

— Pas encore. Je crois que personne ne sait qui prévenir. Il n'y avait rien dans ses papiers. Je vais aller leur dire en bas. Il doit être malade d'inquiétude.

— Ça va lui faire un sacré choc.»

Liz signa sa feuille de présence et sortit. Mais avant de quitter l'hôpital, elle s'arrêta au bureau central des admissions et les informa que Daphné Fields avait un mari prénommé Jeff.

«Cela ne va pas nous aider beaucoup.

— Leur numéro n'est pas dans l'annuaire. Du moins, il n'y a rien au nom de Daphné Fields. Nous avons vérifié la nuit dernière.

— Essayez Jeff Fields.»

Et par simple curiosité, Liz Watkins décida de rôder quelques minutes, pour connaître les résultats de l'enquête. La jeune fille interrogea l'ordinateur, mais il n'y avait rien au nom de Jeff Fields.

« Fields est peut-être un pseudonyme.

— Cela ne nous avance guère.

— Et maintenant?

— Nous attendons. Il est plus que probable que sa famille doit être très inquiète maintenant. Peut-être vont-ils appeler la police ou les hôpitaux. Ils la trouveront. Ce n'est pas comme si elle était sans papiers. Et puis, nous pourrons toujours téléphoner à son éditeur lundi. »

La jeune employée avait elle aussi reconnu son nom.

« A quoi ressemble-t-elle?

— A une femme qui a été renversée par une voiture. »

Pendant un instant, Liz parut triste.

« Est-ce qu'elle va s'en sortir? »

Liz soupira.

« Je l'espère.

— Moi aussi. Mon Dieu, c'est une si grande romancière! »

Liz quitta le bureau des admissions, soudain angoissée. C'était comme si cette femme, qui était là-haut, n'était pas vraiment un être humain, mais un simple nom sur la couverture d'un livre.

Tout en marchant, elle ne cessait de songer à elle. Il ne s'agissait pas d'une malade ordinaire, mais de Daphné Fields, cette femme dont les romans lui avaient apporté autant — sinon plus — que la présence d'une véritable amie. Une fois arrivée devant la station de métro de Lexington Avenue, à la 77e Rue, elle s'arrêta soudain et se surprit à regarder plus bas. L'adresse indiquée sur les cartes de crédit se situait seulement huit rues plus loin. Pourquoi ne pas se rendre chez Jeff Fields? Il devait être à moitié fou d'inquiétude maintenant, et se demander avec angoisse où pouvait bien se trouver sa femme. Certes, le procédé n'était pas très régulier, mais il avait le droit de savoir. Si elle pouvait lui parler maintenant et lui éviter de folles recherches, y avait-il quelque mal à ça?

Elle atteignit la 69e Rue, et tourna sur sa droite, vers Park Avenue. Une minute plus tard, elle se trouvait devant l'immeuble. Il était exactement tel qu'elle se l'était imaginé. C'était un grand bâtiment de pierre, cossu, avec un auvent vert foncé et un portier en uniforme qui se tenait juste à l'entrée. Il lui ouvrit la porte, le regard volontairement inquisiteur. Il prononça seulement:

« Oui?

— L'appartement de Mme Fields? »

« C'est extraordinaire », se disait-elle tout en le regardant. Elle lisait ses romans depuis quatre ans, et voilà qu'elle se retrouvait dans l'entrée de sa maison, comme une vieille connaissance.

« Mlle Fields est absente.

— Je sais. J'aimerais parler à son mari. »

Le portier fronça les sourcils.

« Mlle Fields n'est pas mariée. »

Il parlait avec autorité, mais elle eut tout de même envie de lui demander s'il en était bien sûr. Peut-être était-il nouveau ici, et ne connaissait-il pas Jeff. Pendant un instant, Liz se sentit déroutée.

« Y a-t-il quelqu'un d'autre chez elle?

— Non. »

Il la regardait avec méfiance; elle décida alors de lui exposer la situation.

« Mlle Fields a eu un accident la nuit dernière. »

Une inspiration subite lui fit ouvrir grand son manteau qui laissait voir ainsi l'uniforme blanc.

« Je suis infirmière à l'hôpital de Lenox Hill et nous n'avons pu recueillir aucun renseignement sur sa famille. J'ai pensé que peut-être...

31

« — Comment va-t-elle ? »

Le portier avait l'air sincèrement inquiet.

« Difficile de vous répondre. Elle est toujours dans un état critique et j'ai pensé que... Elle ne vit donc avec personne ? »

Il se contenta simplement de secouer la tête.

« Personne. Une femme de ménage vient tous les jours, sauf le week-end. Il y a aussi sa secrétaire, Barbara Jarvis, mais elle ne sera pas là avant la semaine prochaine. »

Barbara le lui avait annoncé en souriant, lorsqu'elle lui avait donné ses étrennes, de la part de Daphné.

« Savez-vous comment je pourrais la joindre ? »

Il secoua à nouveau la tête avec embarras, et à ce moment-là, Liz se souvint de la photo du petit garçon.

« Et son fils ? »

Le portier se mit à la regarder bizarrement, presque comme si elle avait été un peu folle.

« Elle n'a pas d'enfants, mademoiselle. »

Quelque chose de provocant et de protecteur tout à la fois passa alors dans ses yeux, et pendant l'espace d'une seconde, Liz se demanda s'il ne mentait pas. Puis, il planta son regard dans celui de Liz, l'air digne et distant, et lui dit :

« Elle est veuve, vous savez. »

Les mots frappèrent Liz de plein fouet. Abasourdie, elle s'éloigna sans un mot, et se remit à marcher. Elle sentait les larmes lui brûler les yeux. Ce n'était pas le froid qui la faisait pleurer, mais son propre sentiment d'égarement. Comme si elle revivait à nouveau la mort de son mari ; comme si le chagrin immense qu'elle avait eu la première année après sa mort accidentelle était revenu. Ses romans n'étaient donc pas seulement de simples fictions. Elle savait. Elle était passée par là, elle aussi. Liz Watkins se sentit tout à coup encore plus proche d'elle. Daphné était veuve et elle vivait seule. Elle n'avait personne, mis à part une secrétaire et une femme de ménage. Et Liz Watkins se surprit à penser que c'était là une existence bien solitaire pour une femme qui écrivait des livres si pleins de sagesse, d'humanité et d'amour. Peut-être Daphné Fields était-elle aussi seule qu'elle.

En quelques secondes, un lien supplémentaire semblait s'être créé entre les deux femmes. Bouleversée par ce qu'elle venait d'apprendre, Liz gagna machinalement la station de métro.

CHAPITRE III

DAPHNÉ flottait dans une brume légère. Au loin, elle distinguait une lumière qui s'approchait puis disparaissait tour à tour. Il lui semblait voguer sur un bateau s'éloignant lentement de la côte, laissant loin derrière le phare qui clignotait faiblement. Pourtant, le paysage était familier et la terreur qui l'envahissait n'était pas nouvelle. Une nuit, elle poussa un cri : dans son cauchemar, elle voyait devant elle un rideau de flammes. Mais l'infirmière lui administra un calmant et le vide se fit à nouveau dans son esprit. Il lui semblait flotter très haut dans le ciel sur de gros nuages blancs. Elle entendait au loin son propre rire. Elle se replongea dans son rêve et vit alors Jeff à ses côtés, comme autrefois...

« On fait la course jusqu'à la dune, mon canard ? »

Il lui donnait toujours de petits surnoms. Tous deux semblaient voler dans leur course, mais Jeff, grâce à ses jambes musclées, l'emportait. Daphné, ses cheveux blonds flottant dans le vent, courait derrière lui sur le sable. Elle était rapide mais ne parvenait jamais à le battre.

« Allez, tu peux y arriver ! »

Mais avant qu'elle ait pu atteindre la dune, il la souleva et la serra dans ses bras, l'embrassant avec cette fougue qui la laissait haletante, aussi haletante que la première fois. Elle s'en souvenait. Elle avait dix-neuf ans.

Ils s'étaient rencontrés à un colloque d'avocats auquel elle assistait pour le compte du *Daily Spectator*. Elle faisait des études de journalisme et écrivait avec le plus grand sérieux et beaucoup d'ardeur une série d'articles sur de jeunes avocats talentueux. Jeff l'avait remarquée immédiatement et s'était arrangé pour s'échapper et l'inviter à déjeuner.

« Je ne sais pas si je peux... »

Elle avait un chignon dans lequel elle avait piqué un crayon et tenait fermement son bloc-notes. Elle le regarda de ses grands yeux bleus, un rien moqueurs. Elle semblait le taquiner en silence.

« N'êtes-vous pas censé travailler vous aussi ?

— Bien sûr, bien sûr... Mais vous pourrez me poser des questions après déjeuner. »

Des mois plus tard, elle lui avait reproché sa suffisance. En fait, il mourait d'envie de passer quelques heures avec elle.

Ils achetèrent une bouteille de vin rouge, des pommes et des oranges, un morceau de pain et du fromage. Ils louèrent un bateau à Central Park et se promenèrent sur le lac, tout en bavardant. Il lui parla de son travail, elle de ses études, de ses voyages en Europe, des étés lointains passés dans le sud de la Californie, dans le Tennessee et le Maine. La mère de Daphné était originaire du Tennessee, son père, né à Boston, était mort lorsqu'elle avait douze ans. Elles étaient parties alors vivre dans le Sud, que Daphné détestait et qu'elle avait enfin pu quitter pour aller faire ses études dans un collège de New York.

« Qu'en pense votre mère ? »

Il voulait tout savoir d'elle.

« Elle en a pris son parti, je suppose. »

Elle eut un sourire amusé. Jeffrey se sentait troublé. Elle était si douce, si élégante...

« Elle a décrété que malgré tous ses efforts, j'étais bel et bien une Yankee... Et puis, elle ne m'a jamais pardonné d'être intelligente.

— Votre mère n'aime pas les gens intelligents ? »

Jeffrey se sentit gai. Elle lui plaisait. Infiniment. Il évitait de regarder sa jupe bleue et ses jambes. Elle lui parla encore de sa mère en prenant l'accent du Sud, ce qui les fit beaucoup rire. On était en juillet, la matinée était superbe.

« Parlez-moi de votre métier, Jeffrey. Comment est-ce ? J'ai souvent pensé faire mon droit. »

Il soupira et se cala confortablement.

« C'est un métier très prenant, mais très intéressant. Vous auriez voulu être avocate ?

— Peut-être. Enfin, pas vraiment. J'y ai beaucoup réfléchi. A vrai dire, j'aimerais écrire.

— Quel genre ?

— Je ne sais pas. Des nouvelles, des articles. »

Elle rougit et baissa les yeux. Elle n'osait pas lui parler de sa vocation. Peut-être n'y parviendrait-elle jamais.

« J'aimerais écrire un livre. Un roman.

— Qu'attendez-vous ? »

Elle éclata de rire. Il lui versa un autre verre de vin.

« Vous croyez que c'est si simple ?

— Je pense que vous êtes capable de le faire.

— J'aimerais en être sûre. Et puis, de quoi vivrai-je pendant ce temps-là ? »

Elle avait dépensé tout ce que son père lui avait laissé pour ses études. L'année qui venait s'annonçait difficile. Elle craignait déjà de manquer d'argent. Sa mère ne pourrait pas l'aider. Elle travaillait dans une boutique de prêt-à-porter à

Atlanta, mais son salaire était juste suffisant pour la faire vivre.

« Vous n'avez qu'à épouser un homme riche ! »

Daphné fit la moue.

« Vous parlez comme ma mère.

— C'est ce qu'elle espère ?

— Évidemment !

— Qu'allez-vous faire une fois vos études terminées ?

— J'aimerais trouver un métier intéressant, dans un magazine ou un journal, par exemple.

— A New York ? »

Elle acquiesça. Inexplicablement, il se sentit soulagé. Il la regarda, la tête penchée.

« Allez-vous rentrer chez vous cet été, Daphné ?

— Non. Je continue mes études cet été aussi. Je veux les terminer le plus vite possible. »

Elle n'avait pas assez d'argent pour perdre du temps.

« Quel âge avez-vous ? »

En fait, c'était lui qui posait les questions. Daphné ne l'avait même pas interrogé sur son métier. Ils avaient parlé uniquement d'eux, tout au long de leur promenade en barque.

« J'ai dix-neuf ans. »

Sa voix était pleine de défi. On lui disait toujours qu'elle était trop jeune.

« Et en septembre, j'aurai vingt ans... et mon diplôme.

— Impressionnant ! »

Il souriait avec douceur. Elle rougit.

« Je veux dire que Columbia est réputée pour sa difficulté. Vous avez dû beaucoup travailler. »

Elle comprit ce qu'il voulait dire et en fut heureuse. Il lui plaisait. Peut-être un peu trop. Pas seulement parce qu'elle avait bu du vin et que le temps était superbe. Elle était sensible au dessin de sa bouche, à la douceur de son regard, à la force qui se dégageait de lui lorsqu'il ramait. Et cette façon qu'il avait de la regarder, de s'intéresser à elle, de lui parler avec tant de justesse.

« Merci, répondit-elle.

— Et que faites-vous d'autre ? »

Elle parut étonnée.

« Que voulez-vous dire ?

— Quels sont vos loisirs, lorsque vous n'interviewez pas des avocats à Central Park, en sirotant un verre de vin ? »

Elle éclata de rire.

« Avez-vous bu ? Ou est-ce le soleil ?

— Non. Je pense que c'est de votre faute... »

Ils se rendirent compte tout à coup qu'ils avaient tout à fait oublié le colloque.

« Personne ne remarquera notre absence », dit-il tandis qu'ils se dirigeaient vers le zoo.

Ils s'amusèrent à regarder les hippopotames, lancèrent des cacahouètes aux éléphants et allèrent voir les singes. Il voulait la faire monter sur un poney, mais elle refusa en riant. Ils préférèrent faire le tour du parc en calèche, puis marchèrent jusqu'à l'appartement de Daphné.

« Voulez-vous monter une minute ? »

Elle lui souriait avec innocence, tenant le ballon rouge qu'il lui avait acheté au zoo.

« J'en serais très heureux. Mais votre mère serait-elle d'accord ? » Il avait vingt-sept ans et depuis qu'il avait eu son diplôme de droit à Harvard, c'était la première fois qu'il se demandait ce que pourrait bien penser la mère d'une de ses conquêtes. Sa vie n'avait été faite jusque-là que d'aventures et de rendez-vous galants.

Daphné se mit à rire et se haussa sur la pointe des pieds.

« Non, monsieur Jeffrey Fields. Ma mère n'apprécierait pas du tout !

— Et pourquoi ? »

Il remarqua au même instant qu'un couple les observait en souriant. Ils paraissaient si jeunes, si beaux, si parfaitement assortis. Jeffrey avait les cheveux un peu plus foncés que ceux de Daphné, des yeux gris-vert éblouissants et des traits fins, tout comme elle. La force qui émanait de lui contrastait merveilleusement avec la fragilité de Daphné. Il la serra contre lui.

« C'est parce que je suis un Yankee, hein ?

— Non. C'est plutôt que vous êtes trop vieux et que vous avez trop bon genre. »

Elle eut un sourire et se dégagea doucement de son étreinte.

« Et parce que vous avez certainement embrassé la moitié des filles de la ville — elle rit à nouveau — moi y compris.

— Vous avez raison. Ma mère aussi serait choquée.

— Écoutez : montez tout de même prendre une tasse de thé. Je ne dirai rien à votre mère et vous ne direz rien à la mienne, d'accord ? »

L'appartement de Daphné était petit, un peu triste mais convenable. Elle lui prépara du thé glacé à la menthe, accompagné de délicieux petits gâteaux au citron. Jeff s'était assis auprès d'elle sur le canapé. Lorsque huit heures arriva, il s'aperçut qu'il ne s'était pas ennuyé une seconde. Il ne pouvait la quitter des yeux. Il venait de comprendre qu'il avait enfin rencontré la femme de ses rêves.

« Que fait-on pour le dîner ?

— Vous n'êtes pas encore fatigué de moi ? »

Mais le temps avait passé si vite. Le soleil se couchait sur Central Park. Ils ne s'étaient pas quittés depuis midi.

« Je crois que je ne serai jamais fatigué de vous, Daphné. Voulez-vous m'épouser ? »

La question la fit rire. Elle le regarda et remarqua l'expression sérieuse de son visage.

« En plus du dîner ou à la place ?

— Je suis sérieux, vous savez.

— Vous êtes fou.

— Pas du tout. Je suis un as. J'étais premier en classe et je serai bientôt un grand avocat. Vous allez écrire des romans à succès et puis — son regard se fit plus intense — nous aurons certainement trois enfants. Deux suffiraient, mais nous sommes tellement jeunes que nous aurons envie d'en avoir un troisième. Qu'en dites-vous ? »

Daphné ne pouvait s'arrêter de rire.

« Je continue de penser que vous êtes fou !

— D'accord, je l'admets. Nous n'aurons que deux enfants. Et un chien. Un cocker roux. »

Tout à coup, il parut aussi vulnérable qu'un petit garçon et Daphné sentit son cœur se serrer.

« Est-ce que je vous plais ?

— Je pense que vous êtes formidable... et tout à fait fou !

» C'est comme ça que vous vous y prenez avec les filles, ou uniquement avec d'innocentes étudiantes comme moi ? »

Il avait l'air parfaitement sérieux et calme.

« Je n'ai jamais dit de telles choses à qui que ce soit, Daphné, jamais. »

Il se redressa.

« Quand allons-nous nous marier ?

— Quand j'aurai trente ans. »

Ils s'observèrent quelques instants.

« Quand vous aurez trente ans, j'en aurai trente-huit. Je serai trop vieux.

— Mais moi, je suis trop jeune. Appelez-moi dans dix ans. »

Elle paraissait déterminée, ce qui lui plut infiniment. Il s'approcha d'elle.

« Si je pars maintenant, je vous appellerai dans dix minutes. Si j'ai la force d'attendre jusque-là. Voulez-vous m'épouser ?

— Non. »

Elle se sentait défaillir.

« Je vous aime, Daphné. Même si vous pensez que je suis fou.

» Et que vous me croyiez ou non, nous nous marierons bientôt.

— Je n'ai pas un sou. »

Elle devait le lui dire. La situation était grave. Elle savait, malgré elle, que sa proposition était très sérieuse.

« Moi non plus, Daphné. Mais nous serons riches un jour. Et puis en attendant, nous pouvons toujours vivre de thé glacé et de ces délicieux petits gâteaux.

— Êtes-vous sérieux, Jeff ? »

Elle semblait perdue. Il lui fallait vraiment savoir. Peut-être plaisantait-il après tout. Mais lorsqu'il lui répondit, en lui effleurant la joue et en lui prenant les mains, sa voix était déterminée :

« Très sérieux. Quoi qu'il arrive, Daphné, je suis sûr que nous serons toujours heureux ensemble. Je pourrais vous épouser cette nuit, parce que je sais que nous nous aimerons toute notre vie. Cela n'arrive qu'une fois et je ne veux pas laisser passer cette chance unique. Si vous n'êtes pas d'accord, je vous persuaderai jusqu'à ce que vous m'écoutiez. Parce que j'ai raison et que je le sais. »

Il y eut un court silence.

« Et parce que je pense que vous le savez aussi. »

Il la regarda. Ses yeux étaient embués de larmes.

« Je dois réfléchir. Je ne suis pas sûre de comprendre ce qui m'arrive.

— Moi, je le sais. Nous sommes tombés amoureux l'un de l'autre. Tout simplement. Nous aurions pu attendre cinq ans avant de nous rencontrer, peut-être dix. Mais nous nous sommes rencontrés aujourd'hui, à ce sacré colloque si ennuyeux, et tôt ou tard, vous serez ma femme. »

Il l'embrassa avec douceur puis se leva.

« Et maintenant, je vais vous souhaiter une bonne nuit, avant de me conduire vraiment comme un fou. »

Elle rit. Elle se sentait vraiment en sécurité. Elle savait qu'elle n'avait rien à craindre. C'est ce qui lui avait plu immédiatement. A ses côtés, elle se sentait heureuse, rassurée. Et elle était sensible à la force et à la douceur qui émanaient de lui.

« Je vous appellerai demain.

— Je serai au collège.

— A quelle heure partez-vous demain matin ?

— A huit heures.

— Je vous appellerai un peu avant. Nous déjeunerons ensemble ? »

Elle acquiesça, soudain intimidée et un peu stupéfaite.

« C'est bien vrai ?

— Absolument. »

Il l'embrassa avant de partir.

Daphné se sentait envahie par un trouble inconnu. Une fois seule dans son lit, elle tenta en vain de mettre de l'ordre dans ses idées ; toutes ses pensées allaient vers Jeffrey.

Il tint sa promesse. Le lendemain, il l'appela vers sept heures et l'attendait à midi à la sortie du collège.

Lorsqu'elle le vit, en descendant les escaliers, elle se sentit intimidée. Il n'y avait plus le tumulte de la veille, ni le vin, la barque et le soleil. Il n'y avait que cet extraordinaire jeune homme blond qui l'attendait et souriait fièrement comme si elle était déjà à lui. Et elle l'était. Pour toujours. Ils prirent un taxi et allèrent déjeuner au Metropolitan Museum. Puis il la ramena au collège. Elle se sentait merveilleusement bien avec lui, appréciant cette force mêlée de douceur qui l'avait déjà troublée la veille.

Ce soir-là, ils dînèrent chez elle. Il partit tôt dans la soirée. Le week-end suivant, ils allèrent chez des amis de Jeff dans le Connecticut, jouèrent au tennis et pêchèrent. A leur retour, il l'amena chez lui. Pour la première fois, il la prit dans ses bras et caressa avec douceur sa peau satinée. Ils passèrent la nuit enlacés. Mais ce n'est qu'au matin qu'ils s'aimèrent. Daphné découvrit ce jour-là les mystères de l'amour que Jeffrey lui révélait avec une douceur infinie. Et la nuit suivante, elle s'étonna elle-même de la passion qui la transportait.

Ils passèrent l'été, tantôt chez l'un tantôt chez l'autre, s'arrangeant pour être le plus souvent possible en tête-à-tête. Mais Jeff, n'y tenant plus, profita des vacances d'été pour emmener Daphné dans le Tennessee, où ils se marièrent, à la fin du mois d'août. La cérémonie fut discrète. Seuls quelques amis avaient été invités. Daphné portait une robe blanche en organdi, un grand chapeau et un bouquet de fleurs des champs. Sa mère pleura beaucoup, partagée entre la joie et la tristesse. Elle avait une leucémie, mais n'en avait soufflé mot à Daphné.

Cependant, avant que les jeunes mariés ne repartent dans le Nord, elle fit part de son état à Jeffrey. Il lui promit alors de veiller toujours sur Daphné. Elle mourut trois mois plus tard, alors même que Daphné attendait son premier enfant. Ils allèrent à l'enterrement à Atlanta. Daphné étant très éprouvée par le chagrin, Jeffrey s'occupa de tout. Elle n'avait plus que lui au monde, et l'enfant qu'elle portait.

Durant l'été, ils aménagèrent leur nouvel appartement. Ils avaient rapporté quelques meubles d'Atlanta. Daphné était toujours affectée par la mort de sa mère. Elle avait obtenu son diplôme en juin, et commença à travailler au mois de septembre pour le *Collins Magazine*, un journal féminin tout à fait respectable.

Jeffrey aurait préféré que Daphné s'arrête de travailler jusqu'au terme de sa grossesse, mais il dut reconnaître qu'elle s'en trouvait beaucoup mieux. Elle se mit en congé juste avant Noël. Son bébé devait naître deux mois plus tard. Sa joie grandissait de jour en jour et lui faisait oublier peu à peu la mort de sa mère. Elle décréta que si elle avait un garçon, elle l'appellerait Jeffrey, mais lui préférait une petite fille aussi belle que Daphné. Le soir, lorsqu'ils se couchaient, il touchait délicatement le ventre de Daphné et sentait l'enfant bouger. Ses yeux étaient pleins d'amour et d'émerveillement.

« Il ne te fait pas mal ? »

Il se faisait beaucoup de souci. Pourtant Daphné avait vingt et un ans et respirait la santé. Elle riait de ses inquiétudes.

« Non. Quelquefois, cela me fait une drôle d'impression. Mais je n'ai pas mal. »

Elle semblait si heureuse. Il s'en voulait presque de la désirer dans son état, et ils s'aimaient presque chaque nuit.

« Ça ne fait rien, Jeff ?

— Non. Bien sûr que non. Tu es belle, Daphné. Encore plus belle qu'avant. » Ses longs cheveux blonds encadraient son visage, lumineux et doux, et dans ses yeux dansait une petite flamme que Jeffrey n'avait jamais vue auparavant. Elle rayonnait de joie et d'espoir.

Lorsqu'elle ressentit les premières douleurs, elle l'appela à son bureau. Il se précipita chez lui, abandonnant son client, oubliant de poser le livre qu'il tenait à la main, beaucoup plus ému qu'il ne l'aurait voulu. Mais quand il trouva Daphné installée dans un fauteuil, il comprit que tout irait bien. Ils burent une coupe de champagne.

« A notre fille !

— A ton fils ! »

Ses yeux étincelaient. Mais les contractions recommencèrent. Il lui prit la main et, oubliant le champagne, appliqua à la lettre les leçons qu'ils avaient apprises ces dernières semaines, la soutenant, chronométrant la fréquence des contractions. Vers quatre heures, il sut que le moment était proche. Ils retrouvèrent le docteur à l'hôpital. Daphné souriait. Elle était si heureuse, si fière, et malgré la douleur qui l'obligeait à s'accrocher à Jeffrey, ses yeux gardaient cette même flamme étincelante.

« Ma chérie, tu es merveilleuse. Comme je t'aime ! »

Il la soutint jusqu'à la salle de travail et ne la quitta pas. Enfin à 22 heures 19 précises, Daphné, sous les yeux ravis de Jeffrey, donna le jour, dans un dernier effort, à une petite fille. Aimée Camilla Fields fit son entrée dans le monde en hurlant, saluée par le cri de victoire et de joie de sa mère. Daphné la reçut dans ses bras. Jeffrey les regardait tour à tour, pleurant et riant. Il caressait les cheveux trempés de Daphné tout en jouant avec les doigts minuscules de sa fille.

« Comme elle est belle, hein ? »

Daphné, elle aussi, pleurait et riait. Elle regardait son mari.

Il se baissa et lui donna un doux baiser sur les lèvres.

« Tu n'as jamais été aussi belle, Daff. Je t'aime. »

Les infirmières se retirèrent, émues comme à chaque fois qu'elles voyaient un enfant naître. Tous trois restèrent longtemps ensemble, jusqu'à ce que Daphné soit ramenée dans sa chambre.

Quand elle fut endormie, Jeffrey rentra et, une fois couché, se mit à penser à sa fille, à sa femme, à tout ce qu'ils avaient partagé depuis deux ans.

Trois ans passèrent. Daphné recommença à travailler au *Collins Magazine* lorsque Aimée eut un an. Malgré ses remords, à chaque fois qu'elle quittait sa fille, elle savait qu'il lui était nécessaire de travailler pour se sentir vraiment elle-même. Jeff avait compris lui aussi qu'être mère et épouse ne lui suffisait pas. Heureusement, Daphné avait trouvé une gardienne pour s'occuper d'Aimée. Daphné et Jeff formaient un couple si parfait que tout le monde les enviait. Un jour qu'ils passaient un week-end dans le Connecticut, un ami de Jeff leur demanda s'il ne leur arrivait jamais de se quereller.

« Bien sûr ! Au moins deux fois par semaine. Je la bouscule, elle me traite de tous les noms, alors, les voisins appellent la police et pour finir, quand tout le monde est parti, on regarde la télévision. »

Daphné se mit à rire, et lui envoya un baiser. Il était toujours le même, spirituel, aimant, tel enfin qu'elle l'avait rêvé avant même de le connaître.

Leur amie se plaignait :

« Vous me rendez malade tous les deux. Comment un couple marié peut-il être heureux ? Vous n'en avez aucune idée ?

— Pas la moindre ! »

Leurs amis les appelaient « Le Couple Parfait », et quelquefois, Daphné avait peur qu'un événement ne vienne briser leur union. Mais cinq ans avaient passé durant lesquels ils s'étaient encore rapprochés. Ils avaient les mêmes goûts et hormis la passion que Jeffrey nourrissait pour de sanglants matchs de football américain qui se disputaient à Central Park, le samedi après-midi, Daphné n'avait à se plaindre de rien. Ils avaient su trouver le mode de vie qui leur convenait et entendaient bien le préserver. Ils avaient quelquefois des problèmes d'argent mais ne s'en effrayaient pas. A trente-deux ans, Jeffrey gagnait très convenablement sa vie et le salaire de Daphné servait à payer les extra.

Lorsque Aimée eut trois ans et demi, ils décidèrent d'avoir un autre enfant. Mais l'heureuse nouvelle se faisait attendre. Le matin de Noël, Jeffrey proposa à Daphné d'essayer à nouveau.

«Après l'autre nuit? Je ne pense pas que j'en aurai la force!» Daphné faisait allusion à la nuit précédente. Après avoir installé les cadeaux d'Aimée, autour de l'arbre de Noël, ils avaient fait l'amour jusqu'à trois heures du matin. Jamais leur intimité n'avait été si grande. Daphné avait vingt-quatre ans maintenant; elle devenait de plus en plus belle et de plus en plus féminine.

Elle se mit à rire. Au même moment, Aimée surgit dans la chambre, les bras chargés de jouets. Jeffrey s'enroula dans une serviette tandis que Daphné enfilait la robe que lui avait apportée le Père Noël.

«Désolée, mon chéri!»

Il maugréa en riant puis alla prendre une douche. La journée fut paisible. Ils firent un excellent dîner et, après avoir couché Aimée, ils s'assirent au salon devant la cheminée, lisant et buvant du chocolat chaud.

Daphné s'étira sur le divan et posa la tête sur la poitrine de Jeff.

«Tu connais le nom d'une chaîne de montagnes au Pérou?

— Non. Qu'est-ce que c'est?»

Il n'avait aucun talent pour les mots croisés auxquels elle s'attaquait tous les dimanches, même les jours de fête.

«Mais comment fais-tu pour y arriver, Daff? J'ai été à Harvard, j'ai réussi, et je ne parviens toujours pas à trouver ne serait-ce que deux ou trois mots ! Et puis ne me demande pas comment s'appelait la sœur de Beethoven ou tu vas recevoir mon chocolat dans la figure !

— Ça y est ! Elle se redressa. Violence ! C'est le mot qui me manquait au 36 vertical !

— Elle me rendra fou ! Allez, viens !»

Il s'était levé et lui tendait la main..

«Allons nous coucher.

— Attendons que le feu soit éteint.» Ils venaient d'acheter un petit duplex, l'été précédent, et leur chambre comme celle d'Aimée se trouvait au premier étage. Daphné s'inquiétait un peu à cause de l'arbre de Noël qui était si près de la cheminée.

«Ne t'en fais pas. Il n'y a rien à craindre.

— Je préfère attendre.

— Allons, viens. Je te désire tellement que je vois trouble. Je suis sûr que tu as versé un aphrodisiaque dans mon chocolat.»

Elle sourit et se leva.

«Vous avez toujours été un obsédé sexuel, Jeffrey Fields ! Vous n'avez pas besoin d'un aphrodisiaque ! C'est un calmant qu'il vous faudrait !»

Il éclata de rire et la poursuivit dans les escaliers. Il l'attira doucement sur le lit et se mit à la caresser. Une fois de plus, Daphné se demanda si elle allait enfin tomber enceinte.

«Pourquoi est-ce si long ?»

Jeffrey se contentait de hocher la tête et de sourire.

«Peut-être... peut-être qu'il te faudrait changer... de modèle.»

Le visage de Daphné s'assombrit.

«Tu es unique, Jeff. Et puis si nous n'avons pas d'autre enfant, ce n'est pas si grave. Sais-tu au moins combien je t'aime ?»

Il s'avança vers elle et l'attira à lui.

«Non. Dis-le-moi.

— Beaucoup plus que tu ne pourras jamais l'imaginer, mon amour. »

Il l'embrassa avec passion. Ils firent l'amour sur leur grand lit de cuivre. Les ressorts grinçaient, ce qui les faisait rire, à chaque fois.

« Je vais voir si Aimée dort. »

Elle allait toujours rendre visite à Aimée avant de se coucher, mais ce soir, elle se sentait alanguie, paresseuse, dans les bras de Jeff. Un instant, elle se demanda si elle pourrait encore donner la vie. Leur étreinte avait été si passionnée qu'elle lui semblait devoir aboutir à la naissance de cet autre enfant qu'ils désiraient si ardemment.

« Elle va bien, Daff. »

Il se moquait toujours de la solennité avec laquelle elle observait Aimée, chaque soir. Lorsqu'elle ne l'entendait pas respirer, elle posait son doigt juste au-dessous du nez de la petite fille, pour sentir son souffle.

« N'y va pas. Elle dort bien. »

Daphné sourit faiblement et s'endormit presque aussitôt dans les bras de Jeff. Elle reposait depuis plusieurs heures lorsqu'un rêve la fit s'agiter. Jeffrey, Aimée et elle se trouvaient tout près d'une cascade. Le vacarme de l'eau était proche mais Daphné sentait aussi une odeur particulière qui gagnait la forêt qui les encerclait. Elle se blottit contre Jeff et ouvrit les yeux pour chasser son rêve. Elle se mit à tousser, et regarda autour d'elle. Le vacarme qu'elle entendait était celui de l'incendie qui s'était déclaré dans l'appartement. Les flammes léchaient la porte de leur chambre.

« Jeff! Mon Dieu, Jeff! »

Elle bondit hors du lit, abasourdie, étourdie. Elle secouait Jeff et criait :

« Jeff! Aimée! »

Il s'éveilla et comprit en un clin d'œil ce qui se passait. Il se rua dans la chambre, et se dirigea vers la porte. Daphné se tenait derrière lui, les yeux emplis de terreur. Jeffrey ne pouvait avancer.

« Mon Dieu, Jeff! Notre fille! »

Elle pleurait à gros sanglots, désemparée. Mais Jeff se retourna et la saisit aux épaules. Il devait crier pour couvrir le bruit des flammes.

« Arrête, Daff! Le feu est dans l'entrée. Nous sommes tous sains et saufs. Je vais aller chercher Aimée et tout ira bien. Tu vas t'enrouler dans une couverture et descendre les escaliers aussi vite que tu le peux. Je vais chercher Aimée dans son lit et je te retrouve en bas. Il n'y a rien à craindre. Tu m'as compris? »

Il l'avait enveloppée d'une couverture, tout en lui parlant. Ses gestes étaient rapides et précis. Il la conduisit jusqu'à la porte et lui dit:

« Je t'aime, Daff. Tout ira bien. »

Il se dirigea vers la chambre d'Aimée. Daphné fonça dans les escaliers, essayant de rester calme. Elle savait que Jeff sauverait Aimée. Il avait toujours pris soin d'elles... toujours... toujours. Elle se répétait ces mots tout en descendant les escaliers. Elle essayait de regarder autour d'elle mais la fumée était devenue si épaisse qu'elle ne pouvait presque plus respirer. Elle ne voyait rien. Soudain, elle entendit le bruit d'une explosion derrière elle, mais ce bruit s'assourdit tout à coup et elle se retrouva à nouveau près de la cascade, avec Jeff et Aimée. Elle avait certainement rêvé tout cela. Elle se sentait si rassurée de se dire que ce n'était qu'un rêve... rien qu'un rêve et que Jeff était à ses côtés... elle entendait des voix, un son étrange et strident... déjà familier... et ces lumières qui s'approchaient d'elle à travers le brouillard... Mme Fields... des voix prononçaient son nom... Mme Fields... et puis les lumières étaient devenues aveuglantes... l'endroit où elle se trouvait lui était inconnu, effrayant. Elle était incapable de savoir où elle était, elle cherchait

50

Jeff partout... tiraillée entre ses rêves et la réalité... ses jambes et son visage étaient bandés... un médecin la regardait avec compassion. Elle se mit à crier :

« Non ! Non ! Pas mon enfant ! Pas Jeff ! Non ! Non ! »

Daphné Fields hurlait dans la nuit. Elle revoyait les lumières aveuglantes... après l'incendie... Elle se réveilla le matin de Noël. Une infirmière s'approcha d'elle. Son regard était affolé et son visage ravagé par le chagrin ; elle était aussi anéantie que neuf ans auparavant, après cette nuit terrible où Jeff et Aimée avaient péri dans les flammes.

CHAPITRE IV

DEUX heures après le coup de téléphone de Liz Watkins, Barbara Jarvis arriva à l'hôpital, les traits tirés, profondément ébranlée par ce que l'infirmière lui avait annoncé. Elle lui avait dit que Daphné se trouvait à Lenox Hill, au Service de soins intensifs et qu'elle pourrait la voir un quart d'heure. Mais Liz Watkins s'était demandé si la secrétaire viendrait car elle lui avait paru plutôt sèche au téléphone ; elle avait même négligé de la remercier et ses réponses avaient été plutôt brèves. Liz s'attendait à voir une femme peu ordinaire ; en fait, elle lui parut antipathique et très autoritaire. Elle voulut savoir si la presse avait été avertie, si quelqu'un avait déjà rendu visite à Daphné, si son nom avait été consigné sur le registre de l'hôpital, et surtout si le personnel avait découvert son identité.

« Nous sommes quelques-unes à l'avoir reconnue. Nous lisons ses livres.

— C'est possible. Mais ici Daphné Fields n'écrit pas. Je ne veux en aucun cas qu'on la dérange. »

Barbara Jarvis la toisait de toute sa hauteur.

« Est-ce clair ? Si un journal appelle, je vous interdis de donner une quelconque information.

Mme Fields déteste la publicité. Il faut la laisser seule. »

La réponse de l'infirmière ne se fit pas attendre :

« Nous avons eu le gouverneur de New York l'an dernier, mademoiselle... »

Elle était si épuisée qu'elle ne parvenait pas à se rappeler le nom de la secrétaire.

« ...Et je peux vous affirmer qu'il n'a jamais été dérangé. Il en sera de même pour Mme Fields. »

Malheureusement, il était manifeste que Barbara n'en croyait pas un mot. Elle était l'antithèse de Daphné, grande, brune, sévère.

« Comment va-t-elle ?

— Il n'y a eu aucun changement depuis que je vous ai appelée. Elle a eu une nuit difficile. »

Une lueur d'inquiétude traversa le regard de Barbara Jarvis.

« Est-ce qu'elle souffre beaucoup ?

— Je ne pense pas. Elle est sous calmants. Mais c'est difficile à dire. »

L'infirmière se demanda si la secrétaire pourrait lui dévoiler la signification des visions qui avaient terrifié Daphné la nuit précédente.

« Elle a été très agitée. »

Elle lui parla longuement des cauchemars de la jeune femme. Il était évident que Barbara connaissait le pourquoi de ces rêves mais qu'elle avait l'intention de n'en rien dire.

« Peut-être est-ce le choc, mais je n'en suis pas sûre », continuait l'infirmière.

La secrétaire se taisait.

« Vous pouvez la voir si vous le désirez, mais quelques minutes seulement. Elle est presque inconsciente, et il est possible qu'elle ne vous reconnaisse pas. »

Barbara acquiesça et jeta un coup d'œil autour d'elle. L'atmosphère était angoissante, même pour quelqu'un en bonne santé. Ici, la lumière du jour n'entrait pas. Seuls brillaient des néons aveuglants et froids. Barbara n'avait jamais pénétré dans un service de soins intensifs, mais elle savait que Daphné y avait déjà séjourné. Une nuit, bien après le drame, Daphné lui avait raconté comment Aimée et Jeff avaient péri dans l'incendie. Depuis Daphné s'était souvent confiée à elle.

« Est-ce que je peux la voir maintenant ? »

L'infirmière la conduisit jusqu'à la chambre de Daphné. Elle s'approcha doucement et contempla Daphné, heureuse de constater que tout allait bien. On lui avait fait une autre piqûre de Démérol, une heure auparavant, pour qu'elle dorme. L'infirmière se tourna vers Barbara et s'aperçut que des larmes coulaient sur ses joues. Elle s'était approchée de Daphné et avait pris la petite main blanche dans la sienne. Le pouls était encore faible et il était trop tôt pour dire si elle survivrait. Barbara, tout en la contemplant, retenait son souffle pour s'empêcher de pleurer. Mais elle n'y parvenait pas. L'infirmière les laissa seules. Lorsqu'elle revint quelques minutes plus tard, pour raccompagner Barbara, elle la trouva dans la même attitude, fixant désespérément le visage de Daphné. La secrétaire replaça doucement la petite main inerte sur le lit et quitta la chambre. Durant un long moment, elle resta silencieuse, abattue. Puis elle se reprit et demanda :

« Est-ce qu'elle va s'en sortir ? »

Ses yeux quêtaient une parole d'encouragement, un mot d'espoir, une promesse. Comment pouvait-on croire, en contemplant Daphné étendue sur son lit, si petite, si immobile, qu'elle vivrait ? Elle semblait déjà dans un autre monde.

Liz, de son côté, se sentit un peu réconfortée :

Daphné inspirait donc à tout le monde cette même dévotion passionnée. Mais Barbara l'observait maintenant, attendant une réponse que Dieu seul aurait pu donner.

« Il est trop tôt pour le dire. Elle peut s'en sortir, ou pas. Elle a subi un traumatisme très violent. »

Barbara Jarvis acquiesça en silence et se dirigea vers une cabine téléphonique. Lorsqu'elle revint, elle demanda s'il lui serait possible de voir Daphné à nouveau. On lui dit qu'il lui faudrait attendre une demi-heure.

« Voulez-vous une tasse de café? A moins que... »

Peut-être ne resterait-elle pas. Elle n'était que la secrétaire après tout. Elle fit un effort visible pour sourire.

« Je vais attendre. Je prendrais bien une tasse de café, merci. »

Une jeune interne la conduisit jusqu'au distributeur. Barbara pensait à tous ceux qui avaient attendu au même endroit de connaître le sort d'êtres chers, luttant entre la vie et la mort. Elle demanda seulement à l'infirmière si elle avait lu les livres de Daphné. Celle-ci, en rougissant, lui fit signe que oui, puis s'en alla.

A trois heures, Liz Watkins revint pour faire sa double veille. Barbara était toujours là. Elle paraissait épuisée, comme hébétée. Liz vérifia la feuille de soins et ne constata aucune amélioration. Elle alla bavarder avec Barbara, et lui versa une tasse de café froid. Elle supposait que la secrétaire devait avoir à peu près le même âge que Daphné, et durant un court instant elle fut tentée de lui demander qui était vraiment Daphné. Mais elle savait par là même qu'elle réveillerait l'hostilité de Barbara.

« N'a-t-elle pas de la famille que nous puissions prévenir ? » C'est tout ce qu'elle osa demander.

Barbara eut un moment d'hésitation, puis secoua la tête.

« Non. Personne. »

Elle voulait lui signifier que Daphné était seule au monde. Et même si ce n'était pas la stricte vérité, l'infirmière n'avait pas à s'en mêler.

« J'ai cru comprendre qu'elle était veuve. »

Barbara parut surprise, mais se contenta d'acquiescer et de boire une gorgée de café. Daphné y avait fait allusion un jour durant une émission télévisée, mais il n'en avait jamais plus été question. Elle voulait que personne ne sache. Tout le monde l'appelait « Miss Fields », ce qui laissait entendre qu'elle n'avait jamais été mariée. Au début, Daphné eut l'impression de trahir Jeff. Mais elle comprit rapidement que c'était mieux ainsi. Parler de lui ou d'Aimée lui était insupportable. Elle n'en parlait qu'à... Barbara chassa cette pensée de son esprit, soudain prise de panique.

« Est-ce que la presse a téléphoné ? »

Elle paraissait inquiète tout à coup.

« Non. »

Liz sourit.

« Je m'en occuperai. N'ayez crainte. Personne ne l'approchera. »

Pour la première fois, Barbara lui sourit avec tant de naturel que Liz la trouva presque jolie.

« Elle déteste la publicité plus que tout.

— Ça ne doit pas être facile. On doit la harceler.

— Beaucoup. »

Barbara sourit à nouveau.

« Mais elle est assez fine pour éviter les journalistes. Même lorsqu'elle y est obligée, elle sait détourner les questions déplacées.

« — Est-ce qu'elle est timide ? »

Liz ne pouvait faire taire sa curiosité. C'était la seule romancière qu'elle ait jamais voulu rencontrer, et voilà qu'elle était là, toute proche, et pourtant si énigmatique.

Barbara Jarvis lui répondit avec circonspection.

« D'une certaine façon, oui. Et en même temps, non. Je dirais qu'elle est assez secrète. Elle n'a pas peur des gens, mais elle garde ses distances, sauf — Barbara prit un air pensif —, sauf avec ceux qu'elle aime. Dans ces moments-là elle ressemble à une petite fille heureuse et insouciante. »

Liz se leva en souriant.

« J'ai toujours eu une grande admiration pour elle. Mais je suis désolée de faire sa connaissance dans ces circonstances. »

Le visage de Barbara s'était empli de tristesse. Elle ne pouvait pas imaginer que la femme qu'elle vénérait allait peut-être mourir. Liz Watkins perçut son chagrin.

« Je vous appellerai dès que vous pourrez la voir.

— Je vous attends ici. »

Liz s'éloigna rapidement. Elle avait mille choses à faire, et seulement une demi-heure devant elle. Pour elle, comme pour Barbara Jarvis, la journée s'annonçait longue et difficile.

CHAPITRE V

E<small>N</small> entrant dans la chambre, accompagnée de Liz, Barbara vit les yeux de Daphné s'ouvrir et se refermer presque aussitôt. Effrayée, elle se tourna vers l'infirmière. Mais Liz, lorsqu'elle eut pris le pouls de Daphné, rassura Barbara d'un sourire.

« Elle est en train de se réveiller. »

Au même moment, Daphné rouvrit les yeux et tenta de fixer Barbara.

« Daphné ? »

La secrétaire parlait doucement, avec tendresse. Le regard de Daphné était vide.

« C'est moi, Barbara. »

Durant un instant, Daphné la regarda et tenta de sourire, puis ses yeux se refermèrent, une minute ou deux. Elle les rouvrit enfin. Elle semblait vouloir dire quelque chose à Barbara, qui se pencha pour l'écouter.

« Ce doit être... cette réception... j'ai un sacré mal de tête... »

Elle riait de sa plaisanterie.

Barbara, qui n'avait cessé de pleurer, fut soulagée lorsque Daphné se mit à lui parler. Elle se tourna triomphalement vers Liz, comme si son propre enfant venait de prononcer ses premiers mots. Liz, fatiguée et émue, avait envie de pleurer. Elle s'en voulait de s'attendrir ainsi, mais la scène était si touchante. Les deux femmes formaient un tableau contrasté, l'une si frêle et si blonde, l'autre si grande et si brune, l'une s'imposant par l'écriture, l'autre par son physique, et pourtant si admirative de Daphné. Liz les observait tour à tour. Daphné fit un effort pour demander :

« Quoi de neuf ? »

Ce n'était qu'un murmure.

« Pas grand-chose. Aux dernières nouvelles, tu es passée sous une voiture. Ils m'ont dit qu'elle était en morceaux.

— Moi... aussi... »

C'était le genre de plaisanteries que les deux femmes échangeaient tous les matins, mais ce jour-là, le regard de Daphné était triste.

« Quelle fichue malchance !

— Dis-moi la vérité. Qu'est-ce que j'ai ? »

Les yeux de Daphné se tournèrent vers l'infirmière, qu'elle distinguait bien à présent. Elle avait besoin d'être rassurée.

« Vous allez beaucoup mieux, mademoiselle Fields. Et vous vous sentirez encore mieux demain. »

Daphné opina, comme une petite fille obéissante, voulant croire ce qu'on lui disait. Mais, soudain, elle parut soucieuse. Lorsqu'elle se tourna à nouveau vers Barbara, l'expression de son visage était dure.

« Ne le dis pas à Andrew... ni à Matthew. »

Le cœur de Barbara se serra. Elle avait redouté ces mots. Et si quelque chose arrivait, si elle n'allait pas mieux demain, comme l'avait promis l'infirmière.

« Jure-le-moi !

— Je le jure, je le jure. Mais, mon Dieu, Daff...

— Non. »

Elle semblait s'affaiblir. Ses yeux se fermaient

par instants. Puis elle demanda, avec une pointe de curiosité :

« Qui m'a renversée ? »

Comme si cela changeait quelque chose.

« Un imbécile de Long Island. La police a dit qu'il n'avait pas bu. Le type répète que tu ne semblais pas savoir où tu allais. » Daphné voulut répondre mais grimaça de douleur, et, pendant un instant, elle eut du mal à reprendre son souffle. Liz vérifia son pouls. Il était grand temps d'abréger la visite. Mais Daphné semblait vouloir parler encore.

« ... dire... la vérité... »

Puis elle resta muette. Barbara se pencha et lui demanda :

« Quoi, ma chérie ?

— L'imbécile... je ne l'ai pas vu... je pensais à... »

Elle plongea ses yeux dans ceux de Barbara. Elle seule savait combien Noël lui était insupportable et douloureux depuis que Jeff et Aimée avaient péri dans l'incendie. Et cette année, elle était seule, ce qui était pire.

« Je sais. »

Elle avait failli mourir parce qu'une nouvelle fois, elle s'était plongée dans le passé. Ou alors, était-ce parce qu'elle avait abandonné tout espoir ? Une pensée terrible assaillit Barbara. Et si elle s'était jetée volontairement sous la voiture ? Non. Elle ne l'avait pas fait. Pas Daphné... non... et pourtant...

« Tout va bien, Daff.

— Ne les laisse pas lui faire d'ennui... Pas de sa faute... Dis-leur... »

Elle regarda Liz comme pour confirmer ce qu'elle disait. Elle était témoin.

« Je ne me souviens de rien, ajouta-t-elle en soupirant.

— C'est très bien ainsi. »

Des larmes emplirent ses grands yeux bleus.

« Sauf les sirènes... les mêmes que... »

Elle ferma les yeux et des larmes se mirent à couler le long de ses joues. Barbara s'approcha d'elle et lui prit la main.

« Allons, Daff, allons. Il faut que tu guérisses. »

Et elle ajouta, comme pour finir de la persuader :

« Pense à Andrew. »

Daphné ouvrit les yeux et observa longuement Barbara, tandis que Liz regardait sa montre.

« Nous allons vous laisser vous reposer, mademoiselle Fields. Votre amie pourra revenir vous voir dans un moment. Désirez-vous quelque chose ? »

Daphné secoua la tête, visiblement heureuse de fermer les yeux. Elle s'endormit aussitôt. Les deux femmes quittèrent la chambre et marchèrent un moment côte à côte dans le couloir. Tout à coup, Liz se tourna vers Barbara, la regarda fixement et lui demanda :

« N'y a-t-il aucun renseignement qu'il nous faudrait connaître, mademoiselle Jarvis ? Quelquefois, certains détails très personnels peuvent nous être utiles pour aider un malade. »

Elle voulut ajouter :

« Pour l'aider à choisir entre la vie et la mort. »

Mais elle se tut.

« Elle a fait des cauchemars épouvantables la nuit dernière. »

Cette simple phrase sous-entendait toutes les questions que se posait l'infirmière. Mais Barbara se contenta d'acquiescer en silence. Son seul souci était de protéger Daphné.

« Vous savez déjà qu'elle est veuve. »

Il était clair qu'elle n'en dirait pas plus.

« Je vois. »

Liz gagna son bureau et Barbara se rassit sur le divan de la salle d'attente, tout en buvant un autre café. Elle se sentait épuisée. Et pourquoi donc lui avait-elle fait promettre de ne rien dire à Andrew ? Il avait le droit de savoir que sa mère allait peut-être mourir. Et si cela arrivait, que se passerait-il ? Bien sûr, Daphné avait mis beaucoup d'argent de côté pour lui, grâce à la vente de ses livres, mais là n'était pas le plus important. C'est d'elle dont il avait besoin, et de personne d'autre... et si elle mourait... Barbara frissonna et regarda la neige qui s'était remise à tomber. Elle se sentait aussi morne que le paysage.

Durant la première année qu'elle avait travaillé pour elle, Daphné ne lui avait absolument pas parlé de son fils. C'était une romancière à succès, apparemment célibataire, très travailleuse, sans vie personnelle, ce qui n'était pas surprenant lorsqu'on savait qu'elle publiait deux romans par an, et y consacrait tout son temps. Mais un soir de Noël, Barbara, qui avait travaillé tard, trouva Daphné en sanglots. Ce jour-là, elle lui parla de Jeff, d'Aimée et d'Andrew, l'enfant conçu la nuit de l'incendie, qui était né neuf mois plus tard, alors qu'elle était seule, sans famille, sans mari, sans tous ses amis, qui lui rappelaient trop Jeff. Elle se souvenait de la naissance d'Aimée : Jeff lui tenait la main et des larmes de joie avaient salué l'arrivée de l'enfant attendu. L'accouchement d'Andrew, en revanche, avait duré trente-huit heures. Le bébé avait le cordon ombilical autour du cou, et manquait à chaque instant de s'étouffer.

On les avait sauvés tous les deux de justesse. Mais le docteur avait noté que l'enfant avait poussé un curieux petit cri à sa naissance. Puis Daphné avait d'abord été trop affaiblie, trop atteinte pour voir son enfant. Et Barbara se souvenait encore du regard de Daphné lorsqu'elle lui raconta le moment où elle prit Andrew pour la première fois dans ses bras. Soudain, plus rien ne comptait que ce nouveau-né qui la regardait et qui ressemblait si exactement à Jeffrey. Elle l'appela Andrew Jeff Fields. Elle avait voulu le prénommer Jeff, mais avait abandonné cette idée : trop de souvenirs douloureux étaient attachés à ce prénom. Elle avait opté pour Andrew, se souvenant que Jeff et elle l'avaient choisi lorsqu'elle attendait Aimée. Elle avait aussi confié à Barbara la joie qu'elle avait éprouvée quand elle s'était aperçue, six semaines après le drame, qu'elle était enceinte. Seule cette nouvelle l'avait aidée à supporter de longs mois de cauchemar, et l'avait empêchée de se suicider. Elle avait survécu tout comme Andrew, malgré sa naissance difficile. C'était un bel enfant, heureux de vivre et plein de santé. Il avait les yeux bleus de sa mère mais ressemblait toujours autant à son père. Peu après, elle loua un petit appartement. Sur tous les murs de la chambre d'Andrew, elle accrocha des photos de Jeff. Elle voulait qu'il sût quel homme était son père. Ce n'est que trois mois plus tard qu'Andrew se mit à l'inquiéter, malgré son caractère joyeux et sa bonne constitution. Un jour qu'il se trouvait dans son berceau, dans la cuisine, elle renversa par mégarde une pile d'assiettes. Il ne sursauta même pas. Lorsqu'elle tapait dans ses mains, il se contentait de sourire.

Un sentiment de terreur envahit Daphné. Elle ne put se résoudre à appeler le médecin, mais quand elle alla le consulter, quelque temps après, il lui révéla ce qu'elle supposait déjà. Ses craintes étaient fondées : Andrew était sourd de naissance. Il poussait d'étranges petits cris, mais il était encore trop tôt pour savoir s'il était muet. Cela pouvait être dû aussi bien aux conditions de l'accouchement qu'aux médicaments qu'elle avait pris après l'incendie : elle était restée sous traitement à l'hôpital durant un mois, et personne ne la savait enceinte.

Mais, quelle qu'en fût la raison, Andrew était sourd à jamais.

Daphné lui voua alors un amour violent et passionné. Elle ne le quittait plus et se levait tous les jours à cinq heures trente pour être auprès de lui à son réveil et l'aider en toute chose. Elle ne cessait de penser à tous les dangers qui le guettaient à chaque instant. Elle avait appris à entendre pour lui les klaxons des voitures, les aboiements d'un chien, enfin tous les sons qu'il ne percevait pas. Mais elle était constamment sous tension. Et de temps à autre, des larmes de tendresse et de chagrin coulaient sur ses joues. Andrew était pourtant l'enfant le plus gai et le plus épanoui qui fût, mais elle devait se répéter qu'il ne serait jamais comme les autres. Peu à peu, elle en vint à se consacrer uniquement à lui. Elle ne voyait personne et ne sortait plus. Elle vouait à Andrew chaque instant de sa vie, effrayée à l'idée de le laisser avec quelqu'un d'autre, qui ne saurait pas comprendre, aussi bien qu'elle, les dangers qu'il devait affronter. Elle prenait donc tout en charge et, chaque nuit, se couchait épuisée, vidée par les efforts qu'elle avait dû faire. Quelquefois aussi, le silence perpétuel de son fils la frustrait, et l'envie qu'elle avait de crier l'obligeait à serrer les dents. Elle n'en voulait pas à Andrew mais à la fatalité cruelle qui avait fait de lui un enfant sourd. Un sentiment de culpabilité la tenaillait : elle s'en voulait de ne s'être aperçue de rien, de n'avoir rien empêché. Elle n'avait pas été capable de sauver Jeff et Aimée, et n'avait pas su préserver Andrew. Elle savait sa guérison sans espoir. Elle avait lu tous les livres consacrés aux enfants atteints de surdité congénitale, et avait emmené Andrew chez tous les spécialistes de New York. Mais il n'y avait rien à faire. Elle se mit alors à considérer la réalité, avec fureur, comme une ennemie à abattre. Elle avait perdu, et Andrew aussi. Le poids de son malheur l'étouffait silencieusement. Chaque nuit, elle revoyait l'incendie dans ses cauchemars et se réveillait en hurlant.

Les spécialistes qu'elle avait consultés lui avaient suggéré de mettre Andrew dans une école spécialisée, car il ne pouvait espérer avoir des relations satisfaisantes avec des enfants normaux. Daphné s'entendait toujours dire que, malgré ses efforts surhumains, elle se trouverait confrontée à des difficultés qu'elle ne pourrait résoudre. Même elle, qui connaissait son fils mieux que quiconque, ne parvenait pas à communiquer convenablement avec lui. On la mit en garde : un jour arriverait où elle lui en voudrait de ses propres erreurs. Les médecins insistaient surtout sur le fait qu'elle n'était pas spécialiste en la matière et qu'Andrew devait bénéficier de soins très particuliers, qu'elle ne pouvait lui prodiguer. De plus, il se montrait déjà méfiant et hostile à l'égard des quelques enfants qu'il côtoyait et qui ne voulaient pas jouer avec lui, parce qu'ils le sentaient différent.

Daphné en avait d'ailleurs été si meurtrie qu'elle ne l'emmenait plus jouer au jardin public. Mais elle se refusait aussi à le laisser avec des enfants comme lui et préférait le garder avec elle, dans le petit appartement, tandis que les spécialistes s'évertuaient à lui répéter qu'il fallait l'envoyer dans une école spécialisée.

« Une école ? »

Elle était furieuse de ce que venait de lui dire une fois de plus le spécialiste.

« Jamais, vous m'entendez, jamais !

— Ce que vous faites est bien pire... »

La voix du médecin était douce.

« Ce ne sera qu'une étape, Daphné. Mais il faut voir la situation en face. Andrew a besoin d'une éducation adaptée à son cas. Et vous ne pouvez la lui donner.

— Eh bien, j'apprendrai ! »

Faute de pouvoir s'en prendre à la surdité d'Andrew, à la fatalité, à la vie qui ne l'avait pas épargnée, elle se révoltait contre l'avis du médecin.

« Oui, j'apprendrai, et je resterai à ses côtés, nuit et jour ! » C'est pourtant ce qu'elle avait fait jusque-là, et sans résultat, puisque Andrew vivait hors du monde.

Le pédiatre répliqua avec brusquerie :

« Et quand vous mourrez ? Vous n'avez pas le droit d'agir ainsi. Vous le rendez complètement dépendant de vous. Pour l'amour du Ciel, donnez-lui la chance de vivre par lui-même. Il lui faut apprendre à devenir autonome pour affronter le monde lorsqu'il sera prêt.

— Et quand le sera-t-il ? A vingt-cinq, à trente ans ? Après avoir vécu dans un monde à part, durant des années ? J'ai parlé, grâce à un interprète, avec des sourds. Ils n'ont aucune confiance en ceux qu'ils appellent « les entendants ». Ils se sentent totalement exclus. Certains ont quarante ans et n'ont jamais quitté leur école. Je ne veux pas faire ça à mon fils. » Andrew était assis et regardait parler sa mère avec le pédiatre, fasciné par leurs gestes et l'expression de leurs visages, mais il n'avait rien entendu de leur dialogue houleux.

Daphné avait lutté seule pendant trois ans, mais au détriment d'Andrew. Il était certain maintenant qu'il était muet. Quand il eut trois ans, elle essaya à nouveau de le faire jouer avec des enfants. Ce fut un désastre. Ils l'évitaient, comme s'ils sentaient combien il était différent.

Un jour qu'Andrew était assis dans le bac à sable, tout seul, elle le surprit à regarder les autres enfants en pleurant. Il se tourna vers sa mère comme pour lui demander :

« Mais qu'est-ce que j'ai ? »

Elle s'était précipitée, l'avait pris dans ses bras et l'avait bercé, se sentant aussi seule et apeurée que lui. Elle comprit alors qu'elle n'avait pas su l'aider.

Un mois plus tard, elle cessa de lutter. La mort dans l'âme, elle entreprit de visiter ces écoles qu'elle avait rejetées si fort, craignant à chaque instant qu'on lui arrachât son enfant. Cette idée lui était insupportable, mais elle savait aussi qu'elle finirait par détruire son fils. Elle trouva enfin une école qui lui plut assez pour accepter de se défaire de lui. Elle se trouvait dans une jolie petite ville du New Hampshire. Il y avait des arbres, une mare et une rivière où pêchaient les enfants. Les «élèves» n'avaient pas plus de vingt ans, ce qui lui plut beaucoup. On ne parlait ni de malades ni de pensionnaires comme dans les autres institutions. Ici, ils étaient des enfants, des élèves comme les autres. La plupart d'entre eux, au sortir de l'adolescence, repartaient chez eux, pour continuer leurs études ou trouver un emploi et renouaient ainsi avec leur famille qui les avait aidés et attendus si longtemps.

Daphné, tout en visitant les lieux avec la directrice, une femme imposante, aux cheveux blancs, ressentait le poids de sa solitude future, sachant qu'Andrew vivrait là une quinzaine d'années, huit ou dix tout au moins. Cette décision lui arrachait le cœur. Andrew était son seul enfant, son seul amour, le seul être cher qui lui restât, et elle allait devoir s'en séparer. A cette idée, ses yeux se remplirent de larmes et l'angoisse qui l'avait tourmentée ces derniers mois réapparut tout à coup. La directrice s'approcha d'elle et la prit dans ses bras, où elle laissa libre cours au chagrin qu'elle avait accumulé depuis quatre ans.

«Ce que vous faites pour votre fils, madame

Fields, est merveilleux, et je sais combien cela est dur. »

Daphné cessa peu à peu de sangloter.

« Est-ce que vous travaillez ? »

Daphné fut interloquée. Est-ce qu'ils ne la croyaient pas capable de payer la pension ? Elle avait rassemblé une somme conséquente, et avait dépensé très peu. Elle ne s'était acheté que quelques robes depuis quatre ans et avait décidé de consacrer l'argent qu'elle avait touché grâce à l'assurance-vie de Jeff aux frais de la scolarité d'Andrew. D'ailleurs, elle pourrait recommencer à travailler, ce qu'elle n'avait pas fait depuis la mort de Jeff et d'Aimée. Leurs disparitions l'avaient trop profondément marquée ; il lui avait fallu beaucoup de temps pour se remettre. Et même lorsqu'elle sut qu'elle était enceinte elle ne put reprendre son métier. Elle démissionna de chez Collins et toucha une importante prime de départ.

« Non, je n'ai pas d'emploi, madame Curtis, mais mon mari m'a laissé assez d'argent pour...

— Ce n'est pas ce que je voulais dire. »

La directrice souriait avec compassion.

« Je me demandais seulement s'il vous serait possible de rester ici quelque temps. C'est ce que font certains parents, durant les premiers mois, jusqu'à ce que les enfants se soient habitués. Andrew est si jeune... »

Il y avait cinq enfants de son âge, ce qui avait contribué à décider Daphné.

« Il y a une charmante petite auberge en ville tenue par des Autrichiens. Ils ont toujours des maisons à louer. Vous devriez y réfléchir. »

Daphné eut l'impression qu'on lui accordait un sursis. Son visage s'éclaira.

« Est-ce que je pourrai le voir tous les jours ?

— Au début. Mais peut-être serait-il souhaitable, aussi bien pour vous que pour lui, d'écourter rapidement vos visites. Et puis, vous savez, il va être terriblement occupé avec ses petits camarades. »

Daphné était désespérée.

« Vous croyez qu'il va m'oublier ? »

Les deux femmes s'arrêtèrent, et la directrice se tourna vers Daphné.

« Vous ne perdez pas Andrew, madame Fields. Vous lui offrez d'apprendre tout ce dont il aura besoin plus tard pour réussir dans la société. »

Un mois plus tard, Daphné partait avec Andrew pour le New Hampshire. Elle conduisait le plus doucement possible, voulant profiter des quelques heures qui lui restaient à partager avec son fils. Elle savait qu'elle n'était pas encore prête à le quitter, et la beauté poignante du paysage augmentait son désarroi. Elle admirait les feuilles tournoyant dans le vent, les collines colorées, les fermes, les étables, les églises minuscules et les silhouettes des chevaux dans les champs. Soudain, elle se souvint de leur petit appartement, du monde familier qui les entourait et qu'elle avait voulu lui faire découvrir, sans y parvenir. Andrew se contentait toujours de pousser de petits cris étonnés, comme pour l'interroger. Mais comment lui expliquer qu'il existait des pays, des avions pour s'y rendre et des villes aussi lointaines que Londres, San Francisco ou Paris ? Elle comprit combien il était démuni. Elle lui avait appris en fait bien peu de choses. Et, une fois de plus, tout en contemplant les collines violacées, elle mesura avec douleur l'étendue de son échec.

Daphné avait emporté tous les jouets d'Andrew, son ours en peluche, le petit éléphant qu'il adorait et les livres d'images qu'ils avaient feuilletés si souvent, sans qu'elle ait jamais pu les lui raconter. Tout en conduisant, Daphné pensait à leur vie passée, consciente tout à coup de toutes les lacunes de son éducation. Elle se demandait ce qu'aurait fait Jeff à sa place. Peut-être aurait-il fait preuve de plus d'habileté, de plus de patience, mais, de toute façon, il n'aurait pu lui donner plus d'amour qu'elle ne l'avait fait. Elle aimait Andrew de tout son être et se serait volontiers sacrifiée pour lui permettre d'entendre normalement.

Une heure avant d'arriver à l'école, ils s'arrêtèrent pour manger un hamburger. Daphné se sentait moins triste. Andrew paraissait excité par le voyage et observait tout ce qui l'entourait avec gaieté. Elle aurait voulu lui parler de l'école, lui dire ce qu'elle ressentait, combien elle l'aimait et lui expliquer les raisons pour lesquelles elle allait le laisser là-bas. Mais elle ne le pouvait pas. De même qu'elle n'avait jamais pu lui faire partager ses pensées et ses sentiments. Elle se doutait qu'il avait capté l'amour qu'elle lui portait, par le simple fait qu'elle était toujours restée à ses côtés. Mais que penserait-il lorsqu'elle le laisserait à l'école ? Comment le lui expliquer ? Cette impossibilité augmentait son angoisse. Mme Curtis, la directrice, lui avait loué un petit chalet en ville, et Daphné projetait d'y séjourner jusqu'à Noël, pour pouvoir rendre visite à Andrew tous les jours.

Il n'était plus question maintenant, pour Andrew et elle, de vivre constamment ensemble, heure après heure. Leurs vies allaient changer, irrémédiablement, et Daphné le savait. Il lui fallait, malgré elle, se séparer d'un enfant qu'elle aimait plus que la vie même.

Ils arrivèrent peu après la tombée de la nuit. Andrew considérait le paysage avec étonnement, comme s'il ne comprenait pas où il se trouvait. Il interrogea Daphné du regard, qui le rassura d'un sourire, et se mit à observer les autres enfants avec crainte. Mais il comprit très vite, presque instinctivement, que ces enfants étaient différents de ceux qu'il avait côtoyés à Central Park. Il regardait leurs jeux et les signes qu'ils échangeaient. Peu à peu, ils s'approchèrent de lui. C'était la première fois qu'Andrew recevait un accueil aussi chaleureux. Une petite fille lui prit la main et l'embrassa sur la joue. Daphné dut se détourner pour cacher ses larmes, tandis qu'Andrew considérait la petite fille avec étonnement. C'est alors que Daphné comprit qu'elle avait agi comme il le fallait. Un monde nouveau s'offrait à son fils. Il riait avec les autres enfants, oubliant même la présence de sa mère. Il se mit d'ailleurs à imiter leurs gestes et s'avança résolument, le sourire aux lèvres, vers la petite fille qui l'avait embrassé. Daphné vint le retrouver plus tard, craignant de lui montrer qu'elle allait s'en aller. Mais il ne pleura pas et ne parut ni apeuré, ni malheureux : il s'amusait trop bien avec ses amis. Elle le serra quelques instants dans ses bras, arborant un sourire forcé, puis s'enfuit avant d'éclater en sanglots. Il ne vit jamais le regard égaré de sa mère, au moment où elle franchissait la porte d'entrée.

« Prenez soin de mon enfant... »

Elle murmura cette prière à un Dieu qu'elle avait appris à redouter depuis longtemps, avec le seul désir qu'il l'exauçât enfin.

CHAPITRE VI

Moins d'une quinzaine de jours avait suffi pour qu'Andrew se soit complètement adapté à sa nouvelle vie à l'école, et Daphné avait l'impression d'avoir toujours vécu dans cette petite ville de la Nouvelle-Angleterre. Le chalet que Mme Curtis l'avait aidée à trouver était douillet. Il était composé d'une vraie petite cuisine campagnarde avec une cheminée en brique pour faire cuire le pain, d'un minuscule salon où l'on pouvait aussi faire du feu, et d'une chambre à coucher où trônait un lit à colonnes. C'était là que Daphné passait le plus clair de son temps, à lire des livres et à écrire son journal. Elle avait commencé à le tenir quand elle était enceinte d'Andrew; il était bourré de notes sur ce qu'était sa vie, ses pensées, ses sentiments, et les réalités de son existence. Elle était sûre que plus tard, quand il serait grand, Andrew aimerait partager ces souvenirs avec elle. Et en même temps, ce journal l'aidait à libérer son âme durant les longues nuits solitaires.

Lorsque le temps était beau, elle faisait de longues promenades le long des sentiers boisés et des ruisseaux, et contemplait, tout en pensant à Andrew, les sommets enneigés des montagnes. C'était un monde totalement différent de New York : des chevaux et leurs écuries, des vaches dans les champs, des collines et des prairies où elle pouvait se promener sans rencontrer âme qui vive. Mais elle aurait tant aimé qu'Andrew fût avec elle. Depuis des années, il avait été son seul compagnon. Tous les deux ou trois jours, elle allait le voir à l'école. Mais son absence lui pesait énormément. Il avait été pendant quatre ans le centre de sa vie, et maintenant qu'il était parti, ce vide, par moments, l'anéantissait presque. Elle se rendit compte qu'elle pensait de plus en plus souvent à Jeff et à Aimée ; elle aurait déjà huit ans, et quand Daphné rencontrait une petite fille du même âge, elle s'écartait, les yeux pleins de larmes avec une envie folle de la serrer dans ses bras. Heureusement, elle ne cessait de mesurer le bonheur d'avoir Andrew ; lui était en vie, plein de gaieté et toujours occupé. Elle était sûre d'avoir agi comme elle le devait. Lorsqu'elle allait à l'école, elle s'asseyait sur un banc, à côté de Mme Curtis et le regardait jouer. Il savait maintenant s'exprimer par signes. Daphné continuait elle aussi à apprendre le langage des sourds-muets pour pouvoir communiquer avec lui.

« Je sais combien cela est difficile, madame Fields. L'adaptation est beaucoup plus facile pour les enfants que pour les parents. Pour les petits, c'est presque un soulagement. Ils sont enfin libérés d'un monde qui ne les acceptait pas.

— Mais cela viendra-t-il un jour ?

— Oui. » La voix de la directrice était ferme. « Il est vrai qu'il restera toujours différent. Mais avec ce qu'il apprend ici, il pourra pratiquement tout faire plus tard. »

Elle sourit.

« Un jour, il vous remerciera. »

« Mais moi, se disait Daphné, qu'est-ce que je deviens ? Que vais-je faire sans lui ? »

Comme si elle lisait dans ses pensées, la directrice poursuivit :

« Avez-vous songé à ce que vous alliez faire quand vous allez rentrer à New York ? »

Mme Curtis savait que Daphné était une femme seule. L'absence d'Andrew allait créer un vide énorme, d'autant plus qu'elle ne travaillait plus depuis sa grossesse qui remontait à cinq ans. Les autres parents vivaient ensemble, ils avaient d'autres enfants et des occupations pour remplir leur vie. Ce n'était pas le cas de Daphné.

« Allez-vous retravailler ?

— Je ne sais pas. »

La voix de Daphné était incertaine. Tout serait désert sans lui. Elle souffrait encore plus que le jour où elle s'en était séparée. La réalité était encore pire. Sa vie ne serait jamais plus la même, jamais. Elle détourna les yeux, et regarda Mme Curtis.

« Il y a si longtemps. Je me demande même s'ils voudront encore de moi. »

Elle sourit avec nostalgie. Elle savait ce qu'était la souffrance.

« Avez-vous pensé à faire partager aux autres ce que vous avez vécu avec Andrew ?

— De quelle façon ? »

La question surprit Daphné ; cette pensée ne l'avait jamais effleurée.

« Il n'y a pas assez de bons livres sur ce sujet. Vous m'avez dit que vous étiez journaliste et que vous aviez travaillé pour *Collins*. Pourquoi ne pas écrire un livre ou une série d'articles ? Songez combien un tel ouvrage vous aurait aidée quand vous avez découvert le handicap d'Andrew. »

Daphné se souvint en effet du sentiment de solitude et d'abandon qu'elle avait éprouvé à cette époque.

« C'est une idée. »

Elle avait acquiescé sans grand enthousiasme.

Elle regarda Andrew serrer sur son cœur une petite fille et courir après un gros ballon rouge. La seule chose qu'elle pouvait écrire pour le moment, c'était son journal, nuit après nuit. Elle n'avait rien d'autre à faire, maintenant.

Bien plus tard, de retour chez elle, elle pensa à nouveau à la suggestion de Mme Curtis. C'était une bonne idée, et pourtant elle n'avait pas envie d'écrire sur Andrew. Elle aurait eu l'impression de le trahir, et ne se sentait pas prête à faire partager ses angoisses et sa douleur. C'était trop récent, tout comme la mort de Jeff et d'Aimée. Elle n'avait jamais pu écrire quoi que ce fût à ce sujet. Il y avait aussi quelques évidences qu'elle n'avait pas eu le courage de regarder en face. Par exemple, le fait qu'elle était une femme, encore toute jeune. Depuis quatre ans, elle n'avait côtoyé que son fils. Il n'y avait eu aucun homme dans sa vie. Seulement quelques amis. Mais elle n'avait pas eu de temps à leur consacrer, et ne voulait pas de leur pitié. Aimer un autre homme aurait été une trahison. Elle aurait préféré faire taire ses sentiments, pour se vouer entièrement à Andrew. Mais maintenant, il n'y avait plus d'excuse. Il vivrait dans son école et, elle, se retrouverait toute seule dans son appartement. Elle en arrivait à ne plus vouloir rentrer à New York. Elle avait envie de se cacher pour toujours dans la petite maison du New Hampshire.

Le matin, lorsqu'elle faisait une promenade, il lui arrivait de s'arrêter à la petite auberge, pour prendre son petit déjeuner. Les propriétaires étaient sympathiques ; la femme demandait toujours des nouvelles d'Andrew.

Elle savait, par Mme Curtis, pourquoi Daphné était là. Comme dans toutes les petites villes, les nouvelles circulaient vite. Beaucoup de parents venaient rendre visite à leurs enfants. Certains logeaient à l'auberge, mais d'autres, comme

Daphné, louaient un chalet et en profitaient pour passer quelques jours de vacances. Mais Mme Obermeier avait remarqué que Daphné était différente. Quelque chose de plus silencieux, de plus secret flottait autour de cette femme si fragile et délicate, dont le regard, comme douloureux, montrait trop bien que la vie ne l'avait pas épargnée.

Le lendemain soir, Daphné se rendit à l'école et dîna avec Andrew et les autres enfants. Après le repas, elle se mit à jouer avec lui. Mais elle fut abasourdie lorsqu'elle vit son fils en colère. En observant les signes qu'il lui adressait, elle comprit ce qu'il disait :

« Mais, maman, tu ne comprends rien ! »

La rage qu'elle lut dans ses yeux lui transperça le cœur. Pour la première fois, elle se sentit coupée de lui. Elle eut la sensation que l'école lui prenait son fils, et qu'il n'était plus à elle. Pourtant, elle se surprit à lui tenir tête et à lui signifier son mécontentement. Mme Curtis, qui avait assisté à leur dispute, lui expliqua plus tard que leurs réactions étaient tout à fait compréhensibles. Tout changeait très vite maintenant pour Andrew, et par conséquent pour Daphné. Elle ne pouvait échanger les signes aussi vite que lui, se trompait, et se sentait maladroite et stupide. Mais Mme Curtis lui assura qu'elle communiquerait de mieux en mieux avec lui, et qu'il fallait encore persévérer.

Ils se réconcilièrent, et Andrew retourna jouer avec ses petits amis. Un peu plus tard, il vint s'asseoir sur les genoux de sa mère et se blottit contre elle. Daphné souriait, heureuse, tandis qu'il s'endormait dans ses bras. Elle le porta jusqu'à sa chambre, le déshabilla et le mit au lit. Après un dernier regard à l'enfant blond, elle quitta la chambre sans bruit, et rejoignit les autres parents. Mais elle n'avait pas envie de rester avec eux. Dès qu'Andrew était au lit, elle ne songeait qu'à rentrer chez elle. Elle s'était accoutumée à sa solitude, et il lui tardait d'écrire son journal. Elle rentra en voiture, par la route, désormais familière. Tout à coup, elle sursauta lorsqu'elle entendit quelque chose cogner dans le moteur ; la voiture se mit à pencher, puis s'arrêta. Un essieu s'était cassé. Daphné était un peu commotionnée mais indemne. Elle avait eu de la chance que cela ne lui soit pas arrivé sur l'autoroute. Mais elle se retrouvait toute seule sur une route déserte, à treize kilomètres de chez elle, et la nuit était très froide. Elle remonta son col de fourrure et se mit à marcher. Une heure plus tard, elle vit des phares venir au-devant d'elle sur la route. Elle se sentit soudain prise de panique : même dans cette petite ville endormie, il fallait être prudente. Elle était seule et si quelque chose lui arrivait, personne n'entendrait ses cris et ne pourrait venir à son secours. Effrayée, elle s'arrêta brusquement sur la route et regarda les phares qui approchaient. Instinctivement, elle courut se cacher derrière un arbre. Son cœur battait à grands coups. Elle se demanda si le chauffeur l'avait vue ; il était encore assez loin lorsqu'elle avait traversé la route. Elle vit le véhicule s'approcher. C'était une camionnette qui, à sa grande frayeur, s'arrêta quelques mètres plus loin. Elle retint sa respiration. La portière s'ouvrit et un homme sauta à terre.

« Il y a quelqu'un ? »

Il regarda de tous côtés. Daphné entrevit une silhouette robuste. Elle se sentait tout à coup stupide de s'être cachée. Elle eut envie de se montrer et de lui demander de la ramener chez elle. Mais comment lui avouer qu'elle avait eu peur ? L'homme fit le tour de la camionnette, lentement, puis remonta dans son véhicule et démarra.

Quand il fut parti, Daphné sortit prudemment de sa cachette, et se reprocha son manque de courage : elle allait devoir rentrer chez elle à pied, par cette nuit glaciale. Elle n'avait eu en fait aucune raison de se sentir menacée. Elle se rendit compte qu'elle devenait de plus en plus peureuse au fil des années, sans doute parce qu'elle s'était repliée sur elle-même. Et puis, elle se sentait tellement responsable d'Andrew, qu'elle avait toujours peur qu'il lui arrive quelque chose qui l'empêche de veiller sur lui. Elle continua à marcher pendant deux kilomètres, quand elle entendit une voiture arriver derrière elle. Une fois encore, elle faillit s'enfuir en courant mais se raisonna. Elle se mit sur le bord de la route et reconnut la camionnette qui l'avait croisée. Elle s'arrêta. Le conducteur était grand, robuste, grisonnant ; il portait un lourd manteau en peau de mouton qu'il serrait contre lui.

« Est-ce que c'est votre voiture là-bas ? »

Elle acquiesça et sourit nerveusement. Un frisson la parcourut, et elle dut se faire violence pour ne pas s'enfuir. Si ses intentions étaient honnêtes, l'homme allait la prendre pour une folle. De toute façon, il était trop tard maintenant pour s'échapper.

Elle lui répondit avec prudence :

« Oui, c'est bien elle.

— Est-ce que c'est vous que j'ai dépassée tout à l'heure ? Il m'avait bien semblé voir quelqu'un sur la route, mais quand je me suis arrêté, je n'ai vu personne. J'ai cru que je vous avais manquée. »

Son regard semblait comprendre quelque chose qu'elle ne voulait pas qu'il sache. Sa voix était sourde, voilée mais douce.

« Vous avez cassé un essieu, je suppose. Est-ce que je peux vous conduire quelque part ? »

Elle le scruta longuement et finit par acquiescer.

« Oui, j'aimerais beaucoup, je vous remercie. »

Elle espérait qu'il mettrait sur le compte du froid le ton effrayé de sa voix. Il lui ouvrit la portière et elle se glissa sur la banquette. Il monta à son tour et s'installa au volant, sans la regarder, ou presque.

« Vous avez eu de la chance de ne pas être sur la grand-route. Est-ce que vous avez senti venir la panne ?

— Non. Il y a eu un grand bruit, la voiture s'est arrêtée et puis plus rien. »

Elle se sentait mieux maintenant. L'intérieur de la camionnette était délicieusement chauffé. Il lui tendit sans mot dire une paire de gros gants fourrés qu'elle enfila.

Au bout de quelques minutes, il se tourna vers elle.

« Vous n'êtes pas blessée, au moins ? »

Sa voix était douce et enrouée. Tout en lui suggérait la force abrupte des montagnes.

« Non, mais j'ai froid. Il m'aurait fallu deux heures pour rentrer chez moi. A propos, je ne vous ai pas dit où j'habitais.

— Au vieux chalet des Lancaster, non ?

— Oui, je crois que c'est ça. Je l'ai loué à une femme qui s'appelle Dorsey, mais je ne l'ai jamais rencontrée, j'ai tout réglé par correspondance. »

Il acquiesça.

« C'est sa fille. La vieille Mme Lancaster est morte l'an dernier. Je crois bien que sa fille n'est pas venue ici depuis vingt ans. Elle habite Boston. »

Daphné se mit à sourire en pensant à sa terreur d'être attaquée, tant les propos de l'homme étaient anodins.

« Vous êtes de Boston vous aussi ?

— Non. De New York.

— Vous êtes venue vous reposer ? »

C'était une conversation sans importance, mais Daphné soupira doucement. Elle n'avait pas très envie de lui répondre. Il dut saisir sa pensée car il leva la main et lui sourit pour se faire pardonner.

« Ne vous en faites pas. Vous n'êtes pas obligée de me répondre. J'ai vécu ici si longtemps que j'ai complètement oublié les bonnes manières. Chacun en ville pose de telles questions. Je suis désolé de m'être mêlé de ce qui ne me regarde pas. » Il était tellement confus qu'elle lui répondit en souriant :

« Ça ne fait rien. Je suis simplement venue ici pour être près de mon fils. Je viens de le faire entrer à l'école d'Howarth. » Elle faillit ajouter « l'Institut pour les enfants sourds », mais les mots ne vinrent pas. Pourtant l'homme devait savoir ce qu'était cette école ; tout le monde en ville le savait.

« Quel âge a-t-il, votre petit garçon ? » Et, avec un regard mal assuré : « Peut-être suis-je encore trop curieux ?

— Pas du tout. Il a quatre ans. »

Il fronça les sourcils :

« Cela doit vous être difficile de vous séparer de lui. Il est encore très jeune. »

C'était bizarre, mais elle avait envie elle aussi de lui poser des questions. Qui était-il ? Avait-il des enfants ? Après tout, ils étaient déjà devenus des compagnons de route. Ils s'arrêtèrent bientôt devant le chalet et l'homme sauta de la camionnette pour l'aider à descendre. Elle faillit oublier de lui rendre ses gants. Elle lui sourit et le regarda droit dans les yeux.

« Je vous remercie beaucoup. Si je ne vous avais pas rencontré, j'aurais mis un temps fou pour rentrer. »

Elle perçut une pointe d'humour dans son regard.

« Vous auriez évité deux kilomètres à pied si vous m'aviez fait confiance la première fois. »

Elle rougit dans l'obscurité et se mit à rire.

« Je suis désolée... J'ai failli me montrer... »

Elle balbutiait comme une petite fille, soudain impressionnée par sa stature.

« J'étais cachée derrière un arbre. J'ai voulu me montrer, mais je me sentais tellement idiote de m'être dissimulée la première fois... »

Il sourit et l'accompagna jusqu'à sa porte.

« Vous avez eu raison. On ne sait jamais. Il y a quelques énergumènes en ville. De nos jours, il y en a partout, pas seulement à New York. De toute façon, je suis heureux de vous avoir rencontrée et de vous avoir aidée. »

Elle se demandait si elle devait l'inviter à boire un café. Mais elle pensa que ce n'était pas très convenable. Il était neuf heures du soir, elle était seule, et ils se connaissaient à peine.

« Faites-moi signe si je peux faire quoi que ce soit pour vous, pendant votre séjour ici. »

Il lui tendit une main vigoureuse et ferme.

« Je m'appelle John Fowler.

— Et moi Daphné Fields. Ravie de vous avoir rencontré, et encore merci. »

Elle ouvrit sa porte. Il lui fit un signe de la main, regagna la camionnette et partit. Daphné resta immobile, seule. Elle se demandait maintenant pourquoi elle ne l'avait pas invité à rester un peu. Elle aurait au moins quelqu'un à qui parler. Ce soir-là, elle n'eut pas envie d'écrire son journal. Elle ne cessait de penser au visage buriné, aux cheveux gris, aux mains puissantes. Inexplicablement, elle se posait des tas de questions sur lui.

CHAPITRE VII

Le lendemain matin, Daphné se rendit à l'auberge et échangea quelques propos d'usage avec Mme Obermeier. Elle prit son petit déjeuner, puis demanda conseil à Franz au sujet de sa voiture. Il lui indiqua un garage des environs. Mais quand Daphné arriva avec la dépanneuse à l'endroit où elle avait laissé sa voiture, celle-ci n'y était plus. Seules demeuraient les traces de pneus.

« On nous a devancés, madame. Avez-vous demandé à quelqu'un d'autre d'enlever votre voiture ?

— Non. »

Daphné considérait avec étonnement l'endroit où se trouvait sa voiture la veille encore.

« Non, non. Vous pensez qu'on a pu me la voler ?

— Peut-être. Mais vous devriez aller voir dans les autres garages. Quelqu'un a pu ramener votre voiture en ville.

— C'est impossible. Personne ne savait où elle se trouvait. »

Et puis elle ne connaissait personne. A moins que... non, c'était peu probable.

« Combien y a-t-il de garages par ici ?

— Deux.

— Bon. Je vais me renseigner et si je ne trouve rien, j'appellerai la police. »

Elle se souvenait des bandes de jeunes dont lui avait parlé John Fowler la veille au soir. Peut-être lui avaient-ils volé sa voiture. Pourtant, avec un essieu cassé, elle ne valait pas grand-chose.

Le dépanneur la déposa devant l'un des deux garages. Avant même d'entrer, Daphné reconnut sa voiture, sur laquelle s'affairaient deux mécaniciens.

« C'est la vôtre ?

— Oui. C'est bien la mienne. »

Daphné était stupéfaite.

« Il y a pas mal de réparations à faire dessus. Mais elle sera prête demain. John Fowler aurait voulu qu'on vous la répare pour midi, mais c'est impossible, si l'on veut tout vérifier. »

C'était donc bien lui.

« Quand vous l'a-t-il amenée ?

— Ce matin, vers sept heures.

— Savez-vous où je peux le trouver ? »

La moindre des choses était de le remercier. Elle rougit tout à coup lorsqu'elle se souvint qu'elle avait eu si peur de lui, la nuit dernière, lui qui s'était montré en fait si courtois.

« Il travaille dans une exploitation forestière, mais je ne sais pas où il habite. »

Elle remercia puis se mit en route pour rentrer chez elle. Un peu plus loin, elle entendit tout à coup klaxonner derrière elle. Elle se retourna et reconnut alors la camionnette bleue de John Fowler. Elle lui adressa un sourire épanoui.

« Je vous remercie infiniment. C'est vraiment gentil à vous de...

— Allons. Ce n'est rien. Je vous emmène ? »

Elle hésita un instant, puis acquiesça. Il lui ouvrit la portière.

« Montez. »

Elle s'assit à côté de lui. Il lui demanda en souriant :

« Vous êtes sûre que vous ne préférez pas vous cacher derrière un arbre ?

— Vous n'êtes pas chic ! »

Elle était un peu confuse.

« Je craignais que...

— Je sais ce que vous craigniez et vous aviez bien raison. Mais c'est tout de même un peu blessant... Est-ce que j'ai l'air si redoutable ? »

Sa voix se radoucit.

« Je ne voulais pas vous faire peur, vous savez...

— Je ne vous avais même pas vu quand je me suis cachée derrière l'arbre. » Elle se sentait rougir à nouveau, mais ne pouvait s'empêcher de sourire. Tandis qu'ils poursuivaient leur route, elle laissa échapper un petit soupir.

« Je crois que je suis devenue un peu méfiante depuis... depuis que je suis seule pour élever mon fils. C'est une énorme responsabilité. S'il m'arrivait quelque chose. »

Elle baissa la voix et le regarda, se demandant pourquoi elle lui racontait tout cela. Mais quelque chose en lui la réconfortait. John resta silencieux un long moment, puis lui demanda :

« Vous êtes divorcée ? »

Elle secoua la tête lentement.

« Non, je suis veuve. »

Elle détestait ce mot depuis cinq ans.

« Je suis désolé.

— Moi aussi. »

Elle lui sourit pour qu'il ne la croie pas fâchée.

Quelques minutes plus tard, la camionnette s'arrêta devant la maison de Daphné.

« Voulez-vous une tasse de café ? »

Elle lui devait bien ça.

«Avec plaisir. Je n'ai encore rien pris aujourd'hui.» Il la suivit à l'intérieur et Daphné s'empressa de faire chauffer du café.

«Les mécaniciens m'ont dit que vous travailliez à l'exploitation forestière, lui dit-elle tout en préparant les tasses.

— C'est exact.»

Elle se retourna et le regarda. Il était dans l'encadrement de la porte et l'observait. Un sentiment étrange l'envahit tout à coup. Il l'avait raccompagnée hier soir et voilà qu'il se trouvait dans sa cuisine. Lui, un bûcheron, qu'elle ne connaissait absolument pas, mais qu'elle n'avait pourtant pas envie de voir partir. Il l'attirait et l'effrayait tout à la fois. Pourtant, en y réfléchissant bien, elle savait que c'était d'elle-même dont elle avait peur. Il dut percevoir sa gêne car il s'éloigna et alla s'installer sur le canapé du salon.

«Vous voulez que je fasse du feu?»

Sa réaction fut immédiate.

«Non!»

Elle se reprit, craignant de lui avoir dévoilé sans le vouloir une partie d'elle-même.

«Il fait trop chaud ici. D'habitude, je ne...

— D'accord.»

Il semblait comme par magie saisir et comprendre les choses avant qu'elle ne les lui dise.

«Vous avez peur du feu?»

La question était simple, logique. Elle nia d'abord, puis le regarda et acquiesça. Elle posa les tasses sur la table et se planta devant lui.

«Mon mari et ma fille sont morts dans un incendie.»

Elle ne l'avait jamais dit à personne. Il la regarda intensément de ses yeux gris.

«Vous y étiez?»

Il parlait avec douceur. Elle fondit en larmes,

puis, regardant dans le vague, lui tendit une tasse de café.

« Le petit garçon était là lui aussi ? »

Elle soupira.

« J'étais enceinte et je ne le savais pas. On m'a donné beaucoup de médicaments à l'hôpital, pendant deux mois, pour les brûlures, l'infection, et aussi des antibiotiques. Quand j'ai su que j'étais enceinte, il était trop tard. C'est la raison pour laquelle Andrew est sourd.

— Vous avez beaucoup de chance d'être en vie tous les deux. »

Il s'expliquait mieux maintenant pourquoi elle se sentait si responsable d'Andrew et comprenait combien il devait lui être difficile de se séparer de lui.

« Vous savez, Daphné, la vie est étrange parfois, comme semée d'événements incompréhensibles. »

Elle fut étonnée qu'il se souvînt de son prénom.

« Ma femme est morte, il y a quinze ans, dans un accident de voiture. Elle était parfaite en tout ; tout le monde l'adorait en ville. »

Sa voix s'altéra et son regard se fit triste.

« Je n'ai jamais compris. Il y a tant de gens détestables sur terre. Pourquoi elle ?

— C'est ce que je me suis toujours dit pour Jeff. »

C'était la première fois depuis cinq ans qu'elle parlait de lui à un étranger, et elle sentait combien elle en avait besoin.

« Nous étions si heureux. »

Elle ne pleurait pas mais son regard était rêveur.

« Vous avez été mariés longtemps ?

— Quatre ans et demi.

— Sally et moi avons vécu dix-neuf ans

ensemble. Nous avions dix-huit ans quand nous nous sommes mariés. Nous étions encore des enfants. Nous avons travaillé dur tous les deux, nous avons même eu faim, et puis tout s'est arrangé et nous avons vécu de belles années. Elle faisait partie de moi. Quand elle est morte, j'ai beaucoup souffert.

— Moi aussi, quand Jeff est mort. Je suis restée comme hébétée pendant un an. Jusqu'à la naissance d'Andrew. A partir de là, j'ai été très occupée, et j'ai moins pensé au passé... sauf quelquefois, comme cette nuit... Vous avez des enfants, John ?

— Non. Au début, nous n'en voulions pas. Nous n'avions pas envie d'être comme tous ces jeunes couples qui ont quatre enfants en trois ans, et en viennent vite à se détester. Nous avions décidé d'attendre quelques années. Et puis le temps a passé et je n'y ai plus vraiment réfléchi... Maintenant, elle est morte... Vous avez de la chance d'avoir Andrew.

— Je le sais. Quelquefois, je me dis qu'il m'est encore plus précieux parce qu'il est... comme il est.

— Vous avez peur de prononcer le mot ? »

Sa voix était si douce qu'elle avait envie de se blottir dans ses bras et de pleurer.

« Souvent, oui. Je déteste tout ce qu'il signifie.

— Cela signifie, Daphné, qu'il devra se battre davantage que les autres. Mais il en sortira meilleur et plus fort, du moins je l'espère. C'est un peu comme vous, après tout ce que vous avez vécu. Les chemins aisés, Daphné, ne sont pas les meilleurs. Regardez les gens que vous admirez le plus : ils ont tous subi de dures épreuves. Ils ont lutté beaucoup et longtemps, et ont dû vaincre bien des difficultés. Il en sera de même pour votre fils.

— Mais, je ne le veux pas.

— C'est normal. Qui le voudrait? Mais il y parviendra, comme vous. Et pourtant, vous avez certainement énormément souffert. »

Elle le regarda pensivement.

« Oui, et ce n'est pas fini.

— Qu'est-ce que vous faites lorsque vous ne vivez pas dans un chalet? »

Elle hésita un instant, songeant aux cinq années qui venaient de s'écouler.

« Je m'occupe d'Andrew.

— Et maintenant qu'il va être en pension?

— Je ne sais pas encore. Je travaillais dans un magazine, auparavant, mais il y a longtemps.

— Ça vous plaisait?

— Oui, beaucoup. Mais j'étais plus jeune. Je ne suis pas sûre que ce métier me convienne encore. J'avais vingt-quatre ans à l'époque, je vivais avec Jeff...

— Et maintenant, quel âge avez-vous? » Il la taquinait. « Vingt-cinq, vingt-six ans?

— Vingt-neuf. »

Son ton solennel fit rire John.

« Je ne pensais pas que vous étiez si vieille! Au fait, j'ai cinquante-deux ans. Alors, vous pensez bien que pour moi, vous êtes encore une enfant! »

Ils finirent leur café. John inspectait la maison du regard.

« Vous êtes bien ici, Daphné. C'est un endroit très agréable.

— Je m'y plais beaucoup. Quelquefois, je me dis que je n'en partirai jamais. »

Elle lui sourit et se mit à l'observer. C'était encore un très bel homme, malgré ses cinquante-deux ans.

« Pourquoi voulez-vous rester ici? Pour vous ou pour Andrew? »

C'était pour son fils, elle le savait bien, et John le vit dans ses yeux.

« Vous devriez retourner à New York, un de ces jours, belle dame. Ne vous gaspillez pas ici dans un chalet, à vivre uniquement pour votre fils. Il vous faut retrouver votre milieu, vos amis. J'ai l'impression que vous avez hiverné toutes ces années... Il est temps de vous rattraper. Un jour, vous vous réveillerez et vous serez aussi vieille que moi. Vous vous demanderez alors ce que vous avez fait de votre vie. Vous méritez mieux, je le sens.

— Je n'en suis pas si sûre. Je n'ai pas d'ambition particulière et je ne suis pas pressée. Pourquoi ne serais-je pas heureuse ici ?

— Alors, vous allez passer votre vie à rendre visite à Andrew, à vous accrocher à lui au lieu de le laisser voler de ses propres ailes ? Et à chaque fois que votre voiture tombera en panne, vous rentrerez à pied sur de petites routes de campagne ? Et vous dînerez tous les samedis soir à l'auberge ? Allons, madame, je ne sais pas ce qu'a été votre vie, mais je suis sûr que vous valez mieux que ça !

— Moi ? Et pourquoi ?

— Parce que vous êtes fantastique et... terriblement jolie. »

Le compliment la fit rougir. Il se leva et remit son manteau.

« Je vous ai suffisamment ennuyée avec mes discours pompeux. Je vais vous quitter et aller voir comment s'en tirent les mécaniciens qui réparent votre voiture.

— Ce n'est pas la peine ! »

Elle n'avait pas envie de le voir partir. Elle se sentait bien avec lui, rassurée et heureuse. Et il lui fallait se retrouver seule. Cette pensée, qui ne l'avait pas effleurée pendant cinq ans, l'effrayait tout à coup.

Il lui sourit sur le pas de la porte.

« Je ne devrais pas, mais tant pis. Vous me plaisez beaucoup, Daphné Fields. »

Puis il ajouta peu après :

« Pourrions-nous dîner ensemble, à l'auberge, un de ces jours ? Je ne vous ferai pas de discours, je le promets. C'est plutôt que j'ai toujours aimé rencontrer d'adorables jeunes femmes en train de gâcher leur vie...

— J'aimerais beaucoup dîner avec vous, John.

— Bien. » Il eut l'air de réfléchir un moment, puis sourit.

« Demain, c'est trop tôt ?

— Ce sera parfait. »

Elle n'avait envie que d'une chose : le connaître mieux et rester avec lui.

« Je viendrai vous chercher à dix-huit heures trente. »

Il s'éloigna, ouvrit la porte d'entrée et la referma doucement derrière lui. Elle l'observa par la fenêtre. Il recula sa camionnette puis s'éloigna. Elle resta immobile, songeuse. Qu'allait devenir sa vie ? Et qui était vraiment John Fowler ?

CHAPITRE VIII

Le lendemain soir, John arriva à dix-huit heures précises. Il avait tout particulièrement soigné sa tenue : il avait mis une chemise, une cravate et un costume gris qu'il portait avec beaucoup d'élégance et d'allure. Daphné fut très touchée de cette attention. Il la regarda :

« Vous êtes très jolie, Daphné. »

Elle avait une jupe blanche, un pull à col roulé bleu, de la même couleur que ses yeux et un manteau de laine. John fut frappé par son aspect délicat mais aussi par la force intérieure qui émanait d'elle et qui semblait démentir sa fragilité apparente. Elle s'était fait un petit chignon tout simple. Il lui sourit avec timidité.

« Vous ne portez jamais vos cheveux défaits ?

— Plus maintenant. »

Lorsqu'elle vivait avec Jeff, elle les laissait tomber en cascades blondes. Mais ce temps était révolu.

« J'aimerais bien vous voir comme ça, un jour. »

Il eut un petit rire étouffé.

« C'est que j'ai toujours eu un faible pour les jolies blondes, je dois l'avouer... »

Malgré ses plaisanteries et l'intérêt visible qu'il lui portait, Daphné était heureuse de sortir à ses côtés. Elle se sentait avec lui en parfaite sécurité. Peut-être cela tenait-il à ses manières presque paternelles, qui l'inclinaient à penser qu'il désirait seulement veiller sur elle, et rien de plus. Mais quelque chose avait changé. Elle savait très bien maintenant qu'elle pouvait se prendre en charge toute seule, ce qui n'était pas le cas quand elle avait épousé Jeff. Cet homme, John, elle n'avait pas besoin de lui; elle le désirait. Ils allèrent dîner à l'auberge. Les Obermeier parurent surpris de les voir ensemble et leur servirent un savoureux repas.

« Vous aimez votre métier, John ? »

Elle était intriguée. John lui semblait intelligent, cultivé et très au fait de l'actualité, pour un homme vivant dans un petit village de la Nouvelle-Angleterre, et travaillant de ses mains.

« Oui, j'aime beaucoup ce que je fais. Cela me convient très bien. Je n'aurais jamais pu travailler dans un bureau. Le père de Sally avait une banque par ici, et il voulait que je devienne son associé. Mais je n'étais pas fait pour ça. Moi, j'aime travailler au grand air, me dépenser. Je suis un manuel dans l'âme, madame Fields. »

Mais il était évident qu'il était bien plus que cela. Son métier lui avait donné une certaine force physique, mais aussi le sens des réalités et l'occasion d'observer la nature humaine. C'était un homme d'expérience, ce qui plaisait beaucoup à Daphné.

Au dessert, il se mit à l'observer longuement et lui prit la main.

« Nous avons subi beaucoup d'épreuves, vous et moi, et pourtant nous sommes là. Nous avons triomphé.

— J'ai bien cru ne pas y parvenir ! Et quelquefois encore, je perds courage et j'ai envie de tout laisser tomber...

— Comme tout le monde. C'est normal. »

Puis, sur le ton de la confidence :

« Mais il faudrait peut-être cesser de vous battre toute seule... »

Il avait compris très vite qu'elle n'avait eu personne dans sa vie depuis bien longtemps. Elle avait oublié, dans son désespoir, la douceur de l'amour partagé.

« Suis-je indiscret, Daphné, si je vous demande si vous avez connu un autre homme, depuis la mort de votre mari ? »

Elle sourit, parut embarrassée, et ses yeux bleus s'agrandirent davantage.

« Non. Il n'y a eu personne. D'ailleurs... — elle rougit et John se retint pour ne pas l'embrasser — ... c'est la première fois que... »

Les mots étaient inutiles. Il l'avait comprise.

« Quel dommage ! Une femme si belle ! »

Elle se détourna, sérieuse.

« Non. C'était mieux ainsi. Je donnais tellement à Andrew.

— Et maintenant ?

— Je ne sais pas... Je me demande ce que je vais faire sans lui.

— Eh bien, je pense que vous allez faire quelque chose de très important. »

Elle rit.

« Quoi donc ? Me présenter au Congrès ?

— Pourquoi pas, si vous en avez envie ! Mais cela m'étonnerait... Quelque chose est enfoui en vous, Daphné, quelque chose qui ne demande qu'à sortir. Peut-être cela arrivera-t-il un jour... »

Ces paroles l'étonnèrent. Elle avait souvent pensé la même chose et l'avait écrit maintes fois dans son journal. Elle voulut le lui dire, mais se sentit tout à coup ridicule.

« Voulez-vous que nous allions nous promener ? »

Ils quittèrent l'auberge sous l'œil bienveillant de Mme Obermeier et se promenèrent côte à côte dans les rues désertes. John avait pris Daphné par le bras.

« Quand vais-je faire la connaissance d'Andrew ? »

Ce n'était pas vraiment la question. La rencontre allait déjà de soi. Il suffisait d'en fixer la date. Daphné se rendit compte alors que John faisait partie de sa vie. Elle ne savait pas ce qui allait advenir mais elle en était heureuse. Elle était enfin libérée du poids qui l'oppressait depuis toutes ces années. Elle se sentait un peu perdue, mais tellement bien.

Elle se tourna vers John et observa le profil bien dessiné. Elle ne savait pas s'il entrerait vraiment dans sa vie, mais elle était déjà certaine qu'il serait son ami.

« Je vais voir Andrew demain après-midi. Voulez-vous venir avec moi ?

— J'en serais ravi. »

Ils s'en revinrent vers la camionnette et John la ramena chez elle.

Elle ne l'invita pas à entrer, et lui, de son côté, ne le lui demanda pas. Elle lui adressa seulement un petit signe de la main avant de refermer la porte. Sur le chemin du retour, il ne cessa de penser à elle.

CHAPITRE IX

QUAND Daphné arriva à l'école, accompagnée de John, Andrew l'attendait avec deux éducateurs et quelques enfants. Elle nota tout de suite que son fils l'observait d'un œil méfiant. John lui était inconnu et devait l'impressionner par sa stature. Mais Daphné avait le sentiment qu'Andrew n'appréciait pas de voir quelqu'un avec sa mère. Il était très possessif et elle n'avait rien fait pour qu'il change. Elle le prit dans ses bras, l'embrassa sur les joues et dans le cou, en le serrant contre elle, heureuse de retrouver la chaleur de son enfant. Elle le présenta à John, et lui expliqua, par signes, qu'il était un ami. John s'agenouilla à côté d'Andrew. Il ne savait rien du langage des sourds-muets ; pourtant, il semblait communiquer facilement avec Andrew. Il lui parlait avec ses yeux et avec ses mains. Au bout de quelques minutes, Andrew s'approcha de lui, d'un pas hésitant et prudent. Sans un mot, John lui prit la main et se mit à lui parler d'une voix douce et profonde. Andrew l'observait intensément, et, une ou deux fois, secoua la tête comme pour acquiescer. Daphné les regardait, fascinée : ils semblaient en parfaite harmonie. Puis Andrew emmena John au pied d'un arbre pour « bavarder ». L'enfant faisait des signes et l'homme parlait. Ils semblaient se comprendre aussi bien que de vieux amis. Daphné les considérait de loin, en proie à une vive émotion, à la fois malheureuse de voir son fils lui échapper encore un peu plus, et heureuse de constater que John avait su approcher cet enfant, qu'elle aimait de toute son âme. Mais, quelque part en elle montait la colère, lorsqu'elle voyait John entrer si facilement dans cet univers de silence, où elle avait réussi à pénétrer avec tant de difficultés. Pourtant, en regardant John et Andrew revenir main dans la main, le sourire aux lèvres, elle s'attendrit.

Ils s'amusèrent et rirent tous ensemble jusqu'à l'heure du dîner. Puis, Daphné fit visiter l'école à John. Elle était fière maintenant d'y avoir mis son fils. Lorsqu'ils descendirent les escaliers, John la regarda avec une expression si douce qu'elle en fut bouleversée.

« Est-ce qu'on vous a déjà dit que vous étiez formidable, petite madame ? » Elle rougit. John s'approcha d'elle et la prit par le cou. C'était la première fois qu'elle le sentait si près d'elle et elle ferma les yeux de bonheur.

« Vous êtes une femme merveilleuse et très courageuse. Ce que vous avez fait pour Andrew est très beau. C'est bien, et pour lui et pour vous, et c'est pour cela que je vous aime. »

Elle resta méduisée pendant un instant, se demandant si elle avait bien entendu ce qu'il venait de dire. Il lui sourit et l'embrassa sur le front.

« Allons, Daphné, je ne veux pas vous faire souffrir. »

Elle lui répondit sans savoir pourquoi :

« Merci. »

Tout à coup, elle l'enlaça et se blottit dans ses bras. Elle attendait depuis si longtemps qu'on lui dise qu'elle n'avait pas abandonné Andrew, que tout allait bien et qu'elle avait agi comme il le fallait.

« Oh ! merci, merci ! »

Ils se remirent en route et trouvèrent Andrew et ses petits camarades sur le point de dîner. Il leur fallait partir. Cette fois, Andrew pleura un peu. Daphné le prit dans ses bras et lui répéta doucement qu'elle l'aimait. Au moment où elle s'éloignait, Andrew se précipita à nouveau dans ses bras et lui dit dans sa langue combien il l'aimait lui aussi. Avant de partir, il eut un regard plein d'amitié pour John.

« Voulez-vous rester encore un peu ? »

John ne voulait pas la brusquer. Il ressentait trop bien la peine qui devait l'envahir. Mais elle se tourna vers lui et le regarda avec reconnaissance, heureuse qu'il fût là.

« Non. Vous êtes prêt ?

— Oui, allons-y. »

Elle trouvait soudain merveilleux d'avoir quelqu'un pour s'occuper d'elle. Tout à coup, elle eut envie de courir : il y avait des années qu'elle ne s'était pas sentie aussi bien. Le chagrin d'avoir quitté Andrew s'était effacé. Elle se mit à rire et grimpa dans la camionnette avec la vivacité d'une petite fille. John la suivit.

« Andrew est vraiment un enfant extraordinaire. »

Il semblait presque en éprouver de la fierté.

« Je vous félicite.

— Il est comme il est. Je ne pense pas y être pour grand-chose !

— Oh ! si. Et ne l'oubliez jamais », ajouta-t-il d'un ton sérieux.

Il vit avec plaisir que Daphné avait l'air heureux.

« Si nous retournions dîner à l'auberge ? J'ai

envie de fêter quelque chose, même si je ne sais pas moi-même ce que c'est... »

Leurs yeux se rencontrèrent. Maintenant, ils étaient liés, d'autant plus que Daphné venait de partager avec lui un moment important. John avait été si heureux et si touché de pouvoir rencontrer Andrew.

« Que diriez-vous si je vous proposais plutôt de dîner chez moi ?

— Est-ce que vous sauriez cuisiner, par hasard ? lui demanda-t-il pour la taquiner. J'ai un gros appétit.

— Des spaghettis, ça vous va ?

— C'est tout ? »

Il prit un air choqué qui la fit éclater de rire. Et tout à coup, sans raison, elle se souvint de la première fois où elle avait invité Jeff à table. Cela lui paraissait si loin qu'elle eut presque honte de constater combien le passé lui semblait révolu, comme irréel, presque évanoui.

« Que des spaghettis ? »

La question de John la ramena à la réalité.

« Bon, je vous ferai aussi un steak et de la salade. Ça vous va ?

— J'accepte. Avec plaisir.

— J'ai l'impression, John Fowler, que vous devez coûter cher en nourriture... »

Il saisit son regard amusé.

« C'est que je suis un travailleur de force !

— Est-ce que ce n'est pas un métier dangereux ? »

Son inquiétude le remplit de bonheur.

« Quelquefois. Mais il ne faut rien exagérer. »

Il arrêta la camionnette devant le chalet. Daphné prépara immédiatement le dîner. John mit la table et fit cuire la viande. Il regarda plusieurs fois la cheminée et Daphné saisit sa pensée.

«Si vous voulez faire du feu, n'hésitez pas. Cela serait très agréable.

— Ce n'est pas la peine.»

Soudain, elle voulut oublier le passé et toutes les frayeurs qui l'assaillaient depuis trop longtemps...

«Si. Faites du feu.

— Je ne veux pas vous faire souffrir, Daphné.

— Pas du tout. Il est temps de bannir tout cela.»

Ses propres paroles l'étonnaient elle-même, mais elle n'avait aucunement l'impression de trahir qui que ce fût.

Il alla chercher une bûche et du petit bois. Le feu prit immédiatement. Daphné restait immobile à contempler les flammes. Elle ne songeait pas à la fatale nuit de Noël, mais à toutes les soirées paisibles qu'elle avait passées ainsi, avec Jeff.

Sans bruit, John s'approcha d'elle et lui prit la main.

«A quoi pensez-vous? Vous paraissiez si heureuse tout à l'heure.

— Je pensais à vous. Je suis contente que vous m'ayez ramenée l'autre soir.

— Je vous aurais ramenée plus tôt si vous ne vous étiez pas cachée!»

Ils se mirent à rire. Daphné apporta du café.

«Vous êtes un vrai cordon-bleu!

— Vous aussi. Vos steaks étaient à point!

— Je m'y connais, vous savez. Je fais la cuisine depuis quinze ans.

— Pourquoi ne vous êtes-vous jamais remarié?

— Je n'en ai pas eu envie. Parce que je n'ai jamais rencontré une femme que j'aime assez.»

Il voulut ajouter «jusqu'à aujourd'hui», mais se tut, certain qu'une telle parole effraierait Daphné.

«Je crois que je ne veux pas recommencer quelque chose. Mais vous, vous êtes jeune et un jour, vous le ferez.

— Je ne le pense pas. On ne peut revivre ce qui a été. Cela n'arrive qu'une fois.

— Vous parlez de ce que vous avez vécu. Vous verrez, il y aura dans votre vie d'autres expériences, tout aussi importantes, mais différentes.

— Nous sommes dans le même cas.

— Oui. Mais vous avez beaucoup plus de chance que moi.

— Moi? Et pourquoi?

— Parce que vous avez Andrew. Je regrette souvent de ne pas avoir eu d'enfant.

— Il n'est pas trop tard!

— Je suis un vieil homme, Daphné. J'ai cinquante-deux ans. Je pourrais être votre père.»

Elle se contenta de sourire. Elle ne le considérait pas ainsi, de même que lui ne voyait pas une fille en elle. Ils avaient tant de points communs. Elle n'avait jamais eu d'ami tel que lui. Peut-être parce qu'elle avait changé et qu'elle s'était durcie au fil des années. Tout en contemplant le feu qui flambait dans la cheminée, elle mesurait à quel point elle se sentait bien à ses côtés, apaisée par la sérénité qui émanait de lui.

«John...»

Elle ne savait comment lui dire ce qu'elle éprouvait.

«Oui?»

Elle resta silencieuse, incapable de trouver ses mots. Enfin, elle lui dit d'une voix étouffée:

«Je suis heureuse de vous avoir rencontré.»

Il acquiesça en silence. Il savait tout ce qu'elle entendait par cette simple phrase. Il se sentait en parfaite harmonie avec elle. Il l'enlaça et Daphné en éprouva le même bonheur que la veille. Elle aimait sentir le poids de son bras sur ses épaules, le contact de sa main, et respirer l'odeur de parfum, de laine, d'air frais et de tabac dont il était imprégné et qui révélait bien sa nature : c'était un homme vigoureux, attirant, qui avait passé toute sa vie dans les montagnes et la forêt.

Il la regarda, et s'aperçut qu'elle pleurait. Il resserra son étreinte.

« Vous êtes triste, ma chérie ? lui demanda-t-il tendrement.

— Non... Mais je suis si heureuse d'être là... avec vous. Vous pensez sans doute que je suis folle. Mais j'ai l'impression de revivre enfin, après toutes ces années. Je pensais... »

Elle avait du mal à parler, mais il le fallait.

« Je pensais que je devais mourir, tout comme eux. Je suis restée en vie pour Andrew, et uniquement pour lui. »

Et voilà qu'elle recommençait enfin à vivre pour elle-même.

Il resta silencieux, puis :

« Il faut penser à vous maintenant, Daphné. Vous avez assez payé. »

Il l'embrassa doucement sur les lèvres ; et ce baiser la bouleversa jusqu'au plus profond d'elle. Il prit le beau visage dans ses mains.

« Pourquoi avez-vous attendu si longtemps pour entrer dans ma vie, Daphné Fields ? »

Il l'embrassa encore. Daphné l'enlaça et se serra contre lui. Elle avait envie de le retenir près d'elle pour toujours, et lui semblait vouloir la garder à jamais. Daphné gémit doucement. Il sentait la passion monter en elle. Il s'écarta et la regarda dans les yeux.

« Je ne veux aucunement vous forcer. Je suis un vieil homme et je n'abuserai pas de la situation. »

Mais elle secoua la tête et l'embrassa. John caressait les longs cheveux défaits et touchait délicatement les jambes de la jeune femme. Daphné ne pouvait s'empêcher de frissonner de plaisir.

«Daphné... Daphné...»

Il murmurait inlassablement son prénom. Elle se leva, lui prit la main et l'emmena dans sa chambre.

«Vous êtes sûre?»

Tout était arrivé si vite. Il ne voulait surtout pas qu'elle ait des regrets, le lendemain matin. Il n'avait pas envie d'une relation éphémère, mais d'une intimité durable.

«Oui, absolument.»

Il se mit à la déshabiller, puis la regarda: elle était nue, parfaitement proportionnée et sa chair semblait miroiter dans le clair de lune, ses cheveux blonds prenaient des reflets argentés. Il la souleva et la posa délicatement sur le lit. Puis il se déshabilla, et se coucha près d'elle.

Le contact de sa peau satinée aviva encore son désir. Mais ce fut elle qui l'enlaça et le prit dans ses bras. Et doucement, soudain envahie d'un bonheur trop longtemps oublié, elle le sentit en elle. Sa jouissance fut extrême. Elle n'en avait jamais connu d'aussi intense, même avec Jeffrey. John était un amant délicat et merveilleux. Longtemps, ils restèrent ainsi enlacés.

«Je t'aime, lui répétait-elle doucement.

— Moi aussi, je t'aime. Oh! mon Dieu, comme je t'aime!»

Elle le regarda, lui sourit et se blottit contre lui. Elle ferma les yeux et s'endormit dans ses bras. Elle était enfin redevenue une femme, une vraie, sa femme. Il avait raison. Les années l'avaient endurcie, sans qu'elle s'en soit vraiment rendu compte.

CHAPITRE X

« Qu'est-ce que c'est que ça ? »

John brandissait deux cahiers reliés de cuir. Il était six heures du matin et Daphné s'était levée pour lui préparer son petit déjeuner avant qu'il parte travailler ; il était en retard.

Elle se retourna et lui sourit, encore surprise de se sentir si bien avec lui.

« Eh bien, ce sont mes journaux intimes.

— Est-ce que je pourrai les lire un jour ?

— Bien sûr ! »

Elle lui apporta des œufs au bacon et ajouta :

« Tu sais, je me demande s'ils ne vont pas te paraître un peu bébêtes. J'y ai pourtant mis toute mon âme.

— Il n'y a rien de ridicule là-dedans. »

Il finissait de boutonner sa grosse parka qu'il gardait toujours dans sa camionnette pour aller travailler.

« Tu sais si bien gâter un homme, Daphné Fields. »

Et comme elle le serrait fort contre elle avant qu'il ne parte, elle lui murmura doucement :

« C'est toi qui me gâtes. Tu me rends plus heureuse que je ne l'ai jamais été ; il faut que tu le saches.

— Je vais penser à toi toute la journée. J'achè-

terai quelques provisions chez l'épicier en reve-
nant ce soir et nous ferons un petit dîner tranquille. Ça te va ?

— C'est parfait.

— Que vas-tu faire aujourd'hui ? »

Son regard s'illumina et elle sourit.

« Peut-être bien que je vais ajouter un nouvel
élément à mon journal.

— Très bien. Je lirai ça quand je rentrerai ce
soir. A plus tard, mon tout petit. »

Il partit et Daphné entendit les roues de la
camionnette crisser sur le gravier. Elle lui fit
signe de la fenêtre de la cuisine.

Après qu'il l'eut quittée, la journée lui parut
interminable, et elle se demanda tout à coup
comment elle avait pu vivre sans lui. Pour
tromper son attente, elle pensa un moment rendre
visite à Andrew, mais y renonça. Il devait prendre
son indépendance. Elle fit le ménage, rangea un
peu puis ouvrit son journal. Mais les mots ne
venaient plus. Elle se mit à réfléchir et après
déjeuner, s'assit à sa table. Elle avait conçu peu
à peu le plan d'une nouvelle qu'elle rédigea
d'un seul jet ; et quand elle l'eut achevée, elle
contempla son œuvre avec étonnement. Elle
n'avait jamais rien fait de semblable.

Quand John rentra le soir, Daphné était vêtue
d'un pantalon gris et d'un pull rouge vif.

« Dieu que tu es jolie, mon tout petit. Comment
s'est passée la journée ?

— Très bien, mais tu m'as manqué. »

Elle avait l'impression qu'il faisait partie de sa
vie depuis déjà longtemps et qu'elle l'attendait
ainsi chaque soir. Ils préparèrent le dîner, et John
lui raconta comment s'était passée sa journée au
chantier forestier. Ce n'est qu'après le dîner,
lorsqu'ils se furent assis devant le feu, que

Daphné lui montra sa nouvelle. Il la lut avec un intérêt visible.

«C'est magnifique, Daff.» Il la contemplait avec une fierté et un plaisir évidents.

«C'est la première que j'aie jamais écrite. Je ne sais même pas comment elle m'est venue.»

Il effleura légèrement les cheveux blonds et soyeux et lui tapota la tête en souriant:

«Ça vient de là, et je sens qu'il y a bien d'autres histoires que celle-là, emmagasinées là-dedans.»

Elle venait de découvrir en elle un talent qu'elle ne soupçonnait même pas et qui la comblait beaucoup plus que ne l'avait fait son journal.

Ils s'aimèrent avec ardeur cette nuit-là et lorsque John, le lendemain, partit en sifflotant gaiement, Daphné s'empressa de s'asseoir à sa table de travail.

Elle se mit à écrire une autre nouvelle. Elle était différente de celle qu'elle avait écrite la veille, mais quand John la lut, il la trouva bien meilleure.

«Tu as un sacré style tu sais, Daff.»

Il passa les semaines suivantes à lire son journal intime.

Au fil des mois, leur vie devenait de plus en plus agréable. John avait plus ou moins emménagé au chalet, Andrew devenait de plus en plus indépendant et Daphné pouvait profiter de ses moments de liberté. Cela lui permettait d'écrire chaque jour ses nouvelles. Certaines étaient plus réussies que d'autres mais elles étaient toutes intéressantes et son style, peu à peu, s'affirmait.

Daphné avait l'impression d'avoir découvert une facette d'elle-même, ignorée jusque-là; elle en était ravie.

«C'est tellement exaltant, John! Je ne sais

comment l'expliquer, c'est difficile. C'est comme si tout était déjà emmagasiné dans ma tête depuis toujours, sans que je le sache.

— Peut-être que tu devrais même écrire un roman. Je sais que tu en es capable.

— Eh bien, pas moi. Cela n'a rien à voir, tu sais.

— Ça ne veut pas dire que tu ne puisses pas le faire. Essaie, tu as tout ton temps. Il n'y a rien d'autre à faire ici, l'hiver. »

C'était vrai, mis à part les deux après-midi par semaine où elle rendait visite à Andrew, le plus souvent en compagnie de John.

Dès Noël, Daphné eut la certitude qu'Andrew était parfaitement heureux ; il avait accepté très facilement la présence de John qui s'amusait sans cesse avec lui. John s'était mis à adorer cet enfant, et Daphné les contemplait avec fierté, s'émerveillant des cadeaux que la vie lui avait prodigués. C'était comme si toutes les souffrances du passé s'étaient enfin évanouies. Maintenant, il lui était plus facile de vivre avec le souvenir de Jeff, mais la mort de sa petite fille continuait à la faire souffrir. Pourtant, grâce à John, et à sa façon à lui de panser les blessures, sa douleur s'était atténuée, tant il avait su lui redonner la paix et le bonheur.

Il leur arrivait, de temps en temps, d'emmener Andrew au chalet, pour quelques heures. John lui confiait une douzaine de petites tâches à exécuter ici et là dans la maison. Ils portaient ensemble du bois pour faire du feu et John lui sculptait de petits animaux. Ils faisaient de la pâtisserie et peignirent même, un jour, un vieux fauteuil en osier que John avait découvert derrière une écurie abandonnée. Andrew devenait de plus en plus indépendant et se faisait comprendre très facilement. Daphné elle-même avait fait des progrès dans le langage des sourds-muets et leur incommunicabilité première avait cessé. Andrew s'amusait beaucoup lorsque sa mère se trompait de signes et employait un mot pour un autre ; un jour même, il expliqua par signes à John que sa mère venait de lui dire qu'elle allait faire cuire une grenouille pour le déjeuner ! Sa complicité particulière et silencieuse avec John restait quelque chose de profondément touchant. Ils étaient devenus de grands amis, comme s'ils avaient toujours partagé la même vie, marchant côte à côte en silence dans les champs, s'arrêtant pour surveiller un lapin ou un daim, leur regard se croisant seulement, toute conversation désormais inutile. Et quand il lui fallait rentrer, Andrew s'asseyait dans la camionnette sur les genoux de John, posait ses petites mains sur le volant à côté de celles, si grandes, de John, et Daphné les regardait partir ainsi, tout en souriant. Andrew était toujours content de retourner à l'école pour retrouver ses camarades. Quant à Daphné, depuis qu'elle vivait avec John, elle supportait beaucoup mieux d'être séparée de son fils. Elle pensait qu'elle n'avait jamais été aussi heureuse de toute sa vie, et son écriture s'en ressentait.

En février, elle décida d'entreprendre un roman, et y travailla ardemment chaque jour. Quand John rentrait le soir, il lisait ce qu'elle avait écrit dans la journée et lui faisait des commentaires toujours élogieux ; il n'avait jamais douté un seul instant de son talent d'écrivain.

« Je n'aurais jamais écrit quoi que ce soit si tu n'avais pas été là », lui répétait-elle.

Ils se rappelaient tous les deux avec bonheur qu'elle avait écrit sa première nouvelle juste après qu'ils étaient devenus amants. Daphné avait envoyé une nouvelle à Collins après le Premier de l'An, pour voir s'il la publierait. Elle attendait leur réponse.

Son ancienne directrice, Allison Baer, l'appela en mars. L'éditeur publiait sa nouvelle pour cinq cents dollars.

« Tu te rends compte, John, ils m'ont acheté ma nouvelle, ils sont complètement fous ! »

Elle l'attendit ce soir-là sous le porche avec une bouteille de champagne, le chèque et la lettre d'Allison.

« Toutes mes félicitations ! »

Il était aussi heureux qu'elle et pour fêter l'événement, ils s'aimèrent cette nuit-là avec passion.

Daphné, stimulée par la publication de sa nouvelle, travailla à son roman avec ardeur durant tout le printemps et l'acheva à la fin du mois de juillet. Elle le contemplait, le prenait dans ses mains, soupesant les pages du manuscrit, très intimidée elle-même par ce qu'elle avait fait et attristée aussi de perdre les personnages qu'elle avait créés au fil des mois.

« Et maintenant, qu'est-ce que je vais faire, John ? »

Elle se sentait tout à coup désemparée.

« C'est une bonne question, mon amour. »

Il la regardait avec orgueil, tout en buvant une bière.

« Je peux me tromper, mais je crois qu'il faut que tu te trouves un agent littéraire. Pourquoi ne demandes-tu pas à ton ancienne directrice de Collins ? Appelle-la demain. »

Mais Daphné détestait lui parler, car elle lui répétait toujours que sa vie était anormale. Daphné ne lui avait jamais parlé de John et Allison Baer supposait que Daphné restait dans le New Hampshire pour être plus près d'Andrew. Elle insistait toujours pour que Daphné revienne à New York et reprenne son métier, mais Daphné prenait pour excuse qu'elle avait sous-loué son appartement jusqu'en septembre ; elle n'avait aucune raison de s'en aller maintenant. Elle était heureuse avec John et désirait en fait rester dans le New Hampshire pour toujours. Pourtant, John lui aussi ne cessait de lui dire que sa place était à New York, au milieu des gens qu'elle connaissait, et non ici, avec un bûcheron. Mais dans le fond, il n'avait pas réellement envie qu'elle parte, pas plus qu'elle, maintenant ou jamais.

« Comment crois-tu qu'on trouve un agent littéraire ?

— Il faudrait que tu ailles à New York avec ton roman et que tu cherches sur place.

— A condition que tu viennes avec moi.

— C'est stupide, ma chérie. Tu n'as pas besoin de moi pour ça. »

Assise à côté de lui, Daphné ressemblait à une petite fille heureuse.

« Mais si ! J'ai besoin de toi pour tout, tu ne t'en es pas encore rendu compte ?

— Mais qu'est-ce que je vais pouvoir faire à New York ? »

Il n'y avait pas mis les pieds depuis vingt ans, et n'avait aucune envie d'y retourner. Il se sentait heureux dans les montagnes de la Nouvelle-Angleterre.

« De toute façon, pourquoi n'appelles-tu pas Allison demain ? Tu verras bien ce qu'elle en pense. »

Mais le lendemain, Daphné n'appela pas. Elle décida d'attendre l'automne. Elle ne se sentait pas encore prête à se séparer de son livre et prétextait toujours qu'il lui fallait encore le relire plusieurs fois pour y faire d'ultimes corrections.

« Taratata, se moquait-il, tu ne pourras pas toujours te cacher, mon tout petit.

— Et pourquoi ?

— Parce que je ne te laisserai pas faire ; tu vaux mieux que ça. »

Avec lui, elle sentait qu'il n'était rien qu'elle ne pût faire. C'était extraordinaire, comme elle avait pris de l'assurance depuis qu'elle vivait avec lui.

Andrew avait changé lui aussi. Il avait presque cinq ans. En août, Daphné décida de l'accompagner avec d'autres enfants et leurs parents pour faire un camp sous la direction de Mme Curtis. C'était un événement important pour chaque participant et Daphné voulait que John les accompagne pour cette excursion de quatre jours, mais John ne pouvait pas se libérer.

« Mais pourquoi ne viens-tu pas ? »

Elle ne pouvait cacher sa déception.

« Cela m'aurait beaucoup plu, ma chérie, mais c'est vraiment impossible. Tu verras comme vous allez bien vous amuser tous les deux.

— Non, pas sans toi. »

Elle bouda presque et cela le fit rire. Il aimait son côté femme-enfant.

La troisième semaine d'août, ils partirent avec des sacs de couchage, des tentes et des chevaux. Pour les enfants, c'était une expérience tout à fait nouvelle de marcher dans les bois à la rencontre d'émotions inconnues.

Daphné avait emporté son journal intime car elle avait décidé d'y noter toutes les aventures qu'ils vivraient afin de les faire partager à John, à leur retour. Mais elle ne put qu'écrire des réflexions personnelles sur sa vie avec John, se remémorant sans cesse la nuit qu'ils avaient passée ensemble avant qu'elle ne parte. C'était la première fois qu'ils se séparaient depuis qu'ils s'étaient rencontrés, neuf mois auparavant. Ayant déjà perdu quelqu'un qu'elle aimait, elle avait une peur panique de perdre John et en faisait même des cauchemars.

«Tu ne te débarrasseras pas facilement de moi, mon tout petit, lui murmurait-il dans l'oreille à chaque fois qu'elle lui confiait ses craintes, je suis un vieux renard.

— Je ne pourrais pas vivre sans toi, John.

— Mais si tu pourrais. Mais tu n'en auras pas besoin, et de longtemps. Amuse-toi bien avec les enfants et tu me raconteras tout.

— Je vais être en manque!» lui dit-elle en riant.

Depuis qu'elle était avec John, Daphné se sentait comblée. Il avait beau dire qu'il n'était plus qu'un vieil homme, sa passion restait des plus enflammées. Il avait l'ardeur d'un homme de moitié son âge, alliée à une expérience qui lui avait révélé bien des choses qu'elle ne connaissait pas. Mais elle pensait surtout que l'amour seul pouvait transcender ainsi la simple attirance physique.

Durant l'excursion, elle ne cessa de noter ses réflexions, mais son plus grand bonheur fut de vivre aux côtés de son fils. Elle savoura le plaisir de partager toutes ses joies et de se réveiller le matin, tout près de lui.

Ils rentrèrent à la maison quatre jours après, comme n'importe quelle bande de campeurs, sales, fatigués et en même temps décontractés, heureux de tout ce qu'ils avaient fait. Les parents s'étaient divertis presque autant que les enfants. Elle laissa Andrew à l'école, mit son sac de couchage et son sac à dos dans la voiture, et bâilla très fort en se glissant derrière le volant. Il lui tardait terriblement de revoir John, mais quand elle arriva au chalet, elle ne l'y trouva pas. Il y avait de la vaisselle dans l'évier et le lit n'était pas fait. Elle prit une douche avec un réel plaisir et décida de ranger la maison. Pendant qu'elle faisait la vaisselle, quelqu'un frappa à la porte, mais d'une façon inhabituelle. Elle alla ouvrir, les mains pleines de savon, et sourit en reconnaissant un des amis de John, un homme qu'ils voyaient peu mais que John estimait.

« Tiens, Harry, qu'est-ce qu'il y a ? »

Daphné avait bruni ; elle semblait heureuse et décontractée. L'ami de John, en revanche, paraissait tendu. Son visage était grave et ses yeux tristes.

« Comment va Gladys ?

— Daphné, il faut que je vous parle. »

Cette fois-ci, il avait l'air vraiment troublé. Et d'un seul coup, quelque part derrière elle, elle entendit le tic-tac de la pendule de la cuisine.

« Oui, bien sûr. »

Elle essuya ses mains sur son jean, posa le torchon et s'approcha.

« Il y a quelque chose qui ne va pas ? »

Il acquiesça vaguement. Il ne savait comment lui annoncer la nouvelle. Les mots restaient coincés dans sa gorge.

« Venez, on va s'asseoir. »

Il se dirigea mal à l'aise vers le canapé, et Daphné le suivit comme dans un rêve.

« Harry, qu'y a-t-il ? Quelque chose de grave ? »

Ses yeux, telles deux pierres noires, la regardaient tristement.

« John est mort, Daphné. Il est mort pendant votre absence. »

Elle sentit la pièce tournoyer autour d'elle et le visage d'Harry s'estompa... John est mort. John est mort... Ce n'était qu'un cauchemar, cela ne pouvait pas lui arriver à elle... à elle, encore une fois. Et tout à coup dans le silence environnant, elle entendit une femme rire d'une manière hystérique.

« Non, non, non. »

Le rire strident se transforma en sanglots. Harry surveillait sa réaction, pressé de lui expliquer comment John était mort. Mais elle ne voulait pas le savoir. Cela n'avait plus d'importance. Elle avait déjà connu ça. Mais Harry s'obstinait à vouloir raconter. Elle eut envie de se boucher les oreilles et de s'enfuir en hurlant.

« Il y a eu un accident au camp le premier jour où vous êtes partie. On a appelé l'école mais on nous a dit qu'il n'y avait aucun moyen de vous joindre. Des enfants ont laissé s'échapper un treuil, et un chargement de bois l'a heurté de plein fouet. » Harry pleurait maintenant et Daphné le regardait, les yeux hagards... « La nuque et les reins cassés net. Il n'a pas su ce qu'il lui arrivait. Mort sur le coup. »

Comme Jeff, c'est du moins ce qu'on lui avait dit alors. Quelle différence cela pouvait-il faire maintenant ? A quoi cela servait ? Elle regardait Harry, et ne pouvait même plus penser, sauf à Andrew. Elle se demandait ce qu'elle allait bien pouvoir lui dire.

« On est tous tellement désolés. Les pompes funèbres ont gardé son corps. Il n'a pas de famille, ni ici ni ailleurs, je pense. Ils sont tous partis. On ne savait pas ce que vous vouliez faire... et Gladys a pensé...

— C'est très bien ainsi. »

Elle se leva d'un bond, le visage livide et fermé.

« Ne vous en faites pas. »

Elle connaissait trop bien cette situation. C'est seulement quand Harry fut parti qu'elle se mit à pleurer à chaudes et douloureuses larmes. John Fowler ne rentrerait jamais plus à la maison.

« Tu peux très bien t'en sortir toute seule, mon tout petit. » Elle se souvenait de ses paroles. Mais elle ne voulait pas s'en sortir toute seule. Elle voulait passer sa vie avec lui.

« Oh ! John. »

La voix cassée, elle murmurait doucement son nom dans le silence du chalet, et elle se rappelait leur incompréhension commune face à la mort d'êtres qu'ils avaient aimés, lui, sa femme, elle, son mari, Jeff... Mais ce nouveau drame n'avait pas plus de sens et Daphné ne comprenait toujours pas. Elle savait seulement combien elle allait souffrir. Elle fit un tour dans les bois au coucher du soleil. Elle sanglota de nouveau en regardant le ciel d'été. Elle ne cessait de penser à cet homme qu'elle aimait, à ses grandes mains, ses larges épaules et sa voix douce. Cet homme n'était plus.

« Je te maudis, hurla-t-elle dans le ciel mauve et orange. Je te maudis, pourquoi m'avoir fait ça ? »

Elle resta là un long moment, des larmes coulant le long de ses joues. Peu à peu, le ciel s'assombrissait. Daphné s'essuya les yeux aux manches de la chemise de bûcheron qu'elle portait et hocha la tête.

« Très bien, mon vieux, très bien, on s'en sortira. Mais n'oublie jamais que je t'aimais. »

Puis, toujours pleurant, elle regarda l'endroit où le soleil avait disparu depuis peu et murmura seulement :

« Au revoir. »

Elle baissa la tête, recueillie, puis rentra chez elle.

CHAPITRE XI

LE lendemain matin, Daphné se réveilla très tôt. Son lit lui semblait soudain bien trop grand. Elle ne cessait de penser à John, lorsqu'elle se retrouvait étendue près de lui, chaque matin, et qu'ils faisaient l'amour. Dehors, le soleil se levait lentement. Elle aurait voulu rester à jamais immobile. Lorsque Jeff était mort, elle avait été désespérée, horrifiée. Aujourd'hui, sa douleur était différente. Un sentiment de vide l'envahissait; le chagrin pesait sur son âme et lui faisait répéter sans cesse la même phrase fatale: «John est mort, mort, mort, je ne le reverrai jamais, jamais», et Andrew, ce qui était pire, ne le reverrait pas non plus. Comment lui annoncerait-elle la nouvelle?

Vers midi, elle s'obligea à se lever. La tête lui tournait. Elle n'avait pas mangé depuis la veille et se sentait incapable de prendre quelque chose. Les mêmes mots résonnaient inlassablement dans sa tête: «John est mort, John est mort.» Elle resta longtemps sous la douche, les yeux perdus dans le vague et il lui fallut un temps infini pour mettre des jeans, un pull de John et une paire de chaussures. Elle contempla longuement leur chambre, qui renfermait tant de secrets précieux. Mais elle se reprit; elle connaissait trop bien cette sensation et ne voulait pas, une nouvelle fois, se laisser détruire.

Quelques années auparavant, la certitude de porter l'enfant de Jeff l'avait aidée à supporter sa disparition. Aujourd'hui, tout était différent. Son seul espoir, sa seule raison de vivre, c'était Andrew.

Elle partit pour l'école, hébétée, incapable de réagir. Ce n'est que lorsqu'elle vit son fils, jouant dans la cour, qu'elle se remit à pleurer. Elle le regarda un long moment, sans bouger, essayant de mettre de l'ordre dans ses idées. Mais elle ne pouvait s'empêcher de pleurer. Tout à coup, Andrew vit sa mère, fronça les sourcils, lâcha son ballon et s'approcha d'elle, le regard inquiet. Daphné s'assit dans l'herbe et le prit dans ses bras. Il était redevenu le centre de sa vie.

« Qu'est-ce qu'il y a ? »

Il contemplait sa mère avec toute la tendresse et l'amour qu'il éprouvait pour elle. Daphné restait silencieuse. Elle ne pouvait se résoudre à lui dire la vérité.

Enfin, elle se décida.

« J'ai quelque chose de très triste à te dire.

— Quoi ? »

Il paraissait surpris. Elle l'avait toujours protégé. Il ne savait pas ce qu'était le chagrin. Mais elle ne pouvait lui cacher la situation. John comptait trop pour lui. Les yeux de Daphné se remplirent de larmes.

« John est mort, mon chéri. Il a eu un accident. Je l'ai su hier. Nous ne le reverrons jamais.

— Jamais ? »

Les yeux d'Andrew s'agrandirent de terreur. Elle acquiesça :

« Non, jamais. Mais nous ne l'oublierons pas et nous continuerons à l'aimer, comme ton père.

— Mais mon père, je ne l'ai pas connu. » Les

petites mains tremblaient en s'agitant. «John, je l'aime.

— Moi aussi, tu sais. Moi aussi...» Daphné sanglotait... «Je t'aime, Andrew.»

Le petit garçon se mit à pleurer dans les bras de sa mère, et ses sanglots brisaient le cœur de Daphné. Ils restèrent plusieurs heures enlacés. Puis, main dans la main, sans mot dire, ils se promenèrent. De temps en temps, Andrew parlait de John, et de tout ce qu'ils avaient fait tous les deux. Et Daphné s'étonnait encore de l'importance que John avait prise dans la vie de son fils, sans jamais avoir échangé avec lui un seul mot. Il est vrai que les discours ne lui étaient pas nécessaires. Il avait su vaincre les terreurs de Daphné et le handicap de son fils.

A sa grande surprise, Andrew lui demanda si elle allait rester, maintenant qu'elle était seule.

«Bien sûr que oui. C'est pour toi que je suis ici, tu le sais.»

L'un et l'autre n'ignoraient pas que ce n'était plus vrai, depuis ces derniers mois. Andrew était devenu de plus en plus autonome et Daphné était restée dans le New Hampshire à cause de John. Mais elle ne pouvait partir maintenant. Andrew avait plus que jamais besoin d'elle.

Les semaines passèrent. Daphné vivait dans le désespoir d'avoir perdu John. Au bout de quelques jours, elle cessa de pleurer et arrêta d'écrire son journal. Elle devait se forcer pour manger un peu, et ne voyait personne, sauf Andrew. Mme Obermeier finit par s'inquiéter : Daphné avait maigri de six kilos ; elle avait les traits tirés. La vieille dame la prit un jour dans ses bras. Mais Daphné ne pleura pas. Elle resta immobile, figée. Elle avait surmonté son désespoir. Elle essayait simplement de survivre, uniquement pour Andrew. En fait, il n'avait plus vraiment besoin d'elle. Il s'était si bien adapté que Mme Curtis avait suggéré à Daphné d'espacer ses visites.

Mme Obermeier conseilla à Daphné de rentrer à New York.

« Vous reverrez vos amis ! C'est trop dur pour vous de rester ici maintenant. Je le vois bien. »

Daphné savait qu'elle avait raison mais elle ne voulait pas s'en aller. Elle n'avait qu'un désir : rester à jamais dans son chalet et contempler chaque jour les vêtements de John, sentir leur parfum, vivre dans l'atmosphère qu'il avait créée autour de lui.

« Je veux rester ici.

— Ce n'est pas bon pour vous, Daphné. Il ne faut pas vous accrocher au passé. »

Daphné ne chercha même pas à la contredire. Elle connaissait d'avance tous ses arguments.

En octobre, Collins fit paraître une de ses nouvelles, et Allison en profita pour lui envoyer un petit mot où elle se plaignait de son absence et lui demandait la date de son retour. Daphné, quant à elle, pensait bien ne jamais la revoir. Mais, à la fin du mois, elle reçut une lettre de sa propriétaire. Le chalet allait être vendu. Il lui fallait partir au plus tard le 1er novembre. Il ne lui restait plus qu'à regagner son appartement de New York.

Elle aurait pu trouver un autre chalet, ou un appartement, mais cette solution ne rimait à rien. Elle ne verrait Andrew qu'une fois par semaine, Andrew qui maintenant vivait si bien sans elle. Elle n'avait pas le droit de s'accrocher à lui. Elle devait le laisser s'épanouir et vivre par lui-même.

Elle fit ses valises, rassembla ses affaires et celles de John, et les fit expédier à New York. Elle contempla le chalet une dernière fois. Sa gorge se serra. Elle laissa échapper un cri de désespoir et éclata en sanglots. Pendant une heure, elle pleura sur le canapé. Elle était seule. John n'était plus là. Rien ne pourrait le faire revenir. Il était parti pour toujours. Elle ferma doucement la porte et s'y adossa, se remémorant toutes les heures qu'ils avaient partagées. Elle marcha lentement jusqu'à sa voiture et partit.

Elle trouva Andrew très occupé à l'école. Elle l'embrassa et lui promit de revenir. Avant son départ, Mme Curtis se garda bien de lui parler de John.

Daphné roula pendant sept heures. Elle ne ressentit aucune émotion en arrivant à New York. Elle n'espérait rien de cette ville où personne ne l'attendait. Elle trouva son appartement en bon état, son locataire l'ayant laissé impeccable. Elle eut un long soupir en jetant sa valise sur le lit. Même ici, les fantômes étaient partout. La chambre d'Andrew était vide ; il avait emporté tous ses jeux et ses livres préférés. L'appartement lui-même ne plaisait plus à Daphné. Elle avait perdu l'habitude de vivre en ville ; elle avait contemplé trop longtemps les collines du New Hampshire. La cuisine lui semblait minuscule ; les rideaux du salon étaient défraîchis et les meubles commençaient à s'abîmer. Lorsqu'elle avait emménagé, elle avait voulu offrir à Andrew un intérieur chaud et agréable. Mais, maintenant qu'il n'était plus là, rien n'avait plus de sens.

Le week-end suivant, elle changea tout de même les rideaux, acheta quelques plantes ; mais ce fut tout. Le reste lui importait peu. Elle passait le plus clair de son temps à se promener, pour se réhabituer à New York, ne restant que très peu chez elle.

La saison était magnifique; pourtant, Daphné n'y prêtait pas attention. Chaque matin, lorsqu'elle se réveillait, le regard vide, elle se demandait comment occuper sa journée. Elle aurait pu chercher du travail, mais elle n'en avait pas envie. Elle avait encore assez d'argent devant elle et préférait attendre le début de l'année suivante. Elle rangea son manuscrit dans le tiroir de son bureau et ne prit même pas la peine d'appeler Allie, son ancienne directrice. Mais elle la rencontra par hasard, quelques jours plus tard, alors qu'elle achetait des pyjamas pour Andrew, qui avait beaucoup grandi ces derniers mois.

« Qu'est-ce que tu fais là, Daff ?

— J'achète des affaires pour Andrew. »

Allison lui trouva la mine défaite et se demanda ce qui avait bien pu lui arriver.

« Il va bien ? »

Elle semblait inquiète.

« Très bien.

— Et toi ?

— Beaucoup mieux. »

Sa vieille amie lui pressa le bras.

« Daphné, tu ne peux pas continuer à vivre comme ça uniquement pour lui.

— Je sais bien. D'ailleurs, il adore son école.

— Quand es-tu revenue ?

— Il y a une quinzaine de jours. J'ai voulu t'appeler mais j'ai été si occupée...

— Tu écris ?

— Non, pas vraiment. »

Elle n'avait même plus envie de penser à son roman. Elle l'avait écrit lorsqu'elle vivait avec John. Mais tout cela était fini, et pour elle et pour sa création littéraire.

«Tu m'avais parlé d'un roman que tu devais m'envoyer! Tu l'as fini?»

Elle voulut d'abord lui dire que non, puis se ravisa.

«Oui, cet été. J'ai pensé d'ailleurs t'appeler pour que tu me trouves un agent littéraire.

— Et alors?»

Tout chez Allison lui rappelait la vie trépidante de New York dont elle ne voulait plus. Au bout de cinq minutes, elle se sentait déjà épuisée.

«Est-ce que je peux voir ton roman?

— Pourquoi pas... Je le déposerai à ton bureau.

— Si on déjeunait ensemble demain?

— Je ne pense pas que je puisse...» Elle regardait dans le vague. Les questions incessantes d'Allie et la foule qui les entourait la rendaient nerveuse.

«Écoute, Daff. Je vais te parler franchement. Tu as l'air encore plus mal en point que l'an dernier. Il faut que tu te ressaisisses. Tu ne vas pas, toute ta vie, vivre comme une sauvage. Tu as perdu Jeff et Aimée, je sais, et Andrew est dans son école, loin de toi, mais pour l'amour de Dieu, il faut que tu penses à toi. Déjeune avec moi, nous parlerons de tout ça.

— Je ne peux pas en parler.»

Mais tout à coup, elle eut l'impression d'entendre la voix de John: «Allez, ma chérie, tu peux y arriver, tu dois y arriver.» Elle se souvenait combien il croyait en son roman. C'était le trahir que de le laisser au fond du tiroir.

«Bon, d'accord. Nous déjeunerons ensemble. Mais je n'ai pas envie qu'on parle de tout ça. Je voudrais plutôt que tu m'aides à trouver un agent littéraire.»

Le lendemain, Allie lui donna au cours du déjeuner une foule de bons conseils en ce domaine. Mais Daphné sentait bien qu'elle aurait voulu en savoir davantage. Elle se garda bien de lui parler. Allie lui fournit une liste d'agents littéraires à contacter, prit le manuscrit et promit de le rendre après le week-end. Ce qu'elle fit. Elle était ravie. Elle estimait qu'elle n'avait pas lu depuis bien longtemps un roman aussi réussi. Et malgré elle, Daphné fut heureuse de ces louanges. Allie lui indiqua aussitôt l'agent littéraire qu'il fallait appeler. Et dès le lundi, Daphné prit contact avec lui. Au début, elle avait agi uniquement pour John, mais peu à peu l'enthousiasme d'Allie la gagna. Elle envoya le manuscrit au bureau de l'agent, pensant avoir des nouvelles quelques semaines plus tard. Mais quatre jours après, alors qu'elle faisait ses bagages pour aller rejoindre Andrew, Iris, l'agent littéraire, l'appela et lui donna rendez-vous pour le lundi suivant.

« Que pensez-vous de mon roman ? »

Il lui fallait savoir. Elle se sentait doucement revenir à la vie, et son livre prenait soudain une importance nouvelle. Il devenait sa seule raison de vivre.

« Ce que j'en pense ? Franchement ? »

Daphné retint sa respiration.

« Je l'ai adoré. Voilà longtemps que je n'avais pas lu quelque chose d'aussi bon. Le succès est assuré, Daphné. »

Pour la première fois depuis trois mois, Daphné sourit et pleura des larmes de joie, de soulagement, et de tristesse aussi lorsqu'elle songea que John ne partagerait jamais son bonheur.

« J'ai pensé que nous pourrions déjeuner ensemble, lundi...

— Je pars pour quelques jours... »

Elle ne voulait pas de ce déjeuner, tout en sachant très bien qu'elle serait de retour dès dimanche soir. Elle se décida enfin :

« Bon, d'accord ; où ça ? »

Allison avait raconté à Iris les épreuves qu'avait subies Daphné : la mort de Jeff et d'Aimée, et surtout le handicap d'Andrew, qui vivait dans une école spécialisée, loin de sa mère ; Iris savait que Daphné était encore très éprouvée et qu'il était difficile de la décider.

« Au Cygne, à une heure, ça vous va ?

— Entendu.

— Au revoir, et encore bravo. »

Elle reposa le combiné et resta assise sur son lit, les jambes flageolantes et le cœur battant. Ils aimaient son livre... le livre qu'elle avait écrit pour John... C'était merveilleux. Et elle se mit à songer au bonheur encore plus grand de se voir un jour éditée.

CHAPITRE XII

DAPHNÉ se faisait toujours une joie de passer les jours de fête avec son fils, mais cette nuit-là, dans la chambre qu'elle occupait à l'auberge, elle resta éveillée longtemps ; son esprit travaillait fiévreusement. Comment oublier qu'un an auparavant, elle avait rencontré John, sur une route de campagne et qu'ils avaient vécu ensemble. Maintenant, tout était fini. Et elle savait qu'Andrew pensait lui aussi à son ami disparu. Souvent, elle le voyait songeur. Une ou deux fois, le regard douloureux, il lui parla de John. Andrew et sa mère avaient tant de souvenirs communs. En passant doucement devant son ancien chalet, elle se fit violence pour ne pas penser à John. Elle devait s'occuper d'Andrew et de ses progrès à l'école.

Lorsqu'elle le quitta, elle eut un moment de désespoir. Les vacances de Noël arrivaient. Elle se promena dans les collines, là où elle avait dispersé les cendres de John. Et elle se surprit à lui parler à voix haute, sachant que personne ne l'entendrait. Elle lui parla de son roman, d'Andrew, puis regardant vers les bois, elle murmura : « Si tu savais comme tu me manques... » Elle sentait obscurément qu'elle devait aussi lui manquer. Dans un sens, peut-être avait-elle eu de la chance de l'aimer... C'est du moins ce qu'il fallait se dire maintenant que tout était fini.

Elle regagna sa voiture et repartit pour New York. Lorsqu'elle se coucha, après son retour, elle était épuisée. Le lendemain matin, comme il faisait très froid, elle mit une robe de laine blanche, un gros manteau et des bottes. Ce déjeuner d'affaires où elle allait pour parler de son livre lui semblait très étrange. Elle se rappelait tous ces déjeuners organisés par Collins où se réunissaient des écrivains ; aujourd'hui, c'était elle qui écrivait.

« Daphné ? Je suis Iris McCarthy. »

La jeune femme était rousse, élégante, et de jolis bracelets d'or tintaient à son bras.

Durant tout le déjeuner, elles parlèrent du roman. Mais au dessert, Daphné fit part à Iris d'un autre projet de roman dont elle avait discuté avec John. Iris fut aussi enthousiaste qu'il l'avait été et Daphné sourit de plaisir. Il lui semblait presque entendre John lui murmurer à l'oreille : « Ma chérie, vas-y, tu peux y arriver... »

Elles fixèrent ensuite le titre des deux livres ; le premier, qu'elle avait écrit dans le New Hampshire, s'intitulerait *Années d'automne*. Il racontait l'histoire d'une femme qui perd son mari à quarante-cinq ans et tente de survivre à ce drame. Iris lui assura qu'il marcherait certainement très bien. Le second devait s'intituler tout simplement *Agathe* et narrait la vie d'une jeune femme, à Paris, après la guerre. Cette histoire n'avait été d'abord qu'une nouvelle, mais l'intrigue s'enrichissait de plus en plus et Daphné promit à Iris de terminer assez vite un plan détaillé et d'en parler avec elle.

L'après-midi même, Daphné s'installa à son bureau, devant sa feuille blanche. A minuit, elle avait élaboré le canevas du roman qu'elle envoya à Iris. Celle-ci lui donna de suite le feu vert et pendant trois mois, Daphné se terra dans son appartement et écrivit jour et nuit. Elle avait parfois des difficultés, mais cela lui plaisait. Elle était la plupart du temps si absorbée qu'elle ne prenait même pas la peine de répondre au téléphone. Mais un jour d'avril, la sonnerie retentit ; Daphné s'étira en grommelant et se rendit à la cuisine pour répondre.

« Daphné ?

— Oui. »

La question l'exaspéra. Qui d'autre pouvait bien répondre ? C'était Iris.

« J'ai des nouvelles pour vous. »

Daphné était trop épuisée pour l'écouter avec intérêt. Elle avait travaillé jusqu'à quatre heures du matin.

« Harbor et Jones vient juste de nous appeler.

— Et alors ? »

Soudain, Daphné sentit son cœur s'emballer. Depuis quatre mois, elle attendait ce moment. Pour elle, pour John, pour Andrew. Et le temps lui avait paru interminable.

« Est-ce qu'ils ont aimé mon livre ?

— C'est le moins qu'on puisse dire... Je pense qu'ils l'ont aimé puisqu'ils offrent vingt-cinq mille dollars... »

Daphné était abasourdie.

« Vous êtes sûre de ce que vous dites ?

— Absolument sûre !

— Oh ! mon Dieu... mon Dieu, Iris ! »

Elle poussa un cri. « Iris ! Iris, Iris ! Enfin ! » John avait raison. Elle pouvait y arriver.

« Qu'est-ce que je fais ?

— Vous déjeunez avec votre éditeur mardi prochain. Aux Quatre Saisons. Vous êtes en pleine ascension, madame Fields. »

Elle avait presque trente et un ans ; elle allait

publier son premier livre et déjeuner avec son éditeur. Et cette fois-là, pas question de dire non...

Le mardi suivant, elle arriva à midi juste au restaurant. Elle portait un nouveau tailleur rose qu'elle avait acheté pour l'occasion. Son éditeur était une femme à l'aspect terrifiant et au sourire carnassier, mais à la fin du repas, Daphné fut certaine qu'elle apprendrait beaucoup de choses à son contact. Elle lui parla de son prochain roman et l'éditrice lui demanda si elle pouvait déjà en lire une partie. Un mois plus tard, Harbor et Jones lui fit une seconde offre pour son prochain roman qu'elle termina à la fin du mois de juillet. Puis, elle partit pour le New Hampshire passer ses vacances avec Andrew.

Son premier roman sortit à Noël; il était dédié à John. Son succès fut modeste. Le second, en revanche, la consacra. Il parut le printemps suivant et se trouva tout de suite en tête des chiffres de vente. Les droits d'auteur atteignirent cent mille dollars.

«Qu'est-ce que ça fait d'avoir du succès, Daff?»

Allie suivait avec une attention toute maternelle les progrès de Daphné. Elle l'avait invitée à déjeuner pour ses trente-deux ans.

«Ça serait plutôt à toi de me payer le restaurant!» disait-elle en plaisantant. Mais il était évident qu'elle n'était pas jalouse de Daphné. Tout le monde, d'ailleurs, était heureux de son succès.

«Qu'est-ce que tu écris actuellement?»

Son troisième roman était en bonne voie. Harbor et Jones l'avait déjà acheté, avant même qu'il fût terminé. Il devait paraître l'été suivant.

«Un roman. Il s'appellera *Déchirement*.

— J'aime bien le titre.

— J'espère que tu aimeras le livre.

— Certainement, comme tous tes lecteurs. »

Allie n'avait jamais douté d'elle.

« Il me rend un peu inquiète. Ils vont vouloir que je me déplace pour assurer sa promotion.

— Il le faut maintenant.

— Toi, tu le penses. Mais qu'est-ce que je vais bien pouvoir raconter lorsqu'on va m'interroger ? »

Daphné faisait encore très jeune et avait l'air timide. La perspective de passer à la télévision la rendait très nerveuse.

« Tu leur parleras de toi. C'est ça qui les intéresse. C'est toujours ce qu'ils me demandent.

— Pour leur dire quoi ? Que j'ai vécu une tragédie ? C'est justement ce dont je ne veux pas parler.

— Eh bien, tu leur raconteras comment tu écris tes livres et tu n'auras qu'à leur dire le nom de ton petit ami ! »

Allie s'imaginait que Daphné avait eu beaucoup d'aventures depuis deux ans. Ce qu'elle ne savait pas, c'est que depuis la mort de John, elle n'avait connu aucun homme. D'ailleurs, Daphné se trouvait très bien ainsi et de toute façon elle n'aurait pu supporter de souffrir à nouveau.

« A propos, Daff, quel est l'homme de ta vie ? »

Daphné sourit.

« Andrew !

— Comment va-t-il ? »

A vrai dire, cela n'avait pas grand intérêt pour Allie. Elle ne s'intéressait qu'aux adultes, et surtout à ceux qui réussissaient dans la vie. Elle ne s'était jamais mariée et n'aimait pas particulièrement les enfants.

« Il est adorable, et sa vie est très, très remplie !

— Il est toujours dans son école ?

128

« — Oui, et encore pour longtemps. »

Le regard de Daphné s'assombrit et Allie regretta de le lui avoir demandé.

« Je pense que dans deux ans à peu près, je pourrai le reprendre avec moi.

— Tu crois que c'est une bonne idée ? »

Allie paraissait interloquée. Pour elle, Andrew devait être un débile profond. Daphné, qui la connaissait bien, ne lui en voulut pas.

« Nous verrons. Il y a le pour et le contre, je sais bien. Mais j'aimerais pouvoir le mettre dans une école près d'ici, quand ce sera possible.

— Est-ce qu'il ne va pas te gêner dans ton travail ? »

Décidément, Allison ne comprendrait jamais. Comment un enfant qu'on aime peut-il vous encombrer ? Bien sûr, cela compliquerait un peu les choses, mais cela lui plaisait tant !

« Bon, parle-moi de la tournée. Où allons-nous ?

— Je ne sais pas encore. Le Midwest, la Californie, Boston, Washington. De la folie en somme... Une vingtaine de villes en quelques jours, et même pas le temps de dormir et de manger ! et la terreur de ne pas se rappeler le matin, quand on se réveille, où diable est-on !

— Cela me paraît très bien !

— Moi, j'ai plutôt l'impression que je vais vivre un cauchemar. »

Elle regrettait encore sa vie rangée dans le chalet du New Hampshire. Mais il ne fallait plus y songer. Elle projetait d'acheter un autre appartement vers la 6ᵉ Avenue.

Après le déjeuner, Daphné rentra chez elle et se remit à son roman. Elle y travaillait jour et nuit ; ses seuls moments de repos, elle les consacrait à Andrew, qu'elle allait voir dans son école. Elle avait trouvé de quoi combler le vide de son existence, en créant sous sa plume un autre monde, peuplé d'hommes et de femmes qui vivaient, mouraient et enchantaient des milliers de lecteurs. Seule l'écriture occupait sa vie. Juste avant son trente-troisième anniversaire, Daphné, avec son roman *Apache*, arriva en tête de la liste des succès littéraires publiée dans le *New York Times*. Elle avait réussi.

CHAPITRE XIII

« COMMENT va-t-elle ? »

Barbara suivait d'un œil las les gestes de l'infirmière qui, une fois de plus, vérifiait tous les appareils de contrôle. Mais la question était inutile. Il n'y avait aucun changement apparent. On ne pouvait pas l'imaginer gisant là, immobile, sans vie, si dépourvue de cette énergie qu'elle dispensait si largement à ceux qui en avaient besoin. Barbara savait mieux que personne quelles montagnes elle était capable de soulever. Elle en avait soulevé pour Andrew, pour elle-même et pour Barbara, tout au long de ces dernières années.

Comme l'infirmière sortait à nouveau, Barbara ferma les yeux un moment, se remémorant les tout débuts de leur rencontre, la première fois qu'elle l'avait vue. A cette époque, qui avait été pour elle un cauchemar, Barbara vivait avec sa mère. Elle était allée faire des courses chez l'épicier et montait péniblement les escaliers pour regagner l'appartement triste et minable de West Side où elle vivait cloîtrée depuis des années avec sa mère invalide.

Daphné l'avait trouvée grâce à son agent littéraire qui savait que Barbara prenait du travail à domicile, pour améliorer son maigre salaire de secrétaire, mais pour échapper aussi à sa vie, qu'elle haïssait désespérément, et au quotidien qu'elle n'arrivait plus à supporter. Aussi les manuscrits lui apportaient-ils une part de fantaisie et la vision fugitive d'autres mondes, qui lui faisaient oublier la triste réalité.

Barbara avait fait son apparition sur le pas de la porte, la démarche chancelante, les bras chargés de provisions. Daphné l'attendait assise, l'air sérieux, tranquille, élégante et sereine.

En la regardant, Barbara eut l'impression d'ouvrir une fenêtre et de respirer une bouffée d'air pur. Leurs yeux se rencontrèrent presque immédiatement et Barbara rougit. Personne ne venait jamais ici ; c'est elle qui allait à l'agence littéraire chercher son travail.

Barbara allait s'adresser à Daphné lorsqu'elle entendit la voix plaintive et les lamentations familières :

« Est-ce que tu m'as acheté du riz ? »

Barbara eut brusquement envie de hurler. Elle vit le regard compréhensif de Daphné.

« Tu achètes toujours ce qu'il ne faut pas ! »

La voix de sa mère était comme d'habitude, horrible et glapissante, le ton furieux ou pleurnichard.

« Oui, j'ai le riz. Écoute, maman, pourquoi ne vas-tu pas t'allonger un peu pendant que je...

— Et le café ?

— Je l'ai aussi. »

La vieille femme fouillait déjà dans les deux sacs, en émettant des gloussements, et les mains de Barbara tremblaient en enlevant sa veste.

« Maman, je t'en prie ! »

Elle cherchait à s'excuser auprès de Daphné ; mais celle-ci, gardant le sourire, tâchait de ne pas paraître trop déconcertée, malgré le malaise qui l'envahissait. Heureusement, la vieille femme

132

partit au fond de l'appartement et Daphné put enfin expliquer à Barbara ce qu'elle désirait. Le manuscrit qu'elle lui avait retourné, en quinze jours, était parfaitement tapé, sans une seule erreur. Elle se souvenait maintenant que Daphné l'avait longuement félicitée d'avoir accompli un tel travail en compagnie de cette vieille femme qui devait la rendre folle. Daphné avait tout de suite compris qu'elle menait une vie infernale en ayant choisi de la partager avec sa mère.

Elle lui avait ensuite apporté d'autres travaux à taper, des articles remaniés, des premiers jets d'histoires et même une ébauche de roman, jusqu'au jour où elle lui demanda de venir travailler avec elle dans son appartement. Et c'est alors que Barbara entreprit de lui raconter sa vie. Son père était mort lorsqu'elle avait neuf ans, et sa mère s'était donné beaucoup de mal pour l'élever, l'envoyer dans de bonnes écoles et même au lycée. Barbara avait pu finir ses études et réussir ses concours, mais sa mère avait eu une attaque et n'avait pu continuer à l'aider. Maintenant, c'était au tour de Barbara de la faire vivre, car il y avait deux ans qu'elle était sans ressources. Barbara avait pris un emploi de secrétaire chez deux avoués associés, et soignait sa mère tous les soirs en rentrant. Elle n'avait ni le temps ni l'envie de faire autre chose tant elle était perpétuellement éreintée. L'histoire d'amour qu'elle avait eue au lycée avait tourné court; le jeune homme ne supportait pas ses exigences et quand il lui demanda de l'épouser, elle refusa par crainte d'abandonner sa mère. Barbara n'avait pas les moyens de la mettre dans une maison de santé et sa mère la supplia de ne pas le faire. Elle ne pouvait vraiment pas la laisser, pas après toutes ces années où elle n'avait pas hésité à avoir deux emplois pour que sa fille puisse continuer ses études. Il fallait payer cette dette, et sa mère le lui rappelait constamment: «Après tout ce que j'ai fait pour toi, tu me laisserais...» Elle l'accusait en geignant et elle la faisait culpabiliser. Barbara n'avait pas l'intention de la quitter. Elle n'aurait jamais pu. Pendant deux ans, elle la soigna et lui rendit la santé, tout en travaillant au cabinet d'avoués. C'est à la fin de la seconde année que son patron quitta sa femme et se mit à lui faire la cour. Barbara était une fille intelligente et droite et cela l'irritait de la voir gâcher sa vie. A vingt-cinq ans, elle ressemblait déjà, dans sa façon d'agir et de penser, à une vieille fille. C'est lui qui la poussa à sortir dès qu'elle le pouvait. Il venait la chercher et bavardait avec sa mère qui lui faisait constamment des reproches. Mais il ne cédait pas, voulant que Barbara profite quand même un peu de la vie. Elle s'arrangeait pour lui consacrer tout le temps qu'elle pouvait, tout en continuant à apaiser sa mère.

Cette aventure dura six mois, et ce fut le seul rayon de soleil qu'elle eut jusqu'à Noël, quand il lui annonça qu'il reprenait la vie commune avec sa femme. Elle était en pleine ménopause, se portait mal, et leurs enfants leur donnaient beaucoup de soucis.

«J'ai des responsabilités, Barbara. Il faut que je revienne et que je l'aide. Je ne peux pas la laisser comme ça se battre toute seule.»

Il essayait de se justifier et Barbara le regardait avec un petit sourire amer, les larmes aux yeux.

«Et toi, que vas-tu devenir? Rappelle-toi lorsque tu me disais de prendre ce dont j'avais besoin, et de ne pas passer ma vie à attendre que les autres se soient servis d'abord.

— Oui, c'est vrai. Je crois encore à tout ce que j'ai dit. Mais Barb, tu dois comprendre. C'est différent; elle, c'est ma femme. Toi, tu es prise au collet, par une mère despotique, exigeante et intraitable. Mais tu as le droit de vivre ta vie. Moi, j'ai Georgia, et je ne peux pas fiche en l'air vingt-deux ans de vie commune. »

Que pouvait-elle faire avec sa mère ? Claquer la porte et ne jamais revenir ? C'était un pauvre type et elle le savait. Il retourna vivre avec sa femme le lendemain et leurs relations s'arrêtèrent net. Elle démissionna après le Premier de l'An et deux semaines plus tard, s'aperçut qu'elle était enceinte. Elle réfléchit pendant une semaine, s'enfermant dans sa chambre, et sanglotant silencieusement dans ses oreillers. Elle avait pensé qu'il l'aimait, qu'il divorcerait, l'épouserait un jour, et qu'elle serait libérée de sa mère. Qu'allait-elle devenir maintenant ? Elle ne pouvait pas s'occuper d'un enfant toute seule. Se faire avorter n'était pas pensable, cela allait à l'encontre de ses convictions. Elle ne voulait pas le faire. Finalement, elle se décida à l'appeler. Ils se rencontrèrent pour déjeuner. Il avait l'air distant d'un homme d'affaires.

« Tu vas bien ? »

Elle acquiesça se sachant mauvaise mine et se sentant nauséeuse.

« Et ta mère ?

— Elle va bien. Mais le docteur se fait du souci pour son cœur. »

Elle marqua une pause.

« Il faut que je te dise quelque chose.

— Oui ? »

Un ange passa. Il pressentait une mauvaise nouvelle.

« Tu n'as pas reçu ton dernier chèque ? »

Ils avaient décidé qu'il valait mieux qu'elle quitte le bureau. Il lui assurait une rente compensatoire pour atténuer son sentiment de culpabilité. « Mais non, se disait-elle en elle-même, ce n'est pas après ton argent que j'en ai, c'est à propos de ma vie, et de ton enfant. »

« Je suis enceinte. »

Il ne broncha pas.

« Évidemment, ça pose des problèmes. »

Il essayait de parler avec aisance, mais elle voyait dans ses yeux qu'il était nerveux.

« Tu en es sûre, tu as vu un docteur ?

— Oui.

— Tu es sûre qu'il est de moi ? »

Comment pouvait-il douter d'elle ? Elle se mit à pleurer.

« Tu veux que je te dise, Stan, tu es une ordure ! Tu crois vraiment que j'ai eu des relations avec un autre homme ?

— Je suis désolé, je pensais que...

— Non tu ne pensais pas, tu essaies simplement de trouver une échappatoire. »

Il ne répondit pas tout de suite. Quand il lui parla de nouveau, sa voix était plus douce, mais il ne fit aucune tentative pour lui prendre la main et la consoler.

« Je connais quelqu'un qui... »

Elle éluda par crainte de ce qu'il allait dire.

« Je ne sais pas si je pourrai le faire. Non, je ne crois pas. »

Elle se mit à sangloter et il se détourna avec nervosité.

« Écoute, sois réaliste, Barb, tu n'as pas le choix. »

Sans ajouter un mot, il griffonna un nom sur un morceau de papier, lui fit un chèque de mille dollars, et les lui tendit.

« Appelle ce numéro et dis-lui que c'est moi qui t'envoie.

— Pourquoi ? On te fait un prix ? »

Elle le regarda avec désespoir. Ce n'était plus

l'homme qu'elle avait connu, en qui elle avait eu foi. Lui l'aurait sauvée.

« Est-ce que tu lui enverrais Georgia ? »

Il la regarda un long moment, le visage fermé.

« J'y ai envoyé ma fille l'année dernière. »

Elle baissa la tête.

« Je suis désolée.

— Moi aussi. »

Ce furent les derniers mots aimables qu'il lui dit avant de se lever.

« Barb, il faut agir très vite. Décide-toi. Tu te sentiras bien mieux après.

— Et si je ne le fais pas ?

— Qu'est-ce que tu veux dire par là ? »

Il martelait ses mots.

« Je te demande ce qui arrivera si je décide de garder le bébé. J'ai encore le choix, tu sais. Je ne suis pas obligée de me faire avorter.

— Si tu ne le fais pas, ce sera entièrement ton choix.

— Cela veut dire que tu ne voudras plus en entendre parler. »

Elle le haïssait maintenant.

« Cela veut dire que je ne sais même pas si c'est mon enfant. Et ces mille dollars, ce sont les derniers que tu auras de moi.

— Vraiment ? » Elle prit le chèque, le regarda et le déchira en deux avant de le lui rendre.

« Merci, Stan. Mais je ne crois pas que j'en aurai besoin. »

Sur ces mots, elle se leva, passa devant lui et quitta le restaurant. Elle pleura sur le chemin du retour et s'enferma chez elle. Un peu plus tard, sa mère força la porte de sa chambre.

« Il t'a laissée bien sûr. Il est retourné avec sa femme. »

Elle était si méchante qu'elle s'en réjouissait presque.

« Je le savais... Je t'avais bien dit qu'il ne valait rien... D'abord, il ne l'a peut-être jamais quittée.

— Maman, laisse-moi seule, je t'en prie... »

Elle était étendue sur son lit et fermait les yeux.

« Qu'est-ce que tu as ? Tu es malade ? »

Elle comprit presque instantanément.

« Oh ! mon Dieu, tu es enceinte, c'est ça ? C'est ça ? »

Elle s'avança vers elle avec un regard méchant, et se tint immobile.

Barbara s'assit pour faire face à sa mère, le regard accablé.

« Oui.

— Oh ! mon Dieu ! Un enfant illégitime ! Tu sais ce que les gens vont dire de toi, espèce de traînée ! »

Sa mère s'avança encore et la frappa.

« Je t'en conjure, laisse-moi tranquille. Ça t'est bien arrivé avec mon père.

— Ce n'est pas vrai, on était fiancés, et ce n'était pas un homme marié. Il m'a épousée.

— Il t'a épousée parce que tu étais enceinte. Il t'a détestée parce que tu l'avais forcé. J'ai entendu tout ce qu'il te disait quand vous vous disputiez. Il t'a toujours haïe. Il était fiancé à quelqu'un d'autre. »

Sa mère la frappa encore et Barbara se recoucha en sanglotant.

Les quinze jours suivants, elles se parlèrent à peine, sauf quand sa mère la tourmentait en évoquant son enfant illégitime.

« Ta vie est fichue, ruinée, tu ne trouveras jamais plus de travail. »

Et c'était la vérité, elle se faisait du souci à ce sujet. Elle n'avait pas pu arriver à trouver un emploi depuis qu'elle avait quitté le bureau de Stan. Le nombre de chômeurs avait fait un bond depuis le précédent été et son curriculum vitae ne lui servait à rien.

Finalement, comme il n'y avait plus rien d'autre à faire, trop fière pour appeler Stan et connaître le nom de son docteur, elle téléphona à une amie, obtint le nom d'un médecin, et se fit avorter illégalement dans le New Jersey. Elle en revint en métro, comme hébétée, perdant son sang abondamment et s'évanouit sur le quai du métro. L'hôpital Roosevelt, où elle fut transportée d'urgence, prévint sa mère qui refusa de se déplacer. Quand Barbara rentra à la maison trois jours plus tard, sa mère se tenait dans la salle de séjour et proféra un seul mot : « Infanticide. »

Leur haine réciproque ne fit qu'empirer et Barbara se prépara à déménager. Mais sa mère eut une autre attaque et Barbara fut obligée de rester, d'autant plus qu'elle ne disposait pour vivre que de ses indemnités de chômage auxquelles s'ajoutait la maigre pension de sa mère. Elle la soigna pendant six mois jusqu'à ce qu'elle fût rétablie. Celle-ci l'accusait d'être la cause de son attaque et continuait à la tourmenter en lui rappelant constamment l'acte immonde qu'elle avait commis. Barbara, sans même s'en apercevoir, glissait dans la dépression chronique. Elle réussit enfin à trouver un emploi, dans un autre cabinet juridique. Mais elle se garda de rencontrer un autre homme et perdit de vue tous ses amis, négligeant de leur donner des nouvelles. Qu'aurait-elle pu leur dire, d'ailleurs ? Ils étaient tous mariés, ou fiancés. Un jour, une de ses collègues lui suggéra de se mettre en rapport avec des agents littéraires, pour taper des manuscrits chez elle et augmenter ainsi ses revenus. C'est à cette époque que Daphné fit sa connaissance. Dès leur première rencontre, Barbara avait été fascinée par la jeune femme, mais elle n'avait jamais osé lui demander quoi que ce fût sur sa vie privée, tant elle semblait vouloir la préserver. Ce n'est qu'un an plus tard, un soir que Barbara était venue rapporter un manuscrit tapé, que les deux femmes discutèrent longuement de leur passé. Barbara raconta son avortement, et les épisodes de sa vie monotone auprès d'une mère presque invalide. Daphné avait écouté tranquillement le long et triste récit, et lui avait parlé à son tour de Jeff, d'Aimée et d'Andrew. Elles s'étaient assises à même le sol de l'appartement, en buvant du vin jusqu'au petit matin. Et pendant qu'elle contemplait Daphné, exsangue sur son lit d'hôpital, Barbara avait l'impression que leur rencontre datait d'hier.

Daphné, après le récit de Barbara, avait été intraitable : il lui fallait quitter sa mère.

« Écoutez-moi, bon Dieu, c'est une question de survie pour vous. »

Elles étaient un petit peu grises toutes les deux, et Daphné brandissait un doigt implacable en direction de Barbara.

« Mais qu'est-ce que je peux faire, Daphné ? Elle peut à peine marcher, elle est malade du cœur, elle a fait trois attaques.

— Mettez-la dans une maison de santé. En avez-vous les moyens ?

— J'y arriverai en travaillant très dur. Mais elle dit que cela la tuerait. Je lui dois tant. »

Les pensées de Barbara revenaient en arrière, vers son passé.

« Elle m'a laissée faire toutes mes études. Elle m'a même fait entrer dans un très bon lycée.

— Et maintenant, elle gâche votre vie ; ça, vous

140

ne lui devez pas. Et vous, qu'est-ce que vous devenez dans tout cela ?

— Ce que je deviens ? Je ne suis plus rien.

— Mais si, voyons ! »

Barbara l'avait regardée, ne demandant qu'à la croire, mais il y avait si longtemps qu'elle n'osait même plus penser à elle-même. Sa mère l'avait presque détruite.

Daphné se mit à lui parler de John. Barbara était la première personne à qui elle se confiait là-dessus. Au petit matin, il ne restait plus un seul secret entre elles. La conversation revenait sans cesse sur Andrew. Il était son univers, lui seul comptait ; le visage et le regard de Daphné prenaient vie rien qu'en l'évoquant.

« Quelle chance vous avez d'avoir cet enfant ! »

Barbara la regardait avec envie. Son enfant à elle aurait eu dix ans maintenant ; elle y pensait encore très souvent.

« Oui, bien sûr. Mais je ne l'ai pas vraiment à moi. »

Une ombre de chagrin passa sur son visage.

« Il est à l'école, et j'ai ma propre vie, telle qu'elle est. »

Barbara se demandait si finalement leurs vies ne se valaient pas. Daphné avait son fils, son travail, mais rien de plus. Elle n'avait pas eu d'autre homme depuis la mort de John, et elle faisait très attention à ce qu'il n'y en ait pas. Elle avait été bien sûr maintes fois sollicitée au long des années — d'anciens amis de Jeff, un écrivain qu'elle avait rencontré par l'intermédiaire de son agent littéraire, des gens qu'elle avait vus à des réceptions d'éditeurs, mais elle les avait tous éconduits. A sa manière, elle était aussi seule que Barbara, ce qui contribuait à les rapprocher. Elle se confiait à elle seule, et comme Barbara venait maintenant travailler chez elle, elles allaient déjeuner ensemble de temps en temps, ou faire des courses le samedi après-midi.

« Vous voulez que je vous dise, Daphné, eh bien, je crois que vous êtes un peu folle.

— On me l'a déjà dit ! »

Barbara s'était arrangée pour échapper à sa mère tout l'après-midi et elles avaient décidé de le passer ensemble.

« Écoutez-moi ; vous êtes jeune et très belle. Vous pourriez avoir tous les hommes que vous voulez. Et vous perdez votre temps à faire des courses avec moi.

— Vous êtes mon amie et je vous aime bien. Je ne veux pas d'homme.

— C'est ça qui est fou.

— Pourquoi ? Bien des gens n'ont jamais eu ce que j'ai connu. »

Elle regretta presque aussitôt ses paroles, se rappelant la vie solitaire de Barbara.

« Oui, bien sûr. »

Barbara la regardait avec un grand sourire qui la faisait paraître bien plus jeune.

« Je sais ce que vous voulez dire. Mais ce n'est pas une raison pour tout abandonner.

— Mais si. Je ne connaîtrai jamais plus ce que j'ai vécu avec Jeff ou John. A quoi bon refaire ma vie avec un pis-aller ?

— C'est une supposition qui n'est pas raisonnable.

— Pour moi si, elle l'est. Je ne retrouverai jamais des hommes comme eux.

— Peut-être pas tout à fait comme eux. Mais quelqu'un d'autre. Est-ce que vous allez vraiment vous accrocher à cette résolution pendant cinquante ans encore ? »

Barbara était horrifiée rien qu'à cette pensée.

« C'est complètement fou ! »

Elle ne se rendait pas compte qu'elle-même avait gaspillé sa vie pour une mère qu'elle haïssait. Mais elle ne pouvait se comparer à Daphné. Elle était si jolie et elle savait depuis déjà longtemps qu'elle allait devenir célèbre. Leurs destinées ne pouvaient être comparables. En fait, c'était Daphné qui vivait d'espoir pour son amie. Elle la taquinait sans cesse pour l'obliger à agir.

« Qu'est-ce que vous attendez pour déménager ?

— Et où ? Pour planter ma tente à Central Park ? Et qu'est-ce que je fais de ma mère ?

— Mettez-la dans une maison de santé ! »

C'était devenu un refrain familier. Mais c'est après que Daphné eut acheté l'appartement de la 69e Rue, qu'elle élabora son plan et l'exposa à Barbara, les yeux brillants d'excitation.

« Mon Dieu, Daphné, je ne peux pas.

— Mais si vous pouvez. »

Elle voulait que Barbara emménage dans son ancien appartement.

« Je n'arriverai pas à joindre les deux bouts.

— Attendez que je vous aie tout dit. »

Elle lui proposait un travail à plein temps et un salaire tout à fait décent qu'elle pouvait lui offrir aisément.

« Travailler pour vous ? Vous êtes sérieuse ? »

Les yeux de Barbara étaient étincelants de joie.

« Vous le voulez vraiment ?

— Oui je le veux, mais ne croyez pas que je vous fasse une faveur. J'ai besoin de vous, voilà tout. Vous êtes la seule personne qui sache organiser harmonieusement ma vie. Et je n'accepterai aucun refus pour réponse. »

Barbara sentait son cœur battre plus vite, mais

en même temps, elle était terrifiée. Qu'allait-elle faire de sa mère?

« Je ne sais pas, Daff. Il faut que je réfléchisse.

— C'est déjà tout réfléchi. »

Daphné lui souriait.

« Je ne vous engagerai pas tant que vous ne serez pas séparée de votre mère. C'est un rude marché, non? »

C'en était un et elles en étaient conscientes toutes les deux, mais après un mois de tergiversations, Barbara s'arma de courage et accepta. Daphné lui fit boire deux verres d'alcool, appela un taxi et la déposa en bas de chez elle. Elle la serra contre elle, l'embrassa, et lui dit :

« C'est votre vie, Barbara, ne la gâchez pas. Elle se fiche éperdument de vous et vous avez payé votre dette. Ne l'oubliez pas. Que pouvez-vous donner de plus, et jusqu'à quand? »

Barbara connaissait déjà la réponse. Pour la première fois depuis tant d'années, elle entrevit une lumière au fond du tunnel, qu'elle voulut se dépêcher de saisir.

Sans attendre, elle monta chez sa mère et lui annonça simplement qu'elle déménageait, et qu'elle n'accepterait ni les menaces de vengeance, ni les insultes, ni le chantage.

Sa mère partit pour une maison de santé le mois suivant, et bien qu'elle ne l'avouât jamais à Barbara, elle s'y plut beaucoup. Elle vivait avec des gens de son âge, et s'était entourée de quelques vieilles amies à qui elle pouvait se plaindre de l'égoïsme de sa fille.

Quand Barbara emménagea dans l'ancien appartement de Daphné, il lui sembla qu'elle sortait de prison. Elle souriait maintenant en y pensant. Elle se réveillait chaque matin avec le cœur léger et une sensation de liberté délicieuse.

Elle faisait son café dans la petite cuisine ensoleillée, s'étirait sur son lit, persuadée que le monde lui appartenait. Elle avait transformé la chambre d'Andrew en bureau, car si elle travaillait pour Daphné chaque jour de dix heures du matin à cinq heures du soir, il lui arrivait souvent de ramener chez elle des piles de documents à étudier. Daphné la grondait gentiment :

« Laisse donc tout ça ici et profite de tes loisirs ! »

Mais Daphné elle-même ne cessait d'écrire du matin au soir. Barbara et elle se complétaient parfaitement mais aucune ne menait une vie normale. Tout ce que Barbara désirait, c'était se vouer entièrement à Daphné, qui l'avait aidée à se libérer de sa mère. De son côté, la jeune femme luttait contre cette forme d'idolâtrie.

« Ne me traite pas comme si j'étais ta fille ! » explosait-elle tout en la taquinant quand Barbara arrivait avec le déjeuner sur un plateau pendant que Daphné travaillait.

« Ah ! tais-toi donc.

— Je sais ce que je dis. Tu t'es occupée des autres toute ta vie. Pense à toi, pour changer, tâche d'être heureuse pour toi-même.

— Je suis heureuse. J'aime beaucoup mon travail tu le sais, bien que ce soit un malheur de travailler pour toi... »

Daphné lui souriait distraitement et se remettait à travailler, tapant à la machine de midi à trois ou quatre heures du matin.

« Comment peux-tu travailler autant que ça ? »

Barbara la considérait, stupéfaite. Elle ne s'arrêtait jamais et ne s'accordait que de rares pauses café.

« Tu te détruiras la santé à travailler autant.

— Non, cela me rend heureuse, au contraire. »

Mais heureuse n'était pas le mot que Barbara

aurait employé pour la décrire. Il y avait toujours quelque chose dans les yeux de Daphné qui montrait qu'elle n'était plus heureuse depuis des années, sauf quand elle revenait du New Hampshire. Les événements de sa vie étaient gravés dans son regard et la souffrance qu'elle ressentait encore des pertes qu'elle avait subies ne l'avait jamais vraiment quittée. Elle mettait la joie et la satisfaction qu'elle retirait de son travail entre elle et les fantômes qui l'habitaient. Mais ils étaient toujours là, et cela se voyait, même si elle en parlait rarement à Barbara.

Mais quand Daphné était seule dans son bureau, elle s'asseyait quelquefois et regardait par la fenêtre ; son esprit vagabondait, elle revoyait alors le New Hampshire avec John, ou bien un endroit où elle avait été avec Jeff, et malgré le contrôle implacable qu'elle exerçait vis-à-vis d'elle-même, ses yeux se remplissaient de larmes en pensant à Aimée. C'était une facette de sa personnalité que personne ne voyait, et qu'elle cachait avec beaucoup de soin à tous, sauf à Barbara, qui savait tout de ses sentiments les plus intimes, des événements de sa vie cachée et des êtres chers qu'elle avait perdus. Mais elle avait maintenant une vie bien différente de celle qu'elle avait menée quand Andrew était auprès d'elle ; une vie faite de travail, de talent et de succès, peuplée d'éditeurs, d'agents littéraires et de publicistes. Elle était douée pour son métier, ce qu'elle n'aurait jamais cru auparavant, et elle accomplissait sa tâche avec une plume alerte, sachant d'instinct ce que les lecteurs attendaient d'elle. Seules les contraintes que lui imposait la promotion de ses romans lui étaient haïssables, tant elle craignait qu'on parle de sa vie privée et qu'on la questionne sur Andrew. Elle voulait le protéger contre tous. Il n'y avait rien de sa vie personnelle qu'elle eût voulu partager avec le monde, et elle pensait que ses livres parlaient d'eux-mêmes. Mais elle savait que ses éditeurs jugeaient la publicité nécessaire. Le problème se posa à nouveau quand on lui demanda de participer à l'émission de Bob Conroy, à Chicago. Elle hésita longuement.

« Qu'est-ce que tu veux que je leur dise, Daff ? Tu vas à Chicago demain ? »

Ils avaient harcelé Barbara toute la matinée et elle devait donner une réponse.

« Il faut répondre immédiatement ? »

Elle sourit en se frottant la nuque. Elle avait travaillé très tard à son nouveau livre, la nuit précédente, et se sentait lasse.

« Eh bien, je n'ai pas envie d'aller à Chicago. Appelle George Murdock à Harbor et demande-lui s'il pense que c'est vraiment important. »

Mais elle connaissait déjà la réponse. Son précédent livre était sorti, l'actuel n'était pas terminé, et la publicité restait primordiale. L'émission de Bob Conroy à la Télévision de Chicago serait un événement.

Barbara revint cinq minutes plus tard, l'air lugubre.

« Tu veux vraiment savoir ce qu'il m'a dit ?

— Non, je ne veux pas.

— J'en étais sûre. »

Barbara la regarda s'effondrer en soupirant dans un siège confortable, la tête appuyée contre un coussin moelleux.

« Pourquoi travailles-tu si dur, Daphné ? Tu ne vas pas t'abrutir comme ça tout le temps ! »

Barbara la contemplait : elle avait l'air d'une petite fille, mais la force qu'elle avait acquise se manifestait dans chacun de ses actes. Elle était bonne pour tout le monde, sauf pour elle-même. Elle se forgeait des buts inaccessibles et tendait à des qualités surhumaines. Elle travaillait quinze heures par jour et restait patiente, attentive et tendre, mais elle s'oubliait volontairement. Elle ne laissait jamais qui que ce fût l'approcher de trop près. Elle avait enduré trop de souffrances dans sa vie, vécu trop de drames, et s'était murée dans sa peine, définitivement.

« Je ne m'abrutis pas, Barbara. Je construis ma carrière, c'est différent.

— Vraiment ? Pour moi, c'est pareil.

— Peut-être, après tout. »

Elle était presque toujours honnête avec Barbara.

« Mais c'est pour la bonne cause. »

Elle amassait une fortune pour Andrew. Il en aurait besoin un jour, et elle voulait qu'il ait une vie facile.

« J'ai déjà entendu ça plusieurs fois. Mais tu as déjà fait bien assez pour Andrew, Daff. Pourquoi est-ce que tu ne penses pas un peu à toi pour changer ?

— Mais je le fais.

— Ah ! oui. Mais quand ?

— Dix secondes le matin, quand je me lave la figure. » Elle souriait à sa confidente. Il y avait des sujets qu'elle ne voulait pas aborder.

« Alors, ils veulent que j'aille à Chicago, n'est-ce pas ?

— Tu ne peux donc pas interrompre ton livre ?

— S'il le faut, oui.

— Alors, nous y allons ?

— Je ne sais pas. »

Elle fronça les sourcils et regarda par la fenêtre.

« Je me fais du souci pour cette émission. Je n'en ai jamais fait encore, et je n'en ai vraiment pas envie.

— Et pourquoi ? » Mais Barbara connaissait les

vraies raisons de ces hésitations... Bob Conroy était réputé pour ses questions pièges ; c'était un fouineur. Il possédait une équipe extraordinaire de fins limiers, et il avait le génie de déterrer les fragments d'informations sur le passé des gens, qu'il leur communiquait à brûle-pourpoint sur les écrans de la télévision nationale. Barbara savait que Daphné avait peur de cette confrontation. Elle avait pris les plus grandes précautions pour que sa vie privée ne soit jamais étalée. Elle n'avait jamais parlé ni de Jeff ni d'Aimée et était irréductible sur le chapitre d'Andrew. Elle l'avait toujours protégé des curiosités malsaines et des racontars. Il menait une vie heureuse et retirée à l'école Howarth du New Hampshire, et ne savait même pas que sa mère était célèbre.

« Tu as peur de Conroy, Daff ?

— Franchement, oui. Je ne veux pas qu'un tas de vieilles histoires personnelles remontent à la surface. »

Ses yeux bleus, immenses et tristes regardaient Barbara.

« Ce qui m'est arrivé ne regarde personne. Tu sais très bien ce que je pense de tout ça.

— Oui, mais tu ne pourras pas toujours maintenir le secret ; s'il s'évente un jour, est-ce que ce sera si terrible ?

— Pour moi, oui. Je ne veux pas de pitié et Andrew non plus. Nous n'en avons pas besoin. »

Elle se redressa sur son siège, l'air nerveux et défiant.

« Cela ne pourra que renforcer l'amour que te portent tes lecteurs. »

Elle savait mieux que personne combien ils l'aimaient déjà. Elle répondait à tout le courrier de ses admirateurs. Daphné avait le don de déverser son âme dans ses livres, dont les sujets émanaient tous de sa propre vie même si elle les faisait passer pour de la fiction.

« Je ne veux pas qu'ils m'aiment davantage, je veux qu'ils aiment mes livres.

— Peut-être qu'il n'y a pas de différence. »

Daphné approuva silencieusement et se leva avec un soupir.

« Je pense que je n'ai pas le choix ; si je n'y vais pas, George Murdock ne me le pardonnera jamais. Ça fait un an qu'ils essaient de me faire passer à cette émission. »

Elle regarda Barbara puis lui dit en souriant :

« Tu veux venir avec moi ? Il y a de beaux magasins à Chicago.

— Est-ce qu'on y passe la nuit ?

— Bien sûr. »

Elle y avait maintenant un hôtel favori, comme dans presque toutes les grandes villes. Ses hôtels préférés étaient toujours retirés, raffinés et feutrés. Elle se faisait servir les repas dans sa chambre et profitait du confort que son travail lui procurait. Elle s'y était facilement habituée et reconnaissait que certains aspects de son succès lui plaisaient infiniment. Elle n'avait plus, depuis longtemps, de problèmes d'argent et savait que l'avenir d'Andrew était assuré. Elle avait bien placé son argent et s'achetait des vêtements de couturier, des objets d'art, des tableaux qui lui plaisaient, à chaque fois qu'elle en avait l'occasion. Pourtant, il n'y avait rien d'ostentatoire chez elle. Elle ne se servait pas de son argent pour flatter son succès, et ne donnait pas de soirées somptueuses, pour essayer d'impressionner ses amis. Elle menait une vie tranquille, simple, bien assise. D'une certaine façon, elle savait que c'était exactement la vie que Jeff et John auraient souhaitée pour elle. Elle avait acquis une certaine maturité et savait ce qui lui convenait.

«Tu passes à l'émission de vingt-deux heures. Tu veux partir le matin ou l'après-midi? Il faudrait que tu te reposes un peu et que tu dînes avant que nous allions au studio.

— Oui, maman.

— Ah! tais-toi!»

Barbara inscrivit quelques notes sur son carnet et disparut, pendant que Daphné retournait à son bureau, l'air contrarié, et fixait le clavier de sa machine à écrire. Elle avait dit à Barbara qu'elle se voyait mal participer à cette émission et qu'elle en avait un pressentiment étrange et malheureux.

Maintenant, en contemplant le visage de Daphné, si défigurée par la voiture qui l'avait renversée, Barbara se souvenait de tout. Il lui semblait qu'il y avait mille ans au moins qu'elles étaient allées à Chicago.

CHAPITRE XIV

Daphné et Barbara arrivèrent au studio à neuf heures trente. Daphné portait une robe de soie beige, toute simple, un petit chignon élégant, des boucles d'oreilles en perle fine et une très jolie bague sertie d'une topaze, qu'elle avait achetée chez Cartier. Elle frappait par son élégance, qui n'avait pourtant rien d'ostentatoire. Barbara portait quant à elle un de ses éternels tailleurs bleu marine. Daphné se moquait toujours de cette tenue qui lui donnait l'air d'une adolescente bien sage. De fait, elle avait rajeuni depuis qu'elle avait quitté sa mère, et Daphné avait remarqué qu'elle devenait de plus en plus attirante, et ressemblait à nouveau à la jeune fille, pleine de gaieté qui, quelques années auparavant, était étudiante.

Les deux jeunes femmes firent antichambre dans une somptueuse salle d'attente. Barbara se tourna vers Daphné et murmura :

« N'aie pas l'air si tendu. Ils ne vont pas te manger !

— Qui sait ? »

Daphné était toujours nerveuse avant de passer à l'antenne. C'est pourquoi elle emmenait Barbara avec elle. Elle appréciait le fait d'avoir une amie avec qui bavarder et régler tous les impondérables. Il est vrai que Barbara savait à merveille s'occuper de tout : grâce à elle, Daphné était sûre de retrouver ses bagages, de prendre ses repas à l'heure, d'avoir ses vêtements repassés, de pouvoir lire tous les journaux et les livres dont elle avait envie, et d'éviter les journalistes qui la harcelaient sans cesse. Avec elle, tout semblait miraculeusement simple.

« Tu veux boire quelque chose ?

— J'en aurais bien besoin. Je crois que ça me décontracterait ! »

Elles se mirent à rire.

« Mademoiselle Fields ? » Un assistant passa la tête à la porte. « C'est à vous.

— Mon Dieu !

— M. Conroy ne veut pas vous faire attendre. »

Daphné regretta de ne pouvoir se relaxer avant l'émission. Elle aurait voulu observer comment se comportaient les autres invités. Mais elle savait aussi, ce soir-là, que la vedette, c'était elle.

« J'aurais préféré qu'il ne me fasse pas un si grand honneur ! murmura-t-elle à l'oreille de Barbara.

— Ne t'en fais pas, tout ira bien.

— Ça va durer combien de temps ? »

Elle avait l'impression d'être chez le dentiste et d'attendre son tour. Pourrait-elle tenir vingt minutes ? Au moins, chez le dentiste, on avait droit à un calmant...

« Je ne sais pas. Ils n'étaient pas fixés, hier. Mais je pense que ça ne durera pas plus d'un quart d'heure. »

Daphné acquiesça, respira profondément et se redressa.

Quelques instants plus tard, l'assistant réapparut et lui fit signe de le suivre.

« A tout à l'heure, Barbara.

— A tout à l'heure. Tu seras très bien, j'en suis sûre. »

Barbara prit un verre et s'installa devant l'écran témoin pour la regarder.

L'assistant conduisit Daphné jusqu'à son fauteuil et accrocha à sa robe un micro-cravate. Une maquilleuse vint lui mettre de la poudre. Puis, l'assistant ajusta son casque et murmura à Daphné :

« M. Conroy va arriver. Il s'assiéra ici. » Il lui indiqua un fauteuil. « Il parlera seul pendant quatre-vingt-dix secondes puis vous présentera. »

Elle acquiesça et remarqua que ses deux derniers romans étaient posés sur la table. D'habitude, elle savait quel était le sujet de l'émission. Mais M. Conroy ne lui avait rien dit, ce qui la rendait soucieuse.

« Voulez-vous un verre d'eau ?

— Oui, je vous remercie. »

Elle avait la bouche sèche, et lorsqu'elle vit Bob Conroy apparaître, vêtu d'un costume sombre, d'une chemise bleu pâle et d'une cravate rouge, son cœur se mit à battre. Il devait avoir dans les quarante ans. Il était élégant, presque trop, mais son regard était froid et dur.

« Daphné ?

— Oui. »

Elle sourit, s'efforçant de ne pas montrer son trac.

« Je suis très heureux de vous recevoir dans l'émission. Il faisait beau à New York ?

— Oui, très beau. »

Il s'assit et vérifia les angles des caméras. Avant qu'il prenne la parole, un assistant se mit à compter, une lumière rouge s'alluma et une caméra cadra le visage de Conroy. Il souriait de ce sourire si plein de charme qui ravissait toutes les téléspectatrices. Il annonça le programme de son émission. Daphné sentait obscurément que Conroy devait traiter un peu ses invités comme des animaux savants qu'il renvoyait au bout de quelques minutes, désireux avant tout de séduire son public d'admiratrices.

« Notre première invitée, ce soir, est une romancière dont vous avez presque tous lu les œuvres, surtout vous, mesdames. »

Il marqua une pause, sourit, puis montra l'un des romans.

« Mais je suis presque sûr que vous savez bien peu de chose d'elle. Tout le monde répète que Daphné Fields est une femme très réservée. »

Il sourit à nouveau et se tourna lentement vers Daphné qui apparut sur l'écran.

« Je suis très heureux que vous soyez avec nous ce soir, à Chicago.

— C'est un plaisir pour moi, Bob. »

Elle lui sourit timidement.

« Vous vivez à New York, je crois ?

— C'est exact.

— Avez-vous un roman en préparation en ce moment ?

— Oui. Il s'intitule *Amants*.

— Voilà un titre pour vous ! »

Il regarda intensément la caméra pour plonger dans les yeux de ses admiratrices.

« Je suis sûr que vos lecteurs l'aimeront. Comment menez-vous votre enquête ? »

Il eut un petit rire suggestif qui fit rougir Daphné.

« Vous savez, en général, mes romans sont de la pure fiction. »

Elle souriait et parlait avec douceur. Elle semblait si délicate que la question de Conroy paraissait tout à coup de la dernière grossièreté. Mais il était évident qu'il reviendrait à la charge. Daphné n'était qu'une invitée parmi d'autres. Son émission devait le mettre en vedette, lui, et il ne l'oubliait pas.

« Allons, allons, une jolie femme comme vous doit avoir beaucoup d'aventures.

— Pas récemment... »

Le regard de Daphné se fit malicieux. Elle commençait à penser qu'elle s'en sortirait très bien. Mais sa bonne humeur s'évanouit tout à coup lorsque Conroy lui demanda :

« J'ai cru comprendre, Daphné, que vous étiez veuve... »

Durant un instant, elle resta interdite tant la question la surprit. Il était donc très bien renseigné. Elle opina.

« Voilà qui est triste, continua-t-il d'une voix qui se voulait sympathique et compatissante, mais peut-être cela explique-t-il votre talent de romancière. Vous parlez si bien de la souffrance que vous avez dû en ressentir vous-même. Vous avez perdu une petite fille aussi. »

Les yeux de Daphné se remplirent de larmes. Il lui était insupportable de l'entendre parler de Jeff et d'Aimée.

« Je n'ai pas l'habitude de parler de ma vie personnelle en public. »

Elle s'efforçait de retrouver une contenance.

« Mais je crois que vous devriez le faire. » Et il ajouta d'un ton sérieux : « Je pense que cela vous rapprocherait de vos lecteurs. »

Et voilà. Il l'avait eue. Elle voulut répliquer, mais il lui coupa la parole.

« Comment peuvent-ils vous aimer vraiment s'ils ne vous connaissent pas ? »

Avant qu'elle ait pu répondre, il enchaîna :

« Est-il vrai que votre mari et votre fille ont péri dans un incendie ?

— C'est exact. »

Elle respira profondément. Barbara vit des larmes dans ses yeux. Quels procédés ignobles! La secrétaire était révoltée. Daphné avait eu raison de se méfier.

« Votre mari est-il le héros d'*Apache*? »

Elle secoua la tête. Il s'agissait de John. Soudain, elle se demanda avec terreur s'il était aussi au courant de son existence, mais cela lui parut impossible.

« C'est un personnage tout à fait extraordinaire. Je pense que toutes vos lectrices sont tombées amoureuses de lui. Je crois que votre roman pourrait devenir un merveilleux film! »

Daphné se sentait mieux. Elle avait hâte de partir.

« J'en serais très très heureuse.

— Avez-vous un projet dans ce sens?

— Pas encore, mais mon agent a bon espoir.

— Daphné, dites-nous, quel âge avez-vous?

— Est-ce que je suis obligée de dire la vérité? Eh bien, je vais avoir trente-trois ans.

— C'est incroyable! »

Il la détailla ostensiblement.

« Vous ne les paraissez pas. Je vous aurais donné vingt ans. »

C'était le genre de compliment qui enchantait ses téléspectatrices. Il se tourna à nouveau vers elle, l'air toujours aussi bienveillant et lui demanda:

« Vous ne vous êtes jamais remariée. Depuis quand êtes-vous veuve?

— Depuis sept ans.

— Ça a dû être terrible pour vous. » Et d'un air innocent: « Avez-vous un homme dans votre vie? »

Elle eut envie de se lever et de le gifler. Parce qu'elle était une femme, il lui fallait subir ces affronts, comme si sa vie intime appartenait de droit à ses lecteurs. Il n'aurait jamais posé une telle question à un homme.

« Pas en ce moment, Bob, répondit-elle avec un sourire.

— Je ne sais pas si je dois vous croire... Vous êtes trop jolie pour rester seule. Et puis il y a ce livre que vous écrivez en ce moment au titre si évocateur... Quand va-t-il sortir ? Je suis sûr que vos lecteurs sont très impatients de le lire.

— J'espère qu'ils ne le sont pas trop. Il ne sortira que l'an prochain.

— Nous l'attendrons. »

Ils échangèrent un sourire figé. Daphné était si impatiente de s'en aller qu'elle se faisait violence pour ne pas se lever de son siège.

« Je voulais également vous demander autre chose. »

Elle attendit, sur le qui-vive.

« Notre invité suivant est aussi un écrivain. Mais cela n'a rien à voir avec ce que vous faites. Il écrit en ce moment un très beau livre sur les enfants autistes... »

Daphné, au fur et à mesure qu'elle comprenait où il voulait en venir, devenait de plus en plus pâle.

« Une très bonne amie à moi, qui travaille chez Collins, m'a dit que vous aviez un enfant autiste. Peut-être pourriez-vous nous faire part de vos réflexions sur ce handicap. »

Elle le regarda avec haine tout en songeant à Allie... Comment avait-elle pu raconter une chose pareille ? Comment ?

« Mon fils n'est pas autiste, Bob.

— Je vois... j'ai dû mal comprendre. »

Daphné imaginait aisément l'excitation des téléspectateurs. En dix minutes, ils avaient appris qu'elle avait perdu son mari et sa fille dans un incendie, qu'elle avait travaillé chez Collins,

158

qu'elle n'avait pas d'homme dans sa vie pour l'instant, et que son enfant avait tout l'air d'être autiste.

« Est-il attardé ?

— Non, absolument pas, répondit-elle avec force. Mon fils est malentendant. Il est dans une école spécialisée pour les sourds, mais à part ce handicap, il est parfaitement normal et absolument adorable.

— J'en suis très heureux pour vous, Daphné. »

Quel être ignoble ! Daphné bouillait intérieurement. Elle avait la détestable impression d'avoir été jetée en pâture aux téléspectateurs. Surtout, ce qui était bien pis, Conroy avait osé s'en prendre à Andrew.

« J'ai été très heureux d'avoir des nouvelles de votre prochain roman, mais je crains malheureusement qu'il faille déjà nous séparer. J'espère bien vous revoir à Chicago, parmi nous.

— Ce sera avec un très grand plaisir. »

Elle se tourna vers la caméra et s'obligea à sourire.

Quelques spots publicitaires interrompirent l'entretien. D'un air furieux, Daphné ferma son micro et le tendit à Conroy.

« Je me demande s'il vous sera jamais possible d'excuser votre conduite.

— Pourquoi ? Parce que j'aime la vérité ? »

Il souriait. Il n'avait aucun souci d'elle. Ce qui lui importait, c'était sa propre image, ses fidèles téléspectateurs et ses producteurs.

« Dites-moi en quoi cela a-t-il un intérêt ? De quel droit pouvez-vous poser ce genre de questions ?

— Ce sont ces choses-là que le public veut savoir.

— Justement. Les gens n'ont aucun droit de les

connaître. N'y a-t-il rien dans votre vie que vous teniez à préserver plus que tout ?

— Nous n'en avons pas terminé, Daphné », lui répondit-il froidement.

L'invité suivant arriva sur le plateau. Elle observa Conroy un moment et lui dit seulement, sans lui tendre la main :

« Eh bien, tant mieux pour vous. »

Elle tourna les talons et quitta le studio. Elle rejoignit rapidement Barbara, et les deux femmes s'en allèrent sans attendre. Un avion devait les ramener à New York deux heures plus tard. Elles arrivèrent à l'aéroport de la Guardia à deux heures du matin. Une demi-heure après, Daphné était enfin et définitivement de retour chez elle. Une fois seule, elle se précipita dans sa chambre, sans même éteindre les lumières, se jeta sur son lit et éclata en sanglots. Il lui semblait que sa vie, et sa douleur même avaient été mises à nu durant cette terrible soirée. Seul John avait été épargné. Elle avait bien fait de ne pas en parler à Allie... Elle imaginait la question : « Est-il vrai que vous avez vécu avec un bûcheron dans le New Hampshire ? » Elle éteignit et resta étendue dans le noir, les yeux rivés au plafond, songeant à Andrew. Peut-être était-il préférable qu'il fût dans cette école éloignée. Elle craignait, s'il venait vivre avec elle, que tout le monde ne les épie. On le traiterait certainement comme un enfant débile, retardé, autant d'adjectifs qui lui déchiraient le cœur. Elle sombra peu à peu dans le sommeil, tout habillée, le visage baignée de larmes, l'âme désespérée. Elle rêva de Jeffrey et de John, et lorsque la sonnerie du téléphone la réveilla le lendemain matin, elle fut terrorisée à l'idée que quelque chose ait pu arriver à Andrew.

CHAPITRE XV

« DAPHNÉ, tu vas bien ? »

C'était Iris. Elle avait vu l'émission.

« Je m'en remettrai. Mais c'est la dernière fois. Tu peux le dire à Murdock de ma part, ou je le ferai moi-même. Ma vie publique est définitivement terminée.

— Allons, Daff, tu ne penses pas ce que tu dis. C'est une exception.

— Pour toi, peut-être. Mais jamais je ne recommencerai. Je n'ai pas besoin de me prostituer pour que mes livres se vendent bien. »

Et puis, elle ne leur pardonnait pas de s'être emparés d'Andrew. Elle avait toujours essayé de le tenir à l'écart, et voilà qu'en quelques minutes, il avait été taxé en public d'enfant autiste. Chaque fois qu'elle y pensait, il lui prenait l'envie de tuer Allie. Elle dut se faire violence pour écouter ce que lui disait Iris au téléphone. Elle lui reparlait du déjeuner prévu aux Quatre Saisons, auquel Daphné ne voulait pas aller.

« Il y a un problème ? demanda Daphné.

— Non, aucun. J'ai une offre intéressante. Mais j'aimerais mieux que nous en parlions toutes les deux. Tu passes au bureau ?

— Pourquoi ne viens-tu pas plutôt déjeuner chez moi ? Je n'ai pas envie de sortir. »

Elle aurait voulu pouvoir se terrer chez elle, ou partir tout de suite pour le New Hampshire et serrer Andrew dans ses bras.

« D'accord. Je serai là à midi. Ça te va ?

— Parfait. Et n'oublie pas d'appeler Murdock. A tout à l'heure. »

Iris avait décidé de n'en rien faire pour le moment. Il ne fallait à aucun prix interrompre si brutalement la publicité faite autour des romans de Daphné. Et puis, Daphné pouvait changer d'avis, ce qui était malheureusement improbable. Sa vie privée, elle en faisait une affaire personnelle ; que cette émission de télévision l'ait dévoilée au grand jour représentait pour elle une douloureuse expérience.

Vers dix heures du matin, Barbara arriva chez elle, arborant un sourire épanoui. Daphné n'avait toujours pas ôté la robe qu'elle portait la veille et semblait avoir bien peu dormi.

« Est-ce que tu as passé une bonne nuit ? »

Barbara s'était fait beaucoup de souci mais n'avait pas osé appeler. Elle pensait à juste titre que Daphné préférait être seule.

« Excuse-moi de te le dire mais tu as une mine effroyable. Est-ce que tu as dormi ?

— Un peu. »

Barbara but une gorgée de café.

« Je suis désolée de ce qui est arrivé hier soir.

— Moi aussi, crois-le bien. Mais ça ne se reproduira pas. J'ai dit à Iris de prévenir Murdock.

— Elle n'en fera rien, tu t'en doutes bien. »

Elle eut un sourire entendu.

« Tu les connais bien !

— Je le crois. Si elle ne le fait pas, je m'en occuperai moi-même.

— Et pour Allie, qu'est-ce que tu vas faire ? »

Le regard de Daphné s'assombrit.

« J'ai bien envie de la tuer ! Mais je lui dirai ce que je pense de sa conduite et je ne la verrai plus jamais.

— Ce qu'elle a fait n'a pas de nom.

— Je lui pardonne, sauf pour ce qui concerne Andrew. »

Elles restèrent silencieuses. Daphné poussa un soupir. Elle semblait épuisée. Barbara regrettait qu'elle n'ait pas un mari pour s'occuper d'elle, la déshabiller, lui faire couler un bon bain et lui brosser les cheveux. Elle aurait pourtant rendu un homme si heureux ! Elle travaillait trop, s'inquiétait trop, et trop de responsabilités pesaient sur ses fragiles épaules. Tout comme Barbara, elle avait besoin d'un homme. Mais ce serait difficile, surtout pour Daphné qui ne laissait même pas quelqu'un lui mettre son manteau.

« A propos, Daff, qu'est-ce qu'elle te veut, Iris ?

— Je ne sais pas. Elle m'a parlé d'une offre intéressante. S'il s'agit de partir en tournée, elle peut mettre une croix dessus.

— Tu as bien raison. Tu as des appels à faire ? »

Daphné lui tendit une liste de personnes à contacter et partit prendre une douche.

Quand Iris arriva, vers midi, Daphné était toute vêtue de blanc.

« Dieu, que tu es jolie ! »

Iris était toujours frappée par l'élégance discrète de la jeune femme. Tant de romancières s'habillaient avec ostentation. Mais Daphné, elle, avait son style, qui correspondait bien à sa distinction naturelle. Quelquefois, elle paraissait plus vieille que son âge, mais c'était bien compréhensible après ce qu'elle avait vécu. A force de supporter les plus terribles chagrins, elle avait acquis sagesse, expérience et humanité.

« Alors, quoi de neuf ? »

Elles s'étaient assises et Daphné servit un verre de vin à Iris qui la regardait durement.

« Quelque chose ne va pas ?

— Tu travailles trop. »

Elle lui parlait d'un ton maternel. Elle connaissait trop bien Daphné pour ne pas lire dans ses yeux combien elle était épuisée.

« Pourquoi dis-tu ça ?

— Tu as maigri et on dirait que tu as cent cinquante ans !

— Cent cinquante-trois en septembre, pour être précise.

— Je suis sérieuse, Daphné.

— Moi aussi.

— Très bien. Alors je vais faire mon travail et c'est tout. Où en est ton livre ?

— Il avance. Je pense l'avoir terminé le mois prochain.

— Et après ? Tu as des projets ?

— Je crois que j'irai passer quelques semaines avec Andrew, tu sais bien, ajouta-t-elle avec aigreur, mon fils autiste.

— Daphné ! ne prends pas tout ça si mal. On voit tous les jours à la télévision et dans les journaux des ragots de ce genre.

— Eh bien, je n'ai pas envie d'en entendre, surtout à propos de mon fils. Est-ce que tu as appelé Murdock ?

— Pas encore. Mais je vais le faire. »

Barbara avait raison. Iris n'était pas fiable.

« Si tu ne t'en occupes pas, je le ferai moi-même. Je croyais avoir été claire ce matin.

— D'accord, d'accord ! Je veux te parler d'autre chose, avant tout. J'ai une offre très intéressante à te proposer.

— De quoi s'agit-il ? » Daphné la regardait avec suspicion. Ce qui était arrivé, la nuit précédente, l'avait bouleversée.

« D'un film, sur la côte Ouest. »

Iris semblait folle de joie. Daphné la laissa parler.

« Les studios Comstock nous ont appelés hier. Ils sont très intéressés par *Apache*. Ils veulent acheter le roman et disposer d'un scénario. »

Daphné se tut. Puis, au bout d'un moment, elle demanda :

« Tu crois que j'en suis capable ? Je n'ai jamais fait ça. »

Elle semblait soucieuse tout à coup.

« Tu peux tout faire, si tu le veux vraiment. »

Elle se souvint des paroles de John, et sourit.

« Je ne demande qu'à te croire.

— Mais il le faut ! Ils t'offrent un pourcentage très intéressant pour le livre et le scénario. Il faudra que tu te rendes sur place, mais tous tes frais personnels te seront payés, ce qui est normal.

— Qu'est-ce que tu entends par là ?

— Eh bien, la maison, la nourriture, l'entretien, les domestiques, la voiture et le chauffeur. »

Elle resta sans voix puis se tourna vers Iris.

« Non, ce n'est pas possible.

— Pourquoi donc ? » Elle était interloquée.

« Rends-toi compte, Daphné, c'est une offre fabuleuse !

— Je n'en doute pas. Je veux bien leur vendre mon roman, mais je suis incapable d'écrire le scénario. Combien de temps me faudrait-il rester là-bas ?

— Certainement un an, car ils veulent avoir ton avis pendant le tournage.

— Il faudra bien compter un an, en effet, peut-être même plus. »

Elle soupira et regarda tristement Iris.

« Je ne peux pas laisser Andrew si longtemps.

— Mais il ne vit pas avec toi !

— Iris, tu sais bien que je vais le voir au moins une fois par semaine, et que souvent j'y reste le week-end. Ce ne sera pas possible si je vis à Los Angeles.

— Eh bien, emmène-le avec toi.

— Il n'est pas encore prêt à quitter son école, malheureusement.

— Mets-le dans une école à Los Angeles.

— Cela serait trop dur pour lui. »

Elle secoua la tête avec détermination.

« Non, vraiment, c'est impossible. Peut-être dans quelques années, mais pas maintenant. Je suis désolée. Essaie de leur expliquer.

— Je ne leur expliquerai rien du tout, Daphné. Il s'agit de ta carrière, Daphné ; je crois que tu fais une très grosse erreur. Il faudrait que vous acceptiez tous les deux de faire un tel sacrifice. Je veux que tu y réfléchisses jusqu'à lundi.

— Je ne changerai pas d'idée. »

Iris, connaissant Daphné, en était déjà presque persuadée.

« Tu feras une grosse erreur si tu refuses, Daphné. Je te le répète, c'est une étape très importante dans ta carrière. J'ai peur que tu le regrettes toute ta vie.

— Dis-moi un peu comment je pourrai faire comprendre ça à un enfant de sept ans ? Faut-il que je lui dise que ma carrière compte plus que lui ?

— Je pense que tu peux le lui expliquer. Et puis, quand tu te sentiras trop mal, tu pourras toujours aller le voir un jour ou deux.

— Et si je ne peux pas y aller ? Jamais je ne pourrai lui téléphoner et le lui dire. »

C'était évident. Iris n'avait jamais songé à ça.

« Non, Iris, je ne peux pas.

— Pourquoi n'attends-tu pas avant de te décider ? »

Mais Daphné savait déjà quelle serait sa réponse. Après le départ d'Iris, elle en parla longuement avec Barbara.

«Est-ce que tu irais, si tu le pouvais?

— A vrai dire, je n'en suis même pas sûre. Serai-je capable d'écrire un scénario et de vivre à Hollywood? Ce n'est pas tellement mon style. De toute façon, ce n'est pas la peine d'y songer. Je ne peux laisser Andrew si longtemps, d'autant plus qu'il me serait très difficile d'aller le voir.

— Et pourquoi ne le ferais-tu pas venir en avion? Je m'occuperai de lui pour le ramener.»

Barbara n'avait jamais vu Andrew, mais elle avait l'impression de le connaître. Daphné sourit.

«Comme tu es gentille. Merci.

— Je pense que tu devrais en parler à Mme Curtis, le week-end prochain.»

Mais quelle serait sa réaction? Personne ne pouvait comprendre. Personne ne savait ce qu'elle avait ressenti lorsqu'elle avait découvert qu'il était sourd, quelques mois après sa naissance. Ils ignoraient combien elle avait dû lutter pour communiquer avec lui, et le garder auprès d'elle, malgré l'avis des médecins. Et lorsqu'elle avait dû l'emmener dans le New Hampshire... et lui dire quelques mois plus tard que John était mort. Comment pourrait-elle envisager de le savoir si loin d'elle, au cas où il lui arriverait quelque chose. Non, ils ne pouvaient pas comprendre. Et tout en prenant la route du New Hampshire, elle se répéta une nouvelle fois qu'il ne fallait plus penser à ce projet de film.

CHAPITRE XVI

CINQ heures plus tard, à la nuit tombée, Daphné arrivait devant l'école d'Howarth. Chaque fois qu'elle venait, son cœur se serrait, pas seulement parce qu'elle retrouvait Andrew, mais aussi à cause de John. Elle se souvenait de tous les jours passés avec lui, au chalet. Elle regarda sa montre et se rendit compte que c'était l'heure du dîner. Mme Curtis se trouvait sur le seuil. Elle eut un mouvement de surprise en la reconnaissant, et lui sourit.

« Je ne savais pas que vous veniez cette semaine, Daphné. »

Elles s'étaient liées d'une grande amitié, au fil des années, et la directrice appelait Daphné par son prénom. La jeune femme lui envoyait tous ses romans et Hélène Curtis les adorait.

« Comment va notre fils ? »

Daphné enleva son manteau. Elle avait l'impression d'être chez elle. L'école était si accueillante, si confortable... Elle avait été entièrement refaite à la plus grande joie des enfants qui pouvaient admirer les peintures murales et des nuages peints au plafond.

« Vous n'allez pas reconnaître Andrew !

— Est-ce qu'il s'est encore coupé les cheveux ? »

Les deux femmes se mirent à rire; l'hiver dernier, Andrew et deux de ses amis s'étaient emparés d'une paire de ciseaux. Le résultat avait été catastrophique. Les petites filles étaient presque chauves et ressemblaient à des poussins trempés.

«Non, non, ce n'est pas ça. Mais il a encore grandi de cinq centimètres. Il faudra lui acheter d'autres vêtements.

— Merci pour mon porte-monnaie! Où est-il?»

Mme Curtis lui montra les escaliers. Andrew les descendait, vêtu d'un pantalon beige, d'une chemise rouge. Il portait les bottines de cow-boy que Daphné lui avait apportées la dernière fois. Elle eut un grand sourire et vint à sa rencontre.

«Alors, mon chéri, comment vas-tu?»

Depuis quelque temps, elle parlait tout en s'adressant à Andrew par signes, car il lisait très bien sur les lèvres. Mais elle fut abasourdie lorsqu'elle l'entendit lui répondre:

«Ça va..., maman, et toi?»

Il parlait encore avec maladresse et hésitation, mais parvenait à se faire comprendre.

«Tu m'as manqué!»

Il se jeta dans ses bras et Daphné dut comme toujours se faire violence pour ne pas pleurer. Ils s'étaient habitués à vivre séparés l'un de l'autre et avaient oublié les jours de solitude, dans le vieil appartement de New York.

«Toi aussi, tu sais! Qu'est-ce que tu as fait cette semaine?

— Un jardin potager.»

Il semblait très excité.

«J'ai eu deux tomates.

— En plein hiver? Comment as-tu réussi?

— Dans une grande boîte, avec des lumières

spéciales. Au printemps, on va planter des fleurs.

— C'est merveilleux ! »

Ils gagnèrent la salle à manger et dînèrent joyeusement, avec les autres enfants. Puis elle le mit au lit et alla rejoindre Mme Curtis.

« La semaine a été bonne ? »

Les yeux de Mme Curtis avaient une expression étrange, et Daphné comprit tout de suite qu'elle avait vu l'émission.

« Pas vraiment. J'étais à Chicago hier. »

Elle hésita à continuer mais se tut.

« Je sais. Il a été infect avec vous.

— Vous avez vu l'émission ?

— Oui. Mais c'est la dernière fois que je la regarde. Ce type est un salaud. »

Daphné sourit, tant ce langage était inhabituel dans la bouche de la directrice.

« Vous avez raison. J'ai prévenu mon agent que je ne ferai plus aucune émission publicitaire. Ce qui me rend furieuse, c'est que jamais on ne pose ce genre de question à un homme. Mais le pire de tout, c'est ce qu'il a dit au sujet d'Andrew.

— Ça n'a pas grande importance, vous savez. Vous savez ce qui est vrai, et lui aussi ; les autres oublieront.

— Peut-être ou peut-être pas... Les charognards de l'antenne sont imprévisibles. Dans dix ans, quelqu'un pourrait bien ressortir cette histoire et en faire une nouvelle.

— La vôtre n'est pas une petite affaire, mais elle doit avoir du bon.

— Quelquefois. »

Elle sourit mais elle paraissait troublée. La vieille femme s'en aperçut.

« Quelque chose ne va pas ?

— Non, pas vraiment, mais j'ai besoin d'un

conseil. J'ai pensé que nous pourrions peut-être en parler durant ces quelques jours.

— Pourquoi attendre? Voulez-vous venir chez moi?»

Elle se dirigea vers son appartement et Daphné acquiesça. Ce serait un soulagement de pouvoir se confier.

L'appartement de Mme Curtis était petit et chaud, à l'image de sa propriétaire. Partout, se trouvaient des antiquités du début du siècle et des aquarelles représentant des paysages du New Hampshire. Daphné regardait autour d'elle. L'endroit lui semblait familier, aussi familier que l'école. Hélène Curtis jeta un regard nostalgique sur la pièce, mais Daphné ne le remarqua pas. Elle prépara deux tasses de thé, puis se tourna vers la jeune femme:

«Alors, que se passe-t-il? C'est à propos d'Andrew?

— Oui, indirectement.»

Elle décida d'aller droit au but.

«On m'a proposé de faire un film. Les studios de Comstock veulent acheter les droits d'*Apache*. Cela impliquerait que j'aille vivre à Los Angeles pendant un an à peu près. Mais je ne peux pas le faire.

— Pourquoi?»

La vieille dame semblait à la fois contente et surprise.

«Et Andrew?

— Andrew? Vous voulez le mettre dans une école là-bas?»

Tout à coup, la directrice semblait troublée. Elle savait que changer d'univers serait difficile pour le petit garçon. Howarth, c'était un peu sa maison. Il souffrirait de devoir la quitter.

«Non, je pense qu'il supporterait difficilement

ce changement. Si je m'en vais, je le laisserai ici. Mais il se sentira complètement abandonné !

— Pas si vous lui expliquez clairement la situation. Vous pouvez très bien lui dire que c'est pour votre travail et que cela ne durera qu'un temps. Il viendra vous voir en avion et puis vous viendrez bien quelquefois.

— Pas souvent. D'après ce que j'ai compris, il est très difficile de se libérer pendant le tournage d'un film. Pensez-vous qu'il lui sera possible de venir à Los Angeles ?

— Absolument. Il a grandi, Daphné, ce n'est plus un bébé ; il a acquis de nombreuses connaissances qui vont l'aider. Est-ce qu'il a déjà pris l'avion ? »

Daphné secoua la tête.

« Je suis sûre que ça lui plaira beaucoup.

— Ne croyez-vous pas qu'il aura du mal à supporter cette situation ? Il ne me verra pas aussi souvent que maintenant.

— Vous savez, il y a bien peu de parents qui viennent voir leurs enfants aussi souvent que vous. Ils ont d'autres enfants et des métiers qui les empêchent de se libérer facilement. Vous avez beaucoup de chance tous les deux.

— Et si je m'en vais ?

— Il s'y fera. Il le faudra bien. »

Elle répugnait à laisser Andrew et se sentait terriblement coupable.

« Je sais que cela sera difficile au début. Mais ce sera bénéfique, pour vous deux. Ce sera une merveilleuse expérience pour vous. Quand devez-vous partir ?

— Très rapidement. Dans un mois.

— Eh bien, cela nous laisse du temps pour le préparer à votre départ. »

Elle soupira et regarda sa jeune amie. Au fil des années, elle s'était prise d'affection pour cette femme qui avait en elle tant de cran et de douceur. Ces deux qualités se retrouvaient dans ses livres avec beaucoup de bonheur.

«Je crains ne pas avoir la chance de vous préparer...

— Me préparer à quoi?»

Daphné la regarda, interdite. Elle se demandait encore si elle devait laisser Andrew et partir à Los Angeles.

«Je vais partir, Daphné. Je prends ma retraite.

— Comment?»

Daphné sentit son cœur se serrer.

«Mais pourquoi?

— Vous êtes gentille de me poser la question, Daphné, mais cela se voit assez. Je vieillis. Il est temps pour moi de revenir chez moi et de laisser Howarth à quelqu'un de plus jeune et plus dynamique.

— C'est affreux!

— Pas du tout. Ce sera bien mieux pour l'école. Daphné, je suis une vieille dame!

— Mais non!

— J'ai soixante-deux ans. Et je n'ai pas envie que vous soyez obligée de me sortir d'ici dans une chaise roulante. Croyez-moi. Il est grand temps.

— Mais vous n'êtes pas malade.»

Daphné était aussi éperdue qu'un enfant qui perdrait sa mère... aussi désespérée qu'Andrew quand elle lui apprendrait la nouvelle. Mais comment partir maintenant si Mme Curtis partait aussi? Il aurait l'impression d'être abandonné de tout le monde. Daphné se tourna vers la directrice, l'air bouleversé.

«Qui va vous remplacer? Vous êtes irremplaçable!

— Ne croyez pas ça! La directrice précédente se croyait irremplaçable. Quinze ans après, plus personne ne se souvient d'elle. L'école a la force que lui insuffle celui qui la dirige. Elle a besoin de quelqu'un de jeune, d'énergique, plein d'initiatives nouvelles. Celui qui va me succéder est un garçon formidable. Il dirige l'Institut pour sourds de New York ; il va prendre un congé d'un an pour voir ce que nous faisons ici. Il est directeur depuis huit ans et il sent qu'il a besoin de se mettre au courant des dernières techniques, s'il veut progresser. D'ailleurs, vous le verrez. Il sera là demain. Il reste une semaine pour se familiariser avec notre école.

— Est-ce que ce changement ne va pas avoir des répercussions sur les enfants ?

— Je ne le pense pas. Notre équipe s'entend très bien avec lui. Et puis il n'est là que pour un an. Matthew Dane est très compétent. L'an dernier, je vous avais donné le livre qu'il a écrit. Depuis, il en a écrit deux autres. Vous aurez ça en commun. »

Daphné se souvenait très bien de cet ouvrage qui lui avait paru très intelligent.

Mme Curtis se leva en souriant :

« Je vous le présenterai demain. En attendant, si vous me permettez de vous parler comme le ferait une mère, je serai d'avis que vous alliez vous coucher. Vous semblez épuisée. »

Daphné se leva et, pour la première fois, enlaça Mme Curtis et la serra contre elle.

« Vous nous manquerez, madame Curtis. »

Mme Curtis se dégagea doucement, les larmes aux yeux.

« Vous aussi, vous me manquerez. Mais je viendrai vous voir souvent. »

Daphné se retira et se rendit jusqu'à l'auberge. Mme Obermeier lui montra sa chambre et lui prépara du chocolat chaud et des petits gâteaux. Tout le monde en ville aimait Daphné ; on l'admirait pour son talent et on la respectait. Beaucoup se souvenaient de son aventure avec John et prenaient plaisir à la voir se promener avec Andrew. On la trouvait extrêmement humaine.

Elle se mit au lit, bâilla et se versa une tasse de chocolat qu'elle but d'un air rêveur. Tant de choses allaient changer. Elle éteignit la lumière, posa la tête sur le grand oreiller de plume et s'endormit presque aussitôt. Lorsque le soleil la réveilla, le lendemain matin, elle n'avait même pas bougé.

CHAPITRE XVII

Après avoir pris son petit déjeuner à l'auberge, Daphné se rendit à l'école et trouva son fils occupé à jouer avec ses petits camarades. Il était si absorbé qu'il remarqua à peine sa présence. Daphné, de son côté, ne se sentait ni angoissée, ni désespérée à l'idée de le quitter. Il avait compris — sans doute mieux qu'elle — combien leurs vies étaient différentes, et Daphné se demandait par moments comment réagirait Andrew lorsqu'il quitterait l'école; sans doute se sentirait-il très seul sans ses amis. Cette perspective la préoccupait souvent. Mais elle se disait que d'ici là, il aurait grandi et que sa vie serait autre: il se ferait de nouveaux amis, qui eux entendraient normalement.

Elle resta immobile, attendant la venue de Mme Curtis. Mais elle la vit en grande conversation avec un homme jeune et élancé, qui souriait avec douceur. Elle se surprit à l'observer attentivement. Il lui semblait l'avoir déjà rencontré. Au même moment, Mme Curtis se retourna, rencontra le regard de Daphné et s'avança vers elle.

« Daphné, je voudrais vous présenter notre nouveau directeur, Matthew Dane, Matthew, voici la maman d'Andrew, mademoiselle Fields. »

Même ici, Mme Fields était devenue Mlle Fields.

Daphné lui tendit la main, une pointe de curiosité dans le regard.

« Je suis heureuse de faire votre connaissance. J'ai beaucoup aimé votre dernier livre. »

Le compliment le fit sourire et une expression presque enfantine éclaira son visage ; il semblait tout à coup avoir beaucoup moins que ses quarante ans.

« Moi, j'ai adoré tous les vôtres.

— Vous les avez lus ? »

Elle paraissait à la fois flattée et surprise.

« Comme au moins dix millions de gens, j'imagine ! »

Daphné s'étonnait toujours de ce qu'on lise ses livres. Lorsqu'elle s'asseyait à son bureau et que, durant des heures, elle créait des personnages et des intrigues, il lui était toujours difficile de penser qu'ailleurs, des gens lisaient ses romans. Comme il était surprenant de croiser des passants tenant sous leur bras un de ses ouvrages !

Elle adressa un grand sourire à Matthew Dane.

« Mme Curtis m'a dit que vous vous installez à Howarth pour un an. Cela va faire un grand changement pour les enfants.

— Pour moi aussi, croyez-le bien. »

En regardant cet homme grand et mince, Daphné se sentait comme rassurée. Il semblait à la fois jeune et pourtant serein.

« Je pense que beaucoup de parents vont s'inquiéter en sachant que je ne resterai qu'un an ici. Mais Mme Curtis sera là pour nous aider, et je pense que cette expérience sera très enrichissante pour nous tous. Nous avons beaucoup à apprendre les uns des autres. Nous envisageons d'ailleurs des échanges avec l'Institut de New York.

— Des échanges? demanda Daphné, intriguée.

— Oui. Les enfants que nous avons sont plus âgés que ceux qui se trouvent ici. Nous en avons discuté avec Mme Curtis et je pense qu'il serait très utile que les étudiants de l'Institut viennent ici une semaine ou deux, pour voir ce qu'est la vie à la campagne; de la même façon, quelques enfants pourraient venir eux aussi à New York. Ils sont très isolés ici. Cela leur permettrait de rompre un peu avec leurs habitudes, sans se sentir perdus. C'est une idée à suivre. Vous savez, mademoiselle Fields, j'ai beaucoup de projets dans ce domaine. Nous devons tout mettre en œuvre pour que ces enfants puissent se réadapter de façon harmonieuse au monde normal. A l'Institut, nous pratiquons surtout la lecture sur les lèvres, parce que nos élèves devront absolument comprendre ce qu'on leur dit. Le langage par signes est de plus en plus connu, mais peu de gens savent l'utiliser. Nous ne voulons en aucun cas que les enfants soient condamnés à vivre en circuit fermé. »

Daphné avait toujours pensé la même chose. Elle regarda Matthew Dane avec soulagement. Plus vite Andrew aurait appris de choses, plus vite il reviendrait vivre auprès d'elle.

«Je partage tout à fait votre point de vue, monsieur Dane. C'est d'ailleurs la raison pour laquelle j'ai tant apprécié votre livre. Il propose des projets concrets et non des rêves irréalisables.

— Oh! mais j'ai beaucoup de rêves un peu fous, vous savez. Comme créer une pension pour enfants entendants et non entendants, par exemple... Mais ce n'est pas pour tout de suite.

— Pourquoi pas? »

Ils se regardèrent longuement, avec une sorte de

respect mutuel. Mais peu à peu, une expression plus douce voila le regard de Matthew Dane, qui semblait avoir oublié tout à coup la présence d'Hélène Curtis. Il avait vu Daphné deux jours auparavant à l'émission de Chicago. L'interview lui avait confirmé beaucoup de choses qu'il avait déjà pressenties. Mais il préférait, par pudeur, et presque gêné de connaître à son insu les épreuves de sa vie, de ne pas lui en parler. Daphné, pourtant, vit dans ses yeux qu'il hésitait à le lui dire.

« Vous m'avez vue l'autre soir, à la télévision, monsieur Dane ? »

Sa voix était douce et triste. Il acquiesça.

« Oui. J'ai trouvé que vous vous en étiez très bien tirée. »

Elle soupira.

« Ça a été un cauchemar.

— On n'a pas le droit de se conduire ainsi.

— Et pourtant... Mais c'est bien la dernière fois.

— Est-ce qu'ils sont tous comme ça ?

— Presque. Ils n'ont rien à faire de votre carrière littéraire. Ce qu'ils veulent, ce sont des détails précis sur vous-même, sur votre vie privée. Et s'ils trouvent quelque chose d'un peu sordide dans le tas, ils adorent ça.

— Ce n'était pas sordide. Il s'agissait plutôt de douleur, de chagrin. Vous savez, en lisant vos romans, on apprend beaucoup plus de choses sur vous que tout ce qu'on pourra dire. Mais surtout, j'ai appris à me connaître moi-même. J'ai eu aussi des moments pénibles dans ma vie. J'ai lu votre premier roman il y a quelques années, au moment où j'étais en train de divorcer. Il m'a beaucoup ému. Je m'y suis reconnu. Je l'ai lu deux fois et puis j'en ai envoyé un exemplaire à ma femme. »

Il parut un peu embarrassé, et Daphné ne put cacher son émotion. Elle n'aurait jamais pensé qu'un de ses livres ait pu tellement compter pour quelqu'un. Au même moment, Andrew arriva en courant. Elle se tourna vers Matthew Dane.

« Monsieur Dane, je voudrais vous présenter mon fils. Andrew, voici monsieur Dane.

— Je suis très heureux de te connaître, Andrew. Ton école me plaît beaucoup. »

Il prenait soin de parler à voix haute, en remuant les lèvres avec application.

« Est-ce que vous êtes un ami de maman ?

— J'espère le devenir. Je suis venu voir Mme Curtis. D'ailleurs, je viendrai ici tous les week-ends. »

Andrew le regarda, amusé.

« Vous êtes trop vieux pour être un élève !

— C'est sûr !

— Vous êtes un professeur ?

— Je suis directeur d'une école à New York, comme Mme Curtis. »

Andrew se détourna. Il en savait assez pour le moment. Il s'approcha de sa mère et l'enlaça.

« Tu veux bien manger avec moi, maman ?

— Mais bien sûr ! »

Elle prit congé de Matthew et de Mme Curtis et suivit son fils dans la salle à manger. Mais elle ne cessait de songer au nouveau directeur. C'était vraiment un homme intéressant. Elle le revit l'après-midi, les bras chargés de dossiers. Avec l'accord de Mme Curtis, il avait entrepris de lire toutes les archives et tous les documents de l'école, tant il était consciencieux.

« Vous avez passé une bonne journée avec Andrew ? »

Les yeux sombres étaient doux, pleins de sollicitude.

« Excellente. J'ai l'impression que vous avez beaucoup de travail.

— Il faut que je connaisse bien l'école.

— Je crois que c'est vous qui avez beaucoup à nous apprendre. »

Elle avait remarqué qu'il prenait soin, tout en s'exprimant par signes, de toujours parler à voix haute aux enfants et qu'il les traitait comme des élèves normaux.

« Comment en êtes-vous venu à faire ce métier, monsieur Dane.

— Ma sœur était sourde de naissance. Nous étions jumeaux et nous nous étions inventé notre propre langue. Mais ensuite, mes parents l'ont mise dans une école — il parut ému — pas comme celle-ci. Une de ces écoles où l'on reste toute sa vie. Jamais elle n'a eu de cours adaptés et ils n'ont même pas été fichus de lui apprendre quelque chose qui lui permette de revenir parmi nous. »

Daphné n'osa pas lui demander ce qu'elle faisait actuellement.

« Voilà comment j'en suis arrivé là. Grâce à ma sœur. Quand j'ai eu mon diplôme, je l'ai sortie de cette école et nous sommes allés vivre au Mexique pendant un an, avec l'argent que j'avais économisé en travaillant l'été. Je lui ai appris à parler, à lire sur les lèvres. Nous sommes revenus et nous avons discuté avec nos parents. Elle était majeure et pouvait agir à son gré. Ils ont essayé de la faire passer pour irresponsable et ils ont même voulu me faire arrêter... Ça a été une époque épouvantable, mais elle s'en est sortie. »

Elle osa enfin lui demander : « Où est-elle maintenant ? »

Il eut un grand sourire.

« Elle enseigne à l'Institut. Elle va me remplacer pendant un an, le temps que je serai ici. Elle est mariée et a deux enfants qui entendent très bien. Son mari est médecin et bien sûr, nos parents disent maintenant qu'ils avaient confiance en elle. C'est une fille formidable, vous l'aimerez beaucoup.

— J'en suis certaine.

— Elle adore vos livres. Vous verrez quand je lui dirai que je vous ai rencontrée ! »

Daphné rougit ; ses quelques romans lui paraissaient si peu de chose en comparaison de la lutte qu'avait menée cette femme. Elle se sentait très petite tout à coup.

« J'aimerais beaucoup faire sa connaissance.

— Pas de problème. Elle viendra me voir et Mme Curtis m'a dit que vous venez souvent. »

Soudain, Daphné parut troublée.

« Oui, je viens... enfin je venais souvent... »

Elle respira doucement et Matthew l'entraîna vers un fauteuil.

« Voulez-vous vous asseoir, mademoiselle Fields ?

— Appelez-moi Daphné.

— D'accord, à condition que vous m'appeliez Matt. »

Elle sourit. Il reprit :

« Quelque chose me dit que vous avez un problème. Est-ce que je peux vous aider ?

— Je ne sais pas. J'ai beaucoup parlé avec Mme Curtis la nuit dernière.

— Est-ce que c'est à propos d'Andrew ?

— Oui. On m'a demandé de faire un film à Hollywood. Ce qui veut dire que j'y resterai un an.

— Et vous voulez l'emmener avec vous ? »

Il paraissait soudain déçu. Mais elle continua :

« Non. Il faut que je le laisse ici. Et c'est là qu'est tout le problème. Il me voit déjà si peu... Je ne sais pas s'il pourra le supporter et puis je ne sais pas non plus si je pourrai, moi...»

Elle plongea ses yeux bleus dans les siens.

«Je ne sais que faire.

— Ce sera une dure épreuve. Surtout pour vous. Andrew s'y fera. Je pourrai l'y aider, vous savez; nous l'aiderons tous. Il sera peut-être en colère les premiers temps, mais il comprendra. Et puis j'ai prévu beaucoup d'activités, des voyages à la campagne aussi, pour les habituer le plus vite possible au monde qui les environne. Ils sont un peu isolés ici. Ne pourriez-vous pas le faire venir en avion pendant les vacances?

— Vous pensez que c'est faisable?

— S'il y est préparé, absolument. Et puis, vous êtes la première à vouloir, sans doute, qu'il puisse prendre un avion, voyager, être indépendant et connaître le monde.

— Mais il est si jeune.

— Daphné, il a sept ans. Si c'était un enfant normal, vous n'hésiteriez pas un instant à lui faire prendre l'avion. Pourquoi le traitez-vous différemment? C'est un petit garçon très intelligent.»

En l'écoutant parler, Daphné se sentait de plus en plus soulagée.

«De plus, il est important pour lui que vous soyez heureuse et que vous meniez votre vie. Vous ne pouvez pas continuer à vous accrocher à lui.»

Il n'y avait pas de reproche dans sa voix, seulement de la gentillesse et de la compréhension.

«Il n'y a que sept ou huit heures de décalage horaire. Si nous avons un problème, nous vous appellerons et vous n'aurez qu'à sauter dans un avion. Je viendrai vous chercher à Boston et en deux heures, nous serons ici. C'est à peine plus loin que New York, en fait. »

Il avait un don merveilleux pour résoudre les problèmes et trouver des solutions. Avec lui, tout semblait si simple. Elle comprenait très bien maintenant comment il avait pu emmener sa sœur à Mexico.

« Avec vous, tout paraît si simple.

— Ça le sera. Ce qui doit vous décider, c'est ce que vous avez envie de faire, vous. Un jour, Andrew, lui aussi, devra se décider et choisir, s'il veut être libre et fort. Vous ne pourrez pas le faire à sa place. Est-ce que vous voulez faire ce film ? Est-ce que vous voulez vivre à Hollywood pendant un an ? Voilà ce qui est déterminant. Pas Andrew. Des occasions comme celles-ci n'arrivent pas deux fois. Si c'est important pour vous, si c'est ce que vous désirez, alors faites-le. Parlez-lui-en. Laissez-le s'habituer. Je vous aiderai.

— Il faut que je réfléchisse.

— D'accord. Nous en reparlerons demain, si vous voulez. Vraisemblablement, Andrew vous fera une scène. Mais n'importe quel enfant réagirait de la même façon. Sa colère est normale, sachez-le bien. Ce n'est pas toujours facile d'être parent.

— Vous n'avez pas d'enfant ? »

Son regard s'attrista :

« Non. Sauf les cent quarante-six que j'ai laissés à New York avec ma sœur Martha. Ma femme n'a jamais voulu avoir d'enfant. Elle était sourde, mais très différente de ma sœur. Elle craignait plus que tout que ses enfants n'entendent pas. Elle avait des idées très arrêtées sur son handicap. Elle était modèle à New York ; c'était une fille magnifique. Je lui ai donné des leçons particulières pendant un temps ; et c'est comme ça que je l'ai rencontrée. Ses parents la traitaient comme une enfant et elle n'avait pas la chance d'avoir un frère un peu fou pour l'aider. Elle s'est enfermée dans sa surdité. Son cas est exemplaire et doit vous convaincre de ne jamais considérer Andrew comme un enfant différent. »

Daphné resta silencieuse quelques instants, plongée dans ses pensées. Le discours de Matthew lui donnait à réfléchir.

« Je pense que vous avez raison, Matt. Mais cela me coûte beaucoup de le quitter.

— Nous agissons tous à contrecœur, dans certaines situations. Mais je suppose que faire ce film représente une étape importante dans votre carrière. Il faut donc payer le prix et accepter de souffrir. De quel livre s'agit-il, à propos ?

— *Apache*. »

Elle lui sourit, fière d'elle.

« C'est mon préféré.

— Moi aussi. »

Il se leva et ramassa ses dossiers.

« Vous dînez ici ?

— Oui.

— Je vous rejoindrai pour le café. Je vais manger un sandwich en haut pour pouvoir continuer à travailler.

— A tout à l'heure, Matt. »

Ils se séparèrent en bas de l'escalier et Daphné l'observa. Sentant son regard, il se retourna.

« Merci, Matt.

— Ne me remerciez pas et sachez que je vous dirai toujours la vérité. Souvenez-vous-en bien lorsque vous serez en Californie. Je vous dirai comment il va et s'il a besoin de vous, je vous appellerai. Vous pourrez revenir ou bien je le mettrai dans l'avion pour qu'il vous rejoigne. »

Il lui fit un signe de la main puis disparut.

Il semblait déjà savoir ce qu'elle allait faire. Avait-il lu dans ses pensées ? Comment pouvait-il connaître sa décision avant elle ? ou alors était-ce parce que, secrètement, elle avait déjà décidé et désirait partir ? Tout en se dirigeant vers la salle de jeu, pour rejoindre Andrew, elle était encore incertaine. Et quand elle le vit, son cœur chavira. Comment le quitter ? Il était si petit et si vulnérable.

Bien plus tard, couchée dans son lit, à l'auberge, elle réfléchit à nouveau à la situation, pesant le pour et le contre, partagée entre son amour pour Andrew et sa curiosité, son ambition et sa carrière. C'était un choix difficile. Soudain, le téléphone sonna. Matthew était au bout du fil.

« N'ayez crainte. Si c'était à propos d'Andrew, c'est Mme Curtis qui vous appellerait. Je ne suis pas encore directeur. Pas avant quelques semaines. Non, je songeais à la décision que vous devez prendre. J'ai eu une idée. Si vous êtes trop prise à Los Angeles et que vous ne puissiez pas vous libérer pour venir le voir, ma sœur pourrait le prendre chez elle. Il faudrait que vous donniez votre permission, bien entendu, mais je crois qu'il serait heureux. Ma sœur est formidable, vous savez, et ses deux filles adorables. Qu'est-ce que vous en pensez ?

— Je ne sais que vous répondre, Matthew. Cela me gêne beaucoup.

— Ne le soyez pas ! L'an dernier, nous avons eu quarante-trois élèves à dîner, pour Noël. Martha a fait la cuisine et son mari a organisé un match de football dans le parc. C'était formidable. »

Daphné eut envie de lui dire qu'il l'était, lui aussi, mais elle n'osa pas.

« Je ne sais comment vous remercier.

— Ce n'est pas la peine. Laissez-moi seulement m'occuper d'Andrew. »

Elle resta silencieuse. Il était tard et il lui avait

parlé avec tant de spontanéité. Elle voulait faire de même.

« Matt, j'ai beaucoup de mal à me séparer d'Andrew. Je n'ai que lui.

— Je le sais. Du moins, je le supposais. Tout ira bien, et pour lui et pour vous. »

Tout en l'écoutant, elle se rendit compte qu'elle avait pris sa décision.

« Je pense que je vais le faire.

— Il le faut, j'en suis sûr. »

Daphné songeait avec stupeur qu'elle ne l'avait rencontré que le matin même et qu'elle s'en était remise à lui, sans hésiter, pour prendre sa décision et s'occuper d'Andrew.

« A votre retour de New York, je vous présenterai ma sœur. Si vous avez le temps, vous pourriez venir à l'école la semaine prochaine pour la rencontrer.

— Avec plaisir.

— Formidable. Je vous verrai demain matin. Et félicitations !

— Pourquoi ?

— Pour avoir pris une décision difficile. Et puis, j'ai une raison très égoïste ; c'est que j'ai envie de voir le film qui sera tiré de mon roman favori. »

Daphné sourit. Ils se séparèrent sur ces mots et la jeune femme, pour la première fois depuis bien longtemps dormit cette nuit-là d'un sommeil paisible.

CHAPITRE XVIII

« Je sais que ça paraît long, mon chéri, mais tu pourras venir me voir pendant les vacances ; on s'amusera en Californie et puis je reviendrai moi aussi... »

Malgré ses efforts, Andrew se refusait à la regarder. Il sanglotait.

« Andrew, mon amour, s'il te plaît... »

Elle était assise dans le jardin, tout près de lui, et devait se faire violence pour ne pas éclater en sanglots et le prendre dans ses bras. Lorsqu'il se retourna vers elle, elle crut que son cœur allait se briser. Non. Elle ne pouvait pas. Pas à lui. Il s'habituera, disaient-ils. Mais pourquoi devait-il accepter d'être abandonné ? Parce qu'elle voulait faire un film ? En voyant sa réaction, elle mesura son égoïsme et s'en voulut d'avoir pris une telle décision. Elle ne pouvait pas faire ça à son enfant. Il avait trop besoin d'elle. Elle tenta de le prendre dans ses bras mais Andrew la repoussa. Elle resta immobile, désespérée, et vit Matthew s'approcher d'eux. Il les contempla un long moment, sans dire mot ; mais en observant le visage d'Andrew, il comprit que Daphné lui avait parlé. Il lui sourit doucement.

« Ça ira mieux dans quelque temps, Daphné.

Rappelez-vous ce que je vous ai dit. N'importe quel enfant aurait cette réaction.

— Oui, mais lui, il n'entend pas. »

Sa voix était dure.

« Il est différent. »

Maintenant, elle était sûre qu'il s'était trompé et l'avait mal conseillée. Son projet d'aller en Californie était une erreur. Mais Matt ne parut pas ébranlé par ses paroles.

« Bien sûr qu'il est différent. Chaque enfant l'est. Pas anormal, comme vous semblez le sous-entendre, mais seulement différent. Vous ne devez en aucun cas tenir compte de son handicap. Cela ne l'aide pas. N'importe quel enfant de sept ans serait désespéré par le départ de sa mère. C'est normal. Il y a des enfants qui doivent affronter les disputes, le divorce de leurs parents et bien d'autres problèmes. Vous ne pouvez pas toujours lui offrir un monde parfait. Pouvez-vous lui promettre ? C'est cela que vous voulez ? »

Elle eut envie de répliquer qu'il ne comprenait rien et ne voyait pas toutes les responsabilités qu'elle avait à l'égard de son fils. Il rencontra son regard et saisit ses pensées.

« C'est bon, allez, haïssez-moi. Mais j'ai raison. Si vous maintenez votre décision, tout ira bien. »

Daphné et Matthew se rendirent compte qu'Andrew les observait et lisait sur leurs lèvres.

Daphné se tourna vers lui.

« Cela ne me réjouit pas de partir, chéri. Mais je pense que c'est important pour moi. Je veux aller à Hollywood pour faire un film, tiré d'un de mes romans.

— Pourquoi ?

— Parce que ça sera très intéressant et m'apportera beaucoup. Je te promets que tu viendras me voir et je viendrai moi aussi. On ne se verra pas toutes les semaines mais ce n'est que provisoire. »

Andrew parut tout à coup intéressé.

« Je pourrai venir en avion ?

— Oui. Dans un gros. »

Il parut satisfait et baissa la tête. Lorsqu'il regarda sa mère à nouveau, il semblait moins désemparé.

« Est-ce qu'on ira à Disneyland ?

— Oui. On fera des tas de choses, et puis tu nous verras tourner le film, quand tu viendras. Andrew, tu vas me manquer énormément, je t'aime de tout mon cœur. Dès mon retour de Californie, je m'installerai ici, je te le promets. Et M. Dane m'a dit qu'il t'emmènerait à New York chez sa sœur qui a deux filles. Tu verras, avec toutes nos occupations, le temps passera très vite. »

Au fond d'elle, elle ne voulait pas le quitter. Mais elle le devait. Pour elle-même. Pour la première fois, depuis bien des années, elle allait faire quelque chose qu'elle désirait ardemment, malgré les difficultés. Elle repensa à ce que lui avait dit Matthew. Il n'était pas facile de faire ce dont on avait envie. Mais quelque chose dans le visage d'Andrew lui disait que tout irait bien, même si la séparation était douloureuse.

Elle s'approcha et le prit dans ses bras.

« Je t'aime plus que tout, Andrew », lui murmura-t-elle dans l'oreille.

Matthew se retira et les laissa tous les deux. Ils parlèrent de beaucoup de choses ; Andrew voulait savoir le jour de son départ, et surtout quand elle reviendrait. Puis, ils firent des projets sur sa venue à Hollywood.

« Est-ce que tu m'écriras ? »

Andrew semblait triste et le cœur de Daphné se

serra. Il était encore si petit, et la Californie lui paraissait si lointaine.

« Bien sûr. Je t'écrirai tous les jours, je te le promets. Tu m'écriras toi aussi ? »

Il fit une grimace amusée.

« J'essaierai de ne pas oublier ! »

En le voyant plaisanter, Daphné se sentit un peu soulagée.

Sur le chemin du retour, cette nuit-là, Daphné eut l'impression d'avoir surmonté une épreuve particulièrement éprouvante. Une fois arrivée à New York, dans son appartement, elle défit ses valises et cessa pendant quelques instants de penser à son fils. Elle se sentait très excitée à l'idée de faire ce film. Ce n'était pas seulement un projet, mais une réalité. Et tout à coup, elle se mit à sourire puis à rire... Enfin ! Elle avait réussi ! « Alléluia », murmura-t-elle.

Elle entra dans sa chambre, se mit au lit et éteignit la lumière.

CHAPITRE XIX

Le lendemain matin, Barbara arriva et Daphné lui sourit.

« Allez, prends ton chapeau !

— Qu'est-ce qui se passe ?

— On s'en va. »

Barbara paraissait interloquée.

« Où ça ?

— En Californie, tiens !

— On le fait, Daff ? »

Barbara n'en croyait pas ses oreilles.

« Je suis prête.

— Et Andrew ?

— Je lui ai parlé ce week-end, et au début, il a été très malheureux. Mais je crois que nous supporterons tous les deux la séparation. »

Elle raconta à Barbara sa discussion avec Mme Curtis et sa rencontre avec le nouveau directeur.

« Je ferai venir Andrew par avion et j'essaierai d'aller le voir le plus souvent possible. Et Matthew m'a dit qu'il l'emmènerait à New York, pour lui faire visiter son école et le présenter à sa sœur. »

Barbara semblait ne plus rien comprendre, ce qui fit rire Daphné.

« Matthew, c'est le nouveau directeur d'Howarth.

— Matthew! Voilà qui est bien familier! Dois-je comprendre qu'il s'agit d'un monsieur attirant?»

Elle souriait avec malice.

«Très attirant, mademoiselle Jarvis. Mais c'est un ami, rien de plus!

— Alors comme ça il va emmener Andrew voir sa sœur? Quand je pense que tu n'as jamais voulu que je voie ton fils! Et tu fais confiance à un étranger? Ce type doit être vraiment formidable, Daff, pour que tu lui permettes de faire ça!

— Tu as raison, il est fantastique. C'est l'homme le plus compétent que j'aie jamais rencontré, pour s'occuper des malentendants, ce qui ne veut pas dire que je m'intéresse à lui.»

Daphné n'avait pas cessé de rire.

«Et pourquoi? Il est laid?

— Non. En fait, il est même très beau. Mais là n'est pas la question. Parlons plutôt de nous.

— De nous?»

Une fois de plus, Barbara semblait étonnée. Elle ne savait plus quoi penser depuis son arrivée.

«Je veux que tu viennes avec moi.

— Tu plaisantes? Qu'est-ce que je vais faire là-bas?

— T'occuper de ma vie, comme ici.

— C'est donc à ça que je sers?»

Barbara souriait.

«Je pensais bien que je n'étais pas seulement bonne à répondre au courrier de tes admirateurs!

— Ne dis pas de bêtise!»

Barbara savait très bien qu'elle devait beaucoup à Daphné. Elle n'avait pas oublié que la jeune femme lui avait permis de changer de vie.

«Alors, est-ce que tu viendras avec moi?

« — Quand est-ce que je fais mes bagages ? Demain, ça te va ?»

Daphné lui sourit.

«Non, dans quinze jours à peu près. D'abord, nous allons nous réorganiser. Je veux que tu m'accompagnes chez Iris McCarthy cet après-midi pour que tu sois au courant de tout. Je pense que nous partirons le mois prochain. Ça nous laisse le temps de nous préparer.

— Et ton appartement ?

— Je le garde. Il me servira quand j'irai voir Andrew. De toute façon, Comstock prend en charge les frais de location à Hollywood. Et puis, je n'ai pas envie qu'un étranger dorme dans mon lit.»

Barbara éclata de rire.

«De temps à autre, je crois que ce ne serait pas si mal...»

Daphné emmena Barbara déjeuner au Plaza. Les deux femmes passèrent ensuite aux studios puis se rendirent chez Iris. En regagnant son appartement, vers seize heures trente, avec Barbara, Daphné s'agitait nerveusement dans le taxi. Elle avait peur.

«Est-ce que tu crois vraiment que je vais y arriver, Barb ? Je ne sais pas comment il faut écrire un scénario.

— Ça viendra tout seul. Cela ne doit pas être très différent d'un roman. Ils te diront bien ce qu'ils veulent.

— Je l'espère.»

Daphné se sentait tout à coup angoissée

«Tu y arriveras. Ce sera fabuleux.»

Le week-end suivant, elle partit pour le New Hampshire. Andrew semblait avoir accepté le départ de sa mère. Il se plaignait un peu, mais parlait surtout de Disneyland et du film que Daphné allait faire. Il semblait somme toute heureux et détendu ; Daphné s'émerveilla de le voir accepter si vite cette séparation. Elle confia son étonnement à Matthew avec qui elle dîna à l'école le samedi soir.

« Est-ce que, je ne vous l'avais pas dit, Daphné ? »

Il lui sourit. Elle semblait heureuse, plus jeune aussi. Elle avait laissé ses cheveux défaits, portait un jean et une chemisette colorée. Il lui parla de sa semaine à New York et Daphné lui fit part de ses projets. Après dîner, Hélène Curtis les laissa seuls, prétextant des occupations. Pour une fois, Matthew semblait avoir du temps libre.

« Je me demande comment vous faites pour écrire de tels romans, Daphné. »

Il avait étiré ses jambes devant la cheminée, et Daphné appréciait la chaleur et la tranquillité de la salle à manger, après le départ des enfants. Elle n'avait aucune envie de rentrer à l'auberge. Et puis, elle aimait discuter avec lui et se rendait compte qu'ils avaient beaucoup de points communs.

« Oui, vraiment, je me demande comment vous faites.

— Mais vous avez écrit trois livres !

— Oui, mais ce ne sont pas des œuvres de fiction. Moi, je vis, je dors, je mange dans le milieu que je décris. Ce n'est donc pas un exploit.

— Ce que vous faites est beaucoup plus difficile. Vous vous devez d'être très précis, très au fait et vous aidez ainsi des milliers de gens avec vos ouvrages, Matthew. Les miens sont des histoires nées on ne sait où, qui ne soulagent personne, et qui distraient tout au plus. »

Daphné était toujours très modeste lorsqu'elle

parlait de ses romans. Comment deviner en bavardant avec elle qu'elle était l'une des romancières les plus connues des États-Unis ? Elle était belle, intelligente, agréable mais ne se vantait jamais.

« Ce que vous dites est faux, Daphné ; vos livres font beaucoup plus que distraire vos lecteurs. Je vous l'ai déjà dit, l'un de vos romans m'a énormément aidé, et tous m'apprennent quelque chose... »

Il réfléchissait.

« ...à propos des gens, des relations humaines, des femmes. Comment pouvez-vous savoir tout cela, vous qui vivez si seule ?

— Qu'est-ce qui vous fait dire ça ? »

La question l'intriguait.

« C'est vous qui me l'avez dit la semaine dernière !

— J'ai dit ça, moi ? Je parle trop. Je crois que je n'ai pas assez de temps pour avoir une vie personnelle. Je travaille très dur toute la semaine et puis, j'ai Andrew. »

Matt la regarda avec une sorte de désapprobation. Puis son expression se radoucit.

« Ne vous en servez pas comme une excuse. »

Elle le fixa droit dans les yeux.

« D'habitude, je ne le fais pas. Sauf quand on me questionne trop, comme vous, en ce moment.

— Je suis désolé. Là n'était pas mon intention.

— Si, si vous l'aviez. Et vous ? Est-ce que votre vie vous satisfait pleinement ?

— Quelquefois. »

Il parlait avec réserve.

« Après mon divorce, j'ai eu très peur de m'engager à nouveau.

— Et maintenant ? »

La question pouvait sembler indiscrète mais il

était si agréable, si ouvert, que Daphné avait l'impression de le connaître depuis des années. Coupés du reste du monde, ils étaient installés dans le salon confortable, comme sur une île éloignée de tout, avides de se connaître encore davantage.

«Je ne sais pas. Je n'ai pas eu beaucoup le temps d'y réfléchir, ces dernières semaines ; ma vie professionnelle va changer... et puis je ne pense pas trouver ici la femme de ma vie, ajouta-t-il en souriant.

— On ne sait jamais. Mme Obermeier peut décider de quitter son mari ! »

Ils se mirent à rire et Matthew l'observa quelques instants avec sérieux. Mme Curtis lui avait raconté la fin tragique de John Fowler. Mais il craignait d'aborder le sujet avec Daphné.

«Vous n'avez jamais eu envie d'essayer à nouveau, Daphné ? »

Il se doutait qu'elle devait être très seule. Mais les hommes manifestement ne l'attiraient pas. Elle semblait tranquille, calme, et lui rappelait sa sœur, si séduisante elle aussi. Pourtant, elle paraissait avoir oublié qu'elle était une femme et ne plus vouloir s'en souvenir. Elle avait dû beaucoup souffrir.

«Non, je ne veux plus rien tenter, Matt. J'ai eu tout ce que je désirais deux fois dans ma vie. »

Daphné s'étonna de se dévoiler si facilement.

«Je crois que j'aurais tort de demander davantage. Ce serait stupide, insensé. Je ne retrouverai pas ce que j'ai vécu, avec mon mari, d'abord, et puis avec quelqu'un d'autre. C'était très différent, très particulier. J'ai eu deux hommes merveilleux dans ma vie, Matt. Je ne peux pas espérer plus. »

Elle était donc prête à parler de Fowler.

«Alors vous avez abandonné ? Et qu'allez-vous

faire durant les cinquante ou soixante années qui viennent ? »

La perspective de sa solitude le désespérait. Elle méritait mieux, beaucoup mieux ; elle méritait un homme qui l'aime. Elle était trop belle, trop jeune, trop sensée pour passer le reste de sa vie seule.

Elle lui sourit avec philosophie.

« J'aurai toujours de quoi m'occuper. Et puis, un de ces jours, Andrew viendra vivre avec moi.

— De nouveau la bonne excuse... Plus il grandira et plus il sera indépendant. Ne comptez pas faire de lui votre raison de vivre.

— Je ne le veux pas. Mais je dois dire que je pense beaucoup au jour où il reviendra.

— Ce sera un jour merveilleux pour vous deux, Daphné, et il n'est pas trop éloigné. »

Elle soupira.

« J'aimerais en être sûre. Quelquefois, il me semble que tout ça ne finira jamais. »

Matthew se souvint alors des années passées sans sa sœur.

« J'avais la même impression à propos de Martha. Elle est restée absente quinze ans. Et son école n'avait rien à voir avec Howarth. C'était affreux pour elle. Dieu merci, des endroits comme ça n'existent plus. »

Daphné resta silencieuse quelques instants puis se leva. Il était grand temps de rentrer.

Il l'accompagna jusqu'à la porte d'entrée et lui dit soudain :

« Andrew ne sera pas le seul à regretter votre absence l'an prochain. »

Il n'avait pas même décidé de lui parler ainsi ; simplement, il n'avait pu s'en empêcher.

Dans l'obscurité, il ne la vit pas rougir. Elle lui tendit une petite main fragile. Il la prit et la serra.

« Merci, Matthew. Je suis heureuse de savoir

que vous veillerez sur Andrew. Je vous appellerai souvent pour avoir des nouvelles. »

Il se sentait un peu déçu. Il n'avait pourtant aucune raison d'espérer davantage. Après tout, il n'était que le directeur de l'école où vivait son fils. Rien de plus. Il comprit combien sa vie devait être solitaire, et quelque chose lui disait qu'elle ne la modifierait pas. C'était une femme volontaire, qui avait construit autour d'elle des murs épais.

« Appelez dès que vous en aurez envie. Je serai là. »

Daphné lui souhaita bonne nuit et partit.

Tout en regagnant l'auberge, elle songeait à lui. C'était un homme adorable et ils avaient beaucoup de chance de l'avoir à Howarth. Mais elle devait admettre qu'elle ressentait plus que de l'amitié pour lui. C'était une impression vague, lancinante, une envie aussi de le connaître davantage et de parler avec lui encore et toujours. Depuis sa rencontre avec John Fowler, elle n'avait pas eu cette sensation. Mais elle savait ce que cela signifiait. Elle ne voulait plus jamais. Deux échecs étaient suffisants. Matthew Dane lui serait cher, pour tout ce qu'il apporterait à Andrew. Mais son rôle s'arrêterait là, en dépit de son attirance pour lui. Tout cela n'avait plus d'importance. Elle avait assez aimé et souffert. Elle ne voulait plus être amoureuse. Jamais. Et pourtant, comme il serait facile de l'aimer... C'était un homme séduisant, gentil, admirable. Mais il fallait en rester là pour se préserver. Andrew devait être le centre de sa vie, de ses pensées, son seul objet d'amour. Maintenant, bien sûr, elle pensait un peu plus à elle et son voyage en Californie en était déjà une preuve.

CHAPITRE XX

Le vendredi qui précéda son départ pour la Californie, Daphné prépara ses bagages et ferma son appartement. Elle avait projeté d'aller voir Andrew durant le week-end, de revenir à New York le dimanche soir et de s'envoler pour Los Angeles, le lundi matin, avec Barbara. Là, elles séjourneraient à l'hôtel, le temps de trouver une villa. Une fois installée, elle commencerait à écrire le scénario qu'elle devait terminer deux mois plus tard. Daphné, angoissée, passait déjà des nuits blanches. Elle ne cessait d'y réfléchir. En roulant vers le New Hampshire et une fois arrivée à l'auberge, elle y songea encore une partie de la nuit.

Le lendemain matin, elle se rendit à l'école et passa la journée avec Andrew. Elle ne vit Matthew que le soir au dîner. Il paraissait aussi épuisé qu'elle.

« Vous avez dû avoir une semaine chargée, non ?

— Ah ! pour ça, oui. J'ai eu beaucoup de problèmes à l'école, à New York, et je deviens officiellement directeur ici vendredi prochain. Mme Curtis nous quitte le lundi suivant. Si je ne claque pas, j'aurai de la chance !

— Eh bien, moi j'ai deux mois pour écrire mon

200

scénario, et je commence à être complètement affolée. Je n'ai aucune idée et dès que je m'assois à mon bureau, j'ai le cerveau qui se brouille.»

Il lui sourit avec sympathie.

«Ça m'arrive à chaque fois que j'ai un contrat. Mais au lieu de me désespérer, je m'oblige à voir les difficultés en face. N'ayez crainte, dès que vous serez là-bas, tout se mettra en ordre.

— Il faut que je trouve une maison.

— Où habiterez-vous pendant ce temps-là?

— J'ai laissé toutes mes coordonnées à Mme Curtis. Je logerai au Beverly Hills Hotel en attendant.»

Ils bavardèrent encore quelques minutes puis se séparèrent. Matthew voulait voir Mme Curtis avant son départ et Daphné, quant à elle, était épuisée.

Le lendemain, elle passa toute la journée avec Andrew. Chaque instant, maintenant, était précieux, et Andrew entourait sa mère beaucoup plus que d'habitude. C'était prévisible. Daphné, de son côté, ressentait le besoin de le serrer contre elle de le toucher, de l'embrasser, de caresser ses cheveux. Jamais son fils ne lui avait été aussi cher. Matthew, conscient de la situation, resta à l'écart. Il ne s'approcha qu'au moment du départ, lorsqu'il vit Daphné et son fils enlacés, les yeux pleins de larmes. Il savait combien cette séparation leur était douloureuse. Andrew se remettrait rapidement. Mais Daphné souffrirait, et ne cesserait de penser à lui et de s'inquiéter.

«Comment ça va tous les deux?»

Il feignit de ne pas voir qu'ils pleuraient.

«Vous savez, Daphné, tout ira bien. Dans quelques heures, il sera déjà un peu consolé, même s'il pleure pour l'instant.

— Je sais. Mais est-ce que je le supporterai, moi ?

— Oui, je vous le promets. »

Il lui effleura le bras.

« Vous m'appellerez à chaque fois que vous en aurez envie. Je vous tiendrai au courant de tout.

— Merci. »

Elle eut un petit sourire, puis emmena Andrew au lit. Elle resta à ses côtés, pendant des heures, lui parlant de ce qu'ils feraient tous les deux en Californie. Tout à coup, Andrew se mit à pleurer et se blottit contre sa mère.

« Tu vas tellement me manquer.

— Toi aussi. Mais je reviendrai très vite. »

Elle attendit qu'il s'endorme puis descendit doucement les escaliers. Matthew l'attendait, assis dans un fauteuil.

« Il dort ?

— Oui. »

Elle était si triste qu'elle ne pouvait même pas lui sourire. Il l'accompagna en silence jusqu'à la porte d'entrée. Ses bagages l'attendaient dans la voiture. Il ne lui restait qu'à partir.

Matthew la suivit. Au moment où elle ouvrait la portière, elle le regarda de ses grands yeux bleus. Il s'approcha d'elle et la prit par les épaules.

« Je vous jure que nous prendrons soin de lui. »

Daphné était si accablée qu'il lui semblait avoir mille ans.

« Je sais. »

Tous ceux qu'elle avait aimés avaient disparu. Il ne lui restait que ce tout petit garçon.

« Je ne suis pas douée pour les adieux. Pourtant, je devrais y être habituée, depuis le temps. J'ai passé ma vie à être séparée de ceux qui m'étaient chers.

— Ce n'est pas la même chose, Daphné. Vous

faites le plus dur. Et puis, ce n'est que temporaire. Un an, cela vous paraît long; en fait, cela passe très vite. »

Elle sourit. La vie était si étrange.

« Quand je reviendrai, vous serez sur le point de partir d'ici.

— Mais nous aurons appris tant de choses ! Pensez-y. »

Ses yeux s'emplirent de larmes.

« Je me souviens quand je l'ai amené ici la première fois...

— Il y a très longtemps, Daphné... »

C'était l'époque où elle avait rencontré John. Pourquoi les choses devaient-elles toujours finir ?

Matthew se pencha et l'embrassa sur la joue.

« Dieu vous garde. Et appelez-moi.

— Je le ferai. »

Elle le regarda à nouveau et l'espace d'un instant, elle eut envie de se jeter dans ses bras, pour se sentir enfin à l'abri. Elle se souvint d'une époque où elle pouvait s'abandonner et cesser d'être forte, tout le temps.

« Prenez soin de vous et d'Andrew. »

Elle s'assit au volant et le fixa une dernière fois.

« Merci pour tout, Matt, et bonne chance.

— J'en aurai besoin. »

Il eut un grand sourire.

« Et faites-nous un grand film. Je sais que vous en êtes capable. »

Elle lui sourit, mit le moteur en route puis s'éloigna, agitant la main en signe d'adieu.

Après son départ, Matthew contempla longuement, immobile, la route déserte.

CHAPITRE XXI

Après quelques remous, l'avion atterrit à Los Angeles. Barbara avait les yeux rivés au hublot et Daphné la regardait en souriant. Barbara s'émerveillait de tout, comme une enfant, et durant tout le voyage, elle n'avait pu cacher son excitation. Daphné, quant à elle, avait gardé son calme et avait déjà écrit trois cartes postales à Andrew. Mais, peu à peu, l'idée de commencer une vie entièrement nouvelle occupait son esprit. Un chauffeur, mis à leur disposition par Comstock, les attendait à l'entrée. Il tenait une pancarte où était inscrit en lettres rouges « Daphné Fields ».

« C'est astucieux ! s'étonnait Daphné en se tournant vers Barbara.

— Hollywood, c'est ça, Daphné ! Ici rien ne peut étonner. »

Il suffisait d'ailleurs de contempler le Beverly Hills Hotel pour s'en persuader : stuc rose, palmiers, clients excentriques, senteurs rares, immenses bouquets de fleurs, bagages coûteux. La réception était splendide.

« Mademoiselle Fields ? Oui, bien sûr ; votre bungalow vous attend. »

Un groom les précéda, poussant le chariot à bagages, et longea la piscine où se pressaient actrices et producteurs, sirotant du vin blanc et des Martini. Le bungalow, comme l'avait appelé le réceptionniste, se composait de quatre chambres, trois salles de bain et d'un réfrigérateur approvisionné en caviar et champagne. Daphné prit la carte déposée à côté d'une gerbe de fleurs et d'une boîte de chocolats, offerts par Comstock. Elle lut « A demain ».

Elle se tourna soudain vers Barbara, l'air affolé.

« Je ne pourrai pas. »

Le groom venait juste de les laisser seules dans l'immense salon.

« Barb, je ne pourrai pas, je te jure.

— Quoi ? Manger les chocolats ? »

Barb préférait plaisanter tant elle sentait Daphné désemparée.

« Non. Tu as vu ? C'est ça Hollywood. Qu'est-ce que je fais ici ? Je suis écrivain. Je n'ai rien à voir avec tout ça.

— Tout ce qu'on te demande, Daff, c'est de t'asseoir à ta machine à écrire, comme tu le fais chez toi. Le reste n'est pas important. Allons, détends-toi. »

Elle lui tendit une coupe de champagne. Daphné, assise sur le canapé, semblait perdue.

« Je veux rentrer chez moi.

— Certainement pas. Je t'en empêcherai. Alors tais-toi et profite. Tu veux manger quelque chose ?

— Je ne pourrai rien avaler.

— Écoute, Daff, pourquoi est-ce que tu ne te détends pas, hein ? Et réjouis-toi !

— De quoi ? D'avoir signé un contrat pour faire quelque chose que j'ignore, dans un endroit complètement inconnu, à cinq mille kilomètres de mon fils ? Mon Dieu, Barbara, mais qu'est-ce que je vais faire ?

— Gagner de l'argent pour Andrew. »

C'était le seul argument qui pouvait la convaincre de rester. Mais la consolation était maigre.

« J'ai l'impression de m'être engagée dans la légion.

— C'est un peu ça. Et plus vite tu auras fini, plus vite tu t'en iras. »

Barbara, secrètement, n'était pas pressée. Elle adorait déjà ce nouvel univers.

« Voilà une bonne idée. »

Elle alla défaire ses valises, et une demi-heure plus tard, elle semblait aller mieux. Barbara appela Comstock pour prévenir de leur arrivée. Les deux femmes sortirent ensuite faire quelques brasses dans la piscine. Ce soir-là, elles partagèrent un repas léger puis jetèrent un coup d'œil dans le salon où évoluait une foule hétéroclite, acteurs, modèles, hommes d'affaires et personnages étranges qui auraient bien pu être des passeurs de drogue. A vingt-deux heures, elles allèrent se coucher, Barbara avec un sentiment d'excitation mêlé d'appréhension et Daphné avec l'inquiétude de ce qui l'attendait.

Le lendemain, elles se rendirent chez Comstock et sur le chemin du retour, vers midi, Daphné sentit qu'il lui serait peut-être possible de rester à Hollywood. Elle cernait déjà mieux ce que les producteurs attendaient d'elle et avait pris beaucoup de notes dans l'idée de se mettre à travailler l'après-midi même. Quant à Barbara, elle savait ce qu'elle avait à faire : elle avait déjà la liste d'une demi-douzaine d'agences de location. Elle appela Iris pour la tenir au courant et prendre les messages. Peu à peu, tout rentrait dans l'ordre. Daphné avait apporté sa propre machine à écrire et avait installé son bureau dans un coin du salon. Elle se mit à travailler tandis que Barbara se préparait à regagner la piscine. Quand elle revint une heure plus tard, Daphné travaillait toujours ; elle prit soin d'allumer la lumière car elle était si absorbée qu'elle n'avait même pas remarqué le jour qui tombait.

« Mm ? »

Elle releva la tête, le regard vide, comme à chaque fois qu'elle réfléchissait, un crayon planté dans ses cheveux en guise d'épingle à chignon. Elle avait revêtu une tenue décontractée, jeans et chemisette.

« C'était bon ?

— Très agréable. Tu veux manger quelque chose ?

— Mm... Oui... peut-être tout à l'heure. »

Barbara aimait à la regarder travailler, tant elle semblait s'investir dans ce qu'elle faisait. Dans ses attitudes, se lisaient les progrès de sa création. Vers vingt heures, Barbara commanda le dîner, et tapa sur l'épaule de Daphné. Lorsqu'elle travaillait, elle oubliait même de manger Barbara devait toujours l'y forcer.

« A table !

— J'arrive. Une minute. »

Ce qui signifiait en général une bonne heure, quelquefois deux comme ce soir-là.

« Allez, il faut que tu manges. »

Elle arrêta enfin de taper, s'étira et eut un soupir d'aise.

« Je crois que ça va aller. »

Après dîner, elle travailla encore jusqu'à deux heures du matin, se leva à sept heures le lendemain ; elle tapait déjà lorsque Barbara sortit de sa chambre.

« Est-ce que tu as dormi ? »

Il lui arrivait souvent de ne pas se coucher.

« Oui. J'ai dû me mettre au lit vers deux heures.

— J'ai l'impression que ça marche bien, hein?

— Je veux mettre par écrit toutes les notes que j'ai prises hier, tant que je les ai en mémoire.»

Et elle se remit à travailler toute la journée. Barbara alla visiter trois villas, déjeuna avec elle, passa une partie de l'après-midi à la piscine puis rentra pour faire du courrier. Elles prirent leur dîner sur un plateau. D'une certaine façon, Barbara était un peu une mère pour Daphné, même si celle-ci n'en avait pas conscience et ne voyait pas le plaisir qu'avait sa secrétaire à travailler pour elle et à partager sa vie, tant elle admirait son talent.

Deux jours plus tard, Daphné appela Mme Curtis pour avoir des nouvelles d'Andrew: il se portait bien et était très heureux. Il avait très vite repris le dessus. La directrice annonça son départ, le lendemain même, et Daphné lui souhaita à nouveau bonne chance, songeant tout à coup à Matthew. Il devait certainement avoir beaucoup à faire à New York, avant de partir pour le New Hampshire.

«Andrew va bien, alors?»

Barbara posa un plateau sur le bureau de Daphné.

«Mme Curtis m'a dit qu'il se portait à merveille. Est-ce que tu as trouvé une maison?

— C'est presque fait. Qu'est-ce que tu préfères: une piscine en forme de machine à écrire, ou en forme de livre?

— Amusant!

— Crois-moi si tu veux mais j'en ai vu en forme de cœur, de clef, et même de couronne royale!

— C'est incroyable!

— Je dirai même que c'est vraiment époustouflant! Mais le pire, c'est que j'adore ça! Je crois

208

que je suis en train de découvrir une nouvelle facette de ma personnalité ! »

Daphné se mit à rire.

« Mais je n'y peux rien, tu sais. C'est dans l'air. C'est plus fort que moi.

— Pourtant, personne n'a plus de force que toi, Barbara Jarvis. »

C'était un compliment, mais Barbara secoua la tête.

« Si, Daff. Toi. Tu es la femme la plus volontaire que je connaisse.

— Si seulement c'était vrai !

— Mais ça l'est !

— Tu parles comme Matthew Dane.

— Encore lui ! »

Barbara se rapprocha d'elle.

« J'ai l'impression que tu as laissé passer la chance de ta vie. J'ai vu sa photo, au dos de son livre, il est vraiment très séduisant.

— Et alors ? Qu'est-ce que j'ai raté ? L'occasion de passer la nuit avec lui avant de partir pour un an ? Allons, Barbara, tu crois que ça aurait été très raisonnable ? D'ailleurs, il ne m'a fait aucune proposition.

— Peut-être aurait-il tenté quelque chose si tu lui avais laissé un semblant d'espoir. Et puis, un jour tu reviendras bien là-bas.

— Il est le directeur de l'école. C'est tout à fait indécent.

— Pense seulement qu'il est écrivain, tout comme toi. »

Mais Daphné s'efforçait au contraire de ne plus songer à lui. C'était un homme charmant, un ami adorable. Mais rien de plus.

Après dîner. Daphné se remit au travail, comme à son habitude, et Barbara se plongea dans un livre. Mais dès le lendemain, n'y tenant plus, elle décida de se rendre à Rodeo Drive, où se trouvaient les boutiques les plus renommées d'Hollywood. La limousine la déposa en bas d'une rue élégante, où alternaient bijouteries de renom, grands couturiers et galeries d'art. Barbara, les yeux ébahis, pensait à sa triste vie passée, lorsqu'elle partageait avec sa mère un vieil appartement dans le West Side. Comme tout ceci était loin ! Elle passa devant Hermès, Céline et se hasarda chez Gucci, le grand maroquinier. Tandis qu'elle regardait les sacs à main, elle s'aperçut alors qu'un homme grand, séduisant, l'observait avec insistance. Elle choisit un foulard rouge et noir, pour l'offrir à Daphné, et se rendit compte que l'inconnu la suivait toujours. Elle le vit s'approcher dans les grands miroirs, élégant et décontracté. Il avait les cheveux blonds, tirant sur le roux, des yeux bleus, et devait avoir entre trente et quarante ans. Barbara eut l'impression de l'avoir déjà vu auparavant mais ne parvint pas à se rappeler qui il était. Il la regarda à nouveau, dans la glace, puis s'avança vers elle, en souriant avec embarras.

« Je suis confus... J'ai l'air de vous observer mais je crois que je vous connais. »

Barbara souriait intérieurement à cette entrée en matière si conventionnelle. L'inconnu s'avança encore. C'était bien elle. Sa silhouette était la même mais elle avait beaucoup changé et son regard était méfiant. La vie — semble-t-il — ne l'avait pas épargnée.

« Barbara ?

— Oui. »

Il se mit à sourire.

« Je suis Tom Harrington. Je ne pense pas que vous vous souvenez de moi. Nous nous sommes rencontrés une seule fois, à mon mariage. J'ai épousé Sandy Mackenzie. »

Barbara se souvint tout à coup et le regarda avec stupéfaction.

« Mon Dieu ! Comment vous rappelez-vous ? Cela fait au moins... »

Elle se tut. Elle ne l'avait pas vu depuis vingt ans, lorsqu'elle avait vingt ans exactement. Il avait épousé Sandy parce qu'elle était enceinte. Barbara avait été invitée au mariage et c'est là qu'elle l'avait rencontré. Le couple était parti ensuite en Californie, après la naissance du bébé. Elle ne les avait jamais revus. Mais elle avait reçu pendant douze ans une carte de vœux pour Noël. Comme elle n'y répondait jamais, faute de temps, le couple avait cessé toute correspondance. Pourtant Barbara se souvenait parfaitement d'eux.

« Est-ce que Sandy est là ? »

Elle aurait bien voulu la voir, maintenant qu'elle travaillait pour Daphné. Qu'aurait-elle pu leur dire auparavant ? Qu'elle vivait dans un appartement sordide, avec sa mère, travaillait dans un bureau d'affaires et faisait les courses tous les soirs ? Comment être fière d'une telle vie ? Les choses étaient bien différentes aujourd'hui.

« Comment vont les enfants ? »

Barbara se rappelait qu'ils en avaient eu un second, quatre ans plus tard.

« Ils sont grands. Robert est à Ucla. Il s'est spécialisé dans le théâtre. Ce n'est pas que cela nous a enthousiasmés, mais il s'en sort bien et c'est ce qu'il voulait faire. Vous savez comment sont les enfants ! dit-il avec un soupir. Alex aura quinze ans en avril. Elle vit avec sa mère.

— C'est très bien. »

Barbara était abasourdie. Robert à Ucla et Alex, déjà quinze ans ! Comme le temps avait passé vite ! Elle ne prêta pas attention à la dernière phrase de Tom, pourtant lourde de sens.

« Et vous, Barbara ? Vous vivez ici ? »

Elle surprit son regard, rivé à sa main gauche, où il n'y avait ni bague, ni anneau.

« Non. La personne pour qui je travaille est ici pour écrire le scénario d'un film. Nous devons rester à Hollywood à peu près un an.

— Je la connais ? »

Barbara sourit avec fierté.

« C'est Daphné Fields.

— Ce doit être un métier passionnant. Vous êtes ici depuis combien de temps ?

— Une semaine. Nous sommes au Beverly Hills Hotel. On peut dire que la vie y est particulièrement dure ! »

Ils éclatèrent de rire. Au même moment, une superbe jeune femme aux longs cheveux roux les rejoignit. Elle observa Barbara de ses magnifiques yeux verts, et se tourna vers Tom.

« Je n'ai rien trouvé à ma taille. Tout est trop grand. »

Barbara regardait le couple avec une admiration marquée, se demandant qui était cette jeune beauté.

« J'aimerais avoir le même problème que vous ! »

Tom lui répondit avec gentillesse :

« Allons Barbara, vous êtes superbe ! Vous n'avez presque pas changé ! »

C'était un mensonge amical, mais Barbara fut sensible au compliment. Tom se tourna vers la jeune femme.

« Éloïse, je te présente Barbara. C'est une amie de mon ex-femme. »

Barbara comprit la situation en un instant. Ils étaient divorcés et Éloïse était sa petite amie. La jeune fille lui tendit la main, puis s'éloigna, attirée par un magnifique sac en lézard.

« Je dois dire qu'elle a vraiment très bon goût ! » ajouta Tom en souriant.

Mais bizarrement, il ne semblait pas vraiment épris d'elle.

« Je suis désolée pour Sandy et vous. C'est arrivé quand ?

— Il y a cinq ans. Elle s'est remariée. Avec Austin Weeks. — C'était un acteur très connu. — Nous étions devenus amis et puis... »

Il haussa les épaules et se tourna vers Barbara, le regard triste.

« C'est ça, Hollywood. Ça fait partie des règles du jeu. Sandy se plaît beaucoup ici.

— Et vous ?

— Moi, je suis resté surtout à cause des enfants. Et puis, j'ai ma clientèle maintenant. Ce serait risqué de partir. »

Il était spécialiste en droit cinématographique et Hollywood était donc l'endroit rêvé pour exercer. Mais il ne semblait pourtant pas aimer Los Angeles.

« C'est une ville qui tourne très vite la tête. J'espère que vous ne vous laisserez pas prendre. »

Elle lui sourit.

« Je crois que j'ai déjà attrapé le virus !

— Alors c'est mauvais signe ! »

Au même moment, Éloïse les rejoignit.

« J'ai été très heureuse de vous revoir, Tom. »

Barbara lui tendit la main.

« Et donnez le bonjour de ma part à Sandy, si vous en avez l'occasion.

— Bien sûr, puisque je passe un week-end sur deux avec Alex et sa mère. »

Barbara remarqua soudain le regard de Tom, voilé de tristesse. Il avait été trahi par sa femme eι un de ses meilleurs amis. C'était une blessure qui ne guérirait jamais.

« Je lui dirai que je vous ai rencontrée. Mais vous devriez l'appeler, si vous en avez le temps. »

Barbara hésitait. Maintenant qu'elle était mariée à Austin Weeks, Sandy voudrait-elle la voir ?

« Dites-lui que je suis au Beverly Hills Hotel, avec Daphné Fields. Si elle en a envie, elle peut m'appeler. Je ne veux pas la déranger. »

Sur ces mots, Barbara s'éloigna, encore étonnée d'une si grande coïncidence.

A son retour à l'hôtel, elle trouva Daphné, allongée sur le canapé, en train de relire ses notes. Elle semblait épuisée par sa journée de travail.

« Alors, Rodeo Drive, c'était bien ?

— Formidable ! Décidément, Daphné, j'adore cette ville !

— Qu'as-tu acheté ? »

Barbara déballa un maillot, un chapeau et deux pull-overs. Puis elle lui tendit une petite boîte.

« Ça, c'est pour toi. Je t'aurais bien acheté le peignoir en vison blanc que j'ai vu chez Giorgio. Mais, manque de chance, il n'y avait pas ta taille ! »

Daphné éclata de rire. Elle ouvrit la boîte et déplia le foulard. Elle était ravie. Le rouge et le noir étaient ses couleurs préférées.

« Tu n'aurais pas dû ! »

Elle regardait son amie avec reconnaissance.

« Tu me gâtes déjà tellement, Barb. Sans toi, je ne pourrais rien faire.

— Je n'en crois rien ! A propos, comment va ton scénario ?

— Très bien. Mais c'est un travail très particulier. Je suis encore inexpérimentée.

— Tu y arriveras très vite. Ne t'en fais pas. »

La sonnerie du téléphone retentit, interrompant leur conversation, et Barbara, pour ne pas déranger Daphné, prit l'appel dans sa chambre.

« Allô ?

— Pourrais-je parler à Barbara Jarvis, s'il vous plaît ?

— C'est moi.

— C'est Tom Harrington. »

Elle resta stupéfaite et son cœur se mit à battre plus vite. Pourquoi l'appelait-il ? Elle s'en voulut aussitôt de sa stupidité. Il n'était après tout que l'ex-mari d'une vieille amie.

« C'est gentil de m'appeler, Tom. »

Peut-être voulait-il, lui aussi, tenter de parler à Daphné.

« Votre après-mdi s'est bien passé ?

— Oh ! oui. Je connais Rodeo Drive par cœur !

— Nous n'avons pas eu le temps de parler, tout à l'heure. Êtes-vous mariée ?

— Non. Ma mère est tombée malade et je me suis très longtemps occupée d'elle.

— Cela a dû être dur pour vous. »

Il y avait une pointe d'admiration dans sa voix. Sandy n'aurait jamais été capable d'un tel sacrifice. Ni lui d'ailleurs.

« Quand avez-vous commencé à travailler pour Daphné Fields ?

— Il y a quatre ans, d'abord à temps partiel et ensuite à temps complet.

— Votre métier vous plaît ?

— Je l'adore. C'est ma plus fidèle amie et travailler avec elle est une joie toujours renouvelée.

— C'est inhabituel pour une célébrité. »

Il parlait en connaissance de cause car il en côtoyait beaucoup.

« Daphné n'est pas comme ça. C'est la femme la plus modeste que j'aie jamais rencontrée. Elle fait son travail et mène sa vie, tranquillement, c'est un être incroyable !

— Vous avez de la chance. »

Mais Daphné ne semblait pas vraiment l'intéresser.

« Écoutez-moi. Que diriez-vous de prendre un verre dans la soirée ? J'ai des affaires à régler mais je serai libre vers neuf heures. Nous pourrions nous retrouver au Polo Lounge, si cela vous convient. »

Il baissa la voix. Il semblait un peu nerveux.

« Qu'en dites-vous ? »

Elle resta silencieuse. Elle n'avait pas vraiment envie de sortir et le soupçonnait d'avoir un dîner d'affaires avec la jolie rousse. Mais, d'un autre côté, elle n'avait rien à faire et Daphné n'aurait certainement pas besoin d'elle. Sans prendre le temps de réfléchir davantage, elle acquiesça.

« D'accord.

— On se retrouve à neuf heures. Si j'étais retardé, je vous appellerai. Vous serez dans votre chambre ?

— Oui, je vais commander le dîner de Daphné.

— Elle ne sort pas ? »

Tom s'imaginait que tous les écrivains passaient leur temps dans des réunions et des cocktails.

« Très rarement et jamais quand elle travaille. Elle ne quitte presque pas sa chambre.

— Ce n'est pas très amusant !

— Loin de là. C'est un métier difficile. C'est la femme la plus travailleuse que je connaisse.

— Elle est sur le chemin de la sainteté ! répondit-il en plaisantant.

— C'est bien ce que je pense. »

Tom comprit instantanément qu'il ne lui faudrait jamais attaquer Daphné, tant Barbara la défendait avec ardeur comme une divinité.

«A tout à l'heure, Tom.

— A tout à l'heure.»

Tout en prenant sa douche, avant d'aller à son rendez-vous, Tom ne put que s'avouer son impatience de revoir Barbara. Même si sa beauté n'était pas remarquable, elle était attirante; Tom avait été touché par son intelligence, sa force volontaire. Elle était le genre de femme avec laquelle on peut rire, parler, et sur qui on peut compter. Cela l'avait déjà frappé le jour de son mariage, vingt ans auparavant. Sandy était tout le contraire: petite, blonde, avec de grands yeux bleus et un sourire enjôleur. Mais elle avait été gâtée par ses parents, par lui ensuite, et ne l'avait jamais aidé, jusqu'à le quitter pour Austin. En fait, personne n'avait jamais vraiment compté dans la vie de Tom. Et tout à coup, sans savoir pourquoi, il se sentait irrésistiblement attiré par Barbara. Dès le moment où il l'avait rencontrée, cet après-midi-là, il avait été certain de vouloir la revoir, ne serait-ce que pour bavarder.

«Daff, tu as mangé?»

En entrant dans la chambre, Barb vit tout de suite qu'elle n'avait touché à rien. Daphné, concentrée sur sa machine, l'entendit à peine.

«Daff, et ton dîner?»

Daphné leva la tête, le sourire vague.

«Hein? Ah! oui. Tout de suite. Je veux finir cette scène. Tu sors?

— Une heure ou deux, pas plus. Tu veux quelque chose avant que je parte?

— Non. Tout va bien. Je suis désolée d'être aussi peu agréable à vivre.

— Ne t'en fais pas. Je peux quand même m'occuper de moi. »

Elle voulut lui parler de Tom mais Daphné tapait déjà.

« A tout à l'heure. Et n'oublie pas de manger. »

Mais Daphné ne répondit rien. Elle était déjà très loin, imaginant une nouvelle scène, et Barbara prit soin de fermer doucement la porte derrière elle.

CHAPITRE XXII

Tom donna à Barbara le nom de sa propre agence de location, et le premier après-midi où elle sortit avec lui pour visiter des logements, ils trouvèrent exactement ce qu'elle voulait. Une petite maison coquette avec trois chambres donnant sur un vaste jardin. Le loyer était élevé mais Comstock ne refuserait pas de payer. Elle appartenait à un acteur et à sa femme qui étaient en train de tourner un film en Italie.

Barbara regardait la maison avec un sourire extasié. Elle ouvrait toutes les portes, tous les tiroirs et inspectait chaque pièce avec attention.

« Eh bien, mademoiselle Jarvis, que décidez-vous ? demanda l'agent immobilier.

— Je pense que nous allons emménager demain, si vous êtes d'accord. »

Ils échangèrent un sourire.

« Mes clients seront contents, ils sont partis depuis un mois... »

C'était un miracle que la maison n'ait pas été déjà louée, mais il faut dire que les propriétaires avaient posé des conditions rigoureuses quant au type de locataires à prendre.

« Pensez-vous que votre employeur voudra la voir auparavant ?

— Je ne crois pas. »

De plus, Daphné était trop occupée pour qu'on

lui demande son avis; elle avait l'esprit ailleurs et ne se serait aperçue de rien si Barbara avait loué une cabane à la place de la maison.

« Alors pourquoi ne pas aller à mon bureau pour remplir les formalités ? »

Barbara signa le bail pour un an. Le lendemain, les deux jeunes femmes emménageaient.

Dans la soirée, Daphné fit le tour de la maison pour se familiariser avec son nouvel univers. Il ne lui était pas facile de travailler convenablement et de s'installer à la fois. Elle avait déballé toutes ses affaires et installé sa machine à écrire dans le ravissant cabinet de travail. Tout était en ordre mais Barbara était sortie et Daphné prit conscience qu'elle ne savait pas où se trouvait son amie. Elle semblait avoir acquis de l'indépendance et s'être épanouie depuis leur arrivée, ce dont Daphné se réjouissait beaucoup. La vie de Barbara n'avait jamais été très heureuse, mais ici, à Los Angeles, Daphné s'apercevait avec joie que son amie se sentait merveilleusement bien. Mais, alors que Daphné était assise dans la cuisine et prenait un repas tout en pensant à son scénario, un sentiment de solitude l'habita tout à coup. Andrew hantait les images et les pensées de son esprit; elle repensait aux repas qu'ils partageaient dans leur appartement, les moments passés ensemble avant qu'elle ne le mette à l'école. Elle pensait à lui qui était à Howarth, et aurait voulu le prendre dans ses bras, le voir, le toucher. Elle éclata en sanglots, se sentant aussi vulnérable qu'un enfant; elle posa alors sa tête sur la table et pleura, tout en pensant avec douleur à Andrew. Elle se promit, pour se consoler, qu'elle irait le voir dès que possible, mais dans l'immédiat, elle devait résister. Il lui était encore plus pénible de penser qu'Andrew devait se sentir malheureux, seul dans sa chambre à pleurer, lui aussi. La panique et le désespoir l'envahissaient; de plus, la peur de manquer à Andrew lui fit se demander si elle n'avait pas fait une erreur en venant en Californie. Brusquement, elle avait besoin de savoir si son fils allait bien et une seule personne pouvait le lui dire: Matthew. Sans même prendre le temps de s'informer sur l'heure qu'il était à l'Est, elle décrocha le téléphone sur le mur de la cuisine. Ses doigts tremblants composèrent le numéro si familier. Elle espérait ne pas le réveiller, mais elle devait absolument parler à quelqu'un, immédiatement. Quelques instants plus tard, une voix basse et voilée répondit: c'était Matthew, et déjà sa solitude s'estompait.

« Matt? C'est Daphné Fields. »

Sa gorge se serra en entendant sa voix, et malgré ses yeux déjà remplis de larmes, elle réussit à se contrôler.

« J'espère que je ne vous dérange pas en appelant si tard.

— Vous plaisantez, dit-il en riant avec gentillesse, je suis à mon bureau, j'étais en train de travailler. Ça me fait plaisir d'entendre votre voix. La Californie vous plaît-elle?

— Je ne sais pas. Je n'ai pas encore eu le temps de voir beaucoup de choses, mis à part ma chambre d'hôtel et la maison que j'occupe à présent. Nous avons décidé de sortir demain. Je voudrais vous donner mon nouveau numéro de téléphone. »

Pendant qu'il le notait, elle essaya de reprendre ses esprits, puis en dissimulant son émotion, lui demanda des nouvelles d'Andrew.

« Il va très bien. Depuis aujourd'hui, il apprend à monter à bicyclette; avec deux roues seulement s'il vous plaît! Il lui tarde de vous parler et ce soir il a décidé de vous écrire une lettre. »

Tout semblait si réconfortant, si chaleureux, que

le sentiment de culpabilité qui l'avait envahie commençait à disparaître. Mais sa voix demeurait triste quand elle dit.

« J'aimerais être là-bas. »

Matthew eut un moment de silence pendant lequel il comprit ce qu'elle ressentait.

« Vous reviendrez !... D'accord, Daff ?

— Oui, bien sûr. »

Elle soupira ensuite.

« Je me sens très seule.

— Écrire est un métier solitaire.

— Et en plus je n'ai pas mon enfant avec moi. »

Elle soupira à nouveau mais cette fois-ci, aucune larme ne perla à ses yeux.

« Est-ce que tout se passe bien à Howarth ?

— Je suis un peu débordé, mais je commence à reprendre le dessus. Je pensais que j'avais une bonne maîtrise du travail avant de venir ici, mais il y a toujours des tas de dossiers à lire, ou un enfant avec qui vous devez parler. Nous avons réalisé quelques transformations ici, mais rien de très important ; je vous tiendrai au courant.

— Merci, Matt. »

Il comprenait à sa voix qu'elle était très fatiguée ; elle lui semblait une petite fille partie loin de chez elle, désespérée et nostalgique.

Il y eut un silence pendant lequel il essaya de l'imaginer, là-bas, en Californie.

« Comment est votre maison ? »

Elle la lui décrivit ; il paraissait très intéressé. Cette conversation éloignait un peu Daphné de sa souffrance et Matt était aussi la raison de cette sérénité ; il était sensible, avisé et sûr de lui. Pourtant, elle ne parvenait pas à se consoler de l'absence d'Andrew.

« Vous me manquez tous.

— Vous nous manquez aussi, Daphné. »

Sa voix était douce et chaleureuse et Daphné en était étrangement émue. Elle se sentait tellement bien en parlant avec cet homme qu'elle ne connaissait pourtant que depuis peu de temps.

« J'aime bien parler avec vous, Matt, et cela me manque.

» ... j'aurais tellement voulu vous voir ici le week-end dernier.

» J'aurais aimé pouvoir venir, mais j'ai l'impression d'être aux antipodes, ce n'était pas possible.

— Vous serez bientôt ici. »

Mais l'année qu'elle devait passer à Los Angeles lui semblait une éternité et elle dut retenir ses larmes.

« Pensez à l'occasion unique qui vous est offerte ; nous avons tous deux encore beaucoup de choses à apprendre.

— Oui, je suis de votre avis... et pour vous à Howarth, cela se passe-t-il bien ? »

Il retrouvait peu à peu la complicité amicale qui s'était établie entre eux lors de leurs discussions à l'école ; elle se sentait ainsi moins seule.

« Tout est-il comme vous l'imaginiez ?

— C'est tellement différent. Mais je pense que je me sens aussi loin de New York que vous l'êtes de la Californie. »

Il sourit tout en s'enfonçant dans son fauteuil.

« Le New Hampshire est des plus plaisibles... »

Elle eut un petit rire étouffé.

« Je ne le sais que trop ! Quand je m'y suis installée et ai mis Andrew à l'école, ce silence me rendait horriblement nerveuse.

— Comment avez-vous fait pour vous y habituer ?

— J'écrivais mon journal intime. C'était une compagnie, une sorte d'ami. C'est de cette manière que je me suis mise à écrire ; d'abord des essais, puis des nouvelles et enfin mon premier roman. Maintenant, je suis de l'autre côté des États-Unis essayant de faire un scénario que je ne sais pas écrire. Je crois que je préférerais encore écouter le silence ! »

Ils éclatèrent de rire.

« Mademoiselle Fields, seriez-vous en train de vous plaindre ?

— Non, mais ce soir je me sentais tellement seule quand je vous ai appelé.

— Il n'y a pas de honte à cela... A propos, Mme Obermeier m'a parlé de votre ami. »

Il hésitait à prononcer le nom de John.

« Ce devait être un homme merveilleux.

— Oui. »

Elle soupira doucement, essayant de ne pas se laisser submerger par le chagrin.

« Je me disais justement l'autre nuit combien ma vie serait différente s'il vivait encore. Je suppose que je ne serais pas en train de m'arracher les cheveux devant ma machine à écrire.

— Vous ne seriez pas vraiment ce que vous êtes maintenant. Ces épreuves font partie de vous. Je n'oserai pas dire que vous avez eu de la chance, mais dans un sens, c'est un peu vrai. Vous avez subi des épreuves terribles mais vous vous êtes battue et vous avez gagné.

— Vous êtes un ami merveilleux, Matthew Dane. Vous me donnez toujours envie de me surpasser et de conquérir le monde entier. Dites-moi, qui a appris à Andrew à monter en bicyclette ? »

Elle se doutait de la réponse.

« C'est moi. J'ai eu du temps ces jours-ci. J'ai vu qu'Andrew regardait avec envie ses camarades, alors je lui ai fait faire des essais, et il s'en sort très bien maintenant.

— Merci, Matt.

— Votre fils est aussi mon ami, vous savez.

— Il a beaucoup de chance.

— Non, Daff. C'est moi qui en ai. Ce sont des enfants comme Andrew qui me donnent l'envie de vivre.»

Il y eut un silence.

«Eh bien, je crois qu'il faut que je vous laisse. Nous avons du travail tous les deux.»

Il lui était agréable de songer qu'elle allait à nouveau s'installer à son bureau, et travailler, tout comme lui.

«Faites un gros baiser à Andrew pour moi.

— Je n'y manquerai pas. Vous savez, Daphné — il hésita un instant — j'aime parler avec vous.

— Moi aussi.»

Elle se sentait réconfortée et heureuse de posséder un ami si fidèle.

«Je vous appellerai bientôt.»

Ils se séparèrent, et Daphné, restée seule, eut l'impression de sentir sa présence auprès d'elle. Elle regagna son bureau, jeta un coup d'œil sur son scénario, et décida d'aller se baigner. Lorsqu'elle sortit de la piscine, elle était fraîche et dispose. Elle s'assit à son bureau et se replongea dans son travail, oubliant la réalité qui l'entourait. Mais bien loin de là, dans le New Hampshire, Matthew Dane, installé confortablement devant un feu de cheminée, continuait à songer à elle.

CHAPITRE XXIII

Barbara et Tom étaient étendus au bord de la piscine. Depuis quinze jours, maintenant, les deux femmes avaient emménagé dans leur nouvelle maison, mais Barbara ne faisait qu'entrevoir Daphné. Celle-ci était plongée dans son scénario et se rendait à peine compte de ce qui se passait autour d'elle. Barbara, comme toujours, s'occupait de tout et rejoignait Tom chaque soir. Depuis qu'ils étaient tombés amoureux l'un de l'autre, leur vie avait totalement changé.

Tom prit la main de Barbara et la serra.

« Comment est-elle, Barb ? »

Tom ne se lassait pas de l'entendre parler de Daphné.

« C'est une grande travailleuse. Elle est adorable, pleine d'attention pour les autres mais elle est triste.

— Cela ne m'étonne guère. Peu de gens auraient survécu à tout ce qu'il lui est arrivé.

— Oui, mais elle, elle y est parvenue. C'est ça, le plus extraordinaire. C'est la femme la plus douce et la plus chaleureuse que j'aie jamais connue.

— Je n'en crois pas un mot. »

Il plongea ses yeux dans ceux de Barbara.

« Pourquoi ? C'est vrai.

— Parce que c'est toi qui es la plus douce et la plus adorable. »

En entendant ces mots, Barbara mesura sa chance. Elle en avait bien plus que Daphné. Elle resta silencieuse. Tom la regarda, se pencha et l'embrassa tendrement. Il n'avait jamais été aussi heureux. Quant à Barb, il l'avait vue s'épanouir peu à peu à ses côtés. Elle était souriante, heureuse, et jamais ses yeux n'avaient été aussi étincelants.

« Toi aussi, chérie, tu as souffert. On ne peut rester seul et être heureux. Regarde : moi, je n'étais pas seul et pourtant, je traînais ma vie.

— Tu n'avais pas l'air si désespéré quand je t'ai rencontré chez Gucci. »

Elle aimait le taquiner à ce sujet. Éloïse avait disparu quinze jours auparavant et on disait déjà qu'elle vivait avec un jeune acteur.

Barb savait pourtant qu'il avait été terriblement seul durant son mariage. Elle avait été émue par les confidences qu'il lui avait faites. Il avait beaucoup souffert, beaucoup plus qu'elle. Elle lui raconta dans quelles circonstances elle avait été enceinte. Tom la prit dans ses bras et elle pleura longtemps sur cette dure épreuve qu'elle avait toujours gardée secrète, au fond de son cœur. Elle regrettait d'être trop vieille maintenant pour avoir des enfants.

« Ne sois pas ridicule. Quel âge as-tu ?

— Quarante ans. »

Il en avait quarante-deux. Il lui répliqua avec force.

« Les femmes ont des enfants à quarante-cinq ans et même à cinquante, aujourd'hui. Tu penses que tu aurais des problèmes pour en avoir ?

— Non, je ne crois pas. »

Mais elle craignait secrètement que son avortement ne l'empêche d'être à nouveau enceinte. A vrai dire, elle avait fini par ne plus y penser.

« C'est vraiment trop tard. Ce serait ridicule à mon âge.

— Non, si tu en as envie. Tu sais, ce sont mes enfants qui m'ont procuré le plus de joie. Ne te prive pas de ce bonheur, Barbara. »

En faisant la connaissance d'Alexandra, elle avait compris combien il avait dit vrai. C'était une adolescente adorable, vivante, sans problème, qui avait le caractère heureux de son père. Barbara ne connaissait pas son fils, Bob, mais d'après tout ce qu'elle lui avait entendu dire, il ressemblait beaucoup à Tom.

Depuis six semaines, Barb n'avait rien dit à Daphné de sa vie cachée. Un matin qu'elle rentrait, elle trouva Daphné, assise dans le salon, l'air un peu étourdi.

« Qu'est-ce qui se passe ?

— Je l'ai fait !

— Quoi ?

— Mon scénario ! Je l'ai fini ! »

Son visage rayonnait de joie, d'excitation et de fierté. Elle savourait le bonheur du travail accompli, secrètement heureuse de savoir que plus vite elle aurait terminé, plus vite elle reverrait son fils.

« Hurrah ! »

Barb poussa un cri de joie et courut ouvrir une bouteille de champagne. Tout en buvant sa troisième coupe, Daphné se mit à regarder Barbara avec malice.

« Alors ; est-ce que tu vas enfin m'en parler ?

— Te parler de quoi ? »

Durant un instant, Barb ne comprit pas la question de Daphné.

« De ce que tu fais toutes les nuits pendant que je travaille comme une forcenée. »

Barbara se mit à rougir.

« Et ne me raconte pas que tu vas au cinéma.

— J'avais l'intention de t'en parler, mais... »

Elle leva les yeux, et regarda Daphné, l'air rêveur.

« Oh! mon Dieu, je sais! Tu es amoureuse. Je te demande seulement de ne pas me dire que tu vas te marier. Du moins pas avant la fin du tournage. »

Le cœur de Barbara chavira. Tom lui en avait parlé, la nuit même, pour la première fois. Elle avait elle aussi demandé à Tom d'attendre que le film soit terminé. Tom en avait été contrarié mais avait accepté de patienter.

« Je ne vais pas me marier, Daff. Mais je dois avouer que je suis folle de lui.

— Est-ce que je vais faire sa connaissance? Est-il respectable, au moins? Et vais-je donner mon consentement?

— Oh! oui. J'en suis sûre! Il est merveilleux et je l'aime éperdument. Il avait épousé une de mes amies de collège. Je l'ai rencontré chez Gucci, accompagné de cette extraordinaire beauté rousse et... »

Dans son excitation, Barbara ne savait plus par où commencer. Daphné se mit à rire.

« Qu'est-ce qu'il fait? Surtout ne me dis pas que c'est un acteur. »

Elle ne voulait pas pour elle d'un homme quelconque. Elle avait trop souffert. Elle fronça les sourcils, pensive, songea à ce que venait de lui dire Barbara.

« Il est toujours marié?

— Bien sûr que non. Il est divorcé. C'est un avocat, spécialisé dans les problèmes de droit cinématographique.

— Qu'est-il arrivé à sa femme?

— Elle l'a quitté pour Austin Weeks.

— L'acteur? Mon Dieu, ton ami a dû beaucoup souffrir. Austin Weeks doit avoir deux cents ans...

— Au moins, mais il est très riche et très en vue.

— Comment s'appelle ton ami?

— Tom Harrington.

— Je suis très heureuse pour toi, Barb. »

Elle lui versa une coupe de champagne et porta un toast à leur bonheur.

« J'espère que vous serez heureux, même après... »

Elle se reprit, la mine faussement menaçante.

« Mais pas avant qu'on ait fini le film, hein? »

Le seul souhait de Daphné était de travailler le plus vite possible, pour terminer le film et rentrer chez elle. Mais cette perspective effrayait presque Barbara. Elle n'était plus du tout pressée de quitter la Californie.

Le lendemain, Barb présenta Tom à Daphné. Ils prirent un verre au bord de la piscine. Barbara comprit vite que Tom était sympathique à la jeune femme. La conversation fut agréable et avant qu'ils repartent, Daphné embrassa Tom sur la joue et lui fit promettre de prendre soin de Barbara.

Après leur départ, Daphné débarrassa la table. Elle était heureuse pour Barbara. Mais elle avait l'étrange sensation de voir partir ceux qu'elle aimait pour un long voyage et de rester seule sur la rive.

Cette nuit-là, tout en se confectionnant un sandwich, elle décida d'appeler Matthew. Comme elle n'avait cessé de travailler depuis son arrivée, elle ne connaissait personne et elle appelait Matthew, de temps à autre. Il lui devenait de plus en plus cher et demeurait son seul lien entre Andrew et elle. Mais cette nuit-là, Matthew ne répondit pas. Où pouvait-il être? Daphné se demanda tout à coup s'il n'avait pas rencontré une femme. Tout à coup, il lui semblait être la seule à n'avoir dans la vie qu'un petit garçon, en pension dans une école éloignée de cinq mille kilomètres. Un sentiment de solitude s'empara d'elle avec force et même la joie d'avoir terminé son scénario ne parvint pas à adoucir son chagrin. Elle se coucha dès son repas terminé, luttant pour ne pas pleurer, désirant plus que tout se retrouver auprès de son fils.

CHAPITRE XXIV

L'ÉQUIPE des studios Comstock fut enthousiasmée par le scénario de Daphné, qu'on trouvait encore plus fort que son roman. Tout le monde avait hâte de commencer : le choix des acteurs était arrêté depuis longtemps et les décors étaient prêts. Le tournage pourrait commencer trois semaines plus tard. Après avoir reçu des félicitations innombrables, Daphné rentra chez elle, satisfaite de son travail et très excitée. Justin Wakefield avait été engagé pour le premier rôle et même si Daphné le trouvait presque trop beau, elle était très impressionnée par son talent.

« Alors, madame, comment vous sentez-vous ? »

Barbara lui souriait.

« Je suis encore sous le choc, tu sais. Je croyais vraiment qu'ils détesteraient mon scénario. »

Elle s'assit sur le divan, les yeux dans le vide, manifestement désorientée.

« Tu es folle, Daff ! C'est comme pour ton éditeur, Harbor. Tu crois toujours qu'il n'aimera pas tes livres et, à chaque fois, il les adore !

— Alors, c'est ça. Je suis folle et mérite de l'être.

— Qu'est-ce que tu vas faire de toi avant le début du tournage ? »

Il ne commençait que trois semaines plus tard, mais Barbara soupçonnait déjà Daphné d'avoir travaillé si vite et si dur dans un but bien précis.

« Je vais appeler Matt ce soir pour qu'il m'envoie Andrew par avion.

— Tu n'as pas envie de retourner à New York ?

— Non. Je suis sûre qu'il adorera être ici, et puis il est peut-être temps qu'il voie autre chose qu'Howarth. »

Barbara acquiesça en silence, déjà impatiente de connaître enfin Andrew.

« Est-ce que tu voudras venir à Disneyland avec nous ?

— Ça me plairait énormément ! »

Tom devait justement se rendre à New York pour ses affaires et Barbara n'avait rien prévu. Mais elle songeait déjà avec frayeur à son désespoir si elle devait revenir à New York à la fin de l'année. Elle n'avait toujours pas accepté de se marier avec Tom parce qu'elle ne pouvait pas quitter Daphné. Du moins, pas encore.

Une demi-heure plus tard, Daphné appela Matthew Dane à Howarth.

« Matt ? Comment allez-vous ?

— Très bien, merci. Où en est votre scénario ?

— Fantastique ! Je l'ai terminé ! Et ils l'ont adoré, à ma grande surprise. On commence le tournage dans trois semaines.

— Vous devez être très, très heureuse ! »

Il semblait sincèrement partager sa joie.

« Oh ! oui. Je voudrais faire venir Andrew pendant deux ou trois semaines. Quand pourrez-vous le conduire à l'aéroport ? »

Matt consulta le calendrier placé à côté de son bureau.

« Je pourrai l'emmener à Boston samedi prochain. Vous pourrez attendre jusque-là ? »

Elle lui répondit en riant.

« Ce sera dur ! Mais j'attendrai. J'ai tellement hâte de le voir.

— Je m'en doute. »

Il imaginait aisément sa solitude. Ne serait-ce que par ses nombreux coups de téléphone. Et il s'étonnait toujours qu'une femme aussi belle, intelligente et célèbre qu'elle, pût être seule. Elle aurait dû être entourée d'une foule d'admirateurs, surtout masculins. Mais il savait qu'elle ne le voulait pas.

« Et à part ça, Daff, quels sont vos loisirs ?

— Mes loisirs ? J'ai travaillé sans arrêt depuis que je suis ici. Et maintenant que j'ai terminé, je passe mon temps à dormir. Je suis sortie pour la première fois hier, pour aller aux studios, et j'ai eu l'impression de me retrouver sur une autre planète !

— Bienvenue sur terre, alors, mademoiselle Fields ! Qu'allez-vous faire, Andrew et vous ?

— Pour commencer, nous allons visiter Disneyland.

— Comme il a de la chance !

— Après, on verra. Peut-être qu'en fait, nous resterons ici, et que nous passerons nos journées au bord de la piscine. Mais, je vous l'avoue, je m'y ennuie terriblement. Ce que j'aimerais, c'est travailler sans m'arrêter pour pouvoir partir le plus vite possible.

— Vous ne prenez jamais le temps de vous délasser ?

— Si, mais quand j'y suis vraiment obligée. Je ne suis pas venue ici pour m'amuser mais pour travailler. »

Tout à coup, elle parut inquiète.

« Matt..., vous pensez qu'il supportera bien le voyage ?

— Tout ira bien, Daff. Faites-lui confiance et laissez-le voler de ses propres ailes. Ce sera une étape très importante pour lui. Croyez-moi. »

Il était si rassurant que Daphné en fut réconfortée. Il la rappela le lendemain pour lui préciser l'heure d'arrivée d'Andrew. Il voyageait sans escale et devait atterrir le lendemain à trois heures de l'après-midi. Soudain, Daphné fut si impatiente de le serrer dans ses bras qu'elle eut l'impression de ne pouvoir attendre vingt-quatre heures de plus.

Cela fit sourire Matt.

« Vous me paraissez aussi pleine d'enthousiasme que lui.

— C'est bien vrai. »

Le ton de Daphné redevint sérieux.

« Est-ce qu'il a peur de voyager tout seul ?

— Non, au contraire. Il est déjà certain de s'amuser follement. »

Elle soupira.

« En fait, je crois que je suis plus effrayée que lui. »

Elle l'avait tellement protégé qu'elle craignait maintenant de le laisser seul, même pour un simple voyage en avion.

« De quoi avez-vous peur, Daphné ? de son indépendance ?

— Comment pouvez-vous dire ça ! Vous savez bien que c'est ce que je désire pour lui !

— Alors, laissez-le faire. Et ne le considérez pas comme un être différent des autres.

— D'accord, d'accord. J'ai déjà entendu ce discours et j'ai bien reçu votre message. »

Leurs longues conversations téléphoniques avaient resserré leur amitié. Et si Daphné se mettait en colère, cela ne durait jamais très longtemps, d'autant plus que Matthew, comme d'habitude, avait raison.

« Vous savez, Daphné, il va être très fier de lui, et vous aussi, vous le serez. Surtout, n'oubliez pas de m'appeler après son arrivée.

— Nous vous appellerons tous les deux de l'aéroport.

— Quant à moi, je vous téléphonerai dès que je l'aurai mis dans l'avion à Boston. »

Le lendemain, Matt la prévint comme promis et l'attente fiévreuse commença. Daphné ne cessa de regarder sa montre, et resta près du téléphone, terrifiée à l'idée d'un accident possible ou pire, qu'Andrew se trouve aux prises avec un enfant peu compréhensif et prenne peur. Devait-il vraiment affronter le monde ? Après tout, Matthew avait peut-être raison lorsqu'il lui avait assuré qu'Andrew devait se battre et vaincre seul, sans personne pour le féliciter ou le protéger.

« Ça va ? »

Barbara passa la tête dans le bureau de Daphné et lut l'angoisse sur son visage.

« Aucune nouvelle ?

— Je sais seulement qu'il est dans l'avion.

— Tu veux manger quelque chose ? »

Mais Daphné secoua la tête. Elle ne pouvait pas manger et ne cessait de penser à Andrew. Elle irait l'accueillir toute seule à l'aéroport ; quant à Barbara, elle les attendrait à la maison. Les deux femmes avaient organisé une fête pour Andrew. Elles avaient préparé des chapeaux en papier, des ballons, un gâteau et une banderole, où était inscrit : « Nous t'aimons, Andrew. Bienvenue en Californie. »

Avant de partir pour l'aéroport, Daphné se doucha, mit un pantalon beige, un chemisier de soie blanche et une veste assortie. Barbara la regarda prendre son sac à main. Elle était si belle, ainsi vêtue, et son regard était si plein d'amour pour ce petit garçon qu'elle chérissait de toute son âme!

A l'aéroport, Daphné regarda le panneau qui indiquait les arrivées. Elle eut un soupir de soulagement. L'avion était à l'heure. Elle s'avança jusqu'à la porte d'arrivée et contempla le paysage par la baie vitrée. Tout à coup, elle vit l'avion arriver. Quelques instants plus tard, les voyageurs commencèrent à débarquer, mais, malgré ses efforts, Daphné ne parvint pas à distinguer Andrew. Soudain, elle l'aperçut; il tenait la main d'une hôtesse et souriait. Il pointa le doigt vers Daphné et prononça assez distinctement: «C'est ma maman!» Daphné, les yeux pleins de larmes, se précipita vers lui et le prit dans ses bras.

«Comme je t'aime, Andrew!

— Moi aussi, je t'aime, maman!»

Andrew fut enthousiasmé par la limousine qui les attendait, sans parler de la banderole, du gâteau et de la piscine. Il raconta son voyage à Barbara, prenant soin de bien articuler pour se faire comprendre. Après dîner, tous trois allèrent nager dans la piscine puis Daphné le coucha. Tandis qu'il s'endormait, elle caressait ses cheveux et l'embrassait doucement au front. Elle le contempla longuement. Andrew était à la maison; son seul désir depuis qu'elle était arrivée s'était enfin réalisé. Elle sortit de la chambre et trouva Barbara dans la cuisine.

«Ton fils est vraiment extraordinaire, Daff!

— Je sais.»

Elle ne pouvait parler davantage tant elle était émue. Elle passa dans son bureau et appela Matt. Sa voix tremblait.

« Il a réussi, Matt, il a réussi ! »

Elle voulut lui raconter le voyage mais sa voix s'étrangla dans un sanglot.

« Tout va bien, Daff, tout va bien. »

Il parlait avec douceur.

« Maintenant, vous êtes sûre qu'il s'en sortira plus tard. Il y aura des hauts et des bas mais tout se passera bien. Vous lui avez donné ce dont il avait besoin. C'est le plus beau cadeau que vous pouviez lui faire. »

Mais Daphné savait aussi que Matt et tous ceux qui l'entouraient lui avaient beaucoup donné pour qu'il réussisse sa vie. Elle avait eu la sagesse de leur faire confiance.

« Merci, Matt. »

Il savait ce qu'elle voulait dire par ce simple mot. Pour la première fois depuis des années, ses yeux s'emplirent de larmes et il dut se faire violence pour ne pas lui avouer son amour.

CHAPITRE XXV

ANDREW, Daphné et Barbara furent enchantés de leur petit voyage à Disneyland, et la fin du séjour d'Andrew arriva bien vite. La veille du départ, il s'assit tristement près de sa mère, au bord de la piscine. Andrew reparla de Disneyland et lui dit combien il aimait Barbara.

« Est-ce que tu seras comme elle, un jour, maman ? »

La question la surprit.

« Qu'est-ce que tu veux dire ?

— Avec quelqu'un qui t'aime. »

Il avait rencontré Tom, qu'il aimait, disait-il, presque autant que Matthew.

Daphné se rendit compte des progrès qu'il avait faits. Il parvenait à s'exprimer avec beaucoup de sensibilité et sa question, un peu embarrassante, montrait son intelligence. De plus, il s'exprimait de mieux en mieux et lisait presque parfaitement sur les lèvres. Peu de chose, maintenant, le séparait des autres enfants, grâce aux soins qu'on lui avait prodigués à Howarth. Andrew, voyant sa mère réfléchir, répéta sa question.

« Je ne sais pas. On ne rencontre pas quelqu'un comme ça. C'est très rare.

— Mais cela t'est déjà arrivé !

— Oui, c'est vrai. »

La tristesse de son regard le frappa.

« Oui, avec ton papa.

— Et avec John. »

Il n'avait jamais oublié son ami.

« Oui.

— J'aimerais bien avoir un papa comme Matthew.

— Ah ! oui ? »

Elle sourit doucement, triste et surprise à la fois. Malgré ses efforts, elle ne pouvait tout lui donner. C'était d'un père dont il manquait.

« Tu ne crois pas que tu pourrais être heureux uniquement avec moi ?

— Si. Mais regarde comme Barbara est heureuse avec Tom. »

Daphné eut l'impression qu'il la grondait presque.

« Mais c'est très particulier, Andrew. On ne tombe pas amoureux tous les jours ! Cela peut n'arriver qu'une seule fois dans la vie.

— Tu travailles trop. Tu ne sors jamais. »

Comment pouvait-il savoir tant de choses, lui qui était si jeune ?

« C'est parce que je veux finir mon travail pour rentrer à la maison. »

La réponse sembla le satisfaire. Mais tout en déjeunant, Daphné songeait à ce qu'il venait de lui dire. Peu à peu, il commençait à la voir telle qu'elle était, avec ses peurs, ses défauts et ses qualités. Il grandissait et réfléchissait seul.

A la fin du repas, ils reprirent leur conversation.

« Après tout, je n'ai peut-être pas besoin de quelqu'un comme Barbara.

— Et pourquoi ?

— Je t'ai.

— C'est idiot. Je ne suis qu'un petit garçon. »

Il semblait tellement stupéfait de la réponse que Daphné se mit à rire.

« Je te pèse beaucoup, non ? »

Il ne sut que répondre.

« Allons, ne parlons plus de ça. Il faut se préparer ou nous allons manquer l'avion. »

La séparation fut douloureuse. Ni l'un ni l'autre ne savait quand ils se reverraient. Andrew s'agrippait à sa mère et Daphné retenait ses larmes à grand-peine.

« Je te promets que tu reviendras très vite, mon chéri. Et si je peux, je viendrai à New York quelques jours.

— Mais tu seras trop occupée par ton film.

— J'essaierai, je te le jure. Et puis, toi tu essaieras de ne pas être triste. Imagine tout ce que tu vas pouvoir raconter à tes amis ! »

Mais rien ne les consolait.

L'hôtesse vint le chercher. Soudain, il n'était plus qu'un petit garçon de sept ans et demi, malheureux de quitter sa mère. Et Daphné, de son côté, avait une fois de plus l'impression de perdre une partie d'elle-même.

Tandis que Daphné regardait l'avion décoller tout en sanglotant, Barbara resta silencieuse et se contenta de la prendre par le cou, et de la serrer contre elle. De retour chez elle, Daphné se précipita dans sa chambre. Matthew l'appela. Au son de sa voix, il comprit sa douleur.

« J'ai l'impression que vous êtes mal en point, Daff. »

Elle sourit à travers ses larmes et répondit :

« Oui. Ça a été encore plus dur. Quand je le quitte à l'école, c'est différent.

— Tout ça finira. Un jour, il rentrera et vous serez ensemble pour de bon. »

Elle se moucha, inspira profondément.

« J'ai du mal à imaginer que ce jour viendra.

— Il viendra, Daff, et vite. Regardez, vous allez déjà être très occupée pendant deux mois.

— Je regrette d'avoir signé ce fichu contrat. Je pourrais être à New York, tout près d'Andrew.

— Eh bien, dépêchez-vous de terminer et vous pourrez rentrer chez vous.

— Mon Dieu, Matt, comme la vie est dure par moments !

— Vous avez connu pire.

— Merci de me le rappeler.

— Quand commencez-vous le tournage ?

— Dans deux jours. Les acteurs ont essayé les costumes la semaine dernière. Je pense qu'il me faudra réécrire quelques scènes. Après je me contenterai de donner mon avis.

— Vous avez déjà rencontré les acteurs ?

— Oui, tous sauf Justin Wakefield. Il était dans le Sud pour des extérieurs. Je ne pense pas qu'il arrive avant deux jours.

— Il faudra que vous me disiez comment il est. »

L'inflexion de sa voix se fit différente et Daphné la reconnut à peine.

« Certainement, un malotru. Tous les hommes dans son style sont en général peu recommandables.

— Pas sûr. Il peut être très gentil.

— Tout ce que je lui demande, c'est de bien faire son travail. »

Daphné savait qu'il pouvait très bien obtenir une récompense pour ce rôle. C'était un jeune homme blond, magnifique, idolâtré par toutes les femmes des États-Unis. Grâce à lui, *Apache* pourrait devenir un grand succès.

« Si vous en avez le temps, appelez-moi pour me dire comment ça se passe.

« — Bien sûr; et puis vous me donnerez des nouvelles d'Andrew. Je vous donnerai un numéro de téléphone pour me joindre aux studios.

— Je vous appellerai aussi souvent que possible.

— Je vous téléphonerai lorsque Andrew sera là.

— Merci, Matt. »

Comme d'habitude, il avait su si bien la réconforter que sa douleur avait diminué.

« Matt?

— Oui?

— Qui fait ça pour vous?

— Comment? »

Il ne comprenait pas.

« Qui vous réconforte, vous? »

Il y avait si longtemps qu'elle ne s'était pas appuyée sur quelqu'un qu'elle se sentait coupable.

« Pour les gens qu'on aime, Daff, on est prêt à tout. Je crois que je n'ai pas besoin de vous le dire. »

Elle acquiesça en silence. Il avait raison.

« Je vous appellerai plus tard.

— Merci. »

Elle raccrocha et réalisa tout à coup combien Matthew lui était devenu indispensable.

CHAPITRE XXVI

Le tournage d'*Apache* commença sur un plateau des studios Comstock le mardi suivant à cinq heures trente du matin. Maureen Adams, l'actrice principale, n'avait pu venir la veille à cause d'une grippe, et ce jour de retard coûtait quelques millions de dollars au producteur.

Ce délai avait permis à Justin Wakefield d'approfondir le scénario et de s'entretenir avec Howard Stern, le prestigieux metteur en scène, célèbre pour ses colères envers les acteurs et adonné aux cigares et aux bottes de cow-boys. Daphné avait été extrêmement satisfaite d'apprendre qu'il était le metteur en scène.

Daphné se leva à trois heures trente, se doucha, s'habilla, prépara des œufs brouillés. Elle partit à cinq heures moins le quart. Lorsqu'elle arriva sur le plateau, toute l'équipe était prête et le metteur en scène fumait déjà ses cigares tout en décortiquant des cacahouètes. Maureen Adams était entre les mains de la maquilleuse. Quant à Justin Wakefield, il était invisible. Daphné souhaita le bonjour aux techniciens et fit la connaissance du metteur en scène. Il la regarda attentivement, puis lui tendit la main avec un large sourire.

« Vous êtes terriblement petite, hein ? Mais mignonne, sacrément mignonne ! »

Il se pencha et lui murmura :

« Vous auriez dû jouer dans le film !

— Oh ! mon Dieu, non ! » Elle leva la main pour protester et se mit à rire.

C'était un homme à l'aspect surprenant, portant bien ses soixante ans, le visage buriné par les succès durement mérités et difficilement gagnés. Il n'était pas beau mais Daphné se prit tout de suite d'amitié pour lui et sentit que c'était réciproque.

« Alors, mademoiselle Fields, vous devez être très excitée de faire votre premier film ? »

Il approcha deux chaises et Daphné s'assit à côté de lui. Elle paraissait minuscule auprès de lui, tant il était imposant.

Elle lui sourit.

« Oui, je suis très heureuse.

— Moi aussi. J'ai beaucoup aimé votre livre. Beaucoup. Je pense que ça va faire un sacré film. J'aime votre scénario. Justin Wakefield aussi, d'ailleurs. Vous l'avez déjà rencontré ?

— Non, jamais.

— C'est un garçon intéressant et intelligent pour un acteur. Mais n'oubliez pas ce qu'il est. Ce sont tous les mêmes. Je les connais bien. Je travaille avec eux depuis des années. Ils ont quelque chose de plus et de moins que les autres ; ils sont vulnérables comme des enfants, libres, merveilleux et pleins de force. Mais ils sont égoïstes, égocentriques. Ils ne s'occupent pas de vous. Ils ne pensent qu'à eux. Vous serez étonnée de ce que je vous dis au début, mais si vous les observez attentivement, vous verrez qu'ils se ressemblent tous, et cela vous paraîtra évident. Il y a des exceptions bien sûr, mais elles sont rares. Les autres sont... »

Il hésita, et sourit, comme pour ne pas lui dévoiler un secret.

« Enfin, ce sont des acteurs. Souvenez-vous-en, mademoiselle Fields. Cela vous aidera à garder votre bon sens durant les mois qui viennent. Ils vont vous rendre folle, et moi aussi. Mais à la fin, nous aurons fait un film merveilleux et vous oublierez les différends, les jalousies et les inimitiés. Vous ne vous rappellerez que les plaisanteries, les rires, les moments privilégiés. Tout ceci est un peu de la magie... »

Il lui montrait d'un geste l'étendue du plateau. Il se leva, lui lança un regard amusé, puis retourna converser avec le cameraman. Daphné resta assise, en silence, impressionnée par les allées et venues des techniciens, qui vaquaient à des tâches pour elle mystérieuses. Vers sept heures et demie, l'agitation s'amplifiant, Daphné comprit que le tournage était sur le point de commencer.

Au moment où l'agitation était à son comble, elle aperçut un homme qui sortait d'une loge, vêtu d'un tee-shirt et d'un blouson fourré, les cheveux blonds en bataille. Il s'avança lentement vers Daphné, sembla hésiter puis s'assit quand même sur la chaise laissée par le metteur en scène. Il regarda Daphné, le plateau, puis à nouveau la jeune femme, l'air tendu et nerveux, et lui sourit. Daphné se demandait qui il était.

« C'est très excitant, n'est-ce pas ? »

Elle ne trouva rien d'autre à dire et fixa un instant ses yeux verts. Son visage ne lui était pas inconnu.

« Oui, c'est sûr. J'ai toujours une barre dans l'estomac avant de commencer. Mais je crois que c'est commun à nous tous. »

Il haussa les épaules et tira de sa poche un

bonbon, le mit dans sa bouche, puis, soudain conscient de son impolitesse, lui en tendit un.

« Merci. »

Leurs regards se croisèrent et Daphné se sentit rougir.

« Vous êtes une figurante ?

— Non. »

Elle ne voulait pas lui dire qu'elle avait écrit le scénario, tant cela lui semblait prétentieux. Il n'insista pas. Il observa à nouveau les préparatifs, sur le plateau, puis se leva avec nervosité et s'éloigna.

Il revint quelques instants plus tard et lui demanda en souriant :

« Vous voulez boire quelque chose ?

— Oh ! oui, merci. Je donnerais beaucoup pour une tasse de café. »

Le studio était tiède et traversé de courants d'air ; Daphné se sentait fatiguée.

« Je vais vous en apporter une. »

Il disparut et ramena deux tasses fumantes. Daphné se demandait quand le tournage allait enfin commencer. Elle se tourna vers l'inconnu qui la regardait toujours de ses yeux verts.

« Vous êtes très jolie, vous savez. »

Elle rougit à nouveau.

« Et timide aussi. J'adore les femmes comme ça. »

Il voyait déjà dans ses yeux qu'elle était vive, intelligente et sa curiosité allait grandissant.

« J'aimerais beaucoup savoir, mademoiselle, ce que vous faites ici. »

Il fallait dire la vérité.

« J'ai écrit le scénario, mais c'est mon premier. Tout cela est très nouveau pour moi. »

Il paraissait de plus en plus intrigué.

« Mais alors, vous êtes Daphné Fields ! »

Il semblait très impressionné.

«J'ai lu tous vos livres, et c'est justement *Apache* que j'ai préféré.

— Merci! Je vais vous poser la même question: que faites-vous ici?»

Il partit d'un grand éclat de rire et en le regardant secouer sa crinière blonde, Daphné comprit tout à coup et resta ébahie. Il était aussi beau que dans ses films, mais il était si différent, avec ses jeans usés et son blouson.

«Oh! mon Dieu!

— Enfin, pas tout à fait!...»

Ils se mirent à rire. Il savait qu'elle l'avait reconnu, c'était bien lui, Justin Wakefield, et au moment où ils se serraient la main, Daphné se sentit fascinée par le magnétisme et la gaieté presque enfantine qui émanaient de lui.

«Je joue dans votre film, chère madame. Et j'espère de tout cœur que vous aimerez mon interprétation.

— J'en suis sûre. J'ai été si heureuse que vous preniez le rôle.

— Moi aussi. C'est le meilleur que j'aie eu depuis longtemps. Vous écrivez merveilleusement bien!

— Vous n'êtes pas mal, vous aussi!»

Tout en plaisantant avec lui, Daphné réalisait tout à coup qu'elle bavardait gaiement avec un des acteurs les plus connus du pays. Inexplicablement, pour la première fois depuis bien longtemps, elle se sentait une femme. Elle n'était plus la romancière connue pour son opiniâtreté au travail, ni même la mère d'Andrew. Elle était une femme. Elle avait retenu l'attention de Justin, elle le sentait. Soudain intimidée, elle préféra parler à nouveau travail. Le regard insistant du jeune homme la mettait presque mal à l'aise. Elle eut peur de se livrer. Il pouvait pressentir sa solitude, ses blessures, pourtant si bien cachées.

« Que pensez-vous du script ?

— Je l'aime beaucoup. Howard et moi, nous nous sommes vus hier à ce sujet. Il n'y a qu'une seule scène qui ne me satisfait pas.

— Laquelle ? »

Daphné fut prise d'inquiétude, mais Justin rapprocha sa chaise, prit la copie du scénario que Barbara avait laissée et lui dit en souriant :

« Ne vous affolez pas. C'est une petite scène. »

Il feuilleta les pages, s'arrêta à un endroit précis et lui désigna le passage. Daphné le lut, les sourcils froncés puis releva la tête.

« Vous avez peut-être raison. Je n'étais pas très sûre de moi.

— Nous verrons ce qu'en dit Howard. Il faut faire quelques modifications avant de commencer. Est-ce que vous l'avez déjà vu travailler ? »

Daphné lui fit signe que non.

« C'est merveilleux. Mais ne vous laissez pas impressionner. Il a un cœur d'or... Mais aussi un caractère de chien. Vous vous y ferez. Comme nous tous. Et le pire, c'est que c'est un vrai génie. Il vous apprendra beaucoup. J'ai déjà travaillé deux fois avec lui et il m'a toujours apporté quelque chose de nouveau. Vous avez de la chance qu'il dirige le film. Et nous aussi. » Puis, il ajouta en se rapprochant d'elle :

« Mais nous avons encore plus de chance de vous avoir. »

Il la quitta sur ces mots, avec un sourire caressant, et disparut dans sa loge pour se changer.

Barbara arriva presque aussitôt.

« Je n'ai pas pu trouver de café.

— Ça ne fait rien. On m'en a apporté une tasse. »

Daphné était songeuse. Justin Wakefield était un homme hors du commun, mais elle ne savait encore quoi en penser. Il était brillant, enjoué, terriblement beau, amusant et pourtant comme irréel.

«On dirait que tu viens de voir une apparition.

— C'est tout à fait ça. J'ai discuté avec Justin Wakefield.

— Comment est-il?»

Barbara s'assit sur la chaise essayant de cacher sa curiosité. Elle avait essayé sans succès de le rencontrer depuis son arrivée.

«Est-ce qu'il est aussi beau qu'à l'écran?»

Daphné se mit à rire.

«Je ne sais pas. Il est effectivement très beau, mais je ne l'ai même pas reconnu quand il s'est assis à côté de moi. On aurait dit un enfant. Je crois que je m'attendais à autre chose.

— Est-ce que tu veux me dire que je vais être déçue?

— Non, je n'irai pas jusque-là.»

Au même moment, elle le vit sortir de sa loge, vêtu d'un pantalon en cuir et d'un pull blanc. Barbara en eut le souffle coupé.

«Mon Dieu, il est superbe!»

Il était bien redevenu Justin Wakefield, le bel acteur blond. Le jeune homme espiègle qui lui avait offert une tasse de café avait disparu.

Il s'avança vers Daphné et lui adressa un sourire éclatant.

«Ça va, Daphné?»

Il prononçait son prénom avec douceur.

«Ça va. J'aimerais vous présenter mon assistante, Barbara Jarvis. Barbara, voici Justin Wakefield.»

Il lui serra la main et salua Daphné avant de rejoindre Howard Stern.

Barbara était immobile, bouche bée.

«Ferme la bouche, Barb. Tu baves littéralement.

— Mon Dieu! Il est incroyablement beau!»

Barbara l'observait toujours, fascinée. Il avait un ascendant sur les femmes c'était évident. Et Daphné dut admettre qu'il ne la laissait pas insensible.

«Oui, c'est vrai. Mais la beauté n'est pas tout dans la vie.

— Ah! oui? Qu'est-ce qu'il y a d'autre?

— Tom Harrington, par exemple. Ça te dit quelque chose?»

Barbara fit la grimace.

«Oh! ça va, ça va!

— A propos, comment ça se passe?

— C'est un homme merveilleux, Daff. Je l'aime et j'aime ses enfants aussi.»

Barbara semblait pourtant lui cacher quelque chose.

«Alors, où est le problème?

— Il n'y en a aucun. Tu sais, je n'ai jamais été aussi heureuse de ma vie, sauf quand je songe au moment où il nous faudra repartir pour New York.

— Ce n'est pas pour tout de suite. Ne te fais pas de souci six mois à l'avance, c'est inutile. Profite de ton bonheur. Cela n'arrive pas tous les jours.

— C'est ce que me répète Tom depuis le début. Il me dit qu'on ne vit qu'une seule fois un tel amour.»

Daphné parut triste.

«Jeff m'a dit la même chose, peu de temps après notre rencontre... Il avait raison. Chaque histoire est différente, unique. Il ne faut pas la laisser passer, à aucun prix.»

Elle s'efforça de ne plus songer au passé.

«Même ce film, Barb, c'est le premier que nous faisons et jamais cela ne se reproduira de la même manière. Il faut profiter de cette chance. Nous ne savons pas ce qui nous attend.»

En disant ces mots, elle observait Justin Wakefield. Il se retourna, sentant son regard, s'immobilisa et plongea ses yeux dans les siens. Daphné sentit un frisson la parcourir. Elle était subjuguée.

Le tournage débuta à neuf heures quinze et la première scène fut terminée avant le déjeuner. Howard Stern invectiva Justin, et Maureen Adams éclata en sanglots à maintes reprises. Le coiffeur rassura Daphné et Barbara en leur murmurant que toutes ces péripéties étaient normales.

A midi, tout le monde était réconcilié. Daphné, restée seule, après le départ de Barbara, les observait toujours.

«Alors, que pensez-vous de votre première matinée?»

Justin l'avait rejointe presque immédiatement. Daphné se contint pour cacher son trouble.

«Je commence à penser sérieusement que vous êtes tous fous.

— J'aurais dû vous prévenir! Vous avez aimé la scène?

— Le premier essai m'a plu...

— Pourtant, ce n'était pas bon. Howard avait raison. Je devais être en colère, et je ne l'étais pas. On la recommencera ce soir. Cet après-midi, nous allons tourner la scène où Maureen est dans son appartement.»

C'était une scène d'amour, et Daphné s'en voulait maintenant de l'avoir écrite.

«Ne soyez pas choquée. C'est vous qui l'avez écrite!

— Je sais. Mais cette scène est complètement coupée de son contexte...

— Le tournage se passe toujours ainsi. Nous

travaillons scène par scène, selon une structure précise qu'a choisie Howard. Après, nous coupons et remontons les scènes par ordre chronologique. C'est un travail énorme.»

Mais, il éluda le sujet. Daphné semblait le préoccuper bien davantage.

«Vous avez fait un scénario fantastique, Daff.

— Merci.

— Est-ce que je peux vous inviter à déjeuner à côté?»

Elle faillit refuser, pensant à Barbara mais se dit soudain que celle-ci serait folle de joie de déjeuner à la table de Justin Wakefield.

«D'accord, mais avec ma secrétaire.

— Bien sûr! Je vais me changer. Je reviens dans une minute.»

Il gagna sa loge. Barbara, qui avait téléphoné à Tom, la rejoignit.

«Nous sommes invitées à déjeuner.

— Avec qui?

— Avec Justin. Ça te va?»

Barbara ouvrit de grands yeux et Daphné éclata de rire.

«Tu plaisantes!

— Pas du tout.»

Au même instant, Justin apparut.

«Vous êtes prêtes, mesdames?»

Daphné acquiesça, mais Barbara, trop émue, resta sans voix.

Ils entrèrent dans la cantine du studio où se pressaient déjà des centaines de figurants.

Barbara regardait autour d'elle.

«On se croirait dans un cirque!»

Le repas fut médiocre mais il passa trop vite au goût des deux jeunes femmes. Une heure plus tard, ils regagnèrent le plateau. Barbara s'assit à côté de Daphné et se mit à songer à Justin. Il était facile de voir qu'il était attiré par Daphné.

Pourtant, malgré ses attentions, Barbara ne l'appréciait pas vraiment. Il lui paraissait capricieux et surtout égocentrique. Elle avait tout de suite remarqué qu'il se contemplait dans toutes les glaces ou les vitrines qu'il croisait. Avant qu'elle ait pu faire part de ses réflexions à Daphné, Justin apparut sur la scène vêtu d'un long peignoir. Sa beauté mystérieuse était impressionnante. Il ne tarda pas à enlever son peignoir, et resta sur le plateau, nu et superbe. Maureen Adams arriva à son tour, laissa glisser son déshabillé de satin rose, et le script à la main, arpenta le plateau. Mais Justin, seul, retenait l'attention. Sa beauté était exaltée par le charme et l'intense séduction qui émanaient de lui. Daphné s'efforçait de rester impassible, mais ce jeune homme blond, si beau dans sa nudité, la subjuguait.

« Il faut avouer, finit par dire Barbara, qu'il est vraiment magnifique. »

Elle regarda Daphné mais celle-ci ne l'entendait pas. Elle fixait Justin avec une insistance qui l'inquiéta. Mais qui pouvait l'en blâmer ?

Le tournage commença enfin. L'interprétation de Justin fut si captivante que les deux jeunes femmes oublièrent sa nudité, fascinées par la subtilité de son jeu. Daphné voyait naître la scène qu'elle avait écrite et plusieurs fois, elle eut les larmes aux yeux. Personne ne disait mot sur le plateau. L'acteur n'était pas seulement beau, il impressionnait par la force de son talent. Enfin, il reprit le peignoir, l'enfila et se tourna vers Daphné. Il semblait vieilli, fatigué, et observait Daphné de ses grands yeux verts, l'air interrogatif. Il voulait connaître son avis.

« J'ai adoré ce que vous avez fait. Cela reflète exactement ce que j'ai ressenti en écrivant cette scène. Vous avez su comprendre tout ce que j'y ai mis. »

Il parut très heureux de la voir si satisfaite.

« C'est mon métier, Daphné. »

Elle acquiesça en silence, encore incrédule. Avec lui, son roman devenait une histoire réelle, vécue.

« Merci. »

Elle était persuadée que le film serait une immense réussite. D'abord, parce que lui, Justin, était un acteur admirable. Et elle se souvint du frisson délicieux qui l'avait parcourue lorsqu'elle l'avait vu pour la première fois.

CHAPITRE XXVII

La semaine suivante, Daphné, comme tous ceux qui l'entouraient, se laissa prendre au charme magique qui émanait de Justin Wakefield. Ils déjeunaient tous les jours à la cantine. Quelques amis vinrent les y rejoindre, une ou deux fois, mais tout le monde comprit bien vite que Justin voulait être seul avec Daphné. Il lui parlait de ses films, elle, de ses romans, de ses personnages, et des réflexions que lui inspirait l'intrigue d'*Apache*. Justin lui répétait souvent combien ce qu'elle lui disait l'aidait pour son rôle, et lui permettait de l'approfondir.

« C'est grâce à vous, Daff. »

Ils étaient assis sur le plateau et partageaient un jus de fruits. Il faisait chaud et le tournage avait duré des heures.

« Sans vous, je n'aurais jamais pu faire aussi bien. C'est mon meilleur rôle. Demandez à Howard, il vous le dira. Je vous dois beaucoup, Daphné.

— C'est vous Justin, qui faites beaucoup pour mon roman.

— C'est tout ? »

Il semblait déçu. Il aurait voulu l'entendre ajouter autre chose. Mais il ne connaissait pas Daphné. Il ne savait pas combien elle était prudente et avec quel soin elle avait mis autour d'elle de solides barrières.

Il lui demanda tout à coup :

« Parlez-moi de votre petit garçon. »

La question la surprit. Il avait choisi un sujet où elle risquait de s'épancher. Et il n'avait pas tort. Elle sourit et songea à Andrew, si loin d'elle.

« Il est merveilleux, et très intelligent. Je l'ai emmené à Disneyland le mois dernier quand il était ici.

— Et où est-il le reste du temps ? Avec son père ? »

Il trouvait étrange qu'une femme telle que Daphné ne vive pas avec son fils.

« Non. Il est mort avant sa naissance. »

Il valait mieux dire cela maintenant.

« Il est dans le New Hampshire. En pension.

— Vous étiez seule lorsqu'il est né ?

— Oui. »

Elle eut un pincement au cœur.

« Cela a dû être très difficile pour vous.

— Oui, et... »

Elle ne voulait pas lui avouer qu'Andrew était sourd et évoquer ces années de solitude.

« C'était une époque très dure.

— Vous écriviez à ce moment-là ? »

C'était la première fois que Justin lui posait des questions personnelles. Ils n'avaient parlé que d'*Apache*, et de ses autres romans, durant la semaine.

« Non. J'ai commencé à écrire bien plus tard, lorsque Andrew est entré à l'école.

— Je suppose que cela doit être très dur de créer avec des enfants autour de soi. Vous avez bien fait de le mettre en pension. »

Daphné fut frappé au cœur. Il lui était impossible de concevoir l'amour qu'elle éprouvait pour son fils et le déchirement qu'avait été leur séparation. La réponse de Justin révélait un égoïsme qui lui déplut.

«Je l'ai mis dans une école parce que j'y étais obligée.

— Parce que vous étiez seule?

— Pour d'autres raisons.»

Quelque chose lui disait de ne rien lui dévoiler. Elle avait eu tout à coup le sentiment que Justin ne comprendrait pas.

«Je n'avais pas le choix. Et vous, vous n'avez pas d'enfant, Justin?

— Non. Je n'en ai jamais éprouvé le besoin. Je crois que beaucoup de gens ont des enfants pour se faire plaisir.

— Pour se faire plaisir?

— Oui. Ne soyez pas outrée. Moi, j'ai mes films. Ils me suffisent pour me dire que quelque chose de moi restera après ma mort. Je n'ai pas besoin d'avoir des enfants.

— Vous avez été marié?»

Daphné, quoique choquée de ses opinions, désirait en savoir plus sur lui. Qui était-il? Et comment pouvait-il faire vivre avec tant de vérité des personnages imaginaires?

«Non, pas vraiment. J'ai vécu avec deux femmes, sept ans avec la première, et cinq ans avec l'autre. Mais nous ne nous étions pas engagés par écrit; voici la seule différence.

— Vous vivez avec une femme, maintenant?

— Non. Depuis un certain temps, je vis seul. J'ai rencontré quelqu'un, l'an dernier, mais c'est fini pour ainsi dire. Elle ne voulait pas admettre les contraintes de mon métier, et pourtant, c'est une actrice; et puis, elle ne comprend pas où j'en suis.

— Et où en êtes-vous, si je ne suis pas indiscrète?»

Il lui sourit. Il aimait ses questions et ne demandait pas mieux que de lui parler de lui.

«Vous n'êtes pas indiscrète, Daphné. Je crois que quand nous aurons fini ce film, nous nous connaîtrons très bien, l'un et l'autre.»

Il s'interrompit, songeant à sa question.

«Je ne sais pas comment vous expliquer, mais je n'ai pas envie de m'engager avec quelqu'un qui ne comprend pas ce qu'est mon métier. Elle est terriblement jalouse et je n'ai pas envie d'avoir à rendre des comptes jour et nuit. J'ai besoin d'espace, de temps pour réfléchir. Je préfère être seul que vivre avec une femme qui m'étouffe. Pour résumer, on pourrait dire qu'elle ne me comprend pas. Je pense que vous avez déjà entendu ça?

— Oui. C'est sans doute pour cette raison que je vis seule, moi aussi. Il n'est pas aisé d'expliquer que je travaille dix-huit heures par jour et que je me couche à six heures du matin, totalement épuisée. Mais c'est cela qui me fait vivre. Et je sais très bien qu'aucun homme ne supporterait ce mode de vie.

— J'en doute. A moins qu'il ait les mêmes habitudes. Quelquefois, je lis des nuits entières, jusqu'au lever du soleil. C'est très agréable.

— Moi aussi, j'adore ça. Je me demande en fait s'il n'arrive pas un moment dans la vie où il vaut mieux être seul. En tout cas, cela me convient très bien.

— Je ne suis pas d'accord avec vous. Je ne veux pas être seul, pour toujours, mais je n'ai pas envie de me tromper. Et je préfère être seul en attendant. Je continue à croire et je veux croire qu'il existe une femme qui partagera mes désirs et me rendra heureux. Je ne l'ai pas encore trouvée, c'est tout.

— Je vous souhaite bonne chance!

— Vous pensez que c'est impossible?»

Il semblait surpris. Ses romans laissaient tellement entendre le contraire. Ils parlaient volontiers d'amour et d'unions heureuses.

« Non. Puisque j'ai rencontré deux hommes dans ma vie.

— Et alors ? Qu'est-il arrivé ?

— Ils sont morts.

— Quelle horreur !

— Oui, et je crois maintenant que je ne rencontrerai personne d'autre.

— Alors, vous abandonnez ?

— Plus ou moins. J'ai eu tout ce que je désirais. Maintenant, il me reste mon métier et mon fils. C'est suffisant.

— Vraiment ?

— Pour l'instant, oui. Et je n'ai pas envie que cela change. »

Elle ne disait pas vraiment la vérité. Il lui arrivait de désirer rencontrer un homme sur lequel elle puisse s'appuyer. Mais elle avait trop peur de le perdre à nouveau.

« Je ne vous crois pas. »

Il cherchait son regard sans y trouver ce qu'il espérait.

« Que voulez-vous dire ?

— Je ne peux pas croire que vous soyez heureuse ainsi.

— Si, la plupart du temps. Personne n'est heureux tout le temps, même en étant follement épris.

— Vous ne pouvez pas rester ainsi, Daphné. C'est mauvais pour vous. Vous vous éloignez de la vie.

— L'avez-vous senti dans mes romans ?

— Il y a beaucoup de tristesse, de douleur et de solitude dans vos livres. Je suis sûr que vous souffrez. »

Daphné se mit à rire doucement.

«Vous êtes bien un homme, Justin! Incapable de croire qu'une femme peut vivre seule. Vous m'avez bien dit que vous étiez heureux. Pourquoi ne le serais-je pas, moi aussi?

— Ma solitude est temporaire.

— La mienne, non.

— Vous êtes folle.»

Il ne pouvait comprendre qu'une femme belle, intelligente, sensible comme elle ait décidé de vivre seule le reste de son existence.

«Allons, ne vous en faites pas pour moi. Je suis parfaitement heureuse.

— Je ne peux pas supporter de vous voir gaspiller votre vie. Bon sang, Daphné, vous êtes belle, séduisante et intelligente. Pourquoi vous êtes-vous enfermée ainsi?

— Je n'aurais pas dû vous parler de tout cela.»

Au même moment, Howard Stern annonça la reprise du tournage. Le soir venu, ils se quittèrent, chacun de leur côté. Justin devait prendre un verre avec un ami. Quant à Daphné, elle partit sans lui dire au revoir. Elle rentra chez elle avec Barbara, prit une douche et partit se baigner. Barbara la rejoignit avant d'aller chez Tom.

«Je rencontrerai tard ou peut-être pas du tout.

— Très bien. Embrasse Tom pour moi.

— Je n'y manquerai pas. N'oublie pas de dîner, tu as l'air exténué.

— Je grignoterai quelque chose avant d'aller me coucher. Bonne soirée, Barb!»

Elle fit quelques brasses dans la piscine, puis rentra, décidée à appeler Matthew, avant qu'il ne soit trop tard. Au moment où elle allait prendre le téléphone, la sonnette retentit. Daphné pensa qu'il s'agissait peut-être de Barbara. Elle avait pu oublier sa clef.

Elle s'approcha de la porte d'entrée et tenta de

regarder par une fenêtre d'angle. Mais elle ne distingua personne.

« C'est moi, Justin. Est-ce que je peux entrer ? »

Elle ouvrit la porte, surprise de sa venue. Il se tenait devant elle, vêtu d'un simple jean et d'une chemise blanche, et lui souriait.

« Comment m'avez-vous trouvée ?

— Le studio m'a donné votre adresse.

— Qu'est-ce qui se passe ? » demanda-t-elle d'un ton las.

Daphné, après la rude journée qu'elle avait eue, était épuisée. Bien loin de songer à Justin, elle avait projeté de dîner et de se coucher tôt.

« Est-ce que je peux entrer ?

— Bien sûr. Vous voulez boire quelque chose ? Entrez, je vais m'habiller. »

Elle venait de se rendre compte qu'elle ne portait que son maillot de bain, ce qui la mettait mal à l'aise.

« Pas la peine, vous savez. Vous m'avez vu encore plus dévêtu !

— Ce n'est pas pareil. Il s'agissait de travail.

— Notre métier nous oblige quelquefois à nous déshabiller...

— Ce n'est pas le seul ! »

Il aimait son sens de l'humour.

« Est-ce que vous voulez me dire qu'on se prostitue quand on joue ?

— Ça arrive. »

Elle disparut dans sa chambre et Justin dut se faire violence pour ne pas la suivre.

« Vous avez peut-être raison. »

Elle le rejoignit quelques minutes plus tard vêtue d'un cafetan bleu, qui faisait ressortir l'éclat de ses yeux et la blondeur de ses cheveux coiffés.

Il la regarda.

«Vous êtes adorable, Daff.

— Merci. Que puis-je faire pour vous? Je vous avouerai que je suis exténuée. J'allais dîner et me coucher.

— C'est bien ce que je craignais! Je vais à une réception et j'ai pensé que vous pourriez m'accompagner. C'est chez Tony Tree. Je suis sûr que vous aimerez.»

Tony Tree était un des chanteurs les plus connus du pays. Daphné réfléchit un instant mais, malgré son désir de passer une soirée avec Justin, finit par refuser.

«Ce doit être très bien mais vraiment, je ne peux pas.

— Pourquoi?

— Parce que je suis épuisée. Comment faites-vous pour ne pas être fatigué le soir, lorsque vous avez tourné toute la journée?

— J'aime mon métier.

— Moi aussi, j'aime mon métier; il n'empêche qu'il me crève! Je crois que si je venais avec vous, je m'endormirais debout.

— C'est parfait! Ils croiront que vous avez été pétrifiée. Vous serez tout à fait dans la note!»

Elle éclata de rire et faillit, par amusement, ébouriffer la chevelure bien peignée de Justin.

«N'insistez pas. Je n'en peux plus. Vous voulez un sandwich avant de partir? Je vais m'en faire un. Je n'ai pas de soda mais je vais bien trouver une bière.

— Avec plaisir. Où est Barbara?

— Avec des amis.»

Elle lui tendit une canette et se mit à confectionner les sandwichs. Justin s'approcha d'elle pour prendre un décapsuleur. Il distinguait la silhouette nue sous le cafetan léger.

«Vous voulez dire que Barbara est sortie?

— Oui. Que vous le croyiez ou non, c'est un être humain.»

Justin et Barbara avaient décidé quelques jours auparavant qu'ils ne s'apprécieraient jamais. Barbara était sûre que sous son aspect charmeur, Justin était peu recommandable et sans cœur. Quant à lui, il comparait Barbara à une sorte de vestale vieille et prude.

«Vous n'êtes qu'une vieille surveillante générale», avait-il fini par lui déclarer.

Elle s'était mise résolument entre lui et Daphné, sentant combien la jeune femme était sensible à son charme, et bien décidée à la protéger.

«Est-ce que Barbara a un petit ami?»

Son ton était incrédule.

«Oui et en plus, il est très bien. C'est un avoué.

— Ça ne m'étonne pas.

— Il travaille dans le cinéma.

— Oh! là! là! J'imagine qu'il porte un costume trois-pièces et des chaînes en or.

— Allons, Justin. Soyez gentil!

— Et pourquoi? Je n'aime pas cette fille.

— Elle est merveilleuse et vous ne la connaissez pas.

— Je n'en ai aucune envie.

— C'est réciproque, pour ne rien vous cacher. Je trouve que vous vous conduisez comme des enfants.

— Elle me déteste.»

Il paraissait attristé. Daphné lui sourit.

«C'est faux. Simplement, elle n'aime pas votre façon de vous conduire. Mais elle ne vous connaît pas. Vous savez, elle a eu un très gros chagrin dans sa vie. Depuis, elle est très méfiante avec les hommes.

— C'est le moins qu'on puisse dire. Il suffit que je lui offre une tasse de café pour qu'elle fasse des réflexions. Enfin, je suis content de vous trouver enfin seule. Elle vous protège de moi, comme si vous étiez un véritable trésor.

— Elle est possessive, c'est tout. Nous nous connaissons depuis si longtemps.

— Elle agit comme si elle était votre mère.

— J'en ai besoin quelquefois. »

Soudain, il s'approcha et prit le visage de Daphné dans ses mains.

« Daphné, tu es belle et désirable. J'ai envie de toi. »

Daphné sentit un frisson la parcourir.

« Justin, ne fais pas l'idiot. »

Elle parlait doucement, d'un ton presque craintif.

« Je ne fais pas l'idiot. Pourquoi te retranches-tu sans cesse derrière tes barrières ? Pourquoi est-ce que je n'ai pas le droit de t'aimer ? Pourquoi ? »

Ses yeux étincelaient de colère.

« Justin, s'il te plaît... nous travaillons ensemble... Ce serait une terrible erreur si...

— Si quoi ? Si nous tombions amoureux l'un de l'autre ? C'est cela dont tu as peur, n'est-ce pas ? Pourquoi ? Nous sommes tous deux intelligents, forts, talentueux. Peut-on rêver couple mieux assorti ? Je n'ai jamais rencontré quelqu'un comme toi, et je suis sûr que c'est la même chose pour toi. Pourquoi laisser passer ça ? Est-ce que tu n'en as pas assez d'être toujours plus dure avec toi-même ? Un matin, tu te réveilleras et tu seras une vieille femme. Ce sera fini, et tout ce que tu pourras te dire c'est que tu es restée fidèle à la mémoire de deux hommes qui sont morts. Pourquoi Daphné, pourquoi ? »

Il l'enlaça brusquement et se mit à l'embrasser avec passion, pressant ses lèvres sur les siennes, pour vaincre sa résistance. Le souffle coupé,

Daphné se dégagea. Elle semblait toute petite et ses yeux l'imploraient.

« Justin, s'il te plaît, ne...

— Je te désire, Daphné. Je veux être avec toi et je ne veux pas que tu t'échappes. Je ne peux pas croire que tu n'aies aucun sentiment pour moi. Nous nous comprenons trop bien. Je saisis chacun des mots que tu as écrits et je vois bien que tu ressens chacune de mes attitudes, chacune de mes répliques lorsque je joue.

— Qu'est-ce que ça fait ? »

Elle était à la fois irritée et apeurée. Il était rentré chez elle, l'avait embrassée et voulait maintenant bouleverser sa vie. Elle ne le laisserait pas faire. C'était dangereux. Ils faisaient un film ensemble, et rien de plus.

« Qu'est-ce que tu attends de moi ? Une aventure qui durera six mois ? Il y a des centaines d'actrices pour ça à Hollywood, Justin. Fiche-moi la paix et laisse-moi seule, je t'en prie. »

Elle sanglotait.

« C'est ce que tu veux ? »

Elle acquiesça, le dos tourné.

« Très bien. Mais réfléchis au moins à ce que je t'ai dit. Je n'ai pas envie d'une aventure, Daff. Je peux en avoir n'importe où, avec n'importe qui. Mais je ne trouverai jamais une femme telle que toi. Tu es la seule. Je le sais. J'ai assez cherché. »

Elle se retourna et lui fit face.

« Eh bien, cherche encore. Tu en trouveras bien une.

— Non. »

Son regard était triste. Cette femme qu'il avait enfin trouvée, qu'il aimait, ne voulait pas de lui. Mais il ne la forcerait à rien, tant il était certain de la perdre. Il lui fallait attendre, pour avoir sa chance.

«Réfléchis à ce que je t'ai dit. Nous en reparlerons plus tard.

— Non, jamais. »

Elle marcha résolument vers la porte d'entrée et l'ouvrit en grand.

«Bonne nuit, Justin. Je te verrai demain au studio. Mais je ne veux plus parler de cela. Jamais. Est-ce clair?

— Tu n'es pas la seule à décider, Daphné. Pas avec moi.

— J'ai aussi mes exigences. Tu les respectes ou tu ne m'approches plus. Je préfère ne plus te voir si tu ne tiens pas compte de ma personnalité.

— Je ne pense pas que tu sois dans le vrai.

— Tu ne peux pas dire ça! J'ai fait mes propres choix et je m'y tiens depuis.

— Ils sont mauvais. »

Il l'embrassa rapidement et partit. Daphné ferma la porte et s'adossa contre le mur, tremblant de tous ses membres. Elle était persuadée de tout ce qu'elle venait de lui dire; et pourtant, chacun de ses baisers l'avait transportée. Mais elle ne voulait plus jamais aimer, ni souffrir à nouveau. Et elle résisterait, quoi qu'il ait dit.

Elle rentra dans la cuisine et contempla la pièce vide. Tout à coup, le souvenir du baiser qu'ils avaient échangé la fit trembler à nouveau, et comme pour vaincre son angoisse, elle s'empara de la canette vide et la lança contre le mur.

CHAPITRE XXVIII

« COMMENT était la soirée, hier ? » demanda négligemment Daphné en s'asseyant en face de Justin. La salle était vide. Tout le monde avait déjà déjeuné.

« Je n'y suis pas allé.

— Oh ! c'est dommage. »

Elle essaya de changer de conversation.

« J'ai bien aimé la scène qu'on a tournée aujourd'hui.

— Pas moi. »

Il repoussa son assiette et la regarda droit dans les yeux.

« Je ne peux pas me concentrer. Tu m'as rendu fou hier soir. »

Daphné se garda de lui avouer qu'elle n'avait pas fermé l'œil de la nuit. Ce qu'elle ressentait pour lui la dépassait elle-même et elle ne voulait plus y songer, tant elle redoutait le sentiment qui l'envahissait.

« Comment peux-tu nous faire ça ? »

Il ressemblait tout à coup à un petit garçon qu'on aurait privé de son cadeau de Noël. Elle posa son sandwich.

« Je ne vois pas de quoi tu parles, Justin. Il n'est pas question de « nous ». Pourquoi veux-tu créer une situation qui nous rendra la vie encore plus difficile?

— Mais de quoi parles-tu donc? Qu'est-ce qui est si compliqué? Tu es libre et moi, je cherche une femme. Tu sais où est ton problème? Eh bien, je vais te le dire.»

Sa voix était rauque.

«Ton problème, c'est que tu as peur d'éprouver un quelconque sentiment. Et pourtant, tu étais autrement auparavant. Tes romans le montrent bien. Mais maintenant, tout à coup, tu n'as plus le courage d'abattre tes barrières et d'être une femme. Et tu sais ce qui va se passer? Eh bien, tes livres vont en souffrir, si tu ne te décides pas à sortir de ta tour d'ivoire. Tu ne peux pas continuer à mener cette vie en restant un être humain. C'est impossible. Peut-être suis-je amoureux d'une illusion, d'un rêve...

— Tu ne me connais même pas. Comment peux-tu m'aimer?

— Tu crois que je ne vois pas ce que tu es? Tu crois que je ne comprends pas ce qu'il y a dans *Apache*? Je passe mes journées à faire vivre chaque parcelle de ton âme. Chérie, je te connais. Oh oui! Je te connais. C'est toi qui t'ignores. Parce que tu refuses de te rappeler qui tu es, de te souvenir que tu es une femme, une femme merveilleuse, avec des aspirations, un cœur, une âme, un corps aussi, qui me désire comme le mien te désire. Moi, au moins, je suis honnête. Je sais ce que je veux, et je sais ce que tu es. Je n'ai pas peur de l'avenir. Dieu merci!»

Sur ces paroles, il se leva d'un bond, s'éloigna rapidement, claqua la porte et regagna le studio.

Cet après-midi-là, le tournage fut difficile. Les

acteurs recommencèrent la même scène plusieurs fois, jusqu'à la nuit tombée. Howard Stern invectivait tout le monde. Il alla même jusqu'à modifier la scène, en espérant un meilleur résultat. Mais rien n'y faisait. L'humeur de Justin était la cause de tout. Il semblait vouloir montrer sa tristesse à tout prix. Vers dix heures du soir, Howard Stern jeta son chapeau avec une mine de dégoût.

«Je ne sais pas ce qui s'est passé, mais la journée est fichue. Wakefield, vous avez intérêt à cesser de faire la gueule. Je veux tout le monde ici demain matin à cinq heures précises. Et il faudra que ça marche.»

Justin s'enferma dans sa loge sans un mot, mais prit soin de passer à côté de Daphné pour qu'elle mesure mieux l'état dans lequel il se trouvait. Daphné rentra chez elle, accompagnée de Barbara, mais resta silencieuse. Elle ne cessait de penser à Justin et s'accusait parfois d'avoir été injuste avec lui.

Le lendemain, la journée fut à peu près semblable. Daphné et Justin ne s'adressèrent pas la parole. Quant à Howard, il était découragé. Mais, le jour suivant, l'atmosphère changea brusquement. Justin arriva sur scène, le regard ardent, attentif, presque agressif. Il interpréta son rôle d'une façon magistrale et Howard se précipita sur lui pour l'embrasser. Inexplicablement, Justin renaissait à la vie et Daphné se sentit tout à coup moins coupable. Elle partit déjeuner et fut interloquée de le voir s'asseoir à sa table. Elle lui adressa un sourire timide.

«Tu as fait un travail formidable, Justin.»

Elle se garda de lui demander les raisons de ce revirement soudain.

«Il le fallait. Je le dois bien à Howard. Je ne veux plus faire payer à tout le monde ce que je ressens.

— Je suis désolée de t'avoir mis dans cet état.

— Tu peux! Mais je crois que tu en vaux la peine. »

Daphné faillit éclater en sanglots. Elle pensait qu'il avait enfin renoncé.

« Mais si tu préfères qu'il en soit ainsi, Daff, je m'incline. Est-ce que je peux rester ton ami? »

Il parlait avec tant d'humilité et de tendresse que Daphné sentit des larmes perler à ses yeux. Elle lui prit la main.

« Tu étais mon ami, Justin et tu le resteras. Je sais qu'il n'est pas facile de me comprendre, mais j'ai subi tant d'épreuves dans ma vie. Je n'y peux rien. Accepte-moi telle que je suis. Ce sera plus facile pour nous deux.

— Ce sera dur mais j'essaierai.

— Merci.

— Mais je ne peux faire taire mes sentiments.

— Je les respecterai.

— Et moi, je te respecterai. »

Il s'approcha et murmura :

« Mais je continue à penser que tu es folle. »

Elle se mit à rire.

« Est-ce que tu te rends compte que je suis probablement la seule femme dans toute l'Amérique qui ne te veut pas dans son lit?

— Tu veux une récompense du président, peut-être? lui dit-il en plaisantant.

— Et toi, tu m'en donnerais une?

— Pourquoi pas, si ça te fait plaisir! »

A la fin du repas, ils parlèrent uniquement d'*Apache* et du tournage, mais le soir même, Justin se présenta chez Daphné, muni d'une plaque de bronze, très finement ciselée. C'était une médaille présidentielle vantant le mérite et la vertu de Mlle Daphné Fields. La jeune femme éclata de rire, l'embrassa sur la joue et l'invita à boire une bière.

« Tu voulais une médaille, alors je t'ai prise au mot ! »

Daphné alla dans la cuisine.

« Tu as mangé ?

— J'ai pris un hamburger après le tournage. Si on allait se baigner dans la piscine ? »

Il était déjà huit heures, mais il faisait très doux. Daphné fut tentée d'accepter.

« Est-ce que je peux te faire confiance ?

— Tu as peur que je me conduise mal ?

— Tu sais très bien ce que je veux dire, Wakefield. »

Elle faisait les gros yeux.

« Oui, j'ai compris, Fields. Mais pourquoi donc t'efforces-tu toujours de cacher tes sentiments ? On ne peut pas dire que tu sois une femme simple. A moins que cela ne tienne à moi.... »

Son regard, tout à coup, s'assombrit.

« Oh ! Justin ! — elle ne voulait pas lui laisser croire une telle chose — bien sûr que non ! Tu es stupide. Voilà longtemps que je vis ainsi et je suis heureuse comme ça. Je ne veux pas que cela change.

— J'ai bien reçu le message.

— Et moi, la récompense. »

Elle lui sourit et gagna sa chambre.

« Je vais mettre mon maillot de bain. »

Lorsqu'elle arriva sur le bord de la piscine, Justin était déjà dans l'eau.

« C'est merveilleusement agréable ! »

Elle plongea, s'approcha de lui et se rendit compte tout à coup qu'il était nu. Elle le regarda avec désapprobation.

« Justin... ta tenue...

— Je n'aime pas porter de maillot. Ça te gêne ?

— J'ai le choix ?

— Non. »

Il plongea à nouveau, remonta à la surface, la saisit à la taille et l'entraîna sous l'eau avec lui ; il s'amusait à la poursuivre.

« Est-ce que tu as toujours autant d'énergie ?

— Seulement quand je suis heureux.

— Tu te conduis comme un enfant !

— Merci du compliment ! »

Personne n'aurait pu croire qu'il avait près de quarante ans. Et Daphné, à son contact, avait l'impression de rajeunir.

« Tu sais, Daff, tu es adorable en bikini. Et tu le serais encore bien davantage sans !

— Arrête, Justin ! »

Daphné fit quelques brasses puis regagna le bord de la piscine et sortit de l'eau. Elle s'enveloppa dans une serviette, et voyant Justin la rejoindre, lui dit.

« Il y a une autre serviette sur la chaise.

— Merci. »

Mais, lorsqu'elle se retourna, il se tenait tout près d'elle, splendide et nu. Ils restèrent silencieux quelques instants, puis Justin la prit dans ses bras. Il l'embrassa avec douceur et l'enlaça étroitement. Et Daphné, sans savoir pourquoi, se rendit compte qu'elle lui rendait ses baisers. Enfin, il se dégagea, et noua la serviette autour de sa taille.

« Je suis désolé, Daff. »

Il semblait aussi confus qu'un petit garçon pris en faute.

Daphné, qui lui en avait voulu d'abord, se contenta d'effleurer son dos et lui dit :

« Tout va très bien... Justin... Je... »

Il la fixa intensément.

« Je te désire, Daphné. Je sais que tu ne veux pas le savoir, mais je t'aime.

— Tu es fou. Tu n'es qu'un petit garçon effronté, Justin. »

Une fois de plus, elle se souvint de l'avertissement d'Howard. «Les acteurs ne sont pas des
enfants, souvenez-vous-en.»

«Je t'aime. Tu ne me crois pas?

— Je ne veux pas te croire.

— Pourquoi?

— Parce que si je te crois et si je t'aime moi
aussi, j'ai peur que tu me fasses mal un jour et je
ne le veux pas.

— Je ne te ferai aucun mal. Jamais. Je te le
jure.»

Elle soupira et posa sa tête sur sa poitrine
nue.

«Personne ne peut faire une telle promesse.

— Je ne mourrai pas, Daff. Il ne faut pas que
tu aies toujours cette crainte en toi.

— Ce n'est pas cela. Ce que je crains c'est de
blesser l'autre ou d'être blessée.»

Il se dégagea de façon qu'elle puisse le regarder
bien en face.

«Tu ne souffriras plus, Daff, crois-moi.»

Elle voulut lui demander pourquoi mais y
renonça. Les mots ne sonnaient plus juste. Elle se
laissa embrasser. Justin la porta dans sa
chambre et tous deux firent l'amour jusqu'à
l'aube. Le lendemain, Justin prépara le petit
déjeuner. Ils prirent une douche ensemble, ne
cessant de rire et de s'embrasser. Alors, seulement, Daphné se demanda comment elle avait pu
lutter si longtemps pour rester seule.

Lorsque Barbara arriva, vers cinq heures, pour
partir au studio avec Daphné, elle resta sans voix
en voyant Justin dans la cuisine.

«Tu as passé une bonne nuit, Barb?»

Ils s'observèrent sans mot dire. Barb avait
toujours voulu protéger Daphné de lui, mais il
était trop tard maintenant.

«Très bonne, merci.»

Justin lut aisément dans ses yeux ce qu'elle pensait de lui.

A cinq heures trente, tous trois se rendirent au studio et Justin joua à merveille. A l'heure du déjeuner, Daphné rejoignit Justin dans sa loge. Ils firent l'amour jusqu'à la reprise du tournage.

CHAPITRE XXIX

Au bout d'une semaine, toute l'équipe d'*Apache* savait que Daphné et Justin étaient amants. Seul Howard se risqua à en parler à la jeune femme.

« Vous ne pourrez pas dire que je ne vous ai pas prévenue. Les acteurs sont tous des enfants. Des enfants gâtés. »

Mais Daphné ne l'écoutait plus. Elle était déjà sous le charme. Justin la comblait : il lui envoyait des fleurs, lui confectionnait des gâteaux, la couvrait de cadeaux et lui faisait sans cesse l'amour. Le soir, au bord de la piscine, il lui récitait des poèmes d'amour et lui racontait des anecdotes amusantes qui la faisaient rire aux larmes.

A la grande joie d'Howard, le tournage se déroulait à merveille et sans encombre. Daphné avait beaucoup plus appris en trois mois qu'en une année entière.

« Quand nous aurons fini ce film, mon amour, nous en ferons un autre, et un autre, et encore un autre... lui répétait Justin. Nous formons une équipe imbattable, tous les deux. »

C'était vrai. Le seul problème venait de Barbara qui ne faisait rien pour cacher son antipathie envers Justin. Elle ne disait rien, mais son silence créait un climat de tension permanent. Chaque soir, elle en parlait à Tom qui tentait en vain de la raisonner :

« Daphné est une grande personne, Barb, et elle est sensée, tu me l'as toujours dit. Pourquoi se mêler de cette affaire ? Nous avons notre vie, ils ont la leur.

— Il se trouve justement qu'elle ne raisonne plus très bien. Ce type va l'utiliser, Tom, j'en suis sûre.

— Dis plutôt que tu le supposes. Tu n'as aucune preuve.

— Arrête de parler comme un juge.

— Et toi comme une mère. »

Il essaya de l'embrasser pour lui couper la parole mais il ne parvint pas à l'apaiser. Elle était terrifiée à l'idée que Justin pût se servir de Daphné. Une impression indéfinissable l'empêchait d'avoir confiance en lui. Il ne quittait plus Daphné qui semblait heureuse de sa nouvelle vie. Pourtant, ses yeux n'étaient plus habités par cette flamme étincelante qu'elle lui avait connue. Son passé lui avait laissé de profonds stigmates. Surtout, Barbara souffrait de la voir un peu délaisser Andrew. Elle lui écrivait toujours chaque jour mais ne semblait plus très pressée de le faire venir ou d'aller le rejoindre. Elle téléphonait beaucoup plus rarement à Matthew, comme si le temps lui manquait.

Un soir, pourtant, Matthew la trouva chez elle.

« Avez-vous donné votre cœur à Hollywood, mademoiselle Fields ? Ou êtes-vous simplement trop occupée ? »

Durant un instant, Daphné se sentit coupable et craignit une mauvaise nouvelle.

« Est-ce que Andrew va bien ?

— Très bien. Mais je dois avouer que je me sens un peu seul. Le tournage se passe bien ?

— Merveilleusement. C'est une réussite. »

Il décelait dans sa voix une intonation particulière qui le mettait mal à l'aise. Un fossé semblait s'être creusé entre eux. Lorsqu'il rappela quelques jours plus tard, c'est Justin qui répondit.

« Quelle école ? Ho... quoi ?

— Howarth. Dites-lui, elle comprendra.

— Ah ! oui. Son fils ! Elle ne peut pas vous parler. Elle est dans son bain. »

Matthew sentit son cœur se serrer. Voilà la raison de son silence et de son désintérêt. Elle avait un homme dans sa vie. Malgré sa douleur, il espéra qu'elle était heureuse. Elle méritait un compagnon merveilleux, aussi merveilleux qu'elle.

« Dites-lui bien, s'il vous plaît, que son fils se porte bien.

— Entendu. »

Justin raccrocha et regarda sa montre. Il était vingt-trois heures trente dans le New Hampshire, une heure bien tardive pour appeler. Il gagna la salle de bain et lui dit :

« L'école a appelé. Ton fils va très bien. »

Il s'arrêta et regarda Daphné avec curiosité.

« Il est très tard pour appeler. Qui est-ce ?

— Matthew Dane. Le directeur. »

Elle semblait ennuyée que Justin ait répondu. Justin se mit à rire et s'assit sur le rebord de la baignoire.

« Ne me dis pas que mon adorable vestale a eu une aventure avec le directeur d'une école pour enfants... » L'idée semblait l'amuser.

« Non, je ne te le dirai pas, Justin, parce que c'est faux. Nous sommes amis, c'est tout.

— Quelle sorte d'amis ?

— Des amis qui aiment discuter, comme nous

aurions pu l'être, toi et moi, si tu avais été raisonnable. C'est un homme très gentil, tu sais, et il s'occupe beaucoup d'Andrew.

— Ce que je crois, c'est que ces types qui s'occupent d'enfants sont tous des obsédés. Tu ne le savais pas ? Je suis sûr qu'il court après les gosses. »

Daphné le foudroya du regard et répliqua avec colère.

« Comment peux-tu penser une chose si abominable ? Tu ne sais pas de quoi tu parles. C'est une école spécialisée et tous ceux qui s'occupent des enfants sont des gens merveilleux.

— Je ne demande qu'à te croire. »

Il ne paraissait pas convaincu.

« Qu'entends-tu par école « spécialisée » ? Est-ce que ton fils a des problèmes ? »

Un sentiment d'horreur l'envahit lorsqu'il crut comprendre tout à coup que son fils était anormal.

« Oui. Andrew est sourd. Il est dans un institut spécialisé.

— Mon Dieu ! Mais tu ne m'en as jamais parlé.

— Je n'ai pas l'habitude d'en parler.

— Pourquoi, Daff ?

— Parce que c'est mon affaire. »

Elle le regardait avec défiance.

« Ce doit être affreux d'avoir un enfant sourd.

— Pas du tout. Andrew est un enfant merveilleux. Et il apprend tout ce qu'il lui sera nécessaire pour vivre parmi nous.

— C'est très bien. »

Il ne semblait pas vouloir en savoir davantage. Il se pencha pour l'embrasser et regagna leur chambre pour se replonger dans le script.

Daphné sortit de la baignoire, se sécha et

rappela Matthew. Il s'excusa plusieurs fois de l'avoir dérangée.

« Ne soyez pas bête, Matt. Je vous aurais appelé mais j'ai été si occupée. »

Elle ne lui parla pas de Justin mais elle était ennuyée qu'il eût découvert son existence.

« Comment va Andrew ?

— Très bien. »

Matthew lui donna toutes les dernières nouvelles mais leur conversation fut embarrassée. Quelque chose les séparait, qui les empêchait de converser avec plaisir comme autrefois. Elle se demanda si elle s'était servie de lui pour rompre sa solitude, lorsqu'elle venait d'arriver à Hollywood et un sentiment de culpabilité l'envahit tout à coup. Maintenant, Justin était entré dans sa vie et tout était différent. En raccrochant, elle eut le sentiment d'avoir perdu un lien précieux.

« Tu as appelé ton ami ? »

Justin la taquinait.

« Oui. Andrew va bien. »

Il comprit en croisant son regard qu'il valait mieux changer de conversation. Il n'insista pas, tira doucement la serviette qui l'enveloppait et se mit à la caresser. Oubliant pour un temps la réalité, ils se couchèrent et firent l'amour. Mais après que Justin se fut endormi, Daphné, tout en écoutant la respiration régulière de son amant, songea un long moment à Matthew.

CHAPITRE XXX

Le tournage d'*Apache* se poursuivit sans relâche pendant les deux mois qui suivirent, et Howard accorda enfin à toute l'équipe quatre jours de congé bien mérités.

Justin était fou de joie.

« Formidable, ma chérie. On va en profiter pour aller à Mexico. »

Mais Daphné avait fait d'autres projets.

« Non, je ne peux pas. Il faut que je voie Andrew. Je ne l'ai pas vu depuis trois mois.

— Andrew ? Ah ! pour l'amour de Dieu, il peut attendre, non ? »

Cette remarque la blessa.

« Non, il ne peut pas attendre ; je veux qu'il vienne ici me rejoindre. »

Daphné était peinée mais résolue. Personne ne pourrait jamais être plus important qu'Andrew, même Justin. Elle avait pensé qu'à la longue, il s'intéresserait à son fils, mais il n'en était rien. Les enfants le laissaient complètement indifférent. Mais, Daphné se consolait en songeant à l'amour profond qui l'unissait à Justin. Pourtant, elle avait quelquefois l'impression qu'il n'était pas totalement épris ; certains aspects de sa vie ne semblaient pas l'intéresser, dont Andrew, qui comptait pour elle plus que tout.

« Justin ? Qu'est-ce que tu en penses, est-ce que tu ne voudrais pas faire sa connaissance ? »

Elle pensait qu'en le faisant participer à ses projets, il se sentirait davantage concerné.

« Peut-être, mais pour tout te dire, ma chérie, j'ai besoin de tranquillité, et je sais par expérience que les enfants ne sont pas particulièrement reposants. »

Il parlait en toute franchise, sans chercher d'excuses. Elle-même n'était pas sûre qu'il soit très sage de faire prendre l'avion à Andrew. C'était un bien grand trajet pour quatre jours. Elle se décida à appeler Matt pour lui demander ce qu'il en pensait. Il la dissuada de le faire venir pour si peu de temps. Elle réfléchit un instant. Peut-être valait-il mieux laisser partir Justin au Mexique et en profiter pour rejoindre Andrew.

« Je crois que vous avez raison, Matt. Je vais prendre l'avion jusqu'à New York et je viendrai en voiture.

— Mais non, voyons ! »

Elle était abasourdie, elle ne l'avait pas vu depuis presque trois mois, mais il comprenait tout, même ses silences.

« Prenez l'avion jusqu'à Boston, j'irai vous chercher.

— Il n'en est pas question ; vous avez bien assez d'occupations.

— Et vous, vous avez travaillé sans arrêt ces cinq derniers mois. Est-ce que je ne peux pas rendre ce service à une amie ? »

Elle fut touchée de sa proposition. Il insista.

« Sérieusement, ça ne me gêne pas du tout.

— Bon, eh bien, j'accepte. »

Elle consulta les horaires et lui précisa par quel vol elle arriverait le lendemain. Elle retourna dans sa chambre pour faire ses valises. Elle se sentait très impatiente tout à coup de revoir

Matthew et de serrer Andrew sur son cœur. Elle entra dans la chambre, avec un sourire épanoui, et Justin la regarda avec sa moue irrésistible.

«Tu es complètement folle de cet enfant, hein ?

— Oui, c'est vrai.»

Elle s'assit à côté de lui sur le lit et le regarda dans les yeux.

«J'aimerais tant que tu fasses sa connaissance.

— Un de ces jours.»

Il reprit après un temps.

«Est-ce qu'il peut parler ?

— Oui, bien sûr ; mais pas toujours intelligiblement. Cela t'effraie d'avoir à communiquer avec un enfant sourd ?

— Non je n'ai pas peur, mais je ne suis pas attiré par les enfants, normaux ou anormaux, c'est tout.

— Il n'est pas anormal. Il est sourd.

— Pour moi, c'est la même chose.»

Daphné eut du mal à se contenir.

«Je vais le faire venir ici à l'automne quand nous aurons terminé le film. Tu feras sa connaissance à ce moment-là.

— Ça me paraît très bien.»

Il semblait heureux de ce nouveau délai, ce qui déplut à Daphné, mais il y avait tant d'autres choses qu'elle aimait en lui. Elle était sûre que dès qu'il connaîtrait Andrew, son appréhension disparaîtrait. Sourd ou non, on ne résistait pas à un enfant aussi adorable.

«Qu'est-ce que tu vas faire pendant mon absence ?»

Ils avaient tous besoin de repos et lui plus que tout autre.

«Je ne sais pas. Je voulais aller à Mexico avec toi.»

Il la caressa.

« Tu es sûre que je ne peux pas te faire changer d'avis ? »

Elle sourit. Il ne voulait vraiment pas comprendre.

« Non, rien à faire même pas pour ça.

— Ça doit être un fameux gosse.

— Oui, c'est vrai.

— Tu lui diras que je suis fou de sa mère.

— Je n'y manquerai pas. »

Mais elle savait déjà qu'elle ne lui dirait rien.

« Tu vas rester ici, mon chéri ?

— Je ne sais pas ; j'irai peut-être à San Francisco, quelques jours, chez des amis.

— Tu me diras où tu es, que je puisse t'appeler. »

Ils ne s'étaient pas quittés ni d'une heure, ni d'un jour ces trois derniers mois, et elle se sentait brusquement très triste à l'idée d'être séparée de lui.

« Tu vas me manquer, tu sais ?

— Toi aussi, Daff. »

Il la prit dans ses bras et ils firent l'amour jusqu'à l'aube ; elle ne dormit que quelques heures avant de se lever pour aller prendre son avion.

Daphné partit à l'aéroport toute seule ; Barbara était avec Tom, et il n'y avait aucune raison de la faire venir. Quant à Justin, il avait trop envie de profiter de ces quatre jours. Elle le laissa à ses occupations.

Son avion s'envola à dix heures et atterrit comme prévu à Boston à sept heures du soir, heure locale. Elle fut une des premières à descendre et se mit à chercher Matthew des yeux. Elle ne le vit pas d'abord, puis l'aperçut tout à coup à quelques mètres d'elle, observant la foule des voyageurs. Soudain, leurs yeux se rencontrèrent et Daphné ressentit un étrange petit coup au cœur qu'elle ne put s'expliquer. Il est vrai qu'au fil des mois, il était devenu pour elle un ami très cher, et elle se rendit compte combien elle était heureuse de le voir. Il vint à sa rencontre. Un grand sourire illuminait son visage.

« Content de vous voir, Daff. Comment s'est passé le voyage ?

— Trop long. »

Soudain, sans savoir pourquoi, elle le serra contre elle.

« C'est tellement gentil d'être venu Matt ! »

Il planait une certaine gêne entre eux.

« Vous êtes magnifique. »

Il remarqua qu'elle avait minci, sans doute parce qu'elle avait travaillé très dur, mais nota surtout qu'elle paraissait très heureuse. Elle avait une lueur dans le regard et quelque chose de plus qui le troublait. Elle était autre, plus femme peut-être, plus sensuelle. Il se souvint à nouveau de cette voix d'homme qui avait répondu au téléphone. Il essaya de la chasser de son esprit mais en vain.

« Qu'est-ce que vous faites de beau quand vous ne travaillez pas ? »

Elle était encore plus jolie qu'avant, et quelque chose en lui le poussait à savoir pourquoi, même s'il n'en avait pas le droit.

Elle ne répondit rien et le regarda en souriant, soudain consciente de la vie isolée et studieuse qu'il menait dans le New Hampshire. Les journaux avaient publié plusieurs articles sur ses amours avec Justin, mais il semblait ne pas en avoir eu connaissance. Elle le savait trop incapable de dissimuler.

« Vous avez l'air terriblement sérieux, Matt. »

Elle n'avait pas envie de lui parler de Justin.

« Je suis tellement content de vous voir. Je ne sais même plus que vous dire. »

Il l'observait intensément.

« Parlez-moi d'Andrew. »

Elle lisait dans ses yeux les questions qu'il voulait lui poser, mais elle n'avait pas envie d'y répondre. Sa vie en Californie était trop différente de celle qu'elle partageait exclusivement avec son fils. Le monde de Justin Wakefield se situait à des milliers de kilomètres de là, et lui semblait tout à coup si étranger qu'elle avait l'impression d'être enfin de retour chez elle.

Tandis qu'ils quittaient l'aéroport et filaient vers le Nord, Matthew lui parla des changements intervenus à l'école, des deux éducateurs nouvellement engagés et du camp de vacances qui allait être organisé en juillet. Elle espérait de tout son cœur pouvoir y participer.

« J'ai l'impression d'avoir toujours vécu là, Matt. »

Il voulait lui dire qu'il ressentait la même chose, mais il n'en avait pas le droit.

« Combien de temps va durer le tournage ?

— Je voudrais bien le savoir. Trois mois encore, peut-être six. Jusqu'à présent tout s'est bien déroulé. Mais nous ne sommes pas à l'abri d'un impondérable. Howard ne le veut absolument pas, ni personne, mais il n'y a rien à faire et tôt ou tard nous pouvons très bien buter sur un problème ou sur un autre. Je serai de retour pour Noël, j'en suis sûre.

— Je serai prêt à partir à ce moment-là, dit-il, l'air déçu. Le nouveau directeur qui vient de Londres doit prendre son poste pour le premier janvier.

— Vous ne pensez pas rester, Matt ? »

Le ton de sa voix était triste.

« Non. Howarth est une école extraordinaire, mais il faut que je retourne à New York. » Il lui sourit. « J'ai peur de ne pas être fait pour vivre à la campagne. Parfois, je sens que je deviens fou. »

Elle se mit à rire tout en examinant son visage, si différent de celui de Justin. Ses traits harmonieux étaient ceux d'un homme fort et droit. Il n'avait rien d'une idole.

« Je comprends très bien ce que vous ressentez. Pendant l'année que j'ai passée ici, j'ai eu des moments où même la saleté et le bruit de New York me manquaient... »

Elle pensa à John et ses yeux devinrent rêveurs.

« Cela m'ennuie beaucoup de ne pouvoir emmener les enfants dans les musées et à des spectacles comme je le fais à New York. Et puis, ma sœur me manque aussi...

— Comment va-t-elle ?

— Très bien. Les jumelles viennent d'avoir quinze ans, et elles ont eu une chaîne stéréo chacune pour leur anniversaire. Martha en arrive à remercier le Ciel d'être sourde. Elle perçoit le tremblement des meubles quand les petites mettent les disques et Jack pense qu'il va en devenir fou. Je voudrais tant que vous fassiez la connaissance de ma sœur, quand vous en aurez l'occasion. »

Elle acquiesça, doutant que cela puisse se réaliser un jour. Matthew lui raconta que Mme Curtis venait quelquefois à l'école et qu'elle ne manquait jamais de demander des nouvelles de Daphné.

« J'aurais bien aimé la voir mais je reste si peu ! »

Il sentit son cœur se pincer à nouveau. Un peu avant neuf heures, ils arrivèrent enfin à l'école. Daphné savait qu'Andrew serait déjà au lit, mais elle voulait le voir, le regarder, l'embrasser sur la joue et effleurer ses cheveux. Elle entra très vite et monta l'escalier en courant. Il dormait profondément. Elle resta longtemps dans sa chambre, le regardant dormir. Elle ne s'aperçut de la présence de Matt, debout sur le palier, que bien après. Elle sourit, et se pencha pour embrasser Andrew sur la joue. Il s'agita dans son lit mais ne se réveilla pas. Elle redescendit doucement, suivie de Matt.

« Il a l'air en si bonne santé. Je crois qu'il a grandi.

— Oh! oui. Je voudrais que vous le voyiez sur la bicyclette que vous lui avez envoyée! »

Elle sourit et regarda Matt.

« Il me manque tellement!

— Ça ne va plus être très long maintenant. »

Leurs yeux se rencontrèrent, et tout à coup, Justin Wakefield lui parut irréel. Il n'était plus qu'une image, sortie d'un rêve lointain. Et Matthew, en dépit de toutes les promesses qu'il s'était faites, la regarda d'un air interrogateur et ne put se retenir de lui demander :

« Il y a quelqu'un qui compte désormais dans votre vie là-bas, Daphné, n'est-ce pas? »

Elle hésita un instant. Il sentit son cœur battre à grands coups. Doucement, elle acquiesça.

« Oui, il y a quelqu'un. »

Un réflexe de petit garçon lui donna envie de pleurer, mais rien ne parut dans ses yeux. Il se força à sourire et lui dit :

« J'en suis très heureux pour vous, vous en aviez besoin.

— Oui, certainement. »

Elle eut envie de lui parler des réactions de Justin vis-à-vis d'Andrew et de la peur qu'elle avait qu'ils ne s'acceptent jamais mutuellement. Mais elle se contint. Il lui semblait déplacé de le lui dire. Elle le regarda et lui dit :

« Ça ne change rien pour ici, Matt. »

Il se demanda ce qu'elle entendait par là, hocha

seulement la tête et ouvrit la porte du petit salon.

« Voulez-vous prendre une tasse de café, ou préférez-vous que je vous accompagne à l'auberge dès maintenant ?

— Non, je n'ai pas du tout sommeil. »

Elle regarda sa montre avec un sourire.

« Il est tout juste sept heures du soir pour moi ! Je suis très heureuse de prendre une tasse de café en votre compagnie, c'est tellement plus agréable que de se parler au téléphone. »

Matthew ne pouvait s'empêcher de se demander si sa liaison était sérieuse et si l'homme qu'elle avait rencontré était droit et sincère. Il le souhaitait et l'espérait de tout son cœur, bien plus qu'elle aurait pu l'imaginer. Il lui tendit sa tasse et ils s'assirent. Il scrutait son visage, espérant des réponses qui demeuraient informulées. Elle lui parla du tournage du film, des scènes qui étaient déjà en boîte et de celles qui restaient encore à faire.

« Nous devons partir le mois prochain tourner dans le Wyoming. »

Matthew rêvait d'y aller depuis longtemps.

« Je vous envie pour ça. »

Il parlait tout en lui souriant doucement, ses longues jambes étendues devant le feu.

« J'ai entendu dire que c'était magnifique.

— On m'a dit la même chose. »

Elle se forçait presque à lui répondre. Elle ne songeait plus au film, ni même à Justin. Elle se disait que c'était peut-être parce qu'elle était si proche d'Andrew. Quel soulagement de se retrouver là, si près de lui, juste au-dessous de sa chambre. Mais il y avait autre chose. C'était étrange la façon dont Matthew faisait le vide dans son esprit. Sans qu'elle pût l'expliquer vraiment, cet homme avait le pouvoir de l'envelopper dans une atmosphère sécurisante, de bien-être et de confort, qui l'apaisait. Elle ne se sentait plus tendue, fatiguée ou surmenée, mais paisible et heureuse, à côté de lui.

« Et vous, Matt, allez-vous vous échapper un peu cet été ?

— J'ai bien peur que non. J'irai peut-être rejoindre pour quelques jours Martha, Jack et les jumelles au lac George. »

Il lui sourit tristement.

« Je ne sais même pas si j'en ai envie. Je me fais toujours du souci quand je laisse les enfants. Mme Curtis m'a dit qu'elle me remplacerait pour quelques jours si je veux m'en aller, mais cela m'ennuie de le lui imposer.

— Vous devriez partir. Vous avez besoin de repos vous aussi. »

Elle remarqua alors que ses yeux étaient plus fatigués que la dernière fois qu'elle l'avait vu, et que de petites rides étaient apparues sur son visage. Il semblait plus que jamais adulte et responsable, qualités que Daphné avait toujours appréciées en lui. Il n'avait certes pas cette beauté lisse et parfaite de Justin, mais, curieusement, la contemplation perpétuelle de ce visage exquis, qui faisait penser à un paysage sans pluie ni neige, perpétuellement ensoleillé, arrivait à la lasser.

« Je n'arrive pas à croire que vous êtes ici depuis six mois, Matt. »

Il lui était encore plus difficile de penser à tout ce qui lui était advenu depuis son arrivée en Californie.

« J'ai souvent l'impression qu'il y a plus de six mois. »

Elle se mit à rire.

« C'est ce que je ressens après quatorze heures de tournage sur le plateau.

— Comment va Barbara ? »

Ils ne s'étaient jamais rencontrés, mais il avait l'impression qu'il la connaissait déjà, par tout ce que Daphné lui avait dit d'elle. Elle lui raconta sa rencontre avec Tom.

« Elle pourrait bien se marier et rester là-bas ! Ce serait un coup dur pour vous. »

Il savait combien Daphné se reposait sur elle depuis des années.

« Je ne sais pas si l'affaire est sérieuse à ce point. »

Mais c'était une possibilité à laquelle elle avait déjà pensé.

« Et vous, où en êtes-vous ? » lui demanda-t-il brusquement.

La question laissa Daphné interdite, puis elle comprit ce qu'il voulait savoir, tout en ne sachant pas bien comment y répondre. Elle regarda Matthew pensivement.

« Je ne sais pas, Matt. »

Son cœur frémissait en l'écoutant. Elle n'était pas tout à fait sûre de ce qu'elle ressentait pour Justin. Elle l'aimait, d'une certaine façon, mais bien des côtés de son personnage lui échappaient. Ils avaient beau vivre ensemble chaque heure de chaque jour, elle sentait qu'il y avait des barrières qu'elle n'avait pu franchir, et le peu d'intérêt qu'il semblait témoigner à Andrew ne cessait de l'angoisser. Elle décida d'en faire part à Matt, espérant qu'il pourrait l'aider à résoudre ce problème.

« Je ne suis sûre de rien en ce qui le concerne, Matt. Il n'a pas envie de connaître Andrew.

— Donnez-lui du temps. Est-ce qu'il sait qu'il est sourd ? »

Elle fit signe que oui, le visage pensif.

« Comment réagit-il ?

— Il ne veut pas l'admettre, et en fait, cette surdité l'effraie, et par réaction, il fait comme si

Andrew n'existait pas et en arrive même à oublier son nom...»

Matthew hocha la tête.

«Ça ne marchera pas, Daff. Andrew tient une telle place dans votre vie que tout homme, qui la partagera, devra compter avec cet amour-là.»

Il voulait être loyal envers elle, lui donner le meilleur conseil possible.

«C'est pour cela que cette fois vous ne l'avez pas fait venir, et que vous avez pris l'avion à sa place?

— Oui, en grande partie, mais aussi parce que j'ai pensé que c'était un trop grand voyage pour trois ou quatre jours seulement. Mais c'était aussi à cause de Justin.»

Matthew parut brusquement choqué. Ça n'était pas possible, et pourtant c'était vraisemblable. Il sentit son cœur se pincer quand il lui demanda:

«Justin?»

Elle rougit, gênée de reconnaître qu'elle avait une liaison avec un acteur qui jouait dans le film. Cela devait paraître tellement banal... Mais elle savait que sa vie avec Justin n'était pas seulement une romance. Le hasard avait fait qu'ils s'étaient rencontrés là, qu'ils avaient eu la chance de faire connaissance grâce à ce film, et que leur histoire d'amour en avait découlé.

«Justin Wakefield.»

Sa voix était douce, ses yeux brillants à la lumière du feu de cheminée.

«Je vois. C'est une fameuse prise, Daff!»

Il poussa un long soupir. Il n'y avait même pas pensé. Il avait imaginé un quelconque mortel, mais pas ce dieu blond qui hantait tous les rêves féminins.

«Comment est-il?»

Elle s'assit et regarda le feu, voyant le visage de Justin comme s'il était avec eux dans la pièce.

« Il est beau, bien sûr, très beau, brillant et drôle, et quelquefois très gentil. »

Elle regarda de nouveau Matthew. Il fallait qu'elle lui dise la vérité.

« Et aussi totalement narcissique, et souvent très égoïste et oublieux de tous ceux qui vivent autour de lui. Il a quarante-deux ans et agit souvent comme un enfant. Je ne sais pas Matt, mais c'est un homme adorable qui sait souvent me rendre heureuse... et puis, à d'autres moments, j'ai l'impression qu'il ne m'écoute même pas. Exactement comme lorsque je lui parle d'Andrew, il est ailleurs. Il s'intéresse beaucoup à mon travail, ce qui est très important pour moi, et il y est très attentif, mais par d'autres côtés — elle secoua la tête —, il est totalement absent. Je me demande parfois si ça marchera. »

Elle soupira doucement.

« Je dois admettre qu'il y a des moments où je n'en suis pas sûre du tout. Ce qui est intéressant à noter c'est que Barbara et lui se haïssent franchement. Elle lui voit des travers que je ne perçois pas, elle insiste sur son côté froid, creux et intéressé, mais je crois qu'elle le juge mal. Il n'est pas intéressé, mais il est bien souvent si étourdi ! On ne peut pas haïr un homme pour cela.

— Non, mais ça peut être difficile de vivre avec.

— Oui, bien sûr. Mais quelquefois, il me rend si heureuse. Il chasse tous ces affreux souvenirs, toute cette souffrance et toute cette solitude avec lesquels j'ai vécu si longtemps.

— Peut-être alors que ça en vaut la peine.

— Pour le moment, je le crois. »

Il hocha la tête et soupira.

« J'avais bien pensé qu'il y avait quelqu'un lorsque j'ai appelé un jour et qu'une voix d'homme m'a répondu. »

C'était arrivé une seule fois, mais il en avait eu comme un pressentiment, car elle n'était pas femme à vivre des aventures d'une nuit. S'il avait répondu au téléphone, c'est parce qu'il habitait là et qu'elle n'avait pas peur que qui que ce soit le sût.

« Je n'aurais jamais pensé que ce soit lui.

— Justin ? Heureusement les journaux ne nous ont pas consacré beaucoup de leurs colonnes, un petit article de-ci de-là, mais c'est tout. Nous n'avons été nulle part parce que nous avons travaillé sans cesse, mais un de ces jours, ils vont s'apercevoir qu'on vit ensemble et les journaux ne vont pas cesser d'en parler. Cela ne m'enchante guère.

— Pourquoi ?

— J'en serai très malheureuse, et mes lecteurs très choqués, mais je pense qu'il faudra que je l'affronte un jour ou l'autre. »

Ils pensèrent tous les deux à l'émission de Conroy qu'elle avait faite quelques mois auparavant, et leurs yeux se rencontrèrent.

« Je n'ai pas envie d'expliquer quoi que ce soit, tant que je ne suis pas sûre.

— Sûre de quoi ? »

Il était terrifié de sa réponse. Peut-être déciderait-elle d'épouser Justin et de rester en Californie. Mais il lui fallait demeurer sincère et objectif, pour le bien d'Andrew, et puisque Daphné le considérait comme son ami le plus sûr.

« Si vous décidez de rester là-bas, il y a une école extraordinaire pour Andrew à Los Angeles. »

Daphné se mit à l'écouter avec beaucoup d'attention mais au bout d'un moment, elle sentit le sommeil la gagner et se leva.

«Je n'en suis pas encore là, mais le moment venu, nous en reparlerons.»

Elle préférait éviter de songer à l'avenir. Elle ne s'était pas encore faite à l'idée d'épouser Justin, et il n'y avait pas fait allusion lui non plus, mais tôt ou tard, la question se poserait. Il lui faudrait un jour ou l'autre se décider soit à retourner à New York, soit à rester à Los Angeles.

«Pour le moment, je dois terminer mon film, c'est le plus urgent. Ensuite, je penserai à ma vie personnelle.

— Faites au mieux, Daff, pour vous et pour Andrew.»

Sa voix était si triste et si douce; elle s'interrogeait sur sa vie personnelle. Il lui arrivait parfois, maintenant, d'être absent lorsqu'elle l'appelait le soir. Elle se demandait s'il n'avait pas rencontré une femme dont il était tombé amoureux. Mais ce n'était pas le moment de le lui demander. Il l'accompagna à la voiture et la conduisit à l'auberge. Daphné trouva les clefs sur le comptoir, accompagnées d'un petit mot de bienvenue. Matthew prit congé, avec un sourire songeur.

«Je suis content que vous soyez venue voir Andrew.

— Moi aussi, Matt.»

Ils se souhaitèrent bonsoir et il partit. Tandis qu'elle montait dans sa chambre, elle se demanda pourquoi elle se sentait soudain si malheureuse en pensant à Justin. Pourquoi ne ressemblait-il pas davantage à Matt? Pourquoi ne l'écoutait-il jamais quand elle lui parlait d'Andrew? Elle savait déjà qu'il lui faudrait être patiente. Et puis Matthew était là, pour l'aider à s'occuper d'Andrew. Mais elle savait trop bien qu'il était bien plus pour elle qu'un directeur d'école. Beaucoup plus, même.

CHAPITRE XXXI

DURANT ces quelques jours, le temps passa trop vite. Andrew était aux anges d'avoir sa mère auprès de lui; pour elle, il monta à bicyclette, lui montra son jardin et la présenta à de nouveaux camarades, en leur expliquant fièrement que sa mère tournait un film. Ils faisaient de longues promenades au soleil et ressortaient le soir après dîner. On était en juin, et les journées étaient magnifiques. Daphné se sentait revivifiée par la présence de son fils. Depuis ces trois derniers mois, l'essence même de son âme s'était peu à peu délitée à son insu, tant elle avait été accaparée par Justin et le film. Et maintenant, une fois encore, elle comprenait combien elle avait un besoin désespéré de son fils et combien il lui importait, d'autant plus qu'Andrew ne cessait de lui demander quand il pourrait retourner en Californie, et à quel moment ils seraient enfin réunis.

Andrew venait juste d'aller prendre son bain après dîner, ce soir-là, lorsque Matthew trouva Daphné assise dans un fauteuil à bascule, en train de contempler le coucher du soleil.

« Est-ce que je peux vous tenir compagnie. Daff ? »

Elle paraissait si paisible et pensive, qu'il hésitait à la tirer de sa rêverie. Mais sa présence l'attirait irrésistiblement.

« Bien sûr, Matt. »

Elle tapota le siège à côté d'elle.

« Andrew prend son bain.

— Je sais. Je l'ai rencontré dans les escaliers et il m'a dit que vous étiez là. »

Ils échangèrent un grand sourire et le soleil disparut derrière la colline dans un jaillissement enflammé.

« Cela lui a fait du bien de vous voir. Il a davantage besoin de vous ces temps-ci. Il commence à se tourner vers le monde extérieur, et vous en représentez une bonne part.

— Moi aussi, ça m'a fait du bien. »

C'était facile à deviner. Ses yeux avaient perdu leur expression soucieuse. Elle ressemblait à une petite fille assise dans un fauteuil, en blue-jeans et vieux polo, ses longs cheveux blonds retenus par un ruban bleu pâle, de la même couleur que ses yeux. Elle parut soudain inquiète.

« J'ai le sentiment que je devrais être avec Andrew, ici, Matt.

— Vous ne pouvez pas à l'heure actuelle. Il le comprend.

— Vous croyez ? Je ne suis pas sûre de bien comprendre moi-même. »

Elle resta silencieuse. Il la regarda avec douceur.

« Vous me faites penser à une petite fille. Personne ne pourrait s'imaginer que vous êtes une romancière célèbre. Ou la maîtresse du grand acteur de cinéma qui fait rêver les femmes. »

Elle lui sourit.

« Ici, je ne suis pas autre chose que moi-même, la maman d'Andrew. »

Ils savaient tous les deux que c'était cela qui lui importait avant toute chose.

« Je vais essayer de rentrer bien vite.

— C'est-à-dire ?

— Juste avant ou après le tournage dans le Wyoming ; ça dépendra d'Howard.

— J'espère que ça sera avant. »

Il fallait qu'il soit honnête avec elle ; il l'avait presque toujours été.

« Pas seulement pour Andrew, mais aussi pour moi. »

Elle le regarda dans les yeux et ressentit une émotion étrange. Elle ne savait toujours pas quels étaient ses sentiments pour Matt, sans doute parce qu'elle ne s'autorisait pas à y réfléchir. La situation était agréable pour le moment, mais elle s'étonnait qu'il lui soit devenu si important, qu'elle ait besoin de savoir qu'il était là, quelque part, pour qu'elle puisse lui parler si elle en avait besoin. Elle ne pouvait pas imaginer la vie sans lui maintenant, surtout pour le bien d'Andrew, mais également pour le sien.

« Vous comptez beaucoup pour moi Daphné. »

Sa voix se voilait dans le crépuscule.

« Vous aussi, vous savez.

— Ça ne s'explique pas vraiment. On a pourtant passé bien peu de temps ensemble. Des conversations à bâtons rompus le soir devant le feu et des heures au téléphone. »

Sa voix se perdait peu à peu.

« Peut-être est-ce suffisant. J'ai l'impression que je vous connais mieux que qui que ce soit d'autre. »

Elle savait surtout qu'il la connaissait parfaitement, telle qu'elle était, avec ses cicatrices, ses peurs et ses terreurs intimes, aussi bien que ses victoires et son énergie. Pour lui, elle s'était livrée bien plus qu'elle ne l'avait jamais fait avec Justin. Justin ne percevait que son aspect brillant, volontaire, et Daphné n'était même pas sûre d'avoir vraiment confiance en lui. Elle n'avait en revanche aucun secret pour Matthew avec lequel elle se sentait totalement en sécurité. C'était pourtant avec Justin qu'elle vivait, Justin qui dormait à ses côtés dans le lit gigantesque de Bel-Air.

« Peut-être qu'un jour, Daff... »

Matthew n'acheva pas sa phrase, et Daphné se sentit tressaillir, presque effrayée. Il se reprit, songeant tout à coup que le moment était bien mal choisi. Mais Daphné n'avait pas été dupe. Elle l'observa longuement ; Matt se pencha et l'embrassa sur la joue.

« Prenez bien soin de vous en Californie, Daphné. J'espère que les choses s'arrangeront avec votre ami. Si vous avez besoin de moi, je serai toujours là.

— Vous ne pouvez pas savoir combien cela me réconforte, Matthew. J'ai toujours su que si j'avais besoin de vous, je pourrais compter sur votre aide. »

Elle lui sourit.

« Si vous avez besoin de moi, vous aussi, n'hésitez pas à m'appeler.

— Que pense Justin de notre amitié ?

— Il m'a taquinée une fois là-dessus. »

Elle se mit à rire tant cela lui semblait ridicule.

« Il a pensé que nous étions amants, et ça n'a pas paru le gêner. Il a vécu une sorte de...
— elle cherchait les mots justes ; elle ne vou lait pas se montrer méchante vis-à-vis de

Justin — une vie non conformiste, jusqu'à ce qu'il me rencontre. Mon passé ne le concerne pas. »

Matthew se sentit presque déçu.

« N'hésitez jamais à m'appeler, Matt.

— Bien sûr, Daff. »

Il souriait, mais son cœur lui faisait mal.

Ils rentrèrent à l'intérieur de la maison et Daphné monta voir Andrew ; quand elle redescendit, une heure plus tard, Matthew vit qu'elle avait les yeux pleins de larmes.

« Dieu que c'est dur de partir ! »

Elle essayait de sourire bravement. Il lui passa un bras autour des épaules.

« Je reviendrai bientôt.

— Nous y comptons bien ! Ne vous en faites pas. Andrew est tellement heureux ici. »

Matt conduisit Daphné jusqu'à l'auberge. Elle se changea et fit rapidement ses valises. Elle avait insisté pour prendre un taxi jusqu'à Boston, mais Matthew n'avait rien voulu entendre. Une fois arrivés à l'aéroport, ils restèrent un long moment silencieux, leurs yeux se cherchant mutuellement.

« Prenez bien soin de mon petit pour moi, Matt », murmura-t-elle en s'efforçant de ne pas pleurer.

Il l'attira à lui et la serra longuement comme pour s'imprégner d'elle avant qu'elle ne parte. Au moment du départ, Daphné ne lui dit rien, mais de la passerelle de l'avion, elle lui fit un signe affectueux.

Matthew lui sourit avant qu'elle ne disparaisse pour rejoindre Los Angeles et Justin. En regagnant sa voiture, il eut un moment de découragement. Sa vie était et serait toujours trop différente de la sienne. Il n'était rien qu'un professeur pour enfants malentendants, et elle, elle était Daphné

Fields. Et tout à coup, il se mit à haïr Justin Wakefield, si beau, si célèbre, mais si égoïste aussi.

Tout en repartant vers Howarth, il ne cessa de songer à Daphné.

CHAPITRE XXXII

L'AVION se posa à Los Angeles à une heure trente du matin, heure locale, et Daphné se réveilla en sursaut, au moment de l'atterrissage. Un sentiment de solitude l'envahit tout à coup; elle venait de rêver qu'elle jouait tranquillement avec Matthew et Andrew, à Howarth et elle réalisa combien elle en était loin. Sa peine était aussi profonde que la première fois qu'elle avait laissé Andrew et elle dut se faire violence pour penser à Justin. Pour se sauver, il fallait qu'elle ramène son esprit au temps présent, et à ce qui l'attendait. Mais le souvenir d'Andrew et de Matthew ne la quittait pas, d'autant qu'elle regrettait d'être rentrée. Pourtant, elle se disait qu'elle allait retrouver sa maison, Justin, et tous les plaisirs qu'elle goûtait dans ses bras. Mais elle avait l'étrange impression de s'être absentée non pas trois jours mais trois mois. Ses deux vies étaient si totalement distinctes qu'il était difficile de les concilier dans une même semaine, d'autant que Justin, tout à coup, lui apparaissait comme un étranger. Elle n'avait pas demandé à ce que la voiture du studio vienne la chercher à l'aéroport, et elle avait dit à Barbara de ne pas s'occuper d'elle. Elle n'avait pas pu joindre Justin pendant ces trois jours, parce qu'elle ne connaissait pas les gens chez qui il était descendu à San Francisco. Mais, tandis que le taxi la ramenait chez elle, elle songeait avec plaisir qu'ils seraient bientôt réunis.

Quand elle arriva, la maison était noire, mis à part les quelques lumières qui servaient à tromper d'éventuels cambrioleurs. En franchissant le pas de la porte, Daphné eut une sensation étrange. Il lui semblait pénétrer dans une demeure inconnue. Elle entra dans la salle de séjour et s'assit, regardant la piscine tout éclairée dans le noir, et se demandant si Justin allait bientôt arriver. Elle ressortit pour aller se baigner et son regard tomba tout à coup sur un haut de bikini bleu et blanc, deux verres vides et une bouteille de champagne. Elle pensa un instant que Tom et Barbara étaient venus mais se souvint aussitôt qu'ils avaient eux-mêmes une piscine, et en ramassant le soutien-gorge, elle s'aperçut qu'il était beaucoup trop grand pour être celui de Barbara. Elle le garda un moment dans ses mains et son cœur se mit à battre ; elle secoua ensuite la tête. Ce n'était pas possible. Il n'aurait jamais fait une chose comme ça ici. Elle le posa sur une chaise, tachant de ne plus y penser, et porta les verres et le champagne à la cuisine où elle trouva un corsage en dentelle négligemment jeté sur une chaise. Elle se sourit à elle-même, ironiquement.

« Qui se sert de ma piscine ? Qui dort dans mon lit ? »

Elle gagna la chambre à coucher, pensive et y trouva le célèbre dieu blond, étalé de tout son long dans leur lit, nu et magnifique. Il paraissait la moitié de son âge. Daphné ne pouvait s'empêcher de le regarder avec attendrissement. Il avait peut-être organisé une réception avant qu'elle ne rentre et il avait été trop fatigué pour tout ranger. Elle se sentit soudainement coupable, se demandant si ses sentiments ambigus envers Matthew ne la conduisaient pas à penser le pire de Justin. Elle était sûre, maintenant, de l'avoir soupçonné à tort. Tandis qu'elle ôtait ses habits, elle ressentit un irrésistible besoin de lui. Elle s'allongea à ses côtés et resta immobile, par crainte de le réveiller. Mais, incapable de s'endormir, elle se leva et fit un café. Barbara arriva vers quatre heures trente. Le tournage commençait une heure plus tard.

« Bonjour, Daphné », lui dit-elle avec un grand sourire.

Elle l'embrassa avec effusion.

« Comment va ton fils ?

— Admirablement bien. Je voudrais que tu le voies sur sa bicyclette ! Il a encore grandi et il t'embrasse très fort. »

Son visage s'attrista, et elle s'assit sur la chaise où se trouvait toujours le corsage en dentelle.

« Ça a été difficile de partir, Barb ; je voudrais tant qu'on ne travaille pas si dur et qu'il puisse venir nous rendre visite ! J'espère rentrer à New York le plus tôt possible. »

Barbara acquiesça. Elle savait par quelles affres Daphné passait.

« Cela peut se faire après ou avant que nous allions au Wyoming, Daff.

— C'est ce que j'ai dit à Matt.

— Comment va-t-il ? »

Barbara chercha ses yeux mais n'y vit que de la chaleur, de l'affection et de l'intérêt, rien de plus. Elle était toujours amoureuse de son dieu grec, pour le grand chagrin de Barbara.

« Il va très bien ; toujours aussi gentil. »

Elle n'en dit pas plus, et Barbara servit le café. Quand Daphné se leva, elle avisa la chaise.

« C'est à toi ?

— Non. Justin a dû recevoir des amis à la piscine. »

Il y eut un moment de silence.

« Est-ce que tu es venue avec Tom ? »

Barbara fit signe que non.

« Je suis venue chaque jour pour prendre le courrier. Tu as reçu hier deux chèques d'Iris, tout le reste n'est que de la publicité et des factures.

— Le nouveau contrat n'est pas encore arrivé ? »

Elle allait signer le contrat de son prochain livre avec Harbor.

« Non, ils ont dit qu'il n'arriverait pas avant la semaine prochaine.

— Ça ne presse pas ; de toute façon, je ne pourrai pas m'y mettre tant que je n'aurai pas fini le film. »

Barbara acquiesça et se contint une fois de plus. Tom lui avait recommandé de ne rien dire quand Daphné rentrerait, mais à chaque fois qu'elle pensait à Justin, son cœur se soulevait.

« Pourquoi as-tu demandé si nous étions venus ? »

Barbara détourna son regard et remplit à nouveau la tasse de Daphné.

« Simple curiosité. Quelqu'un s'est servi de la piscine, j'ai trouvé quelques verres et une bouteille de champagne vide. »

Elle ne fit pas allusion au soutien-gorge.

« Il faudrait peut-être que tu le demandes à Justin. »

Sa voix était inhabituellement douce, et Daphné la regarda ; elle était trop fatiguée pour jouer au chat et à la souris.

« Y a-t-il quelque chose que je devrais savoir ? »

Son cœur s'était remis à battre à grands coups. Mais Barbara ne répondait rien, ses yeux ne quittant pas ceux de son amie.

« Je ne sais pas.

— Il était ici ? Je pensais qu'il était parti.

— Je crois qu'il est resté. »

Daphné se demanda pourquoi Barbara restait si évasive. Elle devait le savoir puisqu'elle était venue prendre le courrier tous les jours.

« Barbara... »

Elle leva une main, refrénant une nouvelle fois un accès de fureur.

« Ne me demande rien, Daff. »

Puis elle lâcha, les dents serrées :

« Demande-le-lui donc.

— Qu'est-ce que je dois lui demander ? »

Barbara ne put se contenir davantage ; elle brandit le corsage.

« A propos de ça, du soutien-gorge à la piscine et des slips dans le hall ! »

Elle était décidée à aller plus loin mais Daphné se leva, les jambes vacillantes.

« Ça suffit.

— Vraiment ? Jusqu'à quand vas-tu encaisser toutes ses crasses, Daff ? Je ne devais rien te dire quand tu es rentrée. Tom m'avait dit que ça ne me regardait pas, mais si, après tout — ses yeux étaient remplis de larmes —, c'est parce que je tiens à toi, bon Dieu, tu es la meilleure amie que j'aie jamais eue. »

Elle lui tourna le dos, un instant, puis lui fit face, le regard triste.

« Daff, il a fait venir une femme ici. »

Il y eut un silence interminable. Daphné pouvait entendre les battements de son cœur, et le tic-tac de la pendule, puis ses yeux se posèrent sur Barbara avec une expression qu'elle n'avait jamais vue.

« Je vais m'occuper de ça, mais je veux que ce soit clair. Tu as bien fait de me le dire Barb. Je suis sensible à ce que tu ressens, mais c'est une affaire entre Justin et moi. Je m'en arrangerai moi-même. Et quoi qu'il arrive je ne veux plus en discuter avec toi, est-ce que tu m'as comprise ?

— Oui, je suis désolée, Daff. »

Des larmes roulaient le long de ses joues ; Daphné alla vers elle et la serra contre son cœur.

« Ça va, Barb. Pourquoi est-ce que tu ne vas pas au studio avec ta voiture ? Il est presque cinq heures déjà. Je t'y retrouverai tout à l'heure. Si je suis en retard, tu leur diras que je rentre tout juste de la côte Est.

— Est-ce que ça ira ? »

Elle s'essuyait les yeux, effrayée par le calme soudain de Daphné.

« Je me sens très bien. »

Son regard soutenait posément celui de Barbara. Elle sortit de la cuisine et ferma la porte de la chambre à coucher. Elle se dirigea vers le lit où dormait Justin et le toucha à l'épaule d'une main tremblante. Il s'agita, entrouvrit les yeux, regarda le réveil et s'aperçut qu'elle était là.

« Oh ! ma chérie, tu es de retour !

— Oui, en effet. »

Elle le regardait fixement et il n'y avait rien d'amical, ni dans sa voix, ni dans l'expression de son visage. Elle dut s'asseoir sur une chaise, à côté du lit, car ses jambes ne la portaient plus.

« Qu'est-ce qui s'est passé exactement ici, pendant que j'étais partie ? »

Elle avait décidé d'aller droit au but. Justin s'assit sur le lit et la regarda d'un air innocent.

« Qu'est-ce que tu veux dire ? A propos, comment va ton fils ?

— Il va bien. Mais pour le moment c'est toi qui m'intéresses. Qu'est-ce que tu as trafiqué ici ?

— Rien, pourquoi ? »

Il s'étira, bâilla et lui caressa la jambe.

« Tu m'as manqué, ma chérie.

— Vraiment? Et la femme qui a habité ici pendant que j'étais partie? Ce dont je suis sûre, c'est qu'elle a de gros seins. Son soutien-gorge en témoigne. »

Ses yeux étaient durs comme de l'acier, et elle écarta la main de sa jambe.

« J'ai reçu quelques amis, c'est tout. Pourquoi faire tout ce foin? »

Elle se demanda tout à coup si Barbara ne s'était pas trompée. Son regard vacilla un instant, mais elle aperçut un préservatif usagé près du lit. Elle se baissa pour le ramasser et le brandit comme un trophée.

« Et ça, qu'est-ce que c'est?

— Je me le demande. Peut-être que quelqu'un a dormi ici.

— Tu vas me dire que ce n'est pas à toi. »

Ses yeux ne le quittaient pas.

« Oh! pour l'amour de Dieu! »

Il se leva dans toute sa splendeur et ébouriffa ses cheveux dorés.

« Mais qu'est-ce qui te prend? Je suis resté ici quatre jours tout seul, et j'ai reçu quelques amis. Qu'est-ce qu'il y a, Daff? » Ses yeux brillaient d'un air mauvais. « Je n'ai pas le droit de me servir de la piscine quand tu n'es pas là?

— Barbara m'a dit qu'il y avait quelqu'un ici. »

A ces mots, il resta interdit. Il n'avait pas pensé qu'elle avait pu venir à son insu.

« Cette garce! Qu'est-ce qu'elle peut savoir, elle n'était pas là!

— Elle est venue chercher mon courrier tous les jours.

— Ah! oui? »

Il pâlit.

« Oh! mon Dieu! »

Il s'assit de nouveau sur le lit et enfouit son

visage dans ses mains. Pendant un moment, il resta silencieux puis regarda Daphné dans les yeux.

« Bon, eh bien, je suis devenu un petit peu fou. Ça m'arrive quelquefois, surtout après que j'ai beaucoup travaillé. Pour moi, ça n'a aucune importance, Daff... pour l'amour de Dieu, tu as encore beaucoup à apprendre de ce métier, qui rend cinglé à la longue. »

Mais Justin savait lui-même qu'il cherchait inutilement à se justifier.

« Ça te rend assez fou en effet pour coucher avec quelqu'un d'autre dans ma maison, et dans mon lit. Est-ce que ça te semble normal ? »

Elle se sentait trahie et blessée. Elle avait perdu des êtres qu'elle aimait mais elle n'avait jamais été bafouée de la sorte.

« Des soutiens-gorge abandonnés à la piscine, des taches douteuses sur le lit, des préservatifs sous le lit, et tout ça dans trois malheureux jours. Qu'est-ce que tu as dans le corps, bon Dieu ? »

Elle se leva et arpenta la pièce.

« Tu ne peux pas te retenir pendant trois jours ? C'est tout ce que je représente pour toi ? Un corps à portée de ta main, et dès que je ne suis plus là, tu couches avec n'importe qui. »

Elle se tenait devant lui, les yeux étincelants de colère. Il la regardait, l'air penaud.

« Je suis désolé, Daff. Je ne l'ai pas fait exprès.

— Comment as-tu pu faire une chose pareille ? »

Elle se mit à pleurer.

« Comment as-tu pu ? »

Les mots étaient inutiles, et le visage enfoui dans le lit, elle se mit à pleurer, tandis qu'il lui caressait doucement le dos et les cheveux. Elle avait envie de lui dire d'aller au diable, mais elle n'en avait même pas la force. Elle ne pouvait pas croire à ce qu'il avait fait dans sa propre maison. Il ne s'agissait même pas d'une rencontre de passage qu'il aurait faite dans un quelconque bar ; c'était une fille qu'il avait amenée dans sa maison, et dans son lit. Son humiliation était insupportable.

« Oh ! Daphné, chérie, je t'en prie. Je me suis soûlé. J'ai reniflé un peu d'herbe. Je me suis shooté. Je t'avais dit que je ne voulais pas que tu partes. Je voulais partir avec toi à Mexico, mais tu as insisté pour aller voir ton fils ; je n'ai pas pu le supporter, je... »

Il se mit à pleurer lui aussi, et l'attira doucement contre lui. Daphné se sentait faible, impuissante, incapable de lutter. Elle aurait voulu être morte.

« Je t'aime pourtant tellement. Cette aventure n'a aucune importance. »

Il s'essuyait les yeux.

« J'étais dingue. Ça ne m'arrivera jamais plus, je le jure. »

Elle le regarda, incrédule, le visage en pleurs. Elle resta silencieuse.

« Daphné, oh ! ma chérie, je t'en prie... Je ne veux pas te perdre...

— Tu aurais pu y penser plus tôt, et avant que ton amie oublie son soutien-gorge dans ma piscine. »

Sa voix avait le ton de la défaite ; elle s'assit lentement sur le lit ; elle ne pouvait encore le haïr vraiment et elle avait trop mal pour se montrer violente. Sa douleur surpassait ses autres sentiments.

« C'est comme ça que tu te conduis à chaque fois que tu te drogues ? »

Elle voulait encore croire qu'il ne s'agissait que

d'un accident de parcours qui ne se renouvellerait plus.

«J'ai pris beaucoup de drogue, c'est vrai. Mais tu ne sais pas combien je me suis investi dans ce film, Daff, combien j'ai voulu faire le maximum pour que ton film soit un événement. Oh! Daff.»

Il avait l'air d'un enfant désespéré, mais ne semblait pas mesurer le mal qu'il lui avait fait.

«Ma chérie, est-ce qu'on ne peut pas tout recommencer à zéro?»

Ses yeux se posèrent sur le préservatif qu'elle avait poussé sous le lit. Il le ramassa et alla le jeter dans les toilettes. Quand il revint, il se planta devant elle.

«Peut-être que tu ne me pardonneras jamais. Mais je te jure que je ne le ferai jamais plus.

— Comment puis-je le savoir? Je n'ai aucune envie de te surveiller sans cesse, tout le reste de ma vie...»

Elle parlait d'une voix triste et lasse. Il releva la tête et lui sourit.

«J'aimerais bien pourtant!

— Et que se passera-t-il lorsque je retournerai voir mon fils? Faudra-t-il que je sois malade d'inquiétude pendant trois jours, en me disant que tu es certainement en train de me tromper?»

Elle se sentit tout à coup submergée par un sentiment indicible de solitude sans fond. Qui était-il vraiment? Que représentait-elle pour lui? Tenait-il vraiment à elle? Il était bien difficile de le croire à présent.

«Si tu veux, je viendrai avec toi.»

Mais elle n'était plus sûre de le vouloir vraiment. Elle désirait qu'il rencontre Andrew, mais il n'était pas seul dans le New Hampshire. Matt était là. Elle n'avait plus envie que Justin participe à cette vie-là, encore moins maintenant. Elle n'avait pas confiance en lui, pas assez pour lui faire connaître Andrew.

« Nous verrons. Je suis incapable de rien décider pour l'instant. Je voudrais pouvoir te demander de t'en aller. »

Mais elle savait qu'elle serait incapable de le supporter. Il secoua la tête doucement et lui prit les mains.

« Pas encore, Daff, je t'en prie. Donne-moi une chance. »

Il mendiait son indulgence.

« J'ai besoin de toi.

— Et pourquoi ? »

C'était étrange de l'entendre dire cela ; dans son esprit, c'était elle qui avait besoin de lui.

« Pourquoi moi et pas quelqu'un d'autre, comme ta petite amie ?

— Tu sais qui c'est ? Une serveuse de boîte de vingt-deux ans qui vient de l'Ohio. C'est tout ce que c'est. Elle ne t'arrive même pas à la cheville. »

Daphné plissa les yeux. Cela lui rappelait quelque chose.

« Ce n'est pas cette fille avec qui tu sortais avant ? »

Il hésita un moment puis acquiesça, laissant tomber son visage dans ses mains.

« Si. Elle a appris je ne sais comment qu'on avait quelques jours de congé et elle m'a téléphoné.

— Ici ? Comment savait-elle que tu étais là ? »

La question l'atterra. Il se sentit pris au piège.

« Bon, eh bien puisqu'on ne peut rien te cacher, c'est moi qui l'ai appelée.

— Quand ? Après ou avant que je parte ? »

Elle s'était levée du lit et lui faisait face.

« Qu'est-ce que tu as manigancé, et depuis quand ?

— Rien du tout, bon Dieu ! Je ne t'ai pas quittée d'une semelle pendant ces trois derniers mois. Tu sais bien que je n'ai vu personne d'autre. Comment j'aurais pu et quand ?

— Tu m'avais dit qu'elle était actrice. »

C'était un détail mineur, mais, désormais, tout avait de l'importance.

« Oui, c'en est une, mais elle est sans emploi, alors elle est serveuse. Daphné, bon Dieu, elle est sans importance, c'est une petite fille ; tu vaux mille fois plus qu'elle et je le sais bien, mais je suis un être humain. Je fais quelquefois n'importe quoi. Je t'ai trompée, je l'avoue, je suis terriblement désolé et ça n'arrivera plus. Qu'est-ce que tu veux que je te dise de plus, que dois-je faire pour expier mes fautes ? Me faire moine ?

— Tiens, c'est une idée. »

Elle s'assit de nouveau et regarda autour d'elle. Brusquement elle se mit à haïr la chambre et toute la maison. Il l'avait corrompue pendant qu'elle était absente. Elle leva les yeux.

« Je ne sais pas si je pourrai de nouveau te faire confiance. »

Il s'assit de l'autre côté du lit, et essaya de contrôler sa voix.

« Daphné, chaque couple connaît ce genre de situation. Un jour ou l'autre, tout le monde fait un faux pas. Peut-être qu'un jour ce sera toi. Nous sommes tous des êtres humains, et tôt ou tard on se laisse aller. C'est peut-être mieux que ça nous soit arrivé maintenant. Je te le redis, cela n'arrivera plus.

— Comment puis-je le savoir ?

— Parce que je vais te le prouver. Et à force, tu arriveras à me refaire confiance. Je sais ce que tu ressens, mais ce n'est pas une raison pour que ce soit fini entre nous. » Il tendit la main et lui effleura le visage. Elle eut un instant d'abandon qu'il saisit aussitôt. Il en profita pour l'attirer vers lui, et la serra dans ses bras.

« Je t'aime, Daff, plus que tu ne peux l'imaginer et je veux t'épouser un jour. »

Il eut conscience de jouer sa dernière carte. Mais Daphné avait toujours l'air aussi triste.

« Tu t'y prends d'une curieuse façon, en tout cas. »

Ce genre de situation ne lui était jamais arrivé, ni avec Jeff, ni avec John. Elle avait eu raison de vouloir se préserver. Justin lut dans ses pensées.

« Tu ne peux pas continuer à vivre en retrait, Daff. Il faut que tu t'exposes comme nous tous, que tu acceptes de souffrir et de commettre des erreurs. Reprends-toi et accepte de vivre. Autrement, tu ne seras pas humaine et tu n'es pas comme ça. Je suis désolé, Daff, vraiment désolé, je te le jure.

— Et moi donc ! »

Elle avait déjà perdu de sa véhémence.

« Tu veux bien me laisser faire ? Je te jure que tu n'auras pas à le regretter. »

Elle ne répondit pas.

« Je t'aime, qu'est-ce que je peux dire de plus ? »

En l'espace d'une heure et demie, il lui avait tout dit, tout avoué : il l'aimait, il s'était mal conduit, et il voulait l'épouser un jour. C'était la première fois qu'il en parlait, et elle le regardait maintenant, l'air interrogateur.

« Est-ce que c'est sérieux cette idée de mariage ?

— Oui. Je ne l'ai jamais proposé à qui que ce soit avant toi. Mais je n'ai jamais non plus rencontré quelqu'un comme toi. »

Son regard était si tendre qu'elle sentit son cœur chavirer.

« Tu n'as jamais rencontré mon fils.

— Je le ferai. Peut-être que la prochaine fois, je prendrai l'avion avec toi. »

Elle ne répondit rien. Il se mit à la regarder attentivement. Il ne voulait pas lui rappeler qu'ils avaient plus d'une heure de retard pour le tournage. Il savait qu'il avait fait une énorme bêtise, mais il savait aussi qu'il lui fallait absolument se réconcilier avec elle. Il ne voulait plus lui donner le temps de réfléchir.

« Nous avons toute la vie devant nous, ma chérie. Donne-moi une autre chance. »

Daphné resta silencieuse. Il se pencha et l'embrassa légèrement sur les lèvres.

« Je t'aime, Daff, de tout mon cœur. »

Alors, elle se remit à pleurer, en le serrant contre elle, et lui reprocha à nouveau ce qu'il lui avait fait pendant qu'elle était partie. Justin la tenait contre lui, tandis qu'elle pleurait, la berçant doucement et caressant ses longs cheveux. Il sut qu'il l'avait reconquise quand elle s'arrêta enfin de sangloter. Elle était incapable de dire ce qu'elle ressentait, mais il savait qu'elle arriverait à lui pardonner un jour ce qu'il avait fait ; il se sentit enfin soulagé et se leva du lit en l'aidant doucement à se redresser.

« Chérie, excuse-moi de te parler de ça, mais il faut que nous partions au studio.

— Quelle heure est-il ?

— Six heures et quart. »

Elle fit une grimace.

« Howard va faire une attaque.

— C'est sûr ! »

Justin se mit à sourire.

« Comme il en aura une de toute façon, autant que ça en vaille la peine ! »

Et, sans ajouter un mot, il la reposa sur le lit et se mit à lui faire l'amour. Elle voulut protester.

Elle ne pouvait accepter, surtout après ce qu'il lui avait fait... pas si tôt... pas encore... mais elle s'abandonna malgré elle, emportée par la passion de Justin. Il se fondit en elle et elle laissa échapper un soupir mêlé de joie et de tristesse. Il avait gagné; elle lui appartenait à nouveau, corps et âme.

Un peu plus tard, elle se souvint de ce qu'il lui avait dit. Sans doute avait-il raison après tout, lorsqu'il lui avait dit que chacun souffrait un jour de la sorte. L'essentiel était d'en sortir plus fort et mieux armé.

CHAPITRE XXXIII

Lorsque Justin et Daphné firent leur apparition sur le plateau à huit heures quinze, Howard était proche de la crise d'apoplexie. Il se retourna, l'air incrédule, en les voyant arriver.

« Incroyable ! Incroyable ! criait-il de plus en plus fort. Qu'est-ce qui vous est arrivé à tous les deux ? Vous n'arrivez même pas à vous tirer du lit pour venir travailler ? Tout le monde se fout de tout, ici. Trois heures de retard, et on dirait que vous venez prendre le thé ! »

Il se saisit d'une copie du scénario et la jeta à la tête de Justin qui partait se changer. Daphné rejoignit Barbara.

« Ça va ? »

Barbara s'assit à côté d'elle, observant le petit visage fatigué et les yeux las de son amie. Mais Daphné soutint son regard et acquiesça. Même maintenant, elle devait lutter pour ravaler ses larmes. Elle se sentait exténuée.

« Tout va bien. »

Ou du moins, tout irait bien. Barbara ne put s'empêcher de penser que Justin avait dû jouer gros pour arriver à se faire pardonner.

« Tu veux une tasse de café ?

— Avec plaisir, si tu es sûre qu'Howard n'y versera pas de l'arsenic... »

Barbara sourit, tout en continuant à l'observer. Elle haïssait le chagrin qu'elle lisait sur son visage, et elle haïssait Justin d'en être la cause.

« Ne t'en fais pas, Daff. La moitié de l'équipe est arrivée en retard ; c'est pour ça qu'Howard est si en colère. Il paraît qu'il faut au moins deux jours pour reprendre le dessus, quand on a décompressé un peu.

— A qui le dis-tu ! »

C'était une façon à peine voilée de faire allusion à tout ce qui s'était passé durant son absence. Barbara lui apporta un café et Daphné se sentit un peu mieux. Le voyage et la scène qu'elle avait eue avec Justin l'avaient anéantie.

Le tournage s'acheva à six heures ce jour-là ; Justin la ramena à la maison et la mit au lit. Il lui apporta une tasse de thé et son dîner sur un plateau. Il la traitait en convalescente, et Daphné, bien qu'elle ne fût pas dupe de sa conduite, se laissait faire. Un peu plus tard, alors que Justin était dans la cuisine en train de ranger, Matthew appela. Daphné s'enfouit dans les oreillers avec un soupir de soulagement. Elle était heureuse de l'entendre.

« Salut, Matt.

— Ça a dû être une rude journée. Vous avez l'air exténuée.

— C'est exact. »

Mais il se rendit compte immédiatement qu'il y avait autre chose.

« Vous allez bien ?

— Plus ou moins. »

Elle se fit violence pour ne pas lui raconter ce qui était arrivé. Elle n'en avait pas envie. Cela n'avait rien à voir avec lui. Et pourtant, il lui était nécessaire ; elle avait besoin de sentir qu'il lui restait encore un lien solide, quelque part. Elle ne pouvait toujours pas faire confiance à Justin, aussi repentant qu'il fût. Matthew, en revanche, était un véritable ami.

« Comment était Andrew, aujourd'hui ?

— Assez bien, surtout que vous nous avez laissés seulement hier. Le voyage s'est passé comment ?

— Très bien, j'ai dormi. »

Elle resta silencieuse. L'inquiétude de Matthew augmenta. Il avait su, instantanément au son de sa voix, que quelque chose n'allait pas.

« Daff ? Qu'est-ce qui se passe, mon petit ? »

Depuis John, personne ne lui avait parlé ainsi et elle sentit ses yeux se remplir de larmes.

« Est-ce que je peux vous aider ?

— J'aimerais tant que vous puissiez le faire... »

Il l'entendait sangloter au bout du fil.

« C'est seulement quelque chose qui est arrivé ici... pendant que j'étais partie...

— Votre ami ? »

Elle acquiesça et sanglota. C'était stupide de pleurer maintenant. Ils avaient fait la paix. Mais elle avait encore mal ; tout la faisait souffrir. Elle avait envie de tout raconter à Matt, comme si l'idée de son bras apaisant sur ses épaules pouvait changer quelque chose maintenant.

« J'ai trouvé un joli gâchis quand je suis rentrée. »

Il attendit et elle poursuivit :

« Il a amené une femme qui est restée là pendant que j'étais partie. »

C'était très choquant de lui raconter tout cela, et pourtant, elle ne se sentait pas gênée, seulement triste.

« C'est une longue histoire, et il est terriblement ennuyé, maintenant. Ce retour a été horrible. »

Il faillit exploser de colère.

« Vous avez flanqué ce salaud dehors ?

— Non, je voulais le faire, mais je ne sais pas, Matt, je crois qu'il regrette ce qu'il a fait. Je pense que la somme de travail qu'il a fournie pendant ces trois derniers mois lui a fait perdre la tête.

— Et vous ? vous avez travaillé encore plus dur que lui et vous avez écrit d'abord le scénario. Est-ce que ça vous semble vraiment une excuse suffisante ? »

Il était fou de rage, et bien plus encore qu'elle ne le soit pas autant que lui, et qu'elle veuille encore donner une chance à ce type.

« Non, il n'y a aucune excuse possible, mais c'est ainsi. Je vais attendre et voir ce qui va arriver. »

Il aurait voulu la secouer, la sortir de son lit, mais il savait qu'il n'en avait pas le droit. Il ne voulait pas qu'elle souffre, mais il ne pouvait rien faire. Elle était amoureuse d'un autre et il était seulement son ami.

« Vous croyez qu'il en vaut la peine, Daff ?

— Maintenant, je le crois ; ce matin je n'en étais pas sûre. »

Matthew était désolé de ne pas l'avoir appelée plus tôt, mais il savait que cela n'aurait fait aucune différence. Elle n'était pas encore prête à quitter Justin Wakefield, et Wakefield était un redoutable rival.

« Je ne sais vraiment pas... »

Elle semblait si fragile et si triste. Son cœur se serra.

« J'ai perdu tant d'êtres chers dans le passé, Matt... »

Il l'entendit pleurer.

« Raison de plus pour ne pas vous dévaloriser en acceptant cette situation. »

Sa réaction la choqua.

«Vous ne comprenez pas. Peut-être qu'il a raison, peut-être que les gens doivent faire des erreurs. Peut-être que les acteurs sont différents.»

Elle pleurait plus fort maintenant.

«Combien de fois faudra-t-il donc que je recommence ma vie à zéro?

— Autant de fois que vous aurez à le faire, mais vous en avez l'étoffe, ne l'oubliez jamais.

— Peut-être que j'en ai assez d'avoir du courage. Peut-être que je n'en ai plus.

— Je n'en crois rien.

— De toute façon, il m'a bien dit que nous étions engagés l'un envers l'autre.

— Il semble l'oublier bien facilement lorsque vous n'êtes pas avec lui!

— Je sais, Matt, je sais, je ne lui cherche pas d'excuses.»

Elle se désolait tout à coup de lui avoir parlé. Elle ne voulait pas prendre la défense de Justin et pourtant elle sentait qu'elle le devait.

«Je sais que ça n'a pas de sens commun, mais je vais encore vivre avec lui pendant un temps.»

Elle soupira et essuya ses larmes.

«C'est bien, Daff, je comprends. Vous devez faire ce qui vous semble le mieux. Mais je vous en prie, je ne veux pas que vous souffriez.»

Mais elle souffrait toujours, et après qu'elle eut raccroché, elle se remit à pleurer. Justin la découvrit couchée dans son lit, sanglotant dans ses oreillers. Elle ne savait même plus pourquoi elle pleurait.

«Oh! ma chérie, ne pleure pas, tout va bien.»

Elle finit par s'endormir sur sa poitrine. Justin éteignit la lumière et la regarda dormir. Il se demandait s'il avait bien agi. Cette femme comptait pour lui plus que quiconque, mais il n'était pas sûr de lui offrir ce qu'elle attendait de lui. L'avenir le remplissait de crainte. Elle était si sérieuse, si droite, elle était passée par tant d'épreuves. Sa vie à lui était tout autre, faite d'imprévus, de plaisirs et de nouvelles rencontres. Il savait surtout qu'il n'était pas fait pour le mariage.

Et pendant ce temps, dans le New Hampshire, Matthew était assis dans le noir. Il ne cessait de se reprocher son inconscience mais ne pouvait s'empêcher de haïr Justin Wakefield. Il était presque persuadé maintenant d'avoir perdu définitivement Daphné.

CHAPITRE XXXIV

PENDANT tout le mois suivant, le tournage d'*Apache* se déroula normalement. Toute l'équipe devait partir pour le Wyoming le 14 juillet. Howard avait décidé de n'accorder aucune journée de repos jusqu'à ce que le film soit complètement terminé. Pour Daphné, cela signifiait qu'elle n'aurait pas le temps de prendre l'avion pour aller voir Andrew; mais Matt lui avait affirmé que son fils allait très bien et qu'il était très absorbé par la préparation de son sac à dos pour le prochain camp. Elle décida que dès qu'elle serait revenue de Jackson Hole, elle prendrait l'avion pour aller le voir. Elle était presque trop occupée pour en avoir des remords de conscience. Il y avait beaucoup de textes à revoir pour les scènes de Jackson Hole et il lui arrivait souvent de taper toute la journée au studio et le soir chez elle, jusque tard dans la nuit. Justin s'était montré très coopératif. Il relisait tout ce qu'elle écrivait et se montrait toujours de bon conseil. Il lui enseignait bien plus qu'elle n'aurait jamais espéré apprendre sur la façon d'écrire un scénario solide et cohérent. Il veillait chaque nuit avec elle, lui apportant des sandwichs et du café, et lui massant le cou. Tard dans la nuit, ils s'écroulaient enfin dans leur lit et faisaient l'amour. Ils dormaient très peu et pourtant, Daphné n'avait jamais été aussi heureuse de sa vie. Elle avait avec lui des relations de travail, et savait maintenant qu'elle avait bien fait de rester avec lui, malgré ce qui s'était passé. Même Barbara devait admettre qu'il se conduisait comme un ange, mais elle continuait à ne pas lui faire confiance, comme elle le racontait souvent à Tom quand ils étaient seuls.

« Tu ne l'as jamais aimé depuis le début, Barb ; mais s'il lui est fidèle, que demander de plus ?

— S'il a été capable de lui faire une telle crasse, il recommencera.

— Peut-être que non. Il s'est conduit une dernière fois comme il le faisait avant de la rencontrer. Ça lui a peut-être servi de leçon. »

Tom ne voyait rien de répréhensible dans l'attitude de Justin quand il le rencontrait, et Barbara lui était si radicalement hostile qu'il la soupçonnait souvent d'être simplement jalouse d'un être qui avait tant d'influence sur Daphné. Les deux femmes avaient été si proches durant toutes ces années que Barbara avait sans doute du mal à accepter la présence de Justin, même si Tom était entré dans sa vie. Il ne comprenait pas très bien les sentiments qui l'agitaient, mais il lui recommandait toujours de se taire, si elle voulait garder son travail.

« Si elle croit vraiment en lui, Barb, laisse tomber. »

Il prévoyait, tout comme la presse hollywoodienne, que Justin et Daphné se marieraient bientôt.

« Si elle le fait, je lui enverrai des pierres à la place de riz, ironisait Barbara. Ce type lui fera du mal, je le sais.

— Très bien, grand-mère, calme-toi ! Moi, j'espère bien qu'il l'épousera, comme ça, il faudra bien qu'elle reste ici. »

Il voulait que Barbara se marie avec lui, mais elle refusait de se décider tant que le tournage d'*Apache* n'était pas terminé.

« Après ça, mon amour, il n'y aura plus d'excuses. Je ne suis plus très jeune et toi non plus, et si tu crois que je vais attendre encore vingt ans pour te revoir, tu te trompes. Je veux t'épouser et te faire un enfant. Il me reste encore cinquante ans pour avoir le bonheur de te voir dépenser mon argent et te faire bronzer au bord de la piscine. Qu'est-ce que tu en dis, mademoiselle Jarvis ?

— Trop beau pour être vrai ! »

Et pourtant, tout avait été ainsi depuis le jour où il l'avait rencontrée chez Gucci, et Barbara s'étonnait toujours de voir combien il l'aimait, et combien elle l'aimait elle aussi. Lorsqu'elle partit pour Jackson Hole, la séparation fut douloureuse mais Tom lui promit d'aller la rejoindre chaque week-end. Daphné et Justin prirent un avion-charter et le reste de l'équipe partit en bus. La douceur du temps favorisa les rencontres et des couples se firent et se défirent pendant tout le temps du tournage. L'ambiance était excellente et même Howard avait perdu de son arrogance. L'amour de Justin et Daphné était au zénith. Pendant les pauses du tournage, ils faisaient de grandes promenades, cueillaient des fleurs sauvages et faisaient l'amour dans l'herbe haute. Il y eut une vague de mélancolie lorsque le tournage fut terminé et que tout le monde dut rentrer à Los Angeles. Daphné, seule, avait moins de regret que les autres parce qu'elle savait qu'elle· verrait Andrew ; elle avait décidé de prendre l'avion pour Boston quelques jours après. Justin ne savait toujours pas s'il allait l'accompagner. La veille du départ, il entra dans leur chambre, le visage contrarié ; il s'assit sur le bord du lit.

« Je ne peux pas y arriver, Daff.

— A quoi ?

— Je ne pense pas aller à Boston avec toi. »

Il avait un air lamentable et Daphné aussitôt se méfia.

« Pourquoi ? Miss Ohio aurait-elle appelé ? »

C'était la première fois qu'elle faisait allusion à elle. Il parut contrarié.

« Ne sois pas comme ça ; je t'ai dit que ça n'arriverait jamais plus.

— Alors, pourquoi tu ne veux pas venir ? »

Il soupira, et prit un air malheureux.

« Je ne sais pas comment te l'expliquer sans passer pour un pauvre type. Ou peut-être faut-il que j'accepte le fait que j'en suis un, mais... Daff... une pleine école d'enfants sourds... j'ai... cette terreur des tares, les aveugles, les sourds, les bossus. Je ne pense pas le supporter. Ça me rend physiquement malade. »

Elle sentit son cœur défaillir. Andrew était sourd. Il fallait absolument qu'il arrive à l'accepter.

« Justin, Andrew n'est pas bossu.

— Je le sais, et je le supporterai s'il n'y avait que lui. Mais tous les autres... »

Il était devenu très pâle et Daphné vit qu'il tremblait.

« Je sais que c'est idiot de se comporter de la sorte, mais j'ai toujours été ainsi. Daphné, je suis désolé. »

Ses yeux étaient pleins de larmes et il baissait la tête. Qu'allait-elle bien pouvoir faire maintenant ? Il fallait pourtant qu'ils se rencontrent ; c'était trop important. Sa liaison avec Justin paraissait devoir durer, il fallait qu'il fasse la connaissance d'Andrew.

« Très bien mon chéri, écoute, nous allons le faire venir ici.

— Tu crois que tu pourrais ? »

Il paraissait soulagé. Cela faisait plusieurs jours qu'il avait peur de lui avouer qu'il ne pourrait pas supporter d'aller là-bas.

«Bien sûr. J'appellerai Matthew et je lui dirai de le mettre dans l'avion. Il l'a déjà fait au printemps dernier et Andrew était ravi.

— Magnifique.»

Mais quand Daphné appela Matt, il lui dit qu'Andrew avait eu une petite infection de l'oreille la semaine précédente et qu'il ne pourrait pas prendre l'avion pour aller la voir. Elle n'avait donc pas le choix. Il fallait qu'elle aille dans le New Hampshire et qu'elle laisse Justin seul en Californie. Elle se demanda tout à coup si Justin n'avait pas inventé de toutes pièces cette phobie pour pouvoir rester seul à Los Angeles et n'en faire qu'à sa tête, comme la dernière fois. Son regard devint soupçonneux.

«Daff, ne me regarde pas comme ça. Il n'arrivera rien cette fois. Je le jure; je t'appellerai cinq fois par jour.

— Qu'est-ce que ça prouve? Est-ce que Miss Ohio composera le numéro pour toi?»

Son ton était amer.

«Écoute, bon Dieu, est-ce qu'on ne peut pas passer l'éponge?

— Je ne sais pas, Justin. Est-ce que tu l'as fait, toi?

— Oui, absolument. Nous avons vécu trois mois merveilleux tous les deux. Je ne sais ce qu'il en est pour toi, mais de ma vie, moi je n'ai jamais été aussi heureux. Pourquoi continuer à me jeter cette sale histoire à la figure?»

Mais il connaissait lui-même les raisons! Daphné ne lui faisait pas confiance et se souvenait de ce qui s'était passé en juin dernier. Elle soupira et s'enfonça dans son siège.

« Je suis désolée, Justin. J'aurais vraiment aimé que tu viennes avec moi.

— Je ne peux pas venir avec toi, Daff. Vraiment, je ne peux pas le faire.

— Eh bien, je n'ai plus qu'à te faire confiance, n'est-ce pas ? »

Tout le bonheur de ces trois derniers mois semblait s'effacer d'un seul coup.

« Tu ne le regretteras pas, Daff, tu verras. »

Elle n'ajouta rien mais fit ses valises en silence, l'esprit soucieux et tourmenté.

En arrivant dans le New Hampshire, Daphné découvrit un paysage d'automne magnifique. Mais dans la voiture de Matt, qui était venu la chercher à l'aéroport, elle ne cessait de songer à Justin. Elle se demandait ce qu'il faisait et s'il tiendrait sa promesse. Matt remarqua tout de suite qu'elle était moins loquace que d'habitude et l'observa à plusieurs reprises. Elle avait l'air plus paisible que la dernière fois, mais semblait encore fatiguée. Même au Wyoming, le tournage avait été éprouvant. Howard Stern travaillait plus dur que tous les autres metteurs en scène de Californie.

« Et mon film préféré, comment se déroule-t-il ? »

Il avait peur de lui parler de Justin. Elle n'y avait pas fait allusion ces derniers temps, et il se demandait ce que cela signifiait. Il savait que lorsqu'elle en sentirait le besoin, elle se confierait à lui. Il attendait. Bien d'autres choses occupaient son esprit.

« Le tournage marche bien. Nous avons presque fini. Howard pense qu'il faudra encore six à huit semaines en studio pour boucler. »

Elle avait appris tout le jargon cinématographique ces derniers mois, et il essayait de se dire qu'elle n'était pas différente de ce qu'elle était lorsqu'il l'avait rencontrée. Mais d'une certaine façon, subtile, elle avait changé. Il y avait en elle une nervosité, une tension qui n'existaient pas auparavant, comme si elle se tenait sur ses gardes; mais que craignait-elle? Il ne le savait pas et se perdait en conjectures. Même là, elle semblait avoir du mal à se départir de son agitation, mais il se souvint qu'elle venait juste de quitter l'avion.

«Je vais faire venir Andrew pour Thanks-giving[1]».

Elle avait déjà tout prévu. Elle préparerait un vrai dîner de fête dans la maison de Bel-Air et elle voulait que Barbara amène Tom et ses enfants. Depuis la mort de Jeffrey, dix ans auparavant, elle n'avait plus voulu de réunions familiales. Mais elle sentait que le temps était venu de recommencer. Ses années de solitude étaient révolues, pour le meilleur ou pour le pire, et elle voulait mener une vie normale avec Justin. Il fallait absolument qu'il fasse la connaissance d'Andrew. Elle était désolée que cela n'ait pas pu se faire cette fois-ci. Elle regarda Matthew, et un senti-ment de tristesse l'envahit: leurs relations ne seraient jamais plus les mêmes.

«Qu'est-ce qui va arriver après le Thanksgiving, Daff?»

Daphné devint pensive.

«Je n'ai rien décidé.»

Elle ne pouvait rien affirmer, mais elle suppo-sait que Justin et elle se marieraient, si rien

1. La fête du Thanksgiving (jour d'Action de Grâces) est une fête américaine chômée, célébrée le quatrième jeudi de novembre, chaque année. Elle commémore l'arrivée des pre-miers colons, sur la côte Est des États-Unis. (N.d.T.)

d'irréparable n'arrivait d'ici là! D'une certaine façon ce voyage serait un test.

« Est-ce que vous resterez là-bas ? »

Ses yeux cherchaient les siens. Il avait besoin d'une réponse; il attendait depuis trop longtemps.

« Peut-être. Je serai fixée dans les deux mois à venir. »

Elle le regardait avec bienveillance, comprenant sa curiosité. Elle s'était confiée à lui, trois mois auparavant, lorsque Justin l'avait trompée. Elle lui devait bien une explication.

« Les choses se sont bien arrangées avec Justin cet été. Peut-être ai-je eu tort de vous raconter ce qui s'était passé pendant que j'étais partie la dernière fois.

— N'ayez crainte. Je ne dirai rien aux journalistes. »

Elle sourit.

« Je pense que c'était seulement un coup de folie. »

Elle ferma les yeux et soupira.

« Mais Seigneur, c'était tellement affreux! Quand je vous ai parlé au téléphone ce soir-là, j'étais complètement désespérée.

— Oui... Je comprends. Vous êtes-vous occupée de l'école pour Andrew ?

— Pas encore. Je pense le faire dès que nous aurons fini le film. Je n'ai pas vraiment eu le temps de faire quoi que ce soit, j'ai vécu comme en suspens pendant des mois.

— Je comprends très bien. J'ai ressenti ça, moi aussi. »

Daphné avait du mal à croire qu'il quitterait Howarth dans trois mois, pour regagner New York. Mais quelque chose les séparait désormais; Daphné tenta d'en trouver les raisons, durant son séjour; elle n'y réussit pas. Plusieurs fois, elle vit

Matthew la regarder furtivement depuis la fenêtre de son bureau, et disparaître tout aussitôt. C'est seulement quand il la raccompagna à l'aéroport qu'elle lui demanda enfin :

« Matthew, quelque chose ne va pas ?

— Non, tout va bien. Je viens de fêter mon anniversaire. Je pense que je me sens vieillir.

— Vous avez besoin de rentrer à New York. »

Sa sœur avait dit la même chose, car elle savait que Matt était éperdument amoureux.

« Peut-être. »

Il demeurait étrangement réservé.

« Howarth est un lieu trop solitaire pour vous. Pour Hélène Curtis, c'était différent. C'est une femme d'un certain âge, qui supportait bien cette vie retirée.

— Cela ne vous dérangeait pas non plus quand vous viviez cette vie, et vous aviez la moitié de son âge.

— Oui, mais je n'étais pas seule...

— Je ne le suis pas toujours non plus. »

C'était la première fois qu'il faisait allusion à sa vie privée. Daphné le regarda, surprise.

« Est-ce que vous voyez quelqu'un ici, Matt ? »

Elle lui en voulait tout à coup de ne lui avoir rien dit.

« Pas vraiment. De temps en temps.

— C'est sérieux ? »

Elle ne savait pas pourquoi, mais cette nouvelle lui était désagréable. Il avait l'air pensif.

« Ça pourrait devenir sérieux si je le voulais. Mais je n'en ai pas envie...

— Pourquoi ? »

Ses yeux bleus étaient tout innocence ; il se tourna vers elle, s'étonnant qu'elle soit si aveugle.

« Pour un tas de raisons stupides, Daphné, tout à fait stupides.

— Ne vous en faites pas, Matt. J'étais comme vous, moi aussi, il y a encore peu de temps.

— Vous croyez ? Mais êtes-vous vraiment heureuse maintenant ? »

Son ton était triste.

« Pas toujours, mais la plupart du temps, oui. Je n'en demande pas plus, et au moins, je vis.

— Doit-on se contenter d'à-peu-près dans l'existence ?

— Il est rare de trouver le bonheur parfait, Matt. J'ai dû y renoncer quand John est mort, parce que je sais que je ne le retrouverai jamais. Mais qui me dit que j'aurais toujours été aussi heureuse ? Peut-être que nous aurions eu des problèmes Jeffrey et moi, au bout d'un certain temps. Regardez cette année, par exemple, comment me serais-je débrouillée si j'avais été mariée ? J'aurais été obligée de sacrifier ma vie privée.

— Je crois que vous auriez pu y faire face, surtout si vous aviez eu un mari compréhensif. »

Il n'y avait pas de reproche dans sa voix ; il pensait simplement tout haut.

« Je suis contente pourtant de l'avoir fait.

— Pourquoi ? A cause de Justin ?

— En partie, mais surtout parce que j'ai appris beaucoup de choses. Je ne pense pas recommencer, cela me détourne trop de mes livres ; mais c'est une expérience extraordinaire. Vous avez bien fait de m'encourager à partir.

— J'ai fait ça ? »

Il parut médusé.

« Vous l'avez fait. » Elle sourit. « La première soirée où je vous ai rencontré ; Mme Curtis a fait de même. »

Matthew la regardait d'un air étrange.

« Peut-être que nous étions fous tous les deux.

— Qu'est-ce qui vous fait dire ça ? »

Elle ne comprenait pas ce qu'il disait, ou peut-être ne le voulait-elle pas.

« Rien. Martha me dit que je perds la tête, elle doit avoir raison.

— Parlez-moi de votre nouvelle amie. Qui est-elle ? »

Il valait mieux qu'il lui dise. Ça n'avait plus d'importance maintenant.

« C'est une institutrice. Elle vient du Texas. Elle est très jolie et très jeune. »

Il prit un air gêné.

« Elle a vingt-cinq ans et franchement je me fais l'effet d'un vieux dégoûtant.

— Quelle bêtise ! C'est très bien pour vous. Au moins, cela vous change un peu. Que peut-on faire ici, pour se distraire ? Ce n'est pas étonnant qu'ils aiment tous mes livres !

— Elle aussi. Elle les a tous lus. »

Daphné semblait amusée.

« Comment s'appelle-t-elle ?

— Harriet. Harriet Bateau.

— C'est un nom bizarre.

— Pourtant, elle ne l'est pas. C'est une fille très droite. »

Daphné le regarda avec curiosité.

« Allez-vous vous marier, Matt ? »

C'était dur de penser qu'il ne serait plus là pour répondre à ses appels, mais cela ne pouvait pas durer toujours. Il hocha la tête. Il n'était pas prêt au mariage.

« Je n'y ai même pas songé. Nous sommes simplement sortis quelquefois ensemble. »

Il savait combien Harriet était amoureuse de lui. Mais il ne voulait pas jouer avec ses sentiments et il la soupçonnait de savoir ce qui l'éloignait d'elle. Il se disait parfois que tout le monde devait l'avoir compris, sauf Daphné.

« Tenez-moi au courant.

— Je n'y manquerai pas. Vous de même.

— Sur Justin ? »

Il acquiesça.

« Je le ferai. »

Lorsqu'ils arrivèrent à l'aéroport, il lui dit seulement :

« Prenez bien soin de vous, Daff. »

Elle eut l'impression qu'il lui disait adieu. Elle s'approcha et le pressa contre elle ; il fit de même en essayant de ne pas trop la serrer : silencieusement, il lui souhaitait bonne chance.

« Je vous enverrai Andrew pour Thanksgiving.

— Je vous appellerai bien avant. »

Mais il n'en était pas si sûr, et quand il lui fit au revoir pour la dernière fois, il dut se détourner. Ses yeux étaient remplis de larmes.

CHAPITRE XXXV

Quand Daphné atterrit à Los Angeles, elle trouva Justin qui l'attendait à la sortie des voyageurs; il la saisit dans ses bras avec emportement, l'air avide et tout joyeux. Quatre personnes le reconnurent avant qu'il ait le temps de monter en voiture, mais comme toujours, il nia être celui qu'on croyait. Daphné en riait avec lui sur le siège arrière. Il avait l'air aux anges de la revoir, et quand ils arrivèrent à la maison, Daphné trouva tout immaculé et en ordre. Justin paraissait très fier de lui.

« Tu vois ! Je t'ai dit que je m'étais amendé.

— Je te demande pardon pour toutes mes vilaines pensées. »

Il était donc peut-être sur la bonne voie. Daphné était radieuse et surtout soulagée. Elle allait enfin ne plus être sur ses gardes et lui faire confiance. Il la regardait, l'air sérieux.

« Je n'ai pas à te pardonner, Daff. C'est moi qui te demande d'excuser ma vie passée.

— Ne dis pas ça, chéri... tout va bien. »

Elle l'embrassa tendrement sur la bouche. Il la prit dans ses bras et la déposa sur le lit où ils firent l'amour toute la nuit sans même prendre le temps de décharger ses bagages et d'éteindre les lumières du salon.

Dès le lendemain matin, le tournage du film reprit et les neuf semaines qui suivirent passèrent comme un éclair. Daphné trouvait difficilement le temps d'appeler Matthew. En fait, elle n'en avait même pas envie. Il lui semblait presque maintenant trahir Justin que de dévoiler ses états d'âme à Matt. Ce dernier était d'ailleurs souvent absent ; Daphné présumait qu'il devait passer ses soirées avec Harriet.

Ils bouclèrent la dernière scène d'*Apache* la première semaine de novembre et quand Justin quitta le plateau pour la dernière fois, l'émotion étreignit toute l'équipe. Il y eut force baisers et embrassades. Howard s'empara de Daphné et la prit dans ses bras. Le champagne coula à flots et on se quitta à regret, soudain désorienté. Le tournage avait duré sept mois pendant lesquels ils étaient tous devenus frères, sœurs ou amants. Ils se sentaient soudain accablés et perdus. Il restait encore bien du travail pour Howard et son équipe technique, qui passeraient des mois au montage et au collage, à la bande de son et à la musique. Mais pour Daphné et les acteurs, tout était fini, le rêve achevé, un rêve qui avait ressemblé parfois à un cauchemar, mais dont toutes les vicissitudes maintenant étaient oubliées.

Lors de la réception, Howard prononça un discours d'adieu qui émut Daphné jusqu'aux larmes.

« C'est un très beau film, Daff. Il va te plaire. »

Elle avait déjà vu régulièrement les rushes et pensait qu'il constituerait un véritable événement. Elle regardait joyeusement Justin.

« Tu as fait un très beau travail. »

Partout, dans tous les coins, les gens se congratulaient et s'embrassaient. Ils ne rentrèrent chez eux que vers trois heures du matin.

Le lendemain, Daphné, assise à son bureau en compagnie de Barbara, lui confia sa tristesse et le sentiment de désœuvrement qui l'envahissait.

«Tu sais, je me sens comme Justin. Je ne sais plus quoi faire maintenant.

— Tu vas bien trouver! D'ailleurs, tu as ton prochain roman qui t'attend.»

Il lui restait trois mois pour l'écrire. Elle comptait s'y mettre après Thanksgiving.

«Quand Andrew arrive-t-il?

— La veille du Thanksgiving. A propos, toi et Tom et les enfants, vous venez toujours, n'est-ce pas?»

Elle ne put cacher un instant son inquiétude. Elle savait que Barbara n'avait jamais vraiment fait la paix avec Justin et elle avait peur qu'elle se décommande à la dernière minute.

«Bien sûr, quelle question!

— Très bien.»

La semaine suivante, Daphné et Justin profitèrent de leur liberté retrouvée. Ils jouèrent au tennis une ou deux fois, assistèrent à deux réceptions et allèrent dîner dans plusieurs restaurants à la mode. Les journaux firent allusion à eux à maintes reprises; leur idylle n'était plus un secret pour personne. Daphné se sentait heureuse et sereine. Justin avait l'air de plus en plus jeune.

Un matin, quatre jours avant l'arrivée d'Andrew, Justin leva le nez de son journal et dit à Daphné en souriant:

« Tu ne sais pas ? Il y a de la neige en montagne.

— Et alors ? Faut-il pousser de grands cris de joie ? »

Elle avait l'air amusée. Quelquefois il ressemblait vraiment à un petit garçon.

« Mais, chérie, réalise, c'est la première neige de l'année ! Si on allait skier cette semaine ?

— Justin — dans des moments semblables elle s'exprimait comme si elle était une excellente mère toute pétrie de patience — je n'aime pas avoir à te le rappeler, mon amour, mais enfin Thanksgiving tombe jeudi prochain et nous avons ici à la maison Barbara, Tom et ses enfants, et Andrew qui arrivent pour le dîner.

— Tu leur dis qu'on ne le fait plus.

— Je ne peux pas.

— Et pourquoi ?

— D'abord et surtout parce qu'Andrew arrive mercredi, et c'est une occasion unique pour lui. Allez, mon chéri, c'est important pour moi. Je n'ai pas fêté le Thanksgiving chez moi depuis dix ans.

— On le fera l'année prochaine. »

Il avait l'air irrité, tout à coup.

« Justin, je t'en prie... »

Ses yeux le suppliaient. Il jeta le journal et se leva.

« Oh ! bon Dieu. Qui peut bien s'intéresser à ce dîner du Thanksgiving, je te le demande ? C'est fait pour les pasteurs et leurs femmes. C'est la meilleure neige qu'ils ont eue à Tahoc depuis trente ans et tu veux rester assise ici avec une armée de gosses qui mangeront de la dinde. Bon Dieu alors !

— Est-ce vraiment si terrible que ça ? »

Son attitude était blessante. Il la toisa de toute sa hauteur.

«Je trouve ça terriblement petit-bourgeois, si tu veux savoir.» Elle rit de l'expression qu'il avait employée et prit ses mains dans les siennes.

«Je te demande pardon d'être si embêtante... Mais c'est vraiment très important pour nous tous. Surtout pour Andrew et pour moi.

— Très bien, très bien, je renonce. Je suis en minorité, comparé à vous autres gens honnêtes.»

Il l'embrassa ensuite et n'y fit plus allusion. Elle lui avait promis qu'aussitôt qu'Andrew serait retourné en classe, ils s'en iraient skier, même si cela devait retarder son livre.

Mais le mardi suivant, alors qu'ils étaient étendus sur leur lit, Justin se retourna et embrassa Daphné plusieurs fois, l'air embarrassé. Il était évident qu'il voulait lui dire quelque chose.

«Qu'est-ce qui te tourmente, chéri?»

Elle pressentait qu'il voulait l'interroger sur Andrew. Elle savait que la surdité de son fils l'inquiétait. Elle avait essayé de le rassurer, en lui disant qu'on pouvait lui parler facilement et qu'elle serait là pour les aider à communiquer.

«Qu'est-ce qui ne va pas?»

Il s'assit sur le lit et la regarda avec un sourire penaud.

«Tu me connais si bien, Daff.

— J'essaie. Alors?

— Je pars pour Tahoc, demain matin. Je n'ai pas pu résister, Daff. Et pour te dire la vérité, j'ai vraiment besoin de partir.

— Maintenant?»

Elle le regarda longuement, puis s'assit sur le lit. Il ne plaisantait pas, elle en était sûre, mais elle ne parvenait pas à y croire.

«Tu pars vraiment?

— Oui. J'ai pensé que tu comprendrais.

— Qu'est-ce qui te fait croire ça ?

— Eh bien, tu vois, je vais être franc. Les dîners de famille, ce n'est vraiment pas mon style. Je n'ai plus pratiqué ce genre d'idiotie depuis que j'ai quitté le lycée, et c'est trop tard pour recommencer maintenant.

— Et Andrew ? Jamais je n'aurais cru que tu puisses me faire une chose pareille. »

Elle bondit hors du lit et se mit à arpenter la chambre, partagée entre l'incrédulité et la fureur.

« La belle affaire ! Je ferais sa connaissance à Noël.

— Vraiment ! A moins que tu ne partes encore skier !

— Cela dépendra de la qualité de la neige. »

Elle le regarda, complètement abasourdie. Cet homme, qui prétendait l'aimer depuis plus de huit mois et l'avait finalement convaincue de son honnêteté, partait skier au lieu de rester chez lui et de faire la connaissance de son fils adoptif. Qu'avait-il donc dans la tête et dans le cœur pour agir ainsi ? Une fois de plus, elle se demanda qui il était vraiment.

« Tu sais combien c'est important pour moi.

— Je pense que c'est stupide. »

Il n'avait même pas l'air coupable, ni embarrassé. Et Daphné se souvint à nouveau de l'avertissement d'Howard : les acteurs étaient tous des enfants gâtés et égoïstes.

« Ce n'est pas stupide, bon Dieu ! Tu veux te marier bientôt et tu n'as même pas trouvé le moyen de rencontrer mon fils unique. Tu n'as pas pris la peine de m'accompagner dans l'Est en septembre, et maintenant, tu veux t'en aller. »

Elle le regardait, stupéfaite et furieuse, mais au-delà de la colère, elle se sentait profondément blessée. Il n'avait même pas le même sens des valeurs qu'elle, et, ce qui était pire que tout, il ne voulait pas d'Andrew. Elle était sûre de cela maintenant, ce qui changeait beaucoup de choses entre eux.

« J'ai besoin de temps pour réfléchir, Daff. »

Il avait l'air soudain tout à fait tranquille.

« A quel propos ? »

Elle tressaillit. C'était la première fois qu'elle l'entendait parler ainsi.

« A propos de nous deux.

— Quelque chose ne va pas ?

— Non, mais c'est un engagement très important. Je n'ai jamais été marié, et avant de m'enchaîner pour de bon, je veux rester seul quelque temps. »

Son raisonnement se justifiait, ou presque, mais Daphné se méfiait.

« Tu as mal choisi ton moment. Tu ne pouvais pas attendre la semaine prochaine.

— Je ne peux pas.

— Et pourquoi ?

— Parce que je ne suis pas sûr d'être prêt à rencontrer ton fils. Je ne sais pas quoi dire à un enfant sourd.

— Eh bien, tu lui souhaites le bonjour. »

Son regard était froid, blessé et vide. Elle était lasse de l'entendre se plaindre, d'autant plus qu'Andrew n'était peut-être qu'une bonne excuse. Désirait-il d'ailleurs vraiment l'épouser ? Ne préférait-il pas les petites starlettes qu'il avait l'occasion de rencontrer si souvent ? Daphné réalisa combien Justin venait de baisser d'un seul coup dans son estime.

« Je ne sais pas comment parler à ton fils. J'ai déjà vu des gens comme ça, ils me rendent nerveux.

— Il lit sur les lèvres et il parle.

— Mais pas comme quelqu'un de normal. »

Elle se mit brusquement à le haïr et lui tourna le dos. Seul Andrew était important pour elle, maintenant... Elle n'avait pas besoin de cet homme. Elle avait besoin de son fils, et de personne d'autre. Elle lui fit face.

« Très bien, aucune importance, vas-y.

— Je savais que tu comprendrais. »

Il avait l'air parfaitement heureux. Il ne comprenait rien de ce qu'elle ressentait. Rien de sa déception ni de sa haine, ni du chagrin qu'il lui avait fait.

« Quand exactement as-tu décidé tout ça, Justin ? »

Il prit un air un peu gêné.

« Il y a deux jours. »

Elle le regarda un long moment.

« Et tu ne m'as rien dit ? »

Il hocha la tête.

« Tu es vraiment un sale type. »

Elle claqua la porte de la chambre et dormit cette nuit-là dans celle de Barbara, qui ne l'occupait plus, depuis qu'elle vivait avec Tom.

Le lendemain matin, Daphné se leva quand elle entendit Justin préparer le petit déjeuner. Lorsqu'elle entra dans la cuisine, elle le trouva déjà habillé. Elle s'assit et le regarda en silence. Il avait l'air détendu et heureux.

« Tu sais, je n'arrive toujours pas à croire que tu t'en vas.

— Ne recommence pas, Daff. Ce n'est quand même pas une affaire d'État.

— Pour moi, si. »

Comment allait-elle expliquer sa disparition ? Allait-elle leur avouer qu'il était parti skier pour éviter une soirée assommante ? Elle était heureuse de n'avoir rien dit du tout à Andrew. Elle avait prévu d'avoir une conversation avec lui en arrivant de l'aéroport. Ce n'était plus nécessaire maintenant, puisqu'ils se rencontreraient à Noël, si Justin n'inventait pas une autre échappatoire d'ici là. Elle commençait à se poser des questions sur lui et tout en le regardant manger ses œufs et son pain grillé, elle eut une pensée déplaisante.

« Tu pars seul ?

— Voilà une étrange question. »

Il gardait ses yeux fixés sur ses œufs.

« Mais elle est fort à propos, Justin. Tu es un homme étrange. »

Il la regarda alors et vit quelque chose de désagréable dans ses yeux. Elle n'était pas seulement furieuse contre lui, elle était blême de colère. Elle cherchait tous les arguments possibles contre lui. Il fut surpris de s'en rendre compte, mais il n'avait pas compris combien il l'avait blessée profondément.

« Oui, je m'en vais seul. Je t'ai dit que j'avais besoin de temps pour réfléchir dans les montagnes.

— J'ai besoin de temps pour penser moi aussi.

— A quoi ? »

Il parut très surpris.

« A toi. »

Elle soupira.

« Si tu ne fais pas l'effort de connaître Andrew, ça ne marchera pas. »

Sans parler du fait que s'il se sauvait et faisait exactement ce qui lui plaisait quand il en avait envie, tout irait de mal en pis. Elle n'avait pas eu l'occasion de découvrir cet aspect de sa personnalité. Ils avaient été trop occupés par le film. Mais maintenant sa vraie nature se découvrait. Et certains de ses comportements lui paraissaient inacceptables. Il disparaissait parfois des heures entières, et était incapable d'être à l'heure à un rendez-vous, ni même de savoir quand il rentrerait. Il vivait au jour le jour, au gré de sa fantaisie et répétait à Daphné que c'était là le seul moyen de faire disparaître la tension qui le rendait si nerveux lorsqu'il était en tournage. Mais Daphné, d'abord compréhensive, n'avait plus envie de lui trouver des excuses.

Il essaya de l'embrasser quand il s'en alla, mais elle se détourna et regagna la maison. Quand elle arriva, Barbara trouva Daphné dans son bureau, perdue dans ses pensées. Barbara dut s'y reprendre à deux fois pour qu'elle l'entende.

« Je viens d'aller chercher la dinde. Tu n'en as jamais vu d'aussi grosse ! »

Daphné s'efforça de sourire mais resta un long moment silencieuse. Elle revint enfin à la réalité.

« Salut, Barb.

— Tu avais l'air très loin. Tu penses déjà à ton prochain roman ?

— En quelque sorte. »

Barbara ne l'avait pas vue depuis longtemps dans un tel état de prostration.

« Où est Justin ?

— Sorti. »

Elle n'avait pas le courage de le lui dire encore, mais avant de partir pour l'aéroport chercher Andrew, elle se décida à le faire. Elle ne pouvait pas toujours jouer la comédie, et pourquoi l'aurait-elle fait ? Il ne méritait pas qu'elle le fasse passer pour meilleur qu'il n'était.

« Barb, Justin ne sera pas là pour notre dîner. »

Daphné avait l'air désespéré.

« Il ne vient pas ? »

Elle n'arrivait pas à comprendre.

« Vous vous êtes disputés ?

— Oui, presque. Mais pas avant qu'il m'ait dit qu'il s'en allait skier toute la semaine prochaine au lieu de rester avec nous.

— Tu te moques de moi ?

— Non, et je ne veux pas en discuter. »

A lire l'expression de son visage, Barbara n'insista pas. Daphné s'enferma dans son bureau et n'en sortit qu'au moment de partir pour l'aéroport. Une fois arrivée, elle gara sa voiture et se dirigea vers la sortie des voyageurs ne cessant de songer à la conduite impardonnable de Justin. Il était parti, n'écoutant que lui-même, pour se faire plaisir, sans se soucier du mal qu'il pouvait lui faire. Cette pensée qui l'obsédait sans cesse s'estompa pourtant dès que l'avion d'Andrew atterrit. Elle eut brusquement l'impression que tout cela n'avait en fait aucune importance réelle. Seul Andrew comptait maintenant. Elle sentit son cœur battre plus vite, à mesure que les minutes passaient, et tout à coup, au milieu de la foule, elle le vit. Une hôtesse le tenait par la main. Bouleversée, Daphné resta figée. C'était l'enfant que Justin rejetait, c'était l'enfant sur lequel elle avait bâti toute sa vie. Elle se mit brusquement à courir vers lui, éperdue de bonheur. Dès qu'il la distingua, Andrew lâcha la main de l'hôtesse et se précipita vers sa mère, avec ce petit cri qu'il poussait toujours lorsqu'il était heureux. Elle le pressa contre elle, et tous deux restèrent enlacés un long moment, au milieu de la foule. Daphné lui sourit au milieu de ses larmes.

« Comme je suis heureuse que tu sois là, mon chéri ! »

Elle prenait soin de bien articuler, pour qu'il comprenne.

« Ça sera encore mieux quand tu reviendras à la maison.

— Oh ! oui », acquiesça-t-elle.

Elle avait l'impression que cela arriverait certainement plus tôt que prévu.

Dans la voiture, Andrew lui raconta beaucoup de choses et fit même une remarque sur la nouvelle amie de Matthew. Daphné, sans savoir pourquoi, en fut contrariée. Elle n'avait pas envie d'en entendre parler pour le moment.

« Elle vient le voir tous les dimanches. Elle est jolie et rit beaucoup. Elle est rousse et nous apporte des bonbons. »

Daphné ne répondit rien. Elle aurait voulu se réjouir pour Matthew, mais n'y parvenait pas. Elle coupa court, et parla d'autre chose. Une fois arrivés à la maison, Daphné et Andrew eurent beaucoup à faire. Daphné se sentait revivre. Ils se baignèrent, discutèrent, jouèrent aux cartes, puis firent cuire un poulet au barbecue. Après dîner, Andrew alla se coucher. Il bâillait et pouvait difficilement rester éveillé, mais il semblait vouloir lui demander quelque chose.

« Maman, est-ce que quelqu'un d'autre habite ici ?

— Non, pourquoi ? Tante Barbara y a habité.

— Je veux dire un homme ?

— Pourquoi me demandes-tu ça ? »

Elle tressaillit.

« J'ai trouvé des vêtements d'homme dans ton placard.

— Ils appartiennent au propriétaire de la maison. »

Il parut satisfait de la réponse et continua :

« Tu es en colère contre Matt ?

— Bien sûr que non. »

Elle parut surprise.

« Pourquoi crois-tu ça ? »

Les yeux d'Andrew cherchaient le visage de sa mère. Il avait huit ans maintenant et se montrait très perspicace.

«J'ai cru que ça ne t'avait pas plu quand j'ai parlé de son amie.

— Ne sois pas ridicule. C'est un homme très gentil, qui mérite une femme charmante.

— Je crois qu'il t'aime bien.

— Nous sommes de bons amis.»

Inexplicablement, Daphné avait envie d'en savoir plus. Comme s'il lisait dans ses pensées, il lui répondit tout ensommeillé :

«Il parle beaucoup de toi, et il a toujours l'air heureux quand tu l'appelles. Bien plus heureux que lorsque Harriet vient le voir le dimanche.

— C'est stupide.»

Elle semblait sourire avec indulgence, mais au fond de son cœur, elle se sentait heureuse. «Il faut que tu dormes maintenant mon cœur, nous avons une journée chargée demain.» Il fit un signe de tête et s'endormit avant même qu'elle ait fermé la lumière ; elle regagna sa chambre, tout en songeant à Matthew et s'aperçut tout à coup qu'il lui fallait l'appeler pour le rassurer. Comme d'habitude, il ne laissa pas sonner plus de deux fois sa ligne privée.

«Comment va notre ami ? Bien arrivé ?

— Très bien ! Et il est plein de malice !

— Ce n'est pas nouveau. Il est comme sa mère ! Comment allez-vous, Daff ?

— Bien. On se prépare pour le dîner de fête.»

Leurs conversations étaient devenues impersonnelles. Tout était différent depuis qu'il y avait Justin et Harriet.

«Aurez-vous une grosse dinde pour dîner ?

— Énorme !»

Il y eut un moment d'hésitation dans sa voix, mais elle décida de ne rien lui dire. Savoir que Justin était parti ne le regardait pas, de même qu'elle n'avait pas à lui dire qu'il refusait toute relation avec Andrew. Cela n'avait d'ailleurs peut-être plus beaucoup d'importance. Elle commençait à se dire qu'elle allait bientôt rentrer chez elle, mais ne voulait pas obliger Matt à lui donner son avis.

« Et vous, Matt, où serez-vous ?

— Je serai là.

— Vous n'allez pas chez votre sœur ?

— Je n'ai pas voulu laisser les enfants. »

Et Harriet ? Mais elle n'osait pas lui en parler. S'il avait voulu qu'elle en sache davantage, il le lui aurait dit. Mais il n'en fit rien.

« Est-ce que vous viendrez à New York, un de ces jours, Daff ? »

Le ton de sa voix était celui du Matt qu'elle avait connu auparavant, solitaire et tendre. Elle se contenta de soupirer.

« Je ne sais pas encore, mais j'y ai beaucoup réfléchi. »

Il était grand temps de prendre une décision et elle le savait.

« J'emmène Andrew visiter l'école de Los Angeles la semaine prochaine. »

Mais maintenant que Justin était parti, tout était différent.

« Cela va vous plaire. C'est une fameuse école. » Il ajouta tristement :

« Mais il va nous manquer à tous.

— De toute façon, vous serez parti, Matt ?

— Je ne sais pas encore. »

Avait-il décidé de rester dans le New Hampshire ? Son idylle avec Harriet Bateau était peut-être sérieuse. Cette idée la fit tressaillir. Sans doute pensait-il se marier.

« Tenez-moi au courant de vos projets.

— Vous aussi. »

Elle lui souhaita un joyeux Thanksgiving et alla se coucher en s'efforçant de ne pas songer à Justin. La sonnerie du téléphone retentit à minuit et la réveilla. C'était Justin, confortablement niché à Square Valley, lui dit-il, mais sans téléphone. Il commença à lui parler de la neige et lui affirma combien elle lui manquait, mais s'excusa brusquement au milieu de la conversation de devoir raccrocher tant il faisait froid dans la cabine. Troublée par cet appel et par la précipitation de Justin, Daphné s'assit sur son lit et se mit à réfléchir. Pourquoi l'avait-il appelée? Et pourquoi avait-il cessé tout à coup d'être si bavard? Elle s'aperçut qu'il lui était devenu totalement étranger, et le chassant une fois de plus de son esprit, elle se rendormit. Bizarrement, cette nuit-là, elle rêva de Matthew.

CHAPITRE XXXVI

GRÂCE à Barbara et à la fille de Tom, Alex, le dîner du Thanksgiving se passa beaucoup mieux que Daphné ne l'avait imaginé. Les trois jeunes femmes s'activèrent de concert à la cuisine tout en bavardant et en riant; Tom et les deux garçons jouèrent au golf sur la pelouse. Tom s'émerveillait de voir combien Andrew était vivant et amusant, en dépit de son élocution malhabile, et lui trouva beaucoup d'esprit. Quand Daphné récita les grâces avant de commencer le dîner, elle se sentit mieux qu'elle ne l'avait jamais été depuis des années. Le repas fut copieux et tout le monde s'assit ensuite près du feu. Les Harrington partirent à regret, tard dans la soirée. Les deux adolescents embrassèrent Daphné et serrèrent Andrew sur leur cœur en lui faisant promettre d'aller leur rendre visite dès le lendemain. Ce fut un week-end agréable et reposant, et sans l'absence de Justin, Daphné aurait été parfaitement heureuse. La nuit précédant le départ d'Andrew, Justin l'appela mais raccrocha encore presque aussitôt, ce qui inquiéta Daphné. Elle ne comprenait pas dans quel but il lui téléphonait, puisque ses conversations étaient si courtes. Cela n'avait pas de sens, tout au moins pour elle. Elle y songea encore après qu'Andrew se fut couché, et crut comprendre tout à coup ce qui se passait. Il raccrochait sans doute dès que quelqu'un s'approchait de lui, de peur d'être découvert. Elle s'assit sur son lit, toute pâle, et mit des heures à s'endormir.

Le lendemain matin, elle fit les bagages d'Andrew, le mit dans l'avion, appela Matt et rentra chez elle. Les trois jours suivants, elle essaya de travailler à son livre, mais sans succès. Elle pensait sans cesse à Justin.

Il arriva en voiture vers deux heures du matin. Il ouvrit la porte d'entrée avec sa clef, posa ses skis dans le corridor, et entra dans la chambre. Il pensait que Daphné serait en train de dormir, et fut surpris de la trouver assise dans son lit, un livre à la main. Elle leva les yeux et le regarda sans un mot.

« Salut, chérie, tu ne dors pas ?

— Je t'attendais. »

Il n'y avait aucune chaleur dans sa voix.

« C'est gentil. Ton fils est bien rentré ?

— Très bien, merci. Je te rappelle qu'il se nomme Andrew.

— Oh ! bon Dieu ! »

Il s'attendait déjà à des reproches sur son absence mais il se trompait. Elle avait autre chose en tête.

« Qui était avec toi à Square Valley ?

— Des tas de gens que je ne connaissais pas. »

Il s'assit et enleva ses bottes. Après un voyage de douze heures au volant, il ne se sentait pas d'humeur à supporter ses questions.

« Est-ce que ça ne pourrait pas attendre à demain ?

— Non, je ne pense pas qu'on puisse attendre.

— Bien, je vais me coucher.

— Vraiment et où ?

— Ici. Aux dernières nouvelles, j'habitais ici. »

Il la fixait de l'autre bout de la chambre.

« Ou bien mon adresse aurait-elle changé ?

— Pas encore, mais je sens que ça pourrait venir si tu ne réponds pas à quelques questions, franchement, pour changer.

— Écoute, Daff, je te l'ai dit. J'avais besoin de réfléchir... »

Tout à coup, le téléphone se mit à sonner et Daphné décrocha. Elle eut tout de suite peur qu'il soit arrivé quelque chose de grave à Andrew. Qui d'autre pourrait appeler à deux heures et demie du matin ? Mais ce n'était pas Matt. C'était une voix de femme qui demandait à parler à Justin. Sans un mot, Daphné tendit le récepteur.

« C'est pour toi. »

Elle quitta la chambre en claquant la porte. Justin la trouva dans son bureau, quelques minutes plus tard.

« Écoute Daphné, je t'en prie, je sais que c'est inqualifiable, mais... »

Tout à coup, le mensonge lui parut invivable. Il était trop fatigué pour essayer de la berner. Sa voix était calme maintenant.

« Très bien Daphné, tu as raison. J'ai été skier avec Alice.

— Qu'est-ce que c'est que ça ?

— La fille de l'Ohio. »

Il avait l'air exténué.

« Pas besoin d'en faire un plat. Elle aime skier, moi aussi. Je ne voulais pas rester ici pour ta petite fête de famille, aussi je l'ai emmenée une semaine. Rien de plus. »

Pour lui, c'était normal. Il n'y avait donc plus de raison de se battre. Ça ne marcherait pas. C'était fini. Elle le regarda, les larmes aux yeux.

Sa désillusion était si grande qu'il lui semblait qu'on lui avait enlevé une partie d'elle-même, celle justement qui aimait Justin.

« Justin, je ne peux plus continuer ainsi.

— Je sais, et moi non plus. Je ne suis pas fait pour ce genre de vie, Daff.

— Je sais. »

Elle se mit à pleurer et il se rapprocha d'elle.

« Ce n'est pas que je ne t'aime pas. Je t'aime à ma façon, qui est différente de la tienne. Trop différente. Je pense que je ne serai jamais ce que tu voudrais que je sois. Tu veux un bon mari bien honnête. Ce que je ne suis pas. »

Elle acquiesça et détourna la tête.

« Très bien, je comprends. Tu n'as pas besoin d'expliquer.

— Ça ira, tu crois ? »

Elle fit signe que oui, et les larmes continuaient à rouler sur ses joues. Elle le regardait. Il était encore plus beau avec son teint hâlé par son séjour à la montagne, mais c'est tout ce qu'il était, tout ce qu'il avait toujours été, un bel homme à contempler. Howard Stern avait eu raison, c'était un magnifique enfant gâté, qui faisait exactement ce qu'il voulait dans la vie, quelle qu'en soit la victime et quoi qu'il lui en coûte. Quand elle vit qu'il allait partir, en un moment d'égarement, elle voulut le supplier de ne pas s'en aller et de rester, mais elle savait qu'il n'y avait plus rien à faire.

« Justin ? »

Toute la question résidait dans ce simple mot. Il acquiesça.

« Oui, je crois que je vais m'en aller.

— Maintenant ? »

Sa voix tremblait. Elle se sentait seule et effrayée.

« Je crois que c'est mieux ainsi. Je prendrai mes affaires demain. »

Il la regarda avec un sourire triste.

« Je t'aime, Daff.

— Merci. »

La porte se ferma. Il était parti ; elle s'assit en pleurant, seule dans son bureau. Pour la troisième fois de sa vie elle était perdante, mais cette fois-ci pour des raisons différentes. Elle avait perdu quelqu'un qui ne l'aimait pas réellement. Il ne pouvait aimer personne que lui-même. Il n'avait jamais aimé Daphné. Elle pleura toute la nuit en se demandant si c'était mieux ou pis.

Le jour suivant, quand elle arriva, Barbara lui trouva l'air déprimé et vit de grands cernes sous ses yeux ; elle travaillait à son bureau.

« Tu te sens bien ?

— Plus ou moins. »

Il y eut un long moment de silence pendant lequel Barbara s'efforça de capter son regard.

« Justin est parti d'ici hier au soir. »

Barbara ne sut que répondre.

« Est-ce que je demande pourquoi, ou est-ce que je m'occupe de mes propres affaires ? »

Daphné sourit tristement.

« Peu importe. Il fallait que ce soit ainsi. »

Mais on ne la sentait pas convaincue. Elle savait qu'il lui manquerait. Elle avait vécu neuf mois avec lui, jour après jour. Elle savait déjà qu'elle allait souffrir et connaissait trop bien ce que cela signifiait.

« Je te plains beaucoup Daff, mais je ne peux pas te dire que je suis désolée. Il aurait fini par te détruire, parce qu'il est comme ça. »

Daphné acquiesça. Elle ne pouvait pas dire le contraire maintenant.

« Je ne crois pas qu'il sache seulement ce qu'il fait.

« — C'est peut-être mieux. »

C'était un terrible jugement sur l'homme qu'il était.

« De toute façon, ça fait mal.

— Je sais. »

Barbara s'approcha d'elle et lui tapota l'épaule.

« Que vas-tu faire maintenant ?

— Rentrer à la maison. Andrew n'aimait pas l'école d'ici, et je ne suis pas de cette région. J'appartiens à New York, à ma maison, où j'écris mes livres. Et puis je peux voir Andrew facilement là-bas. »

Mais tout serait différent maintenant. Elle avait ouvert de nouvelles portes depuis qu'elle était partie. Des portes qui lui seraient difficiles de refermer ; elle n'était pas sûre de se rappeler comment s'y prendre. Sa vie à New York avait été solitaire ; sa vie avec Justin avait parfois comporté bien des joies.

« Quand comptes-tu partir ?

— J'ai besoin de deux semaines pour faires mes malles. J'ai quelques rendez-vous à Comstock. »

Elle sourit tristement.

« Ils veulent m'acheter un autre roman pour en faire un film. »

Barbara retint sa respiration.

« Tu vas écrire le scénario ?

— Jamais plus, ma chère, une fois c'est assez. J'ai appris ce que j'avais envie d'apprendre. A partir de maintenant, j'écris les livres, et eux s'occuperont des scénarios. »

Barbara prit un air atterré. Elle s'en doutait ; même si Daphné était restée avec Justin sur la côte Est, il est probable qu'elle n'en aurait jamais refait. Elle préférait écrire.

« Aussi, nous rentrons à la maison. »

C'était une hypothèse que Barbara n'osait pas

envisager et elle en fit part à Tom cette nuit-là, en pleurant dans ses bras.

« Pour l'amour du Ciel, Barb, tu n'as pas besoin de partir avec elle. »

Il semblait au bord des larmes. Mais elle secoua la tête.

« Si, il le faut. Je ne pense pas la laisser maintenant. Justin l'a démolie.

— Elle s'en remettra. Moi, j'ai bien plus besoin de toi.

— Elle n'a personne d'autre que moi et Andrew.

— C'est la faute à qui ? La sienne. Vas-tu sacrifier notre amour pour elle ?

— Non. »

Elle sanglota longtemps puis se calma enfin.

« C'est simplement que je ne peux pas la laisser seule maintenant. »

Elle était prise au piège comme elle l'avait été avec sa mère, durant des années, et il n'y avait plus personne pour l'aider à recouvrer sa liberté. Sa mère était morte l'année passée dans sa maison de retraite et Barbara, maintenant, se sentait liée à Daphné.

Tom regardait tristement la femme qu'il aimait.

« Quand pourras-tu la quitter ?

— Je ne sais pas.

— Écoute, Barb. Je ne peux pas vivre comme ça. »

Il se servit un whisky bien tassé.

« Je n'aurais jamais cru que tu aurais fait ça. Après ce que nous avons vécu cette année, tu rentres à New York avec elle. Mais bon Dieu, c'est ridicule ! »

Barbara se remit à pleurer.

« Je sais que ça peut paraître ridicule. Mais elle

a tant fait pour moi, et puis c'est bientôt Noël... »

Elle savait combien cette époque était pénible pour Daphné. Elle savait aussi que Tom ne pouvait pas comprendre, mais elle ne voulait pas le perdre. C'était trop cher payé, même pour Daphné.

« Écoute, je te promets, je reviendrai. Donne-moi seulement un peu de temps pour l'installer de nouveau à New York et puis, je lui annoncerai mon départ.

— Quand ? »

La question la frappa en plein cœur.

« Dis-moi un jour et tu auras intérêt à le respecter.

— Je lui dirai la semaine après Noël. Je te le promets.

— Combien de préavis lui donneras-tu ? »

Il ne laissait rien au hasard. Elle voulut dire un mois, mais elle se tut quand elle vit l'expression de ses yeux. Il avait l'air d'une bête blessée ; elle ne pouvait supporter l'idée de le quitter.

« Deux semaines.

— Bon. Donc tu seras de retour six semaines après ton départ ?

— Oui.

— Tu m'épouseras alors ? »

Il parlait avec dureté.

« Oui. »

Il sourit alors doucement.

« Bon, très bien, tu retournes à New York avec elle. Mais ne me fais jamais plus une chose pareille. Je ne peux pas le supporter.

— Moi non plus. »

Elle se blottit dans ses bras.

« Je viendrai à New York les week-ends.

— C'est vrai ? »

Elle le regardait avec de grands yeux, joyeuse, soudain rajeunie.

«Oui, bien sûr, et avec un peu de chance, je te ferai un enfant, même avant que tu reviennes. Je sais qu'ainsi tu tiendras ta promesse.»

Cette proposition la fit rire mais l'idée ne lui déplaisait pas. Il l'avait convaincue, depuis longtemps, qu'elle était encore assez jeune pour avoir au moins un ou deux enfants.

«Tu n'as pas besoin de ça pour me convaincre, Tom.

— Pourquoi pas? J'en serais tellement heureux.»

Ils passèrent ensemble chaque minute possible et Tom vint à l'aéroport quand elles partirent. Daphné portait un tailleur noir et un manteau de fourrure. Quant à Barbara, elle étrennait une nouvelle veste de vison que Tom venait de lui offrir.

«Vous êtes drôlement chic toutes les deux!»

Quand il embrassa Barbara, il lui murmura:

«A vendredi.»

Elle lui sourit et le serra contre elle. Elles montèrent à bord et s'installèrent à leur place. Daphné jeta un coup d'œil à Barbara.

«Tu n'as pas l'air trop triste. Je pressens un complot imminent.»

Barbara rougit et Daphné se mit à rire d'avoir deviné.

«Quand vient-il à New York? Par le prochain vol?

— Vendredi.

— C'est très bien pour toi. Si j'avais un brin de conscience, je te ficellerais et te jetterais du haut de l'avion.»

Barbara l'observa attentivement. Elle était très pâle sous sa toque de fourrure noire; Barbara savait qu'elle avait vu Justin la nuit précédente.

Elle se doutait que cette rencontre n'avait pas dû être facile. Un peu plus tard, Daphné finit par lui en parler.

« Il vit déjà avec cette fille.

— Celle de l'Ohio ? »

Daphné acquiesça.

« Peut-être qu'il va l'épouser. »

Elle regretta presque tout de suite ses paroles.

« Je suis désolée, Daff.

— Il n'y a pas de quoi. Tu as peut-être raison, mais j'en doute. Je ne pense pas que des hommes tels que Justin épousent qui que ce soit. Je n'ai pas été assez intelligente pour savoir ça. »

Elles parlèrent ensuite d'Andrew et Daphné lui annonça qu'elle irait le voir le week-end suivant.

« J'allais te demander de venir, mais je crois que tu as déjà quelque chose de prévu, alors... »

Elles échangèrent un sourire et Barbara se décida à aborder un sujet qu'elle avait en tête depuis longtemps.

« Qu'est-ce que Matthew devient ?

— Qu'est-ce qu'il devient ? »

Daphné se tenait sur ses gardes.

« Tu sais bien ce que je veux dire. »

Elles avaient trop vécu ensemble pour se jouer la comédie.

« Oui, je sais. Mais c'est seulement un ami. C'est mieux comme ça. »

Elle sourit.

« De plus, Andrew dit qu'il a une petite amie. Et je sais que c'est vrai car Matt m'a parlé d'elle en septembre.

— J'ai l'impression que s'il savait que tu es libre, il laisserait tomber cette fille en deux minutes.

— J'en doute, et ça n'a pas d'importance. Nous avons, Andrew et moi, beaucoup de choses à régler quand je rentrerai et je veux commencer mon roman avant Noël. »

Barbara voulut lui dire que la vie qu'elle se préparait n'allait pas être exaltante mais elle savait que Daphné ne voudrait pas en discuter. Les deux femmes se turent, perdues dans leurs pensées. Ce silence soulageait Barbara. Elle se sentait gênée d'avoir menti à Daphné à propos de Tom et elle n'était pas prête à lui dire qu'ils allaient se marier.

Elles arrivèrent enfin à New York. Daphné souriait d'aise tandis qu'elles circulaient en ville. Pour Barbara, tout était différent maintenant ; Tom lui manquait déjà. Daphné ne pensait plus qu'à Andrew. Les deux jours qui suivirent, elle ne cessa de parler de lui. A la fin de la semaine, elle sortit sa voiture et prit la route pour aller le voir ; il lui tardait maintenant de le retrouver.

Il y avait de la neige presque tout au long du chemin, et elle devait se montrer très prudente, mais la fatigue n'avait pas de prise sur elle. Elle dut même s'arrêter pour faire poser des chaînes sur ses pneus, mais ne regretta pas un seul instant le doux soleil de la Californie. Tout ce qu'elle désirait, c'était être auprès d'Andrew. Elle arriva en ville à neuf heures passées, se dirigea tout droit à l'auberge et appela tout de suite Matt. Un des professeurs répondit à sa place, et lui dit qu'il était sorti. Il n'était plus question de penser à lui, il avait maintenant sa propre vie, et elle, elle avait Andrew. Le lendemain matin quand elle arriva à l'école, ils eurent une grande conversation.

« Maintenant, on ne se séparera jamais plus. »

C'était étrange de penser que l'année était finie.

« Je vais venir te chercher dans quinze jours

et on passera toutes les vacances de Noël ensemble.»

Andrew était assez grand, maintenant, pour quitter l'école de temps en temps. Il secoua la tête.

«Je ne peux pas, maman.

— Tu ne peux pas? Et pourquoi donc?

— Je m'en vais faire un camp.»

Barbara avait raison. Il menait déjà sa propre vie.

«Où ça?»

Daphné sentit son cœur défaillir. Elle allait passer Noël seule.

«Je m'en vais skier. Mais je reviens avant le Premier de l'An. Est-ce que je pourrai venir alors?

— Bien sûr!»

Elle se sourit à elle-même. Comment tout avait changé depuis un an.

«Est-ce qu'on peut jouer du cor la nuit du réveillon?

— Oui.»

Elle réalisa tout à coup que c'était une curieuse question; il ne pourrait pas s'entendre.

«J'adore en jouer, il vibre dans ma bouche et tous les autres pourront entendre le bruit que ça fait.»

Il n'avait toujours que huit ans, en dépit de sa nouvelle indépendance.

Matthew les rejoignit.

«Salut Matt. J'apprends que vous emmenez Andrew skier?

— Je n'y vais pas. Je reste ici pour tout terminer. Mais une bonne partie des enfants part dans le Vermont avec quelques-uns des professeurs.

— Ils vont bien s'amuser.»

Il perçut sa déception.

« Vous vouliez qu'il aille en Californie pour Noël ? »

Elle ne lui avait pas encore dit qu'elle était rentrée. L'école avait été prévenue de la présence de Daphné à New York par un appel de Barbara.

« Non. J'ai décidé que je resterai à New York. »

Elle chercha ses yeux mais n'y vit aucune réaction.

« Andrew m'a dit qu'il me rejoindrait pour le réveillon du Nouvel An.

— Formidable ! »

Ils s'observèrent longuement au-dessus de la tête du garçonnet.

« Quand partez-vous, Matt ?

— Le vingt-neuf. Pendant un certain temps, j'ai cru que je resterais ici, mais ils ont tellement besoin de moi à New York ! Ça n'est pas très modeste, mais Martha va abandonner si je ne reviens pas, et ils ne peuvent pas se permettre de nous perdre tous les deux. Pour eux, c'est elle qui est vraiment compétente.

— Ne soyez pas si modeste. Vous allez terriblement leur manquer ici.

— Non, je ne crois pas. La nouvelle directrice arrive de Londres la semaine prochaine, et si j'en juge par sa correspondance, elle est formidable. Je reviendrai très souvent aux week-ends pour passer les troupes en revue. »

Par ces mots, Daphné comprit qu'Harriet Bateau faisait toujours partie de sa vie. Cette indication allait lui dicter une prudente ligne de conduite pour ses prochains agissements. Elle s'était demandé dans un moment d'égarement si Barbara n'avait pas raison, si elle ne devrait pas dire à Matt qu'elle était libre, mais elle n'avait pas le droit de le faire désormais, et il n'y avait plus de raison de croire que cela pourrait changer quoi que ce fût pour lui.

« Pourquoi n'allez-vous pas skier avec les enfants ? »

Mais elle pensait déjà en connaître les raisons.

« Je veux rester ici avec les enfants qui ne peuvent pas partir. »

Elle acquiesça, mais elle n'était pas dupe. Il retourna travailler et elle ne le vit que très peu, durant son séjour. Il était submergé de travail, d'autant qu'il voulait tout mettre en ordre avant l'arrivée de la nouvelle directrice. Ce n'est que la veille du départ de Daphné, qu'ils prirent enfin le temps de s'asseoir et de bavarder, après qu'Andrew fut parti se coucher. Elle avait décidé d'affronter les routes enneigées et de rentrer dimanche dans la nuit. Pour la première fois depuis longtemps, le New Hampshire la déprimait.

« Comment trouvez-vous la Californie ces temps-ci, Daff ? »

Il lui tendit une tasse de café et s'assit dans son fauteuil favori.

« Tout allait bien quand je l'ai quittée. Je suis à New York depuis lundi.

— C'est bien pour Andrew que vous restiez pour les fêtes. J'imagine que votre ami n'est toujours pas pressé de faire sa connaissance. Peut-être est-il là ? »

C'était le moment de lui dire la vérité. Mais elle n'en fit rien.

« Non, je suis seule. Il faut que je commence mon nouveau livre.

— Vous ne vous reposez donc jamais ? »

Son sourire était doux, mais son attitude quelque peu distante.

« Pas plus que vous. Si j'en crois ce que j'ai vu

ces deux derniers jours, vous allez finir par avoir une dépression nerveuse.

— Je crois que je n'aurai même pas le temps d'y faire attention !

— J'ai connu la même sensation. Les dernières semaines du tournage d'*Apache* ont été démentes, mais le final grandiose. »

Elle raconta la dernière journée et la soirée d'adieux ; il l'écoutait en souriant. Elle parlait avec aisance et sa conversation était très agréable mais elle s'arrangeait visiblement pour ne pas aborder un sujet trop brûlant. Elle avait encore trop mal pour se livrer, même à lui. Elle avait perdu la partie, battue par Justin et cette fille de l'Ohio qui avait vingt-deux ans. Elle n'avait jamais connu une telle situation auparavant et était bien décidée à ne plus jamais s'engager.

« Qu'allez-vous faire pour Noël, Daff ? »

Il paraissait soucieux mais supposait que Justin viendrait la rejoindre. La dernière fois qu'il lui en avait parlé, elle lui avait dit qu'ils se marieraient sans doute.

« J'ai beaucoup à faire, vous savez. »

Un long silence s'installa entre eux et Matthew se mit à penser à Harriet. C'était une fille bien, mais elle n'était pas faite pour lui et ils le savaient l'un et l'autre. Elle avait commencé à fréquenter quelqu'un d'autre depuis quelques semaines, et il se doutait qu'il entendrait bientôt parler de ses fiançailles. Il aurait pu pourtant l'épouser facilement mais il ne l'aimait pas. Et Harriet, qui l'avait compris obscurément, lui avait avoué qu'elle attendait davantage d'un homme.

« Vous avez l'air terriblement sérieux, Matt. »

Il contempla le feu et la regarda.

« Je me disais que tout avait beaucoup changé. »

364

Daphné se demandait ce qu'il avait promis à Harriet. Peut-être allait-il l'épouser.

« Oui, c'est vrai. Je ne peux pas croire que cette année soit terminée.

— Je vous avais bien dit qu'elle ne durerait pas toujours. »

Il était calme, serein, et Daphné remarqua qu'il avait davantage de cheveux blancs que l'année précédente.

« Andrew s'en est bien sorti.

— Vous ne vous en êtes pas mal tirée non plus.

— Andrew a bien progressé, grâce à vous, Matt.

— Ce n'est pas exact. Andrew a progressé par sa propre volonté. »

Elle se leva.

« Il faut que je parte, Matt. La route va être longue par ce temps.

— Est-ce bien raisonnable ? »

Il se faisait du souci et elle sourit. Il lui avait prodigué tant de réconfort ces derniers mois ; elle aurait du mal à ne plus faire appel à lui, dans ses moments de tristesse. Mais il valait mieux maintenant en rester là.

« Ça ira. Je suis indestructible, vous savez.

— C'est possible, mais il y a une sacrée couche de neige sur les routes, Daff. »

Il ajouta, en l'accompagnant à la porte :

« Pourquoi ne m'appelez-vous pas quand vous serez arrivée ?

— Ne soyez pas ridicule, Matt. Il sera trois ou quatre heures du matin pour vous lorsque j'arriverai à New York.

— Peu importe l'heure, appelez-moi. Je me rendormirai tout de suite. Je veux savoir que vous êtes saine et sauve. Si vous ne m'appelez pas, je resterai éveillé et ne cesserai de vous appeler.

— Très bien, j'appellerai, mais je vais détester devoir vous réveiller. »

Elle dut rouler très prudemment sur les routes verglacées et n'arriva chez elle que vers cinq heures du matin. Elle hésita un instant, avant d'appeler Matt, gênée de le réveiller mais s'avoua qu'elle en avait envie. Elle composa le numéro de son bureau; il décrocha quelques secondes après, la voix ensommeillée.

« Matt ? Je suis à la maison. »

Elle parlait très bas.

« Vous allez bien ? »

Il regarda le réveil. Il était cinq heures quinze du matin.

« Je vais très bien. Maintenant, rendormez-vous. »

Il se retourna dans son lit et se mit à rire.

« Ça me rappelle quand vous aviez l'habitude de m'appeler de Californie ! L'heure était comme propice aux confidences. »

Il poursuivit :

« Vous m'avez manqué, vous savez. Et souvent, quand vous êtes venue, je n'avais même pas le temps de discuter avec vous.

— Oui, je sais. »

Il y eut un silence.

« Vous êtes heureux ces temps-ci, Matt ? »

Elle voulait l'interroger sur Harriet, mais elle n'osait toujours pas le faire.

« Oui, ça va. Mais je suis trop occupé pour me poser vraiment la question. Et vous ? »

Un moment, elle se sentit défaillir, mais resta circonspecte.

« Je vais bien.

— Vous allez vous marier ? »

Il fallait qu'il le lui demande.

« Non, lui répondit-elle seulement. Mais je crois que Barbara va le faire.

— Le gars de Los Angeles?

— Oui. Il est sensationnel. Elle mérite quelqu'un comme ça.

— Vous aussi.»

Les mots lui avaient échappé et il les regretta tout de suite.

«Je suis désolé, Daff. Cela ne me regarde pas.

— Ça ne fait rien. J'ai pleuré pas mal sur votre épaule l'année dernière.

— Vous ne pleurez plus, n'est-ce pas Daff?»

Sa voix était triste et Daphné savait que c'était une façon d'en savoir plus sur Justin et elle.

«Non, pas récemment.

— Tant mieux. Vous méritez tellement d'être heureuse.

— Vous aussi.»

Ses yeux se remplirent alors de larmes et elle se sentit stupide. Il avait le droit d'être heureux avec Harriet, mais elle savait déjà qu'il allait lui manquer. Une fois qu'il aurait quitté Howarth, elle n'aurait plus de raison de l'appeler.

«Retournez au lit, Matt. Il est si tard.»

Il bâilla et se retourna pour regarder le réveil. Il était presque six heures du matin et il fallait qu'il se lève.

«Allez dormir, vous aussi. Vous devez être éreintée après ce voyage fatigant.

— Un peu.

— Bonne nuit, Daff. Je vous appellerai bientôt.»

Daphné téléphona quelques jours plus tard pour laisser un message à Andrew, mais Matt était sorti. Elle décida de le rappeler le jour de Noël, mais elle ne put jamais le faire.

Barbara, les larmes aux yeux, contemplait Daphné, immobile sur son lit d'hôpital. Elle ne pouvait pas croire qu'une telle chose ait pu arriver à Daphné. Qu'allait-elle dire à Andrew? Daphné lui avait fait promettre de ne pas appeler, mais tôt ou tard, elle savait qu'elle aurait à le faire. Et surtout si... Elle chassa de son esprit l'hypothèse insoutenable. Au même moment, Liz Watkins l'avertit qu'il était temps de quitter la chambre. Elle prit le pouls de Daphné et s'aperçut qu'elle avait la fièvre.

«Comment va-t-elle maintenant?»

Liz Watkins observait Barbara, se demandant si elle supporterait la vérité; elles sortirent dans le couloir.

«Pas très bien. La fièvre peut signifier beaucoup de choses.»

Barbara se remit à pleurer. Elle appela Tom qui l'avait attendue toute la journée dans son appartement.

«Oh! ma chérie.»

Il pensa que le pire était arrivé, mais Barbara le rassura vite. C'était la dixième fois qu'elle l'appelait et il s'alarma quand il l'entendit pleurer.

«Elle a de la fièvre et l'infirmière paraît préoccupée.»

Il s'assit et resta silencieux un bon moment.

«Ne faudrait-il pas prévenir quelqu'un, Barb?

— Elle n'a qu'Andrew, tu sais.»

Elle pleurait doucement, en pensant à lui. Si sa mère mourait, il ne le supporterait pas. Elle s'était dit qu'elle l'emmènerait en Californie pour vivre avec elle et Tom.

«Je ne peux pas l'appeler. Il fait du ski. En plus, il n'a que huit ans. Il ne faut pas qu'il voie ça.

— Est-ce qu'elle a l'air si mal?

— Non, mais...»

Barbara butait sur les mots.

« Elle ne s'en sortira peut-être pas. »

Il eut tout à coup une idée.

« Et ce type à l'école, ce directeur, qui est son ami ?

— Pourquoi lui ?

— Je ne sais pas, Barb, mais pour lui cela signifiera peut-être quelque chose. J'ai toujours eu le sentiment, d'après ce que tu m'as dit, qu'il y avait beaucoup plus entre eux qu'elle ne voulait bien l'admettre.

— Je ne crois pas qu'il y ait eu quelque chose entre eux. »

Mais elle se mit à réfléchir un bon moment.

« Peut-être que je devrais l'appeler, tout de même. »

Lui saurait à coup sûr s'il fallait ou non prévenir Andrew.

« Je te rappellerai tout à l'heure.

— Est-ce que tu veux que je vienne ? »

Elle faillit lui dire non, mais craqua à nouveau. Elle était à bout. Elle avait besoin de le sentir près d'elle.

« Ne t'en fais pas. Je serai là dans dix minutes. »

Il craignait que les choses tournent mal et savait combien Barbara serait affectée si Daphné n'en réchappait pas. Il se précipita dans la voiture, emportant des sandwichs et du café noir.

Barbara resta assise longtemps dans la cabine téléphonique, se demandant si elle avait le droit d'appeler Matthew. A un de ses rares moments de lucidité, Daphné lui avait dit de ne pas le faire. Mais quelque chose de plus fort la poussait maintenant à agir. Elle ouvrit le sac à main de

Daphné et trouva dans son carnet d'adresses le numéro privé de Matthew Dane. Matthew décrocha, manifestement agacé d'être dérangé en plein travail.

« Monsieur Dane, je suis Barbara Jarvis, je vous appelle de New York. »

Son cœur battait à grands coups et elle sentait ses mains devenir moites. Ça n'allait pas être facile.

« Oui ? »

Il semblait surpris que la secrétaire de Daphné l'appelle si tard. Peut-être voulait-elle laisser un message à Andrew.

« Je... Monsieur Dane, c'est un appel difficile. Mlle Fields a eu un accident. Je suis à l'hôpital avec elle.

— Vous a-t-elle demandé de m'appeler ? »

Il semblait ému. Barbara ravala ses larmes et secoua la tête.

« Non. »

Il l'entendait pleurer.

« Elle a été renversée par une voiture la nuit dernière, et... Monsieur Dane, elle est dans le Service de soins intensifs et... »

Elle éclata en sanglots.

« Oh ! mon Dieu ! Est-ce si grave ? »

Elle lui dit tout ce qu'elle savait. La voix de Matthew tremblait quand il lui répondit.

« Elle ne voulait pas que je vous prévienne vous ou Andrew, mais j'ai pensé...

— A-t-elle repris connaissance ?

— Oui, mais très peu de temps ; elle est de nouveau inconsciente. »

Barbara soupira profondément et lui annonça qu'un accès de fièvre venait de se déclarer, qui pouvait avoir des conséquences fâcheuses. Matthew comprit tout à coup ce qu'avait pu ressentir

Daphné lorsqu'elle avait perdu Jeffrey, puis John.

Il interrompit Barbara et lui demanda.

« Y a-t-il quelqu'un auprès d'elle, à part vous ? »

Il brûlait de poser cette question depuis le début de la conversation.

« Non, seulement mon... mon fiancé qui sera là d'une minute à l'autre. Il est venu de Los Angeles... »

Elle réfléchit un instant et reprit avec force :

« Monsieur Dane, elle a rompu avec Justin il y a un mois.

— Pourquoi ne m'a-t-elle rien dit ? »

Il paraissait encore plus bouleversé qu'auparavant.

« Elle pensait que vous étiez amoureux d'une jeune fille et elle a jugé qu'il serait de mauvais goût de vous parler de Justin.

— Oh ! mon Dieu ! »

Il s'assit et se souvint de leur dernière conversation. Il était tellement persuadé qu'elle était sur le point d'épouser Justin...

« Faut-il prévenir Andrew ?

— Non, je ne crois pas. Il ne peut rien faire et il est trop jeune pour être confronté à une telle situation, à moins qu'il n'y soit forcé. »

Il regarda sa montre, se leva et se mit à arpenter la pièce le téléphone à la main.

« Je serai là dans six heures.

— Vous venez ? »

Elle semblait abasourdie. Elle ne savait même plus ce qu'elle voulait.

« Vous ne pensiez pas que j'allais venir ?

— Je ne sais pas, je ne sais plus... Mais j'étais sûre qu'il fallait que je vous appelle.

— Vous avez bien fait. Je ne sais pas si cela a maintenant une quelconque importance, mais pour mémoire, sachez que je l'ai aimée depuis que j'ai fait sa connaissance, et j'ai été assez stupide pour n'avoir jamais eu le courage de le lui dire.»

Il sentit sa gorge se nouer. Barbara s'était mise à pleurer doucement.

«Je ne vais pas la perdre maintenant, n'est-ce pas, Barb?

— J'espère que vous ne la perdrez jamais, Matt.»

CHAPITRE XXXVII

MATTHEW s'était mis en route pour New York et conduisait aussi vite qu'il le pouvait. Il ne cessait de songer à Daphné. Chaque appel, chaque rencontre semblaient gravés d'une façon indélébile dans son âme, et défilaient dans sa tête comme un film. De temps en temps, il souriait à des mots dont il se souvenait, mais la plupart du temps, son visage était lugubre. Il avait du mal à croire qu'une telle chose ait pu se produire. Surtout à elle. Surtout à Daphné. Elle avait déjà eu amplement sa part de douleur et de chagrin. Les événements tragiques de sa vie l'avaient obligée à faire preuve d'un courage sans limite. Cela ne pouvait pas lui arriver maintenant, cela ne pouvait pas s'arrêter ainsi, d'un seul coup. Mais au fond de lui, il savait qu'elle n'en réchapperait peut-être pas et l'idée qu'elle pût mourir avant son arrivée le faisait conduire encore plus vite.

Après avoir conduit pendant des heures sur les routes enneigées, Matthew parvint à l'hôpital de Lenox Hill à deux heures trente du matin. La plupart des éclairages de l'entrée étaient éteints et il ne rencontra personne dans les couloirs déserts. Il se dirigea tout droit vers la réception du Service des soins intensifs, où Barbara l'aperçut. Elle avait renvoyé Tom à la maison depuis longtemps et insisté pour rester. L'infirmière leur avait dit peu avant que la nuit serait décisive. Daphné ne pourrait se maintenir plus longtemps dans l'état où elle se trouvait ; s'il n'y avait aucune amélioration d'ici vingt-quatre heures, le pire était à craindre.

« Matt ? » Il se retourna en entendant la voix de Barbara. Elle ne pouvait croire qu'il ait fait si vite. Il avait dû conduire comme un fou sur les routes verglacées. Encore heureux qu'il n'ait pas fini dans le même état que Daphné.

« Comment va-t-elle ?

— État stationnaire. Elle mène un rude combat. »

Il resta silencieux. Ses yeux étaient cernés de fatigue. Il avait travaillé très dur ces temps derniers, sans se douter qu'une dernière épreuve l'attendait encore. Il avait gardé le vieux pantalon de velours côtelé et le gros pull-over qu'il portait lorsque Barbara l'avait appelé. Il avait laissé une note rapide aux surveillants de nuit et avait ramassé en hâte son manteau, ses clefs et son portefeuille.

« Est-ce que je peux la voir ? »

Les yeux de Barbara cherchèrent ceux de l'infirmière qui regarda sa montre.

« Nous pourrions attendre quelques minutes ?

— Mademoiselle — il se tourna vers elle et agrippa le bureau de ses mains puissantes — j'arrive du New Hampshire et j'ai conduit pendant sept heures pour la voir.

— Très bien. »

Cela n'avait plus aucune importance maintenant, et peut-être que dans une heure il serait trop tard. Liz Watkins les précéda dans le corridor jusqu'à la porte ouverte de sa chambre. Elle gisait là, immobile, emmaillotée de plâtre et de gaze, reliée à des appareils de survie qui brillaient dans la lumière crue. Matthew ressentit presque un choc physique, en la voyant. Sa dernière visite à Howarth remontait à une quinzaine de jours, tout au plus. Il s'avança doucement dans la chambre, s'assit à son chevet, et caressa doucement les longs cheveux blonds. Barbara, qui l'avait observé, se retourna et quitta la chambre, suivie de l'infirmière. Elle ne voulait pas être importune et vit le regard interrogateur de l'infirmière. Mais elle se sentait mieux maintenant qu'un homme était aux côtés de Daphné. Il était impensable qu'une femme comme elle se retrouve toute seule dans de telles circonstances. Et Barbara se félicitait que cet homme au regard si doux soit venu.

« Salut, mon tout petit. »

Il effleura d'une main la joue délicate, et la regarda intensément, se demandant à nouveau pourquoi elle ne lui avait rien dit à propos de sa rupture avec Justin. Peut-être était-il fou d'espérer encore ; elle n'avait peut-être jamais eu de sentiment pour lui, et n'en aurait jamais. Mais si elle se réveillait bientôt, il allait lui dire qu'il l'aimait. Il la contempla sans mot dire pendant près d'une heure. Liz revint pour la visite de contrôle.

« Y a-t-il un changement ? »

Elle hocha la tête. La fièvre avait grimpé un peu plus. Il ne quitta pas la chambre et Liz ne le lui demanda pas de le faire. Il resta assis sans bouger jusqu'à l'arrivée de l'infirmière de jour, à sept heures ; Liz la convainquit de ne pas obliger Matt à s'en aller.

« Pourquoi ne pas le laisser là, Anne ? Il ne fait rien de mal et qui sait si sa présence ne l'aidera pas à s'en sortir ? Elle lutte pour sa vie en ce moment. »

Anne acquiesça. Elles savaient toutes deux que des malades qui semblaient perdus survivaient grâce à l'amour qu'ils inspiraient à quelqu'un.

Avant de partir, Liz ne put s'empêcher de regarder Daphné une dernière fois. Elle crut remarquer qu'elle était un peu moins pâle, mais ce n'était peut-être qu'une impression. Matthew avait le visage ravagé; sa barbe avait poussé, et les cernes sous les yeux s'étaient encore creusés.

« Avez-vous besoin de quelque chose ? » lui murmura-t-elle.

C'était contre le règlement, mais elle pouvait lui apporter une tasse de café. Il se contenta de faire non de la tête. Quand elle partit, elle vit Barbara endormie sur un matelas. Elle rentra chez elle, se demandant si Daphné serait encore de ce monde quand elle reviendrait. Elle l'espérait tant. Elle pensa à elle toute la journée, et se surprit à relire des chapitres d'*Apache*, son roman favori. Quand elle reprit son travail à onze heures du soir, elle craignit de demander des nouvelles. Mais l'infirmière lui dit que Matthew était encore là et que Daphné vivait toujours. Barbara avait fini par rentrer chez elle, dans l'après-midi, pour se reposer un peu. Daphné se maintenait en vie, mais tout juste.

Liz avança silencieusement dans le corridor et ouvrit doucement la porte de la chambre. Elle vit Matthew, debout, le visage penché sur celui de Daphné. Il semblait la supplier en silence de ne pas mourir.

« Voulez-vous une tasse de café, monsieur Dane ? »

Apparemment, il n'avait rien mangé de la journée, et s'était contenté d'un café bien fort.

« Non, merci. »

Il lui sourit; sa barbe avait encore poussé, mais ses yeux étaient résolus et vifs, son sourire amène.

« Elle va mieux, je crois. »

La fièvre était tombée, mais elle n'avait pas

repris connaissance. Durant la visite des médecins, Matthew était resté silencieux. Il avait
continué à lui caresser doucement les cheveux,
imperturbablement. Liz s'avança doucement vers
le lit.

« C'est étrange, vous savez, mais il m'arrive de
penser quelquefois que ce sont des gens comme
vous qui forcent le destin.

— Je l'espère bien. »

Ils échangèrent un sourire et Liz quitta la
chambre. Matt se rassit et surveilla le visage de
Daphné. Le soleil se levait sur New York quand
elle bougea enfin. Matt continuait à l'observer, le
visage tendu. Il ne savait pourquoi elle s'agitait
ainsi, mais elle ouvrit les yeux et regarda autour
d'elle. Elle parut surprise de le voir et ses yeux se
refermèrent, mais quelques minutes seulement.
Matt voulut appeler l'infirmière mais il eut peur
de bouger ; il se demanda un instant s'il n'avait
pas lui-même perdu conscience et s'il n'avait pas
rêvé. Daphné rouvrit les yeux. Son regard était
triste.

« Matt ? »

Sa voix n'était qu'un murmure.

« Bonjour.

— Vous êtes là ? »

Elle ne semblait pas comprendre pourquoi il
était là, mais lui sourit faiblement. Il lui prit la
main.

« Oui, et vous dormez depuis longtemps.

— Comment va Andrew ?

— Il va bien. »

Il lui parlait dans un murmure.

« Et vous allez aller très bien aussi. Vous le
savez, n'est-ce pas ?

— Je ne me sens plus si fiévreuse... »

Il sourit. Il l'avait veillée pendant vingt-quatre

377

heures, craignant pour sa vie et elle semblait parler d'une simple grippe.

« Daphné... »

Il attendit qu'elle rouvrît les yeux.

« Il y a quelque chose que je dois vous dire. »

Il sentait sa gorge se nouer. Il lui pressa doucement le bras. Elle le regarda et secoua légèrement la tête.

« Je le sais déjà.

— Vraiment ? »

Il ne put cacher sa déception. Est-ce qu'elle l'avait toujours su et faisait semblant de l'ignorer ?

« Vous allez.... vous... marier. »

Ses yeux étaient immenses, bleus et tristes. Il la regarda, amusé.

« Vous croyez vraiment que je suis resté assis là, à attendre que vous vous réveilliez pour vous dire que j'allais me marier ? »

Un pâle sourire apparut sur ses lèvres.

« Vous avez toujours été si poli.

— Pas poli à ce point, petite sotte ! »

Son sourire s'épanouit ; elle ferma les yeux et se reposa un peu ; quand elle les rouvrit, Matthew la regardait intensément.

« Je vous aime Daphné, je vous ai toujours aimée et vous aimerai toujours. C'est ce que je voulais vous dire.

— Non, vous ne m'aimez pas. »

Elle essayait de secouer la tête mais grimaça de douleur.

« Vous aimez Harriet... Boat... ou... je ne sais plus son nom.

— Harriet Boat, comme vous l'appelez, ne signifie rien pour moi. J'ai arrêté de la voir après que je lui ai dit que je ne l'aimais pas. Elle savait la vérité. La seule qui n'ait jamais rien su, c'est vous. »

Elle le regarda longuement, comprenant tout à coup.

« Je me sentais coupable de ce que je ressentais pour vous, Matt.

— Pourquoi ?

— Je ne sais pas. Je pensais que ce n'était pas bien vis-à-vis de vous ou de Justin. »

Elle le regarda à nouveau longuement.

« Je l'ai quitté.

— Pourquoi ne pas me l'avoir dit.

— Je croyais que vous étiez amoureux de quelqu'un d'autre. »

Ils continuaient à parler à voix basse.

« Et vous aviez dit...

— Je sais ce que j'ai dit. Je pensais que vous et votre dieu grec alliez vous marier. »

Elle se mit à sourire, rêveuse.

« C'est un pauvre type, vous savez.

— Nous étions idiots, nous aussi. Je vous aime, Daphné. Voulez-vous m'épouser ? »

Deux grosses larmes roulèrent sur ses joues. Elle toussa et se mit à pleurer. Il s'approcha d'elle.

« Ne pleurez pas, Daff, je vous en prie... tout va bien... je ne voulais pas vous troubler... »

Elle ne l'aimait plus du tout. Il eut envie de pleurer lui aussi, mais il se contenta de caresser ses cheveux pendant qu'elle essayait de reprendre contenance.

« Je suis désolé... »

Mais ce qu'elle lui dit le laissa sans voix.

« Je vous aime aussi... Je crois que je suis tombée amoureuse de vous le premier jour où je vous ai rencontré. Je vous aime plus que je ne saurais le dire. »

Au même moment, Liz Watkins voulut entrer dans la chambre pour aller voir Daphné avant de s'en aller. Mais elle s'arrêta net et resta sur le pas de la porte. Elle avait entendu la voix de Daphné et voyait le visage de Matt penché sur elle. Elle frappa doucement et entra dans la chambre. Elle voulut demander des nouvelles mais n'en eut pas besoin. Daphné souriait, au milieu de ses larmes.

« Vous avez l'air très heureux tous les deux !

— Tout juste ! Nous venons de nous fiancer.

— Est-ce que je peux voir la bague ? »

Liz avait du mal à cacher sa joie. Il n'y avait qu'à regarder le visage de Daphné pour savoir qu'elle était sauvée. La crise était passée, et le pire écarté.

« Où est la bague, alors ? demanda-t-elle pour les taquiner.

— Elle la détestait. C'est pour ça qu'elle est ici ! »

Liz éclata de rire et les laissa seuls. Matthew regarda Daphné en souriant.

« La semaine prochaine, c'est trop tôt ?

— Est-ce que j'aurai encore ce mal de tête ? »

Elle semblait très fatiguée mais incroyablement heureuse.

« J'espère que non.

— Alors va pour la semaine prochaine. Est-ce qu'Andrew sera à la maison ?

— Oui, c'est ce que je voulais vous dire aussi. Pourquoi ne pas le mettre à l'Institut de New York ?

— Et il vivra à la maison ?

— Il est assez grand maintenant. »

Une infirmière entra à ce moment-là, poussant un lit de camp. Elle se tourna vers Matthew et lui dit avec force :

« Ce sont les ordres du docteur. Il a dit que si vous ne preniez pas un peu de repos, il allait vous faire une anesthésie générale. »

Quand l'infirmière quitta la chambre, Matt

s'allongea sur son lit et prit doucement la main de Daphné dans la sienne. Elle s'était rendormie, mais ce n'était plus mauvais signe. Il savait qu'elle se remettrait, et comme il glissait dans le sommeil, il se sourit à lui-même. Quels idiots ils avaient été! Il aurait dû se déclarer un an plus tôt... Mais cela n'avait pas d'importance à présent... rien ne comptait plus... sauf Daphné.

Composition réalisée par COMPOFAC - PARIS

IMPRIMÉ EN FRANCE PAR BRODARD ET TAUPIN
Usine de La Flèche (Sarthe).
LIBRAIRIE GÉNÉRALE FRANÇAISE - 6, rue Pierre-Sarrazin - 75006 Paris.
ISBN : 2 - 253 - 04085 - 1